张永健

张　璟◎著

中国当代诗歌流派研究

科学出版社

北京

内 容 简 介

本书分析了中国当代诗歌流派（主要指放歌派、军旅派、民歌派、归来派、乡土派）的发展变化与不足。充分论述了这些流派的代表诗人（如：贺敬之、郭小川、郭沫若、臧克家、柯岩；李瑛、张永枚、梁上泉、石祥；李季、闻捷、阮章竞；艾青、绿原、曾卓、昌耀、公刘、白桦、周良沛；田间、苗得雨、张志民、严阵、刘章、刘益善等）的主要成就及其对中国当代诗歌发展的影响。为中国当代诗歌研究提供了新的视角和思路。

本书适合诗歌爱好者、文学研究者、诗人与作家、学生和社会上的一般读者阅读。

图书在版编目（CIP）数据

中国当代诗歌流派研究 / 张永健，张璟著. —北京：科学出版社，2024.6
ISBN 978-7-03-078329-5

Ⅰ. ①中⋯ Ⅱ. ①张⋯ ②张⋯ Ⅲ. ①诗歌研究–中国–当代
Ⅳ. ①I207.22

中国国家版本馆 CIP 数据核字（2024）第 064759 号

责任编辑：王　丹　陈晶晶 / 责任校对：贾伟娟
责任印制：徐晓晨 / 封面设计：润一文化

斜 学 出 版 社 出版
北京东黄城根北街 16 号
邮政编码：100717
http://www.sciencep.com
北京建宏印刷有限公司印刷
科学出版社发行　各地新华书店经销
*

2024 年 6 月第 一 版　开本：720×1000　1/16
2024 年 6 月第一次印刷　印张：17 3/4
字数：308 000
定价：108.00 元
（如有印装质量问题，我社负责调换）

前　言

　　文学流派，古今中外的文坛皆有。中国百年新诗诗坛也是如此：诗派林立，各显其能，百花齐放，百鸟齐鸣。吴欢章教授编著的《中国现代十大流派诗选》所分类概括的中国现代诗歌流派就有早期写实派、早期浪漫派、湖畔派、新月派、象征派、现代派、中国诗歌会派、七月派、九叶派、晋察冀派等，如何评价这一部诗选集，我不敢妄言，但吴教授勇于率先涉足这一领域，而且进行了艰苦细致的征集、梳理、归纳、分类等工作，实属不易。他的研究具有开创意义，为我们后续的研究奠定了坚实的基础。

　　笔者因为长期从事当代诗歌的教学、科研、评论与新诗创作等工作，因而萌发了研究中国当代诗歌流派的想法，并且试图在已有的中国当代文学史著作的基础上书写一部关于中国当代诗歌流派的著作。这一构想，得到了众多文友、诗友的赞同，特别是受到了当代诗坛泰斗贺敬之同志的鼎力支持与热情鼓励，在书稿写作过程中，贺敬之同志提出了诸多富有洞见的建议，但写谁，不写谁，他从不表态，要笔者依据各位诗人的作品来断定，他说他年事已高，无精力阅读诗作，也就无发言权了。

　　这里，想谈如下几个问题。

　　第一，什么是诗歌流派？当代诗歌到底有哪些流派？所谓诗歌流派，就是指某一时期、某一地区的志趣相投、风格相近的诗人所组成的群体。有的流派有共同的创作宣言，如中国现代文学史上的新月派和七月派；有的没有发表共同的宣言，但却有共同的创作题旨和不谋而合的创作风格，如新中国成立前的晋察冀派和新中国成立后的放歌派及粉碎"四人帮"后出现的归来派等。各流派成员之间有的是师生关系，有的是师友关系，有的是同志关系，有的是同学或乡友关系，有的是作者和读者的关系，情况比较复杂，不能一概而论。

　　第二，当代诗人很多，诗歌流派也很多，本书原系国家课题，名曰"中国当代新诗流派史"，因笔者年事已高，杂事繁多，精力有限，故将书名改为《中国当代诗歌流派研究》，主要对几个影响较大的诗歌流派及其主要诗人诗作进行论述。分别是：以贺敬之、郭小川为首的放歌派，以张永枚、李瑛为首的军旅派，以艾青为首的归来派，以李季、闻捷为首的民歌派，以田间为首的乡土派。有的用较大篇幅描述，有的只是略微提及。

第三，有不少诗人具有几个流派的特点，比如艾青、田间、闻捷、公刘、绿原、李瑛、张永枚、周良沛等，怎么划分？笔者按诗歌的主要特征来判断，将诗人归于对应流派之中。比如当代诗坛泰斗艾青的诗歌就兼有现代派、象征派、民歌派、乡土派、放歌派、归来派等多种流派的特点，但在 20 世纪下半叶，特别是在粉碎"四人帮"以后，他的诗歌主要体现了归来派诗歌的特点，而且他是这一流派的领军人物，因而将其归入归来派。再如著名诗人公刘、周良沛的诗歌既有军旅派的特征，也有放歌派的特征，更有归来派的特征，三者之中归来派的特征尤其鲜明，因此将他们归入归来派。

有人说，存在即合理。笔者认为此话欠妥，于社会发展，于人类进步有害的存在，如垃圾、病毒等是应当被扫除的。有些作品，于社会无益，于人类有害，是应当被铲除的。人类应该保持清醒的头脑，浇灌鲜花，铲除毒草。

热切期待读者、后辈学者对本书进行批评、指正！

目　　录

第一章

放歌派诗歌

第一节　概述：引吭高歌的主角

　　贺敬之在山东人民出版社出版的《贺敬之诗选》的"自序"中说："作为革命文艺队伍中的一个成员，从我投身到这支队伍时起，我从未动摇过我的自豪感。我甚至在《放声歌唱》这首诗里，在提到对李白、杜甫等古代伟大诗人的热爱时，这样骄傲地说过：'我们的合唱——比你们的歌声响亮！'这当然是指我们整个歌队的'合唱'，而不是指我个人的'独唱'。虽然我也曾唱过几支歌，不过比起我们前辈、同辈和后辈的优秀诗人来说，我确实不是一个能够代表我们歌队水平的值得一提的歌者。"①

　　1949 年新中国的成立，不仅是中国历史上的一件大事，而且是世界历史上的一件大事，中国从半殖民地半封建的黑暗时代跃进一个人民当家作主、没有剥削、没有压迫的光明时代，这是一个翻天覆地的大变化。新中国成立之后，出现了一批歌颂新中国的诗人，他们的歌声比李白、杜甫的歌声还要"响亮"。他们组成了以歌颂新中国、新时代、新生活为主的诗歌流派，这个流派被称为"放歌

---

　　① 贺敬之：《贺敬之诗选》，济南：山东人民出版社，1979 年，第 1-2 页。

派"，其得名于贺敬之的《放歌集》。

《放歌集》于 1961 年 12 月由人民文学出版社出版，收录了贺敬之于 1956—1959 年创作发表的诗歌，如《回延安》《向秀丽》《三门峡歌》《桂林山水歌》《放声歌唱》《东风万里》《十年颂歌》《地中海呵，我们心中的海！》等。1972 年人民文学出版社进行了再版，诗人对 1961 年初版所收诗篇作了一些修改，并增收了《又回南泥湾》、《西去列车的窗口》、《伟大的祖国》、《不解放台湾誓不休》、《回答今日的世界——读王杰日记》、《胜利和我们在一起》和长诗《雷锋之歌》等。《放歌集》中的作品都是"为革命胜利和为共和国成长而歌唱"[①]的，表现了"当时文艺工作者欢欣鼓舞中涌自内心的共同的欲求"[②]，"来自解放区的诗人在这时代性的大合唱中，理所当然地承担了引吭高歌的主角"，是"音色最嘹亮的代表"[③]。

放歌派是新中国主要诗歌流派之一，在 20 世纪五六十年代尤其盛行，这一流派形成的主要原因大体有如下几点。

第一，放歌派诗歌与当时的文艺思潮是合拍的、一致的。新中国成立后，毛泽东《在延安文艺座谈会上的讲话》成为文艺工作者创作实践的指导思想。毛泽东在《在延安文艺座谈会上的讲话》中强调："你是资产阶级文艺家，你就不歌颂无产阶级而歌颂资产阶级；你是无产阶级文艺家，你就不歌颂资产阶级而歌颂无产阶级和劳动人民：二者必居其一。歌颂资产阶级光明者其作品未必伟大，刻画资产阶级黑暗者其作品未必渺小，歌颂无产阶级光明者其作品未必不伟大，刻画无产阶级所谓'黑暗'者其作品必定渺小，这难道不是文艺史上的事实吗？"[④]他进一步反问道："对于人民，这个人类世界历史的创造者，为什么不应该歌颂呢？无产阶级，共产党，新民主主义，社会主义，为什么不应该歌颂呢？"[⑤]

第二，五四以来的左翼文学战斗传统，鼓励作家、诗人深入大众，与民众结

---

① 张炯：《人民革命时代的杰出歌者——论贺敬之的创作》，见陆华编：《贺敬之研究文选·上册》，北京：文化艺术出版社，2008 年，第 248 页。

② 张炯：《人民革命时代的杰出歌者——论贺敬之的创作》，见陆华编：《贺敬之研究文选·上册》，北京：文化艺术出版社，2008 年，第 248 页。

③ 张炯：《人民革命时代的杰出歌者——论贺敬之的创作》，见陆华编：《贺敬之研究文选·上册》，北京：文化艺术出版社，2008 年，第 248 页。

④ 周扬：《马克思主义与文艺》，北京：作家出版社，1984 年，第 218 页。

⑤ 周扬：《马克思主义与文艺》，北京：作家出版社，1984 年，第 218 页。

合，反映人民的疾苦，歌颂人民的革命斗争。

鲁迅等革命文学的先驱在中国新诗发轫期就曾介绍了拜伦、雪莱、海涅、裴多菲、密茨凯维支等革命诗人、反抗诗人。鲁迅在《摩罗诗力说》中就充满激情地对他们"立意在反抗，指归在动作"[①]的反叛精神给予了赞扬，并且呼唤中国应有大批这样的诗人出现。他所希望的诗人就是如"左联五烈士"之一殷夫那样的诗人。他在殷夫的诗集《孩儿塔》的序言中说："这《孩儿塔》的出世并非要和现在一般的诗人争一日之长，是别有一种意义在。这是东方的微光，是林中的响箭，是冬末的萌芽，是进军的第一步，是对于前驱者的爱的大纛，也是对于摧残者的憎的丰碑。一切所谓圆熟简练，静穆幽远之作，都无须来作比方，因为这诗属于别一世界。"[②]

郭沫若在新中国成立前夕，在《开拓新诗歌的路》中亦提出："今天的诗歌必然要以人民为本位，用人民的语言，写人民的意识，人民的情感，人民的要求，人民的行动。更具体的（地）说，便要适应当前的局势，人民翻身，土地革命，反美帝，挖蒋根，而促其实现。这正是今天人民最迫切的要求，而这要求已表现而为波澜壮阔的行动了。诗歌必须以歌颂这些行动而诅咒反人民者的一切为自己的任务。"[③]

第三，当时国际政治形势使然。当时以美国为首的西方资本主义敌对势力封锁我们，我们倒向以苏联为首的社会主义阵营。自20世纪30年代起，苏联无产阶级革命诗人马雅可夫斯基的诗作便开始在我国诗坛产生深远影响，新中国成立后，他后期的政治抒情诗被大量引入中国，成为中国诗人学习的典范。他的著名的宣言式的诗的宗旨为中国诗人广泛接受："无论是歌，无论是诗——都是炸弹和旗帜。"[④]

放歌派的主要诗人大多是从革命战争中走过来的，他们在战争年代就树立了以笔当枪来实现革命目标的志向：

---

① 上海外语学院外国语言文学研究所编：《中西比较文学手册》，成都：四川人民出版社，1987年，第108页。

② 鲁迅，《朝花夕拾：鲁迅散文集》，武汉：长江出版社，2021年，第317页。

③ 吴奔星、徐放鸣选编：《沫若诗话》，成都：四川人民出版社，1984年，第312页。

④ 公刘、刘粹编：《公刘文存·诗歌卷·二》，合肥：安徽文艺出版社，2018年，第23页。

在艺术的

兵营和工厂，

我们是

战斗员和突击者，

工作不息！

……

我们高举

"鲁迅"的火把

走向

明天，

用诗和旗帜，

去歌唱

祖国青春的大地！

　　　　——《不要注脚——献给"鲁艺"》[①]

1940 年，贺敬之到延安不久，就作了歌唱鲁迅艺术文学院的《不要注脚——献给"鲁艺"》一诗，这可以看作是当时在延安的革命文艺工作者的文艺宣言，或者说，是新中国成立后，放歌派诗人的诗歌宣言。

郭小川也曾表达过类似的观点："我所向往的文学，是斗争的文学。我自己，将永不会把这一点遗忘，而且不管什么时候，如果我动起笔来，那就是由于这种信念摧（催）动了我的心血。"[②]可见，文学是"斗争的文学"，文学工作者是"战斗员"和"突击者"，这是放歌派诗人们的文学信念和理想追求。20 世纪 80 年代，贺敬之在《战士的心永远跳动（代序）——〈郭小川诗选〉英文本序》中将这种信念进行了进一步的深化和完善，他说："诗，必须属于人民，属于社会主义事业。按照诗的规律来写和按照人民的利益来写相一致。诗人的'自我'跟阶级、跟人民的'大我'相结合。'诗学'和'政治学'的统一。诗人和战士的统一。"[③]

---

① 贺敬之：《贺敬之文集·1·新诗卷》，北京：作家出版社，2005 年，第 54 页。

② 郭小川：《谈诗》，上海：上海文艺出版社，1978 年，第 102 页。

③ 贺敬之：《战士的心永远跳动（代序）——〈郭小川诗选〉英文本序》，见郭小川：《郭小川诗选·续集》，石家庄：河北人民出版社，1980 年，第 3 页。

放歌派诗人群体是聚散变化的。新中国成立初期，几乎所有的人民诗人都是放歌派，但主要成员包括如下几部分：一是从解放区来的诗人，如萧三、何其芳、柯仲平、艾青、田间、李季、公木、闻捷、朱子奇、魏巍、贺敬之、郭小川、冀汸、阮章竞、张志民、苗得雨等；二是从国统区来的诗人，如郭沫若、臧克家、胡风、柳亚子、袁水拍、绿原、曾卓、牛汉等；三是新中国成立以后成长起来的青年诗人，如中国人民解放军边防部队中涌现出来的韩笑、公刘、白桦、周良沛、杨星火等，朝鲜战场涌现出来的志愿军诗人，如张永枚、未央、李瑛、胡昭、柯原、昌耀、谢克强等，建设康藏公路涌现出来的诗人，如顾工、梁上泉、雁翼、高平等；四是工厂和农村涌现出的诗人，如工人诗人温承训、李学鳌、戚积广、郑定友、黄声孝等，农民诗人王老九、习九兰、刘章、刘不朽、管用和、王学忠等；五是从新闻传播部门涌现出来的诗人，如邵燕祥、流沙河、王怀让、唐德亮等；六是从各少数民族中涌现出来的诗人，如蒙古族的纳·赛音朝克图、巴·布林贝赫，藏族的饶阶巴桑，维吾尔族的铁依甫江·艾里耶夫，傣族的康朗甩、康朗英等。从广泛的意义上讲，他们都属放歌派，但细分起来，又各有特点，而且随着社会的变迁，他们的人生目标、生活趣味、艺术追求也发生了变化，逐渐形成了新的诗歌流派，有的成为军旅派诗人，有的成为民歌派诗人，有的成为乡土派诗人，有的成为归来派诗人。

放歌派诗歌的主要特点如下。

第一，大都反映重大的社会生活问题，具有鲜明的时代特色，以歌颂中国共产党、歌颂社会主义、歌颂人民、歌颂新中国成立后的新生活为主要内容。新中国成立之后，诗歌变革的最突出特点是颂歌兴起，并迅速成为诗歌的主导潮流。新诗发展的前 30 年，颂歌并未成为普遍的、基本的主题。新中国成立后，历史发生了翻天覆地的变化，人们的幸福感得到提升，作为中国新诗的主要奠基者之一的郭沫若，在《女神》里就呼唤渴望建立一个"美的中国"。现在，梦寐以求的理想变成了现实，他怎能不歌唱欢呼呢？在《新华颂》和《毛泽东的旗帜迎风飘扬》等诗里，他满腔热情地歌颂新生的中国：

> 人民中国，屹立亚东。
> 光芒万道，辐射寰空。
> 艰难缔造庆成功，

五星红旗遍地红。

生者众，物产丰，

工农长作主人翁。

——《新华颂》①

何其芳在奔赴延安以后，曾为在解放区生活的"少男少女"而歌唱。他目睹了欢腾宏伟的开国盛典后，心潮澎湃，尽情欢呼"最伟大的节日"，欢呼从"苦痛"中"欢乐"地诞生的新中国：

中华人民共和国

在隆隆的雷声里诞生。

是如此巨大的国家的诞生，

是经历了如此长期的苦痛

而又如此欢乐的（地）诞生，

就不能不像暴风雨一样打击着敌人，

像雷一样发出震动着世界的声音……

——《我们最伟大的节日》②

胡风的《时间开始了》《小草对阳光这样说》、邹绛的《我们渴望了多久》、臧克家的《我们终于得到了它》、艾青的《我想念我的祖国》、柯仲平的《我们的快马》、阮章竞的《祖国的早晨》、田间的《祖国颂》、野曼的《我带着阳光回来》、陈志昂的《麦穗》、彭燕郊的《最初的新中国的旗》、吕剑的《英雄碑》、严辰的《我们是光荣的中华人民共和国的主人》、绿原的《从一九四九年算起》、朱子奇的《我漫步在天安门广场上》《碧蓝碧蓝的宝石一样的海南岛呵》、贺敬之的《放声歌唱》、郭小川的组诗《致青年公民》、王莘的《歌唱祖国》、乔羽的《我的祖国》、王老九的《歌颂毛主席》等，都是诗人献给祖国、献给党的热情颂歌。

作曲家王莘的《歌唱祖国》创作于新中国成立初期，是歌唱祖国新生、歌颂

---

① 郭沫若：《郭沫若选集·第三卷》，成都：四川人民出版社，1979年，257页。

② 张贤明编著：《百年新诗代表作·1949—2017》，北京：现代出版社，2017年，第2页。

中华民族奋发图强精神的经典，由他自己谱曲之后，全国上下，五洲四海，久唱不衰：

> 五星红旗迎风飘扬，
> 胜利歌声多么响亮；
> 歌唱我们亲爱的祖国，
> 从今走向繁荣富强。①

新中国成立以后，不少诗人深入工矿企业，汲取新的生活素材，熔铸成新的篇章。他们将林立的烟囱、奔流的铁水、黑色的煤海、喷射的石油、建设者的忘我劳动写进了诗篇。力扬的《人造长虹》、徐迟的《我所攀登的山脉》、沙鸥的《做灯泡的女工》、林庚的《马路之歌》都颇具特色。

不少诗人参加了土地改革运动和农业合作化运动，写出了一批歌颂农村伟大变革的诗作，如严阵的《老张的手》、郭小川的《三户贫农的决心》、王老九的《除了肚里大疙瘩》。曾被鲁迅称为"中国最为杰出的抒情诗人"的冯至，在新中国成立后，从事外国文学和古典文学研究的同时，利用业余时间写诗。他的作品涉及的题材范围较广，1952 年到江西参加土地改革运动后写了叙事诗《韩波砍柴》，该诗通过母子的对话诉说韩波的悲惨命运，揭露旧世界的罪恶，说明土地改革的历史意义。这首诗和他的另一首揭露统治者暴行的叙事诗《人皮鼓》，都保留了他早期的叙事诗的某些长处，而又比过去写得更加精练。诗人邹荻帆除创作长篇小说《大风歌》和翻译外国作品外，还出版过诗集《跨过》《走向北方》《祖国抒情诗》《金塔一样的麦穗》《风驰电闪》《都门的抒情》等。这些诗的调子是欢乐的，宛如一支支对新生活热情的颂歌，对比往昔黑暗岁月，流露出诗人对人民翻身解放的喜悦。有的诗尽管意念大于诗美，理胜于情，但总的说来摆脱了早期带有浓重的涩味和散文化的倾向，保持了浑朴深厚的特点，同时呈现出清丽晓畅、澄澈明快的特色。《写在透明的土地上》《洪湖颂》等作品是其代表作。

令人欣喜的是，这一时期工人和农民中涌现出了一批热情的歌手，他们创作了众多优秀诗篇。如李学鳌的《印刷工人之歌》、温成训的《我爱这生活》和

---

① 毛胜编著：《中国梦·复兴路·卷2》，北京：中国民主法制出版社，2016 年，第35 页。

《母亲的城》、郑成义的《喜报》、樊福庚的《前进曲》和《新安江之歌》、黄声孝的《我是一个装卸工》和《长江伸出摩天手》、孙友田的《煤海短歌》、晓凡的《车间风雷》、戚积广的《加热炉之歌》、王老九的《伟大的手》等。一批少数民族歌手，也加入了社会主义建设事业的大合唱中。蒙古族诗人纳·赛音朝克图的《狂欢之歌》、巴·布林贝赫的《生命的礼花》，以及饶阶巴桑（藏族）、尼米希依提（维吾尔族）、铁依甫江·艾里耶夫（维吾尔族）、克里木·霍加（维吾尔族）、晓雪（白族）、金哲（朝鲜族）、包玉堂（仫佬族）、康朗甩（傣族）、康朗英（傣族）、汪承栋（土家族）等人以表现少数民族翻身解放后的新生活和边地风光为主题的诗篇如雨后春笋般出现，使放歌派诗歌更为丰富，更为绚丽，更为多姿多彩。

第二，抒情主体具有鲜明的政治倾向性与作为新中国公民或者共产党员或者革命战士、革命军人的自豪感与幸福感，抒情主人公大多是"我"，代表无产阶级，代表党，代表人民，是"小我"和"大我"的统一。

回顾我国 20 世纪二三十年代的诗人，他们大多采用自我内心独特感受的抒发或将客观对象自我化、象征化的抒情手段进行创作，诗人的自我形象是富于个性化且鲜明的，但这种自我形象和自我内心情感往往流于狭隘和琐屑。在解放区，大多数诗人却有意在诗篇中回避"自我"，努力排斥表现"自我"，"自我"和个性常以靠近工农大众、靠近革命队伍的姿态出现在现实场景中。新中国成立后，时代风尚是以成为一名中国公民、中国共产党党员、中国革命战士、中国军人为荣。郭小川在《自己的志愿》一诗中曾说："假如有一天，/我成为一个真正的诗人，/那就是因为/我以诗的激情/唱出了党的歌声。"[1]贺敬之曾说："诗人必须是集体主义者，是集体主义的英雄主义。""诗里不可能没有'我'，浪漫主义不可能没有'我'，即所谓'抒情的主人公'。……'我'不能隐藏，不能吞吞吐吐、躲躲闪闪。或者是个人主义的小丑，或者是集体主义的、革命浪漫主义的英雄。"[2]郭小川在致儿子的信中曾说，"诗必须抒发无产阶级或英雄人民的革命豪情"，"诗中间，是可以出现'我'字的。但这个'我'，必须是无产阶级或英雄人民中的一个，最好是他们的代表，是他们的代

---

① 郭小川：《致青年公民》，北京：作家出版社，1957年，第124页。
② 贺敬之：《贺敬之文集·3·文论卷·上》，北京：作家出版社，2005年，第83-84页。

言人。个人是集体中的一员"。①

　　放歌派诗歌在抒情方式上有新的追求和突破。诗人的自我形象不像往昔那样狭隘和琐屑，也不像解放区诗歌那样完全隐遁，诗人开始追求"'自我'跟阶级、跟人民的'大我'相结合"。许多诗人力图从"自我"的独特感受出发，把对客观生活的丰富的描绘同其自我抒发结合起来，努力实现"小我"同"大我"的统一。贺敬之、郭小川等就是进行这种尝试的著名诗人。郭小川的《向困难进军》激昂地向青年公民发出迎着困难前进的热情号召，以马雅可夫斯基式的坦率和无畏，以革命战士的"大我"揭示自己这个独特的"小我"在战争中从惊慌失措到无畏坚定的心灵历程，用以鼓励青年一代勇敢地向困难进军。因为"小我"的加入，这首战斗性很强的诗便更具有感人的艺术力量。贺敬之在他的颂歌中通过"小我"来表现"大我"，他的《回延安》《放声歌唱》，通过"小我"的独特感情的抒发，表现了对党和人民深沉而真挚的爱。艾青、何其芳、臧克家、张志民、魏巍、邵燕祥、公刘、李瑛、张永枚、闻捷、未央、梁上泉、刘章、石祥、峭岩等诗人的优秀之作，也都是从抒写"自我"出发，从表现"自我"的真实而独特的感受出发。他们诗中的抒情主体有的是革命诗人，有的是解放军战士，有的是新中国的青年建设者，有的是革命烈士的后代，具有不同的生活经历、不同的个性特点。诗人以"小我"映现"大我"，同时代的、人民的"大我"实现融合，使诗的抒情形象获得了艺术生命，具备了深刻的典型意义。将"小我"同"大我"相结合来塑造诗的抒情主人公形象的方式，直至今天仍不失为一种具有创造性的艺术范式，它由"小"显"大"，揭示了时代的主流、人民的企求。同时，我们也应看到，个别诗人狭隘地理解诗歌"为政治服务"的社会作用，导致"小我"同"大我"的对立，他们往往用"大我"的共性否定和代替独特的"小我"的个性，使诗的审美特性被削弱乃至消失。

　　第三，感情炽热，气势豪迈，充满革命的乐观主义和理想主义精神，大都采用革命现实主义和革命浪漫主义的艺术手法，通过今昔对比来展示社会的巨大变革，来展望未来的理想前景。比如，贺敬之在《放声歌唱》中就以真挚的感情、豪迈的气势、独特的艺术形象描绘了社会的巨大变化，纵情高歌中国共产党领导中国人民从事革命和建设所取得的前所未有的成就。他的这篇诗歌为放歌派定下

---

①　郭小川：《谈诗》，上海：上海文艺出版社，1978年，第20-21页。

了基调。放歌派的基调是高昂的，形象是绚丽的，情绪是欢悦的，起点是积极的，结局是胜利的，挫折是可以克服的。郭小川的《甘蔗林——青纱帐》《昆仑行》、贺敬之的《雷锋之歌》《西去列车的窗口》等，采用革命现实主义和革命浪漫主义相结合的艺术手法，纵情歌颂革命英雄主义精神，尽情讴歌革命理想，他们把放歌派诗歌占主要地位的政治抒情诗推向了一个新的高度，放歌派诗歌成为引吭高歌时代、高歌人民的主角，产生了广泛的、积极的影响。不少诗人把往昔的战斗岁月同今天的建设热潮结合起来进行抒情言志，为抒情诗创作增添了新的内容。魏巍的《井冈山漫游》是诗人漫游井冈山的纪实，诗人以精密的艺术构思将井冈山艰苦奋斗的革命精神、革命者一往无前的高尚情操和诗人自己的理想、志趣、追求生动地表现出来。沙白的《递上一枚雨花石》，透过血红的雨花石，抒发了对革命先烈的缅怀之情。此外，闻捷的《祖国！光辉的十月》、张万舒的《黄山松》、阮章竞的《高唱〈国际歌〉挺进》、严阵的《竹矛》、陆棨的《重返杨柳村》、苗得雨的《豆油灯的思念》、忆明珠的《跪石人辞》等，都在读者中引起了强烈的反响。表现中国人民和世界人民的团结、友谊的诗篇，在放歌派诗歌中也占有较大比重。郭沫若、田汉、艾青、萧三、朱子奇、石方禹、公木、邹荻帆、沙鸥、绿原、袁水拍、贺敬之、张光年等的一些诗篇就有保卫和平、反对战争、盼望台湾回归祖国等内容。艾青是我国诗坛上有着独特成就的诗人，组诗《南美洲旅行》、长诗《大西洋》和《寄广岛》等，是诗人献给世界人民的歌。石方禹的《和平的最强音》，是新中国成立初期影响较大的抒情长诗，诗人以奔放的热情、高亢的声音，歌颂了人民的力量是不可战胜的，人民的声音"是世界的最强音"；鞭挞了那些"用血来计算财产的数字"的战争狂人。韩北屏的《夜鼓》让人们看到了非洲人民的战斗雄姿。《谢赠刀》通过描写黑人战士给诗人送腰刀的感人场面，表现了中非人民的真挚友情。袁水拍的《煤烟和鸟》和《春莺颂》，以"马凡陀山歌"的特有风格，对西方没落的文学艺术和腐朽生活进行了有力的讽刺、鞭挞。贺敬之的《地中海呵，我们心中的海！》，以海涛般的气势歌颂了阿拉伯人民的革命斗争精神。光未然的《全世界无产者联合起来》，以《黄河大合唱》的激情和磅礴昂扬的气势，表现了全世界无产者联合战斗的伟大力量，该诗谱曲以后，广为流传。

"文化大革命"中出现的张永枚的诗报告《西沙之战》，是当时轰动中外的著名诗作，受到了读者的广泛欢迎。"文化大革命"结束以后，出现了一大批歌颂光明的作品，如贺敬之的《中国的十月》《"八一"之歌》、石祥的《周总理办公室的灯光》、李瑛的《一月的哀思》《我的中国》等、纪宇的《风流歌》、王怀让的《我骄傲：我是中国人》《中国人：不跪的人》《人民万岁》等、雷抒雁的《啊，我的镰刀，我的铁锤》等、曹宇翔的《走啊，带领着人民》、峭岩的《谒张思德墓》《遵义诗笔记》《仰望》等、桂兴华的《跨世纪的毛泽东》《永远的阳光》等、卢纬宗的《人民领袖之歌》（由《咱们的毛泽东》和《周恩来之歌》组成）等都是歌颂中国共产党、人民领袖、解放军的优秀作品。下岗工人诗人王学忠的《未穿衣裳的年华》《善待生命》《流韵的土地》《雄性石》《太阳不会流泪》《地火》《挑战命运》等诗集显示了诗人对社会主义的真诚向往，对资本主义的厌恶、批判，表现了诗人"从生活底层踏上精神高地，为弱势群体唱出时代壮歌"①（贺敬之语）的豪情和英姿，王学忠被誉为"新一代工人阶级的代表，是新世纪工人阶级的诗人"②。朱子奇的《星球的希望》和唐德亮的长诗《惊蛰雷》则以东欧剧变和苏联解体为背景，从正、反两面深刻揭示了修正主义的丑恶嘴脸，展示了马列主义、毛泽东思想必然取得胜利的革命英雄主义和革命理想主义精神。

　　总的说来，放歌派诗歌丰富、完善和充实了政治抒情诗的诗体形式、艺术风格和表现手法，对以人民为主体的新中国文艺的繁荣发展起了积极的推动作用，给当代诗坛带来了蓬勃的朝气。正如贺敬之在《〈郭小川诗选〉英文本序》中所说：郭小川是"一位毕生为祖国和人民事业而斗争的忠诚战士"，他的诗"是晨钟，是号角，是战歌"，是"用革命者的赤诚和诗的艺术魅力卷起感情的风云，推动思想的波涛，不可抗御地向你胸前扑来……"③

　　但是，放歌派诗歌也存在一些欠缺，应引起我们足够的重视。首先，放歌派诗歌大部分要适应时代潮流、政治气候，因而自觉不自觉地受政治形势的影响，带有明显的政治印痕。如果顺应的政治形势正确，放歌派的诗歌就会是人民喜爱的作品；反之，就会是粉饰现实、为人民所不齿的伪劣产品。因此，诗人掌握马列主义、毛泽东思想，掌握辩证法尤其重要。放歌派的诗人，不能当跟风派，更

① 陈才生：《用生命种诗的人——诗人王学忠评传》，北京：新华出版社，2015年，459页。

② 涂途：《"从生活底层踏上精神高地"——喜吟王学忠新诗集〈地火〉》，见王学忠：《地火》，北京：北京艺术与科学电子出版社，2009年，第4页。

③ 贺敬之：《〈郭小川诗选〉英文本序》，见《贺敬之谈诗》，北京：人民文学出版社，2004年，第41页。

不能当"两面人",要有坚定的政治立场,同时应以马克思主义的历史唯物主义和辩证唯物主义为指导,形成科学的观点和思想方法。其次,一些放歌派的诗歌回避矛盾,淡化前进道路上的困难,有廉价而空洞的歌功颂德的倾向,如诗人郭小川所指出的那样:"我们的诗如果不能反映生活中的矛盾和冲突,只一味地喊伟大、伟大,也只能是表面的轻浮的'歌颂'。"[①]"歌颂"仅仅停留于辉煌的表面和胜利的结局上,把现实生活表现得尽善尽美,削弱了诗歌的战斗使命和"美""刺"相结合的特性,导致诗歌反映生活的路子走向狭窄,诗歌的题材、主题和风格走向单一。最后,不少诗人不善于处理"小我"和"大我"的关系,导致抒情主体"单一化",在放歌派的某些作品中,人们很少听到诗人对个人命运的吟咏与叹惋,关于爱情、友情的温柔缱绻的吟唱,以至于像郭小川的《致大海》《望星空》这样严于解剖自己、决心埋葬旧我以跟上社会主义时代步伐的优秀诗作,被误认为是诗坛上的不谐之音而受到了排斥。这是我们应该吸取的教训。

第二节　放歌派的领军者:贺敬之[②]

贺敬之和郭小川一样,是带着革命的风采从延安走向新中国的诗人,他接受了多次政治运动的严峻考验,不论在战争年代,还是在和平建设的岁月,他始终同人民站在一起,热情澎湃地歌唱着,他是一位创作态度严谨、富于独创性的诗

---

① 郭小川:《沸腾的生活和诗——中国作家协会创作委员会诗歌组对诗歌问题的讨论》,《文艺报》,1956 年第 3 期,第 25-28 页。

② 贺敬之(1924—),山东峄县(现属枣庄市)人,笔名艾漠、荆直。1937 年考入滋阳县乡村师范学校,1938 年流亡到湖北读中学,1939 年随校赴四川参加救亡运动,1940 年到延安,进鲁迅艺术文学院学习。1945 年与丁毅合作,执笔写成了我国第一部新歌剧《白毛女》,《白毛女》被誉为我国新歌剧发展的里程碑,曾获 1951 年斯大林文学奖金二等奖。抗日战争胜利后,到华北联合大学文艺学院工作,这时期发表的诗收入《并没有冬天》《乡村的夜》《笑》《朝阳花开》等诗集,还创作了《栽树》、《周子山》(与他人合作)、《秦洛正》等秧歌剧。新中国成立后,写了著名的长篇政治抒情诗《放声歌唱》《雷锋之歌》,脍炙人口的短诗《回延安》《三门峡歌》《桂林山水歌》《西去列车的窗口》等。"文化大革命"后,写了长诗《中国的十月》和《"八一"之歌》。出版的诗集和文集有《乡村的夜》《朝阳花开》《放歌集》《贺敬之诗选》《贺敬之文艺论集》《贺敬之谈诗》《心船歌集》《贺敬之文集》等。曾任中国作家协会副主席、文化部副部长、文化部代部长、中共中央宣传部副部长、鲁迅文学院院长等。

人。他的诗作数量不算很多，但影响很大。他善于在学习民歌、古典诗词和五四以来新诗的基础上，创造性地借鉴外国诗歌的特点，根据时代的需要和民族文学传统，自创新意，自铸新词，以诗意浓郁的艺术形象表现社会生活的重大问题，以深厚真挚的火热感情歌吟辽阔奇丽的时代风云，诗情壮美，风格豪放，气势磅礴。他的诗是催征的战鼓、时代的颂歌，洋溢着高昂的革命浪漫主义精神。他和郭小川一样，是放歌派的领军人物。他创作的优秀作品《白毛女》《回延安》《放声歌唱》《雷锋之歌》等，被誉为"中国现当代文学史上当之无愧的经典之作，鼓舞和激励了一代又一代人"①。他在推动我国诗歌发展，特别是政治抒情诗的发展方面作出了巨大的贡献。

贺敬之在新中国成立后的诗作，基本上可以分为三大类：第一类是表现某种具体感受的抒情短诗，如《回延安》《桂林山水歌》《三门峡——梳妆台》等。这类作品，感情真挚醇厚，意境清新深远，讲究炼字炼意，颇有民歌风味和古诗神韵。第二类是描绘我国社会政治生活中的重大事件或重要人物的长篇政治抒情诗，如《放声歌唱》《十年颂歌》《雷锋之歌》《中国的十月》等，这类作品气势磅礴，洒脱豪放，洋溢着饱满的革命激情，及时提出并回答生活中一些具有重大意义的问题，给人以激励和鼓舞。第三类是他步入老年之后所写的以赠友、咏物、写景、抒情、说理为主的新古体诗，如《登岱顶赞泰山》《咏老龙头》《阳朔风景》《游石林》等，这些新古体诗和他的新诗一样，都体现了他的为国为民之心、爱国爱民之情，都坚守信仰、捍卫真理，是形、情、理的有机结合，洋溢着浪漫主义的奋进精神。

纵观贺敬之的诗作，大体有如下特点。

第一，鲜明的时代色彩和当代性。

优秀的诗歌必然是生活的回声、时代的琴弦或号角，必然牵动千百万人的心绪和情怀，引起人们广泛的共鸣。贺敬之说，诗歌要反映"我们时代的最重大的事件，最主要的生活内容"和"我们时代的响亮的声音"，他反对那些"在狭小圈子里""嘲风月，弄花草"，"与人民无关的眼泪和痴狂"的作品，他认为是否具有鲜明的时代色彩和当代性"正是区别诗和诗人的大小高低的主要标准。一

---

① 刘云山：《致"贺敬之文学生涯 65 周年研讨会"的贺信》，见陆华编：《贺敬之研究文选 ·上册》，北京：文化艺术出版社，2008 年，第 6 页。

切诗人、一切诗篇都毫无例外要在这个根本问题上受到严格的鉴定"①。贺敬之的这一见解，体现在他绝大部分的创作实践之中。贺敬之拥有丰富的革命生活经历，比较了解党的历史，了解祖国的过去和现在，因而能在历史发展的必然进程中把握时代的脉搏，描绘时代的风云。他的诗作大都直接触及时事，描写重大事件，表现具有深广社会内涵的主题，比如《放声歌唱》《东风万里》《十年颂歌》《雷锋之歌》《"八一"之歌》等。他总是力求站在时代的高度，深入地研究题材，拓展主题，回顾历史，鸟瞰现实，展望未来，用热情洋溢的诗笔展现气势磅礴的生活图景，用高昂激越的歌喉歌唱响彻云霄的时代强音。比如，《回延安》是一首表现特定时代情绪的抒情诗篇。贺敬之是吃延安的小米饭长大的，对革命圣地延安有着特殊的感情。因此，离别十年后重回延安，心情无比激动："心口呀莫要这么厉害的跳，/灰尘呀莫把我的眼睛挡住了……。/手抓黄土我不放，/紧紧儿贴在心窝上。"②他进而描绘延安亲人的欢迎场景，回忆自己的成长，赞颂延安的巨大变化和伟大的历史功绩。诗篇由难忘的会见场景生发开去，将历史和现实联系起来，歌颂延安人，歌颂延安精神，使诗的激情升华为革命之情、人民之情、时代之情。这火一样的激情，既来源于贺敬之对生活的挚爱，也来源于他对历史和时代的深刻认识。

　　1963 年，《人民日报》发表了毛泽东"向雷锋同志学习"的题词，全国范围内掀起了学习雷锋的热潮。贺敬之为雷锋精神所感动，创作了长篇政治抒情诗《雷锋之歌》。诗人没有像当时许多歌颂雷锋的诗篇那样，把笔墨花在雷锋生活经历的再现上，而是站在时代的高度，提出"什么才是真正的人生"这个重大问题，让读者思考："人，/应该/怎样生？/路，/应该/怎样行？……"③诗人着重描绘和开掘雷锋的心灵美，指出雷锋时刻想着人民、想着革命："呵，雷锋！/你白天的/每一个思念，/你夜晚的/每一个梦镜（境），/都是：/人民……/人民……/人民……/你的每一声脚步，/你的每一次呼吸，/都是：革命……/革命……/革命……"④诗人艺术地概括出雷锋精神的内核和雷锋成长的原因，不仅

---

① 贺敬之：《关于民歌和"开一代诗风"》，《处女地》，1958 年第 7 期。

② 贺敬之：《回延安》，见延安大学中文系编：《诗集·延安颂》，西安：陕西人民出版社，1976 年，第 110 页。

③ 贺敬之：《雷锋之歌》，北京：中国青年出版社，1990 年，第 15 页。

④ 贺敬之：《雷锋之歌》，北京：中国青年出版社，1990 年，第 37-38 页。

歌颂了这位平凡而伟大的战士，而且给每个革命者指出了正确的人生道路。通过对雷锋这一英雄形象的塑造，诗人从纵深方面充分发掘出雷锋精神的时代意义和时代内容，蕴含着诗人对生活的独到见解。

尽管贺敬之的某些诗对个别历史事件和人物的评价失之偏颇，但大多数诗所抒发的感情，以及对时代和历史的思索概括，具有广泛的代表性和典型性，提出并回答了人们所关心的某些重大的社会问题，在当时的历史条件下代表了人民的心声，因此，这些诗曾有如激励斗志的战鼓和催人出征的号角，走进千家万户，在社会上引起了强烈的反响和广泛的共鸣。不仅那些歌颂祖国、歌颂人民、歌颂新生活的长篇政治抒情诗中始终回荡着人民建设新生活的雄浑乐章，就连《回延安》这样的抒情短诗，也与时代的脉搏一起跳动，与人民血肉相连，与祖国山川相连，甚至如《桂林山水歌》这样的山水诗，也透过"啊！桂林的山来漓江的水——/祖国的笑容这样美！""啊！汗雨挥洒彩笔画：/桂林山水——满天下！……"和"对此江山人自豪"，"战士啊，指点江山唱祖国……"[1]的诗句，把表现风景美、山水美的"画中画""歌中歌"，升华到歌颂社会美、人生美、理想美的高度，山水诗变成了一曲情深意浓的祖国颂和战士歌，染上了鲜明的时代色彩。

第二，精巧的艺术构思和新鲜的艺术形象。

贺敬之诗歌的时代色彩和当代性来自他对历史和现实的深刻理解与他对祖国和人民的深情厚爱，得力于精巧的艺术构思和新鲜的艺术形象，因而能"走向亿万人的心里"。他的诗，无论是歌颂英雄人物、赞美人民的丰功伟绩，还是描绘祖国山川、抒发爱国情怀，构思都是精巧的、独特的。比如，同是歌颂英雄人物的《雷锋之歌》《向秀丽》《回答今日的世界——读王杰日记》，其构思就迥然不同。《雷锋之歌》是一首长篇政治抒情诗，诗人没有把笔墨花在对雷锋生活经历的叙述上，而是站在时代的高度，着重对英雄人物的思想境界进行描述，以雷锋平凡工作中的共产主义世界观的表现来显示雷锋精神的伟大，于细微处赞扬雷锋思想的崇高，以雷锋的人生道路回答了"人，/应该/怎样生？/路，/应该/怎样行？……"[2]等重大的人生问题。诗人化实为虚，以虚带实，以澎湃的激情塑造

---

① 贺敬之：《贺敬之文集·1·新诗卷》，北京：作家出版社，2005年，第406-410页。

② 贺敬之：《雷锋之歌》，北京：中国青年出版社，1990年，第15页。

了雷锋的形象，歌颂了雷锋的精神，揭示了雷锋形象的典型意义。向秀丽在烈火中抢救国家财产壮烈牺牲，王杰为了抢救同志以身殉职，他们的事迹都可歌可泣。《向秀丽》把祖国的山河美与英雄儿女的精神美联系起来，赞扬了向秀丽的品格："山好水好都因儿女好，/母亲祖国呵该自豪！"①

贺敬之的诗，不是时代精神和当代意识的"单纯号筒"，不是枯燥词语的堆砌，而是在对具体场面、具体事物的描绘中，把许多看似抽象的政治概念具体化、形象化，是情与理、形与神的完美统一。比如，通过"看/五千年的/白发，/几万里的/皱纹，/一夜东风/全吹尽！"（《东风万里》）②来表现祖国的变化，从时间和空间上歌颂社会的巨大变革与中华民族精神面貌的历史性变化；"……在高压线/飞过的/长城脚下，/在联合收割机/滚动着的/大雁塔旁，/在长江大桥头的/黄鹤楼上，/在宝成铁路边的/古栈道旁……"（《放声歌唱》）③，把两个不同历史时代的建筑放在一起，通过对比，将社会的变化十分鲜明地显现在读者眼前。这些诗句虚实相参，古今相比，巨细相形，构思新奇，形象具体，生动而又概括力强，给人以思索与回味的余地。

贺敬之巧妙运用各种艺术手法，使一些看似平凡的事物形象鲜明，意象迭生，熠熠生辉。比如，在"'命运'姑娘""'历史'同志"（《放声歌唱》）中，诗人采用拟人手法，把"命运"和"历史"两个抽象的概念具体化、形象化，给人以十分亲切之感；通过"啊，我看见：/每一个姑娘的/心中/都是一片/桂林山水……/我看见：/每一个青年的/手掌/都是一座/五指山峰！"（《十年颂歌》）④来描绘新时代青年人宽广豪迈的胸襟；在"啊啊……'前不见古人'……/但是，/后——有——来——者！/莫要/'念天地之悠悠'吧，/莫要/'独怆然而涕下'……/'君不见'——/'广厦千万间'/已出现在/祖国的/'四野八荒'！"（《放声歌唱》）⑤中，诗人借用古典诗词的意境来展现中国翻天覆地的变化和欣欣向荣的景象；当然，更多的还是借用一些本来就极为形象的事物来抒发情怀，如通过"……春风。/秋雨。/晨雾。/夕阳。……/……轰轰的/车

① 贺敬之：《贺敬之文集·1·新诗卷》，北京：作家出版社，2005 年，第 402 页。
② 贺敬之：《贺敬之文集·1·新诗卷》，北京：作家出版社，2005 年，第 612 页。
③ 贺敬之：《放声歌唱》，北京：中国言实出版社，2021 年，第 20 页。
④ 贺敬之：《贺敬之文集·1·新诗卷》，北京：作家出版社，2005 年，第 436 页。
⑤ 贺敬之：《放声歌唱》，北京：中国言实出版社，2021 年，第 21-22 页。

轮声。/踏踏的/脚步响。……"（《放声歌唱》）①来描绘新时代人民前进的步伐，通过"千层浪呵，/万层浪！/六万万个浪头/汇成这/惊天的海洋！"（《东风万里》）②来歌颂人民的伟大力量。这里要特别指出，在《放声歌唱》中诗人对中国共产党形象的描绘是别出心裁、别具匠心的：

> 党，
> 　　正挥汗如雨！
> 　　　工作着——
> 　　在共和国大厦的
> 　　　建筑架上！③

党在建筑架上挥汗如雨地工作，但党比一般人站得高、看得远，这是平凡与伟大、朴素与崇高的辩证统一。作为历史巨人的党的形象，既是高瞻远瞩的领导者，又是脚踏实地的劳动者，深刻而生动地揭示了党全心全意为人民服务的根本宗旨。长诗由现实追溯历史，由今天展望未来，从古代人们的追求写到今天祖国的辉煌灿烂，精选了许多典型细节构成一系列动人的画面，把空灵与实感、明朗与含蓄结合起来，创造出独特而不朽的艺术形象：

> 党啊——
> 　　我们祖国的
> 　　　青春
> 　　　　和光荣，
> 党啊——
> 　　我们社会主义事业的
> 　　　信心
> 　　　　和力量！……④

老诗人臧克家曾对这首诗歌给予高度赞誉："诗人以个人为主角，用情感的

---

① 贺敬之：《放声歌唱》，北京：中国言实出版社，2021年，第19页。

② 贺敬之：《放歌集》，北京：人民文学出版社，1972年，第101页。

③ 贺敬之：《放声歌唱》，北京：中国言实出版社，2021年，第27页。

④ 贺敬之：《放声歌唱》，北京：中国言实出版社，2021年，第22-23页。

金线绣出了党的雄伟强大，绣出了祖国土地的壮丽辽阔，绣出了新中国人民为建设社会主义而奋斗的英雄形象，绣出了光辉灿烂的未来远景……"①

第三，富于革命浪漫主义色彩。

贺敬之认为："积极的、革命的浪漫主义对一个民族的文学，特别是诗歌的发展来说，决（绝）不可能，也决（绝）不会是可有可无的东西。它和现实主义文学交相辉映，把那个时代的现实生活用独特的方法反映得神彩（采）焕发，给人以千里之目，使人'更上一层楼'，使得诗人足以'落笔惊风雨，诗成泣鬼神'，给人以震撼人心的雷霆万钧的力量。"②他进一步总结了自己对于革命浪漫主义的认识："必须有理想。……诗人的胸怀必须是共产主义者的无限广阔的胸怀。……诗人必须是集体主义者，是集体主义的英雄主义。……诗人有最大的权力运用'不平凡'的情节，运用夸张、想象、幻想的形式。"③

贺敬之的这些看法都明显地体现在他的诗作里。他不仅仅满足于如实地反映现实生活，而是思接千载，视通万里，高瞻远瞩，把他所经历、所感受到的现实生活，通过想象与理想融会贯通，从而表现出鲜明的革命浪漫主义色彩。在《三门峡——梳妆台》里，诗人唱出了这样激昂慷慨的歌声：

> 梳妆来呵，梳妆来！
> 　　——黄河女儿头发白。
> 挽断"白发三千丈"，
> 愁杀黄河万年灾！
> 登三门，向东海：
> 问我青春何时来？！
>
> 何时来呵，何时来？……
> 　　——盘古生我新一代！

---

① 臧克家：《谈贺敬之同志的几首诗》，见《学诗断想》，成都：四川人民出版社，1979年，第215页。

② 贺敬之：《漫谈诗的革命浪漫主义》，见《贺敬之文集·3·文论卷·上》，北京：作家出版社，2005年，第78页。

③ 贺敬之：《漫谈诗的革命浪漫主义》，见《贺敬之文集·3·文论卷·上》，北京：作家出版社，2005年，第82-83页。

举红旗，天地开，

史书万卷脚下踩。

大笔大字写新篇：

社会主义——我们来！①

拟人化了的黄河，站在三门峡口，向滔滔东海发问，问何时还其青春，想象之奇特，令人称奇。诗人接着以豪迈的声音作答，说"今日的盘古"定能把黄河治好，还其青春。气势雄健，格调高昂，其浪漫主义气概，令人心悦诚服。在其他作品里，诗人亦展开了想象的翅膀，天上地下，古今中外，任意翱翔。如在《放声歌唱》里，诗人时而在神州大地上漫步，时而在辽阔的天空遨游；时而缅怀过去，向远古的祖先倾诉衷肠，时而畅想未来，与未来的公民促膝长谈；甚至革命导师马克思、列宁都被请到党中央的主席台上，检阅我们的辉煌成就。在《东风万里》中，"开天辟地的盘古"和"治理九水的大禹"，都为"今日的英雄/牵马坠镫"②。在《桂林山水歌》中，"七星岩去赴神仙会，/招呼刘三姐呵打从天上回……"③在《雷锋之歌》里，诗人向巴黎公社的英雄前辈保证："——我们要/子子孙孙/永不变啊，/辈辈新人/是雷锋！……"④这些不凡的情节，夸张、幻想的形象，使诗篇富有浪漫主义色彩，闪耀着理想的火花，具有强烈的鼓舞力量。

贺敬之曾说："诗里不可能没有'我'，浪漫主义不可能没有'我'，即所谓'抒情的主人公'。"⑤他十分注重把自己的爱憎、思想、情操以及生活经历的某些片段写进诗里去。他的一些著名诗篇，几乎都出现了抒情主人公"我"。这个"我"是"诗人的'自我'跟阶级、跟人民的'大我'相结合"⑥，"是通过属于人民的这个'我'，去表现'我'所属于的人民和时代的"⑦。在《回延安》

---

① 贺敬之：《贺敬之文集·1·新诗卷》，北京：作家出版社，2005 年，第 366-367 页。

② 贺敬之：《贺敬之文集·1·新诗卷》，北京：作家出版社，2005 年，第 378 页。

③ 张德明：《百年新诗经典导读》，广州：暨南大学出版社，2015 年，第 120 页。

④ 贺敬之：《贺敬之文集·1·新诗卷》，北京：作家出版社，2005 年，第 497 页。

⑤ 贺敬之：《漫谈诗的革命浪漫主义》，见《贺敬之文集·3·文论卷·上》，北京：作家出版社，2005 年，第 83 页。

⑥ 贺敬之：《〈郭小川诗选〉英文本序》，见《贺敬之文集·3·文论卷·上》，北京：作家出版社，2005 年，第 222 页。

⑦ 贺敬之：《〈李季文集〉序》，见《贺敬之文集·3·文论卷·上》，北京：作家出版社，2005 年，第 340 页。

里，"我"如同一个久别家乡的游子回到母亲的怀抱，尽情抒发对延安的无比热爱和思念；在《雷锋之歌》里，"我"是雷锋的兄弟，年龄长于雷锋，但雷锋却是"我"的"无比高大的长兄"，"我"要赶上前去，同雷锋一起参与伟大的斗争；在《"八一"之歌》里，"我"以"一个'地方同志'，/也是/一个老兵"的身份，发出一连串"我仰望你，我扑向你"的呼喊，表达出对解放军的无限深情①；在《放声歌唱》里，诗人更是用一章的篇幅来歌唱"关于：我——自己"，以描绘一个战士的革命历程和对党、对人民、对祖国的忠诚。这些诗篇中的"我"，是对诗人"自我"之情和阶级、人民的"大我"之情的概括。抒"我"之情，在千万人心中激起波涛；咏"我"之志，闪耀着阶级理想的光辉；写"我"之事，展现着时代的风雨雷电。这个"我"是独特的、生动的、形象的，同时又是典型的。

第四，独特的艺术风格和艺术形式上的多样化创新。

自《回延安》《放声歌唱》之后，贺敬之的诗歌逐步形成了独特的艺术风格：深沉奔放，热情豪壮，格调高昂。这种艺术风格，在他的长篇政治抒情诗如《放声歌唱》《"八一"之歌》中得到了充分的体现。然而，他的诗的艺术风格又不是单一的，而是多样化的统一，于统一风格中呈现出多样化的色彩。比如，同是歌颂英雄人物的几首诗，格调各不相同。《向秀丽》明丽、舒缓、醇厚、凝练，宛如一曲深情、柔美的颂歌；《回答今日的世界——读王杰日记》干脆、急促、犀利，如银瓶乍破，似金戈铁马。再如，同是描写山水风物的《桂林山水歌》和《三门峡歌》，两诗的格调亦迥然有别。前者歌吟南方的秀山丽水，明媚甜美，如醉如梦，沁人肺腑；后者高唱北方的高山大河，苍劲雄浑，震天撼地，摇人心旌。

贺敬之是一位立足传统而广采众家、不断探求创新的诗人。他早期的诗作《乡村之夜》《并没有冬天》多采用五四以来的自由体，《朝阳花开》多采用陕北一带的歌谣体。从20世纪50年代开始，他逐渐走向成熟，在诗体形式上不断探索，精益求精，取得了显著的成绩。《回延安》《又回南泥湾》《西去列车的窗口》等诗，是采用信天游或爬山调的二行诗体，《三门峡——梳妆台》采用了乐府歌行体。但诗人不是简单照搬这些传统形式，而是借鉴了民歌的节奏鲜明、朗朗上口的特点，熔铸了自由体诗流畅清新、明白如话的长处，采用了古典诗词

---

① 贺敬之：《贺敬之文集·1·新诗卷》，北京：作家出版社，2005年，第535-536页。

炼字、炼意的方法，强调节奏、旋律和押韵，追求诗的意境美、语言美、音乐美、形式美，使这些诗流畅而有节奏，自由而又对称，具有一唱三叹、回味不绝的艺术特点。比如："手抓黄土我不放，/紧紧儿贴在心窝上。"（《回延安》）①"情一样深呵，梦一样美，/如情似梦漓江的水！"（《桂林山水歌》）②"一站站灯火扑来，像流萤飞走；一重重山岭闪过，似浪涛奔流……"（《西去列车的窗口》）③"黄水劈门千声雷，/狂风万里走东海。"（《三门峡——梳妆台》）④"五月——/麦浪。/八月——/海浪。/桃花——/南方。/雪花——/北方。……/我走遍了/我广大祖国的/每一个地方——呵，/每一个地方的/我的/每一个/故乡！"（《放声歌唱》）⑤这些诗句都是字字斟酌，行行锤炼，做到了诗中有画、画中有声、声中有情，具有音乐美和绘画美，令人耳目一新。他的《放声歌唱》《十年颂歌》《雷锋之歌》《"八一"之歌》等，采用了苏联诗人马雅可夫斯基的"楼梯式"创作手法。但《放声歌唱》和《十年颂歌》又不同于《雷锋之歌》和《"八一"之歌》，前者是多层"楼梯式"，是中国不少诗人都曾运用过的一种诗体，后者只有两层，是诗人在多层"楼梯式"的基础上，结合传统诗歌的对称美、建筑美而创造的一种中国式的"楼梯式"，亦称凸凹体，它自由而不散漫，整齐而不呆板，抒情可高歌低吟，任意挥洒，叙事如行云流水，自然畅达，节奏感强。贺敬之创造的这种形式，是对中国新诗的一种贡献，这种形式可以同郭小川创造的新辞赋体相媲美。

　　虽然贺敬之的个别诗篇对现实生活的反映失之偏颇，但他无疑为我国现当代诗歌诗论的发展做出了杰出的贡献，他和郭小川一道把中国革命浪漫主义诗风推向了一个新的高潮，是继五四时期的郭沫若、抗日战争时期的张光年和田汉之后的杰出的革命浪漫主义的歌手、严肃的无产阶级革命文艺理论家和放歌派的领军人物。

---

① 闻一多等：《我爱的中国：献礼新中国成立 70 周年诗歌精选》，沈阳：春风文艺出版社，2019 年，第 143 页。

② 中国作家协会诗刊社编：《中国新诗百年志·作品卷·上》，北京：中国工人出版社，2017 年，第 251 页。

③ 陆华编：《贺敬之研究文选·下册》，北京：文化艺术出版社，2008 年，第 653 页。

④ 闻一多等：《我爱的中国：献礼新中国成立 70 周年诗歌精选》，沈阳：春风文艺出版社，2019 年，第 148 页。

⑤ 贺敬之：《放声歌唱》，北京：中国言实出版社，2021 年，第 20 页。

第三节　放歌派的领军者：郭小川[①]

郭小川是一位充满革命朝气、胸怀坦荡、赤胆忠心的无产阶级战士，也是一位紧紧和时代脉搏相连、和祖国江山相连、和人民命运相连的人民诗人。他的诗是珍珠，亦是子弹；是鼓舞人们前进的号角，亦是净化人们灵魂的琴弦；是描绘时代风貌的多彩画卷，亦是歌颂人民意志的英雄乐章。

长期以来，郭小川全身心地在火热的斗争中忘我地战斗着，这为他的创作奠定了坚实的思想基础和生活基础。1955—1957 年，郭小川写作并出版了《投入火热的斗争》和《致青年公民》两本诗集，这些诗有着强烈的时代气息、深刻的思想内容和饱满的战斗热情，抒发了他对祖国、对人民、对党的赤子之情。他歌颂人民是"太阳"，他赞美党是"祖国的心脏""人类的希望"，为了祖国，他"将以全部生命/贡献给每一个地方"[②]。这些诗以紧鼓急雨般的旋律，唱出了时代的战歌。

1957 年至 20 世纪 60 年代初期，郭小川既因写出了歌颂祖国、赞美社会主义建设事业的《县委书记的浪漫主义》《正当山青水绿花开时》《雪兆丰年》《春暖花开》等抒情诗和颂扬老一辈无产阶级革命战士的优秀长篇叙事诗《将军三部曲》而受到赞扬；也因为在长篇叙事诗《白雪的赞歌》《深深的山谷》以及未能发表的叙事诗《一个和八个》《严厉的爱》和长篇抒情诗《望星空》中另辟蹊径，大胆探索，而引起文艺界对他的批评。现在看来，这些批评是错误的，然而，当时郭小川并不因这些错误的批评而气馁，而是"以新的勇气和新的姿态轻

---

① 郭小川（1919—1976），原名郭恩大，河北丰宁人。学生时代积极参加抗日救亡运动，1937 年 9 月加入八路军，同年加入中国共产党。1941—1945 年，在延安马列研究院和中央党校学习，参加了延安整风运动。从1948 年起，一直在党的新闻和宣传部门工作。新中国成立初期，和陈笑雨、张铁夫合作，以"马铁丁"为集体笔名，在《长江日报》上开创了《思想杂谈》栏目。1955—1957 年，写作并出版了诗集《投入火热的斗争》《致青年公民》，标志其诗歌创作逐渐走向成熟。继后出版的诗集有《鹏程万里》《月下集》《两都颂》《甘蔗林——青纱帐》《昆仑行》《雪与山谷》《将军三部曲》。曾任中国作家协会党组副书记、中国作家协会书记处书记兼秘书长、《诗刊》编委、《人民日报》特约记者等。1976 年从河南返京途中，在安阳不幸逝世。《郭小川诗选》《郭小川诗选·续集》《谈诗》《郭小川全集》在其身后相继面世。

② 郭小川：《郭小川全集·1·诗歌》，桂林：广西师范大学出版社，2000 年，第 183 页。

装前进"①。他深入草原钢城包头、钢都鞍山、煤都抚顺和黄河三门峡工地,社会主义建设的壮丽图景,工人阶级坚定的无产阶级立场和忘我精神,给了他很多启发,他一连写下了《平炉王出钢记》《钢铁是怎样炼成的》《三门峡——梳妆台》等许多优秀诗作,他把对党、对祖国的激情,化为对祖国钢城、煤都、林海、草原、边塞的赞歌,化为对工人、农民、解放军战士、少数民族同胞的热情颂歌。

从 1961 年起,郭小川的诗歌创作进入成熟期。这一时期的作品有《厦门风姿》《乡村大道》《甘蔗林——青纱帐》《青纱帐——甘蔗林》《秋歌》《祝酒歌》《大风雪歌》《青松歌》《刻在北大荒的土地上》《春歌》《战台风》等。这批作品具有深邃的思想内容和独特的艺术形式,表明诗人所追求的独特的艺术风格已经形成。"文化大革命"期间诗人写的《祝诗》《万里长江横渡》《团泊洼的秋天》《楠竹歌》《丰收歌》,以及悼念周总理和毛主席的诗作,是这种风格的发展。郭小川是一位才华横溢的富于创造性的诗人,"是站在我们前列的那些优秀诗人中的突出的一个"②。他以自己卓有成效的艺术实践,开一代诗风,他和贺敬之一样,是放歌派当之无愧的领衔歌手,他为社会主义诗歌的发展做出了卓越的贡献。

郭小川诗歌创作的主要成就在抒情诗方面,而叙事诗的创作成就也是引人注目的。诗人自己比较喜欢的《白雪的赞歌》,注重展示革命战士高尚的情操,细腻而含蓄地刻画人物的内心世界,具有鲜明的艺术特色。《将军三部曲》更是获得读者好评的优秀作品。这部诗作以老一辈无产阶级革命家、解放军的高级将领"将军"为主人公,通过战前、战中、战后的三个片段,生动地刻画了将军丰富的精神世界,展现了抗日战争到解放战争这一伟大历史进程的某些侧面。《将军三部曲》运用诗歌形式歌颂我军高级将领,这是一次成功而出色的尝试,是当代叙事诗创作的一个重大收获,它"清新、隽永,似雾月清风,醒人耳目"③。

充满强烈而丰富的革命激情,是郭小川诗歌的一个显著特色。

---

① 杨匡汉、杨匡满:《战士与诗人郭小川》,上海:上海文艺出版社,1978 年,第 45 页。

② 贺敬之:《〈郭小川诗选〉英文本序》,见《贺敬之文集·3·文论卷·上》,北京:作家出版社,2005 年,第 221 页。

③ 安旗:《读郭小川〈将军三部曲〉》,见《论叙事诗》,北京:作家出版社,1962 年,第 62 页。

郭小川曾说："革命诗歌只能抒革命之情，抒人民之情，抒无产阶级之情。要抒革命之情、人民之情、无产阶级之情，就要作者自己心中有之，而且，要很强烈，很丰富。"[①]充分而又强烈地抒发革命之情，是郭小川诗歌创作的灵魂。这不仅表现在他的抒情诗中，也表现在他的叙事诗中。郭小川的诗都洋溢着火热的激情，被深深打上了时代的烙印、民族的烙印，因而能紧紧扣住人们的心弦，引起强烈的共鸣。评论家冯牧说得好，郭小川"有时是昂首浩歌，有时是委婉低吟；他的歌声有时像疾风暴雨般地激昂高亢，有时又如行云流水似的宛转多姿。但是，在它们当中有如乐曲中的主旋律一样地贯穿在字里行间的，是诗人对于革命、对于他所毕生追求的矢志为之奋战终身的共产主义革命事业的无限深情"[②]。他的诗作，特别是抒情诗，"是在中国的大地上，在崭新的世纪里，从一位毕生为祖国和人民事业而斗争的忠诚战士的心灵中发出来的"[③]赤诚的歌，洋溢着对党、对祖国、对人民、对社会主义建设事业的无限深情。

人们之所以喜爱郭小川的诗，不仅因为他善于把深刻的思想、炽热的感情同生动鲜明的形象融为一体，从而使诗味特别浓烈感人；还因为诗中表现了深刻的思想，提出并回答了不同历史时期人们所共同关心的问题。郭小川的诗不是流行政治语言的翻版，不是死板老套的人生说教，而是诗人以马列主义、毛泽东思想为指导，对生动丰富的现实生活进行反复观察和深刻探索之后的新发现，是从生活矿藏中提炼出来的珍宝，闪耀着真理的动人光芒，因而具有引人深思、发人深省的启示作用。比如，写于20世纪50年代的组诗《致青年公民》就对当时广大青年面临的怎样对待人生、青春，怎样解决困难等问题，作出了精辟的、理性的回答，是诗人在社会主义改造和社会主义建设的火热斗争中对人生、社会的深刻理解以及对青年人的热情呼唤。

诗人以青年革命者的身份热情歌颂新中国的诞生："黑暗永远地消亡了，/随太阳一起/滚滚而来的/是胜利和欢乐的高潮。"（《向困难进军》）[④]他希望"像鹰一样/呼吸着/祖国的高空的大气，/用激动得快要流泪的眼睛/看一看/我所

---

① 郭小川：《谈诗》，见《谈诗》，上海：上海文艺出版社，1978年，第128页。

② 冯牧：《冯牧文集·2·评论卷Ⅱ》，北京：解放军出版社，2002年，第20页。

③ 贺敬之：《〈郭小川诗选〉英文本序》，见《贺敬之文集·3·文论卷·上》，北京：作家出版社，2005年，第220页。

④ 郭小川：《郭小川精选集》，北京：燕山出版社，2015年，第22页。

爱的每一块土地……"，"为了祖国/我将以全部生命/贡献给每一个地方"
（《把家乡建成天堂》）①。祖国的一景一物，都拨动着诗人的心弦；祖国的一
草一木，都吹动着诗人理想的风帆；而战斗在祖国大地上的人民群众，更是卷起
了诗人感情的巨澜。他满怀激情地写道："应当唱千万支歌/把我们的人民/赞
美，/赞美/他们不懈的勤劳/和英雄无畏，/应当作千万幅画/把我们的人民/描绘，/
描绘/他们外表的庄严/和心灵的高贵。"（《人民万岁》）②诗人热情地描绘着
社会主义建设的"惊心动魄的巨大的画幅"（《在社会主义高潮中》）③，由衷
地赞美党"是阶级的头脑""是祖国的心脏""是我们的生命""是人类的希
望"（《保卫我们的党》）④，决心把自己"微薄得/简直无足轻重"（《自己的
志愿》）⑤的力量献给党的事业。在长篇叙事诗《白雪的赞歌》《深深的山谷》
《一个和八个》中诗人提出并回答了革命者应该怎样对待爱情、对待革命信念的
重大问题；尤其难能可贵的是，他提出了当一个革命者受到敌人的诬陷时，应该
采取的正确态度。诗人以感人的形象，赞美无产阶级战士"我活着的一生值得我
死后欢愉，/因为我没有辜负作为战士的声誉"（《一个和八个》）⑥的高洁胸
怀；赞美革命者的精神世界"不仅要像雪那样洁白，/而且要像雪那样丰富又多
彩！"（《白雪的赞歌》）⑦

　　20 世纪 60 年代初期，我国社会主义建设事业遇到了困难。诗人在《乡村大
道》《厦门风姿》《祝酒歌》《秋歌》《甘蔗林——青纱帐》《青纱帐——甘蔗
林》《战台风》《刻在北大荒的土地上》等诗中，托物言志，借景抒情，以思想
与豪情的合力鼓舞人们战胜困难、建设祖国。比如，在《大风雪歌》里，他先用
夸张的手法描绘了狂风暴雪气势汹汹、不可一世的"淫威"："老北风/——风
中的霸；/腊月雪/——雪中的砂；/整整一夜哟，/前呼后拥闹天下！""寒流
呀，/像冲破了闸；/冰川呀，/像炸开了花；/空气哟，/冷得发辣。""老天哟，/

---

① 郭小川：《郭小川全集·1·诗歌》，桂林：广西师范大学出版社，2000 年，第 179、183 页。

② 郭小川：《郭小川全集·1·诗歌》，桂林：广西师范大学出版社，2000 年，第 205 页。

③ 郭小川：《郭小川全集·1·诗歌》，桂林：广西师范大学出版社，2000 年，第 187 页。

④ 郭小川：《致青年公民》，北京：作家出版社，1957 年，第 117-118 页。

⑤ 郭小川：《致青年公民》，北京：作家出版社，1957 年，第 124 页。

⑥ 郭小川：《郭小川精选集》，北京：燕山出版社，2015 年，第 165 页。

⑦ 郭小川：《郭小川精选集》，北京：燕山出版社，2015 年，第 168 页。

仿佛要塌；/大地哟，/仿佛要垮……"继后，用富于浪漫主义的笔触，再现了"南征北战"的伐木工人的英姿："一串钟声，/把黑夜敲垮；/一阵欢笑，/把阴云气煞。天亮了，/咱们出发！""热气呀，/把雪片烧成火花；/鲜血呀，/把白雾染成红霞。""山风呀，/成了进军的喇叭；/松涛呀，/成了庆功的唢呐。""风如马，/任我跨；/云如雪，随我踏；/哪儿有艰难，/哪儿就是家！"①这是当时中国林业工人精神面貌的真实写照，也是当时全国人民精神面貌的艺术概括。当时全国人民正顶着朔风逆流，以奋发图强的革命精神，投身于崇高而伟大的事业。在《厦门风姿》中，诗人以浓重笔墨描绘了处于海防前线的英雄城市厦门的"满树繁花、一街灯光、四海长风""百样仙姿、千般奇景、万种柔情"②，抒发了无产阶级战士对祖国深厚的感情。在《甘蔗林——青纱帐》和姊妹篇《青纱帐——甘蔗林》中，诗人借甘蔗林与青纱帐这两个独特的形象，把过去和现在、革命和建设、艰苦岁月和火红年代巧妙地交织起来，展现了诗人无畏的战斗情怀和不懈的奋斗精神。

在"文化大革命"期间，诗人对党、对祖国、对人民爱得更深，往往采用直抒胸臆的手法，抒发自己的强烈感情。在《团泊洼的秋天》《秋歌》等诗里，诗人真像自己说过的那样，是用自己全部的心血在写战斗的诗③，充满了作为共产党员的浩然正气和壮志豪情。《团泊洼的秋天》是一个战士心火的喷发、心血的沸腾、心潮的澎湃，挟着感情的风雷电闪，感人肺腑，动人心魄。"这是诗人的歌中之歌——它们形成了诗人全部诗歌当中的最强音。"④

充满强烈而丰富的革命激情，这个特点也体现在郭小川的叙事诗中。《白雪的赞歌》在环境的渲染、人物的刻画、心理活动的揭示和景物的描绘上，都带有浓郁的抒情色彩。《将军三部曲》不着重于对战场情景进行正面描绘，而是用抒情笔墨，从日常生活的各个侧面，展示将军心灵的美。诗人描写将军月下散步："将军身影，/在月光下飘。/脚步儿，/静悄悄。/兴头儿，/万丈高。/穿过树林，/一阵小跑。/箭一般，/到了河套。"⑤简洁明快的抒情语言，把夜

---

① 郭小川：《郭小川全集·2·诗歌》，桂林：广西师范大学出版社，2000年，第159-163页。

② 郭小川：《郭小川研究·第一集》，呼和浩特：内蒙古人民出版社，1998年，第293页。

③ 郭小川：《正当山青水绿花开时》，见《郭小川诗选》，北京：人民文学出版社，1977年，第82页。

④ 冯牧：《冯牧文集·2·评论卷Ⅱ》，北京：解放军出版社，2002年，第26页。

⑤ 郭小川：《郭小川全集·3·长篇叙事诗·诗残篇》，桂林：广西师范大学出版社，2000年，第185页。

色的静和将军的动巧妙地结合在一起，有力地表现了将军炽热的感情，抒情气氛十分浓烈。

富于思辨性和哲理色彩是郭小川诗歌的第二个显著特色。

首先，表现为诗人善于把自己对人生、社会、现实生活的深刻观察、理解、提炼和凝聚成富有哲理的思想，以此作为诗篇的主题。组诗《致青年公民》对当时广大青年面临的怎样对待人生、青春，怎样解决困难等重大问题，作出了精辟的富有哲理的回答。在《向困难进军》中，诗人希望青年一代要看到"社会主义的道路上/并非/平安无事"，"也时常/有风雨来袭"，"随处都可能/埋伏着坚硬的礁石"，因而要像革命战争时期的青年一代那样，"以百倍的/勇气和毅力/向困难进军！"[①]在《闪耀吧，青春的火光》中，诗人告诉青年读者，"青春/不只是秀美的发辫/和花色的衣裙"，"也不能总在高山麓、溪水旁/谈情话、看流云"来度过青春，"青春的快乐"是在社会主义建设事业中，"大胆的（地）想望/不倦的（地）思索/一往直前的（地）行进"[②]。在《乡村大道》中，诗人把那长远而又曲折、宽阔而又坎坷的乡村大道，同人生的大道、革命的大道联系起来，寄寓着鲜明深刻的哲理思想：

> 乡村大道呵，我爱你的长远和宽阔，
>
> 也不能不爱你的险峻和你那突起的风波；
>
> 如果只会在花砖地上旋舞，那还算什么伟大的生活！
>
> 哦，乡村大道，我爱你的明亮和丰沃，
>
> 也不能不爱你坎坎坷坷、曲曲折折；
>
> 不经过这样的山山水水，黄金的世界怎会开拓！[③]

诗人用诗的语言，形象地阐明了人生大道、革命大道都是坎坷曲折的，只有通过斗争，才能化险为夷、通向坦途。在《青松歌》中，诗人赞美青松："活着时，/为好日月欢呼；/倒下时，/把新世界建筑。"[④]这实际上是赞美无产阶级革

---

① 郭小川：《郭小川精选集》，北京：燕山出版社，2015 年，第 23-25 页。

② 郭小川：《郭小川全集·1·诗歌》，桂林：广西师范大学出版社，2000 年，第 208-209 页。

③ 郭小川：《郭小川全集·2·诗歌》，桂林：广西师范大学出版社，2000 年，第 104 页。

④ 郭小川：《郭小川全集·2·诗歌》，桂林：广西师范大学出版社，2000 年，第 167 页。

命战士的高尚节操和英雄品格，其中包含的人生哲理，引人思索，耐人寻味。

其次，表现为诗人善于提炼富有哲理性的警句。诸如"斗争/这就是/生命，/这就是/最富有的/人生"（《投入火热的斗争》）[①]；"在我们的祖国中/困难减一分/幸福就要长几寸，/困难的背后/伟大的社会主义世界/正向我们飞奔"（《向困难进军》）[②]；"跋涉在时代的风雨里/能使你/百病全消"（《在社会主义高潮中》）[③]；"甘愿以血肉之躯，充当时代列车的轮轴！/⋯⋯甘愿以全身骨骼，架设革命事业的高楼"（《秋日谈心》）[④]；"风浪永不断/生活之树永不枯；/无穷无尽的/大风大浪/一直在续写/无穷无尽的英雄谱"（《万里长江横渡》）[⑤]；"是战士，决（绝）不能放下武器，哪怕是一分钟；/要革命，决（绝）不能止步不前，哪怕面对刀丛"（《秋歌》）[⑥]。这些警句，是诗人思想感情和生活经验的结晶，它往往对全诗的主题起着画龙点睛的作用，并且成为指导人们立身行事的座右铭。

最后，表现为诗人将深刻的思想和鲜明的时代色彩、浓郁的诗意结合起来。1964 年，诗人在总结自己诗歌创作的经验时说："最重要的是：多多观察生活，多多思考生活，从生活中慢慢悟出一些新颖、深刻的哲理来，并给予它以诗意的表现。"[⑦]这说明他在努力追求把诗人、战士和思想家的品格与自己的生活和创作结合起来。正像人们称赞的那样，郭小川是"时代的歌手和号手"，"他的歌，使我们看到了时代前进的脚步，使我们听到了时代前进的声音"[⑧]。他的代表作，不论是传诵已久的《投入火热的斗争》《向困难进军》《厦门风姿》《青纱帐——甘蔗林》《祝酒歌》等名篇，还是逝世前不久写的《秋歌》《团泊洼的秋天》等诗作，都是"我们时代的最强之音，最美之音"[⑨]。

---

① 郭小川：《郭小川全集·1·诗歌》，桂林：广西师范大学出版社，2000 年，第 100 页。

② 郭小川：《致青年公民》，北京：作家出版社，1957 年，第 59 页。

③ 郭小川：《郭小川全集·1·诗歌》，桂林：广西师范大学出版社，2000 年，第 189 页。

④ 郭小川：《郭小川全集·2·诗歌》，桂林：广西师范大学出版社，2000 年，第 127 页。

⑤ 郭小川：《郭小川全集·2·诗歌》，桂林：广西师范大学出版社，2000 年，第 380 页。

⑥ 杨匡汉、杨匡满：《战士与诗人郭小川》，上海：上海文艺出版社，1978 年，第 133 页。

⑦ 郭小川：《郭小川全集·7·书信》，桂林：广西师范大学出版社，2000 年，第 346 页。

⑧ 冯牧：《冯牧文集·2·评论卷Ⅱ》，北京：解放军出版社，2002 年，第 21 页。

⑨ 贺敬之：《〈郭小川诗选〉英文本序》，见《贺敬之文集·3·文论卷·上》，北京：作家出版社，2005 年，第 221 页。

关于郭小川的哲理诗，要特别论述 20 世纪 60 年代初期，他去新疆访问而创作的《墓志铭》和《昆仑山的演说》。

《墓志铭》在近乎叙事的抒情中，表现了善良与邪恶、仁慈与凶残、革命与反革命之间的斗争，这是一曲正义的颂歌，革命者虽然因"仁慈"被叛徒出卖遭到"残酷的杀戮"，但是他们精神不死，浩气长存，人的尊严永在："每个人临近死亡的瞬间，都目无反顾，/以凛然的气概瞻望人间无限的前途。"①《昆仑山的演说》是关于人、关于人类历史、关于人类理想的热情赞歌。诗人站在巍巍昆仑之巅，俯瞰中华大地，放眼九州苍穹，从地球的诞生写起，写了"遥远又遥远的洪荒时代"的造山运动，写了昆仑山的诞生，然后又将昆仑山作为人类诞生的见证人，描写了人类的祖先——"人猿"如何在与大自然的艰难而漫长的斗争中战胜各种困难而进化为"最可骄傲的形象——人"，他们继续与大自然中的"豺狼虎豹"、风雨雷电搏斗，使"野性的大自然""变得驯顺"，随着人类改造自然的武力与智力的增长，私有财产随之产生，出现了少数人剥削压迫多数人的阶级社会，"一面是前所未有的文明，/一面是前所未有的野蛮，/一面是勤劳和悲苦，/一面是荒淫和无耻"，诗人通过昆仑山之口，对那些"把金钱当作生命和灵魂，/以杀人不见血的交易，/骗取人们身上的油脂，/养肥自己的三寸厚的肚皮"的剥削者给予了无情的诅咒，对于在"文明的世界里降为牛马，/在烈日和寒风中耕耘着土地，/在皮鞭下开动着吃人的机器，/在来世的引诱下面向死亡"的被奴役、被愚弄的劳动者给予了极大的同情。诗歌表现了诗人作为一个革命的人道主义者的严正立场与鲜明的态度，同时也赞美了人类用劳动与科学改造自然的伟大功绩，赞美了"人类的尊严与骄傲"，显示了诗人对未来的坚定信念："即使有一天人类毁灭了，/还会有更聪慧的生物/来担当世界的向导；/即使地球腐烂了，/我们的无限的宇宙/还会把另一个美好的世界创造。"②最后诗人借昆仑山伟大的献身精神，表达了自己的崇高理想。这首诗是一曲关于人类改造自然、战胜邪恶的热情的"人"的颂歌，也是一首表达人类理想与希望的诗篇，这首诗可以同艾青的《光的赞歌》相媲美，不论从内容上还是从形式上看，这首诗都闪耀着独特的艺术光芒，具有深厚的哲理和人文主义特质，具有不灭的思想光

---

① 郭小川：《郭小川精选集》，北京：燕山出版社，2015 年，第 84 页。

② 郭小川：《郭小川全集·1·诗歌》，桂林：广西师范大学出版社，2000 年，第 233-245 页。

芒和永恒的历史穿透力。

郭小川诗歌的第三个显著特色是艺术形式上的多方面探索。

郭小川不仅是杰出的歌手和鼓手，而且是诗歌创新的改革家。他努力将我国古典诗词的精练含蓄、民歌的朴实清新和外国诗歌的自由奔放巧妙地熔于一炉，把强烈的抒情、深刻的哲理熔铸在鲜明生动的艺术形象之中，形成了雄浑、鲜明的艺术风格。

郭小川曾说："一个诗人不能满足于一种形式，要不断探索新的形式。"[①]他坚持古为今用、洋为中用的原则，进行了多种多样的卓有成效的探索和尝试。组诗《致青年公民》基本上是学习马雅可夫斯基的政治鼓动诗而创造的一种楼梯式的自由体。楼梯式是马雅可夫斯基学习法国未来派诗歌而创造的一种诗体，这种诗体气势大、容量大、句式长，适于抒发奔放的激情、描绘宏伟的场面，在形式上，往往依音韵疾徐轻重的变化，把一个长句分拆数行作楼梯式排列，从而暗示读者，哪里停顿一下，哪里加强一些，哪里用一种什么调子。郭小川没有生硬地模仿马雅可夫斯基，而是结合汉语言的特点和汉民族的欣赏习惯，特别注意诗句结构的大致整齐和对称、节奏韵律的和谐，再加上运用了我国诗词中赋、比、兴等传统手法，因此，使这种外来形式具有了中华民族特色。

《祝酒歌》《大风雪歌》《青松歌》是郭小川学习民歌而写成的具有浓郁民歌风味的自由体诗歌，这些诗虽有自由体变化自由的特点，但更多具有民歌的节奏鲜明、讲究押韵、多用比兴手法的特点，民歌特色比较突出。

《雪兆丰年》《将军三部曲》是郭小川学习古代小令、散曲而创作的"散曲"式自由体诗歌。这些诗的句型多变，长短参差，以短为主，节奏急促明快，跌宕起伏，活泼自由，颇具中国古代小令、散曲的特色，但又是新的艺术创造。

《秋歌》《团泊洼的秋天》是具有强烈政论色彩的自由体诗歌。这些诗既具有鲜明的政论性，又具有生动的形象性和浓烈的抒情性，是"政论"与诗的有机结合，议论、形象、抒情，三位一体，以生动感人的艺术形象再现了一个真正的革命战士所应具有的品格和情操。

《厦门风姿》《乡村大道》《茫茫大海中的一个小岛》《甘蔗林——青纱帐》《刻在北大荒的土地上》等是郭小川学习我国古代楚辞、汉赋而创作的具有

---

① 杨匡汉、杨匡满：《战士与诗人郭小川》，上海：上海文艺出版社，1978年，第161页。

辞赋特点的自由体诗歌。这些诗采用了集短为长的诗行和大量铺陈排比的手法，节奏自由而又有韵律，风格壮美而又婉转多姿，在充满激情的诗歌浪涛之中，哲理和政论的磅礴气势汹涌澎湃。例如：

> 厦门——海防前线呀，你究竟在何处？
> 不是一片片的荔枝林哟，就是一行行的相思树；
> 厦门——海防前线呀，哪里去寻你的真面目？
> 不是一缕缕的轻烟哟，就是一团团的浓雾。
>
> 荔枝林呵荔枝林，打开你那芬芳的帐幕，
> 知我者，请赐我以战斗的香甜和幸福！
> 相思树呵相思树，用你那多情的手儿指指路，
> 爱我者，快快把我引进英雄的门户！
>
> 轻烟哪轻烟，莫要使人走入歧途，
> 真理才是生命之光，斗争才是和平之母；
> 浓雾呵浓雾，休想把明亮的天空蒙住，
> 黑夜已经仓皇而逃，太阳已经喷薄而出。
>
> 厦门——海防前线呀，你究竟在何处？
> 外边是蓝茫茫的东海哟，里边是绿悠悠的人工湖；
> 厦门——海防前线呀，哪里去寻你的真面目？
> 两旁是银闪闪的堤墙哟，中间是金晃晃的大路。[①]

这是《厦门风姿》的第一章。抒情主人公"我"在渐近厦门市区所获得的总体感受上勾勒了厦门的概貌，诗人在葱茏迷蒙并渐趋明朗的诗境里，抒发了寻觅厦门英姿、追求生活真谛的炽热情怀。当我们吟诵这些诗篇时，不能不惊叹诗人将深刻的思想、炽热的感情与优美完整的艺术形式巧妙结合、达到和谐统一境界的卓越成就。冯牧曾称赞这种诗体是"一种雄浑有力的诗体"，并说这种诗体经

---

① 李丽中编：《郭小川代表作》，郑州：河南人民出版社，1986 年，第 127-128 页。

过郭小川"长期实践和运用，逐渐形成了具有自己鲜明特征的风格，在我国诗歌创作中产生了广泛的影响"。"这种艺术手法和艺术形式在我们的新诗创作中是别开生面的。"①由此可见，郭小川以持续的艺术创新和独特的艺术风格，为我国百花盛开的新诗园地培育了新的品种，拓展了新的疆域。

郭小川的战友贺敬之曾深情地说道："在我国当代的诗人队伍中，小川（所有他的战友一向都是这样亲切地称呼他的）是站在我们前列的那些优秀诗人中突出的一个。是的，小川和他的诗，不仅属于昨天，而且属于今天。同时，我还要毫不迟疑地这样说：他必定也会属于明天。"②

第四节　诗坛巨星：郭沫若③

五四时期，郭沫若以摧毁黑暗势力的狂飙精神、创造理想社会的巨大热情，唱出了反帝反封建的时代战歌，这就是 1921 年结集出版的新诗集《女神》。《女神》是向旧世界宣战的战鼓，是向新世界进军的号角。它以奇特的想象、富于革命浪漫主义的激情、多彩多姿的式样和精湛鲜明的艺术风格，赋予了新诗蓬

① 冯牧：《冯牧文集·2·评论卷Ⅱ》，北京：解放军出版社，2002 年，第 24-25 页。

② 贺敬之：《〈郭小川诗选〉英文本序》，见《贺敬之文集·3·文论卷·上》，北京：作家出版社，2005 年，第 221 页。

③ 郭沫若（1892—1978），原名郭开贞，四川乐山人。早年东渡日本留学，先学医，后从文，在日本与成仿吾、郁达夫等成立了著名的革命文学团体"创造社"。1926 年参加北伐战争，任国民革命军总政治部秘书长、副主任等。1927 年，参加南昌起义。1928 年被迫逃亡日本，从事史学和文字学的研究。抗日战争全面爆发后回国，任国民政府军事委员会政治部第三厅厅长，主办《救亡日报》，积极开展救亡运动；抗日战争胜利后，积极从事民主运动。新中国成立之后，曾任全国人民代表大会常务委员会副委员长、全国政协副主席、中国文学艺术界联合会主席、中国科学院院长、中国科学技术大学校长、中国人民保卫世界和平委员会主席、中日友好协会名誉主席等。五四运动前开始创作活动，1921 年出版了新诗集《女神》。他在新中国成立前出版的诗集还有《星空》《瓶》《前茅》《恢复》《战声集》《蜩螗集》等；剧作除著名的历史剧《屈原》外，还有《卓文君》《王昭君》《聂嫈》《虎符》《高渐离》《孔雀胆》《南冠草》等；论文集有《天地玄黄》《今昔蒲剑》等；历史论著有《中国古代社会研究》《青铜时代》《十批判书》等；译著有歌德的《浮士德》《少年维特之烦恼》，托尔斯泰的《战争与和平》，辛克莱的《煤油》《屠场》，夏目漱石的《草枕》等。新中国成立后，除写作剧本《蔡文姬》《武则天》《郑成功》和史论集《李白与杜甫》等外，还出版了诗集《新华颂》《百花齐放》《潮汐集》《长春集》《东风集》《骆驼集》《东风第一枝》《沫若诗词选》。逝世后，《郭沫若全集》行世。

勃的生命力，开创了一代革命诗风；它是艺术的瑰宝，是新诗的丰碑，是我们民族最好的歌。其中著名的长诗《凤凰涅槃》表现了诗人渴望建立一个美丽新中国的理想，他借凤凰"集香木自焚，复从死灰中更生"的故事，预先歌颂了新中国的诞生。从此，他为了实现这一伟大的理想，在中国人民浴血奋战、推翻旧中国、争取光明的宏伟斗争中，出生入死，奔走呼号，为无产阶级革命事业献出了全部的光和热。"他的笔，始终与革命紧密相联；他的心，和人民息息相通。"①他的血，化为了火，火化为了光明。除写作产生重大社会影响的政论、史论、史剧，翻译世界名著之外，他还创作了无数为时代呐喊、为战友助威、为人民歌唱的战斗诗篇。他是我国五四以来新诗的奠基者，是著名的作家、翻译家、历史学家，是杰出的社会活动家，是为共产主义事业奋斗终身的思想家和革命家。他是继鲁迅之后，我国文化战线上的又一面光辉的旗帜。

1949 年 9 月 20 日，中国人民政治协商会议第一届全体会议召开的前夕，郭沫若创作了迎接新中国诞生的第一首颂歌——《新华颂》。他歌颂"人民中国"，歌颂"五星红旗遍地红"②，新中国的太阳正在东方的地平线上冉冉升起。《凤凰涅槃》中，诗人所热烈呼唤的"新鲜、净朗、华美、芬芳"，"热诚、挚爱、欢乐、和谐"，"生动、自由、雄浑、悠久"的新中国诞生了，并且将巍然屹立在亚洲的东方。建立新中国是郭沫若梦寐以求的理想，现在理想变成了现实，他怎能不欣喜若狂、率先歌唱呢？诗人坚信，有党的"坚强领导"、人民民主专政，有各民族人民的团结，我们的祖国一定能够"现代化，气如虹，/国际歌声入九重"③。这是祝愿，是预言，也是亿万人民的心声。这首诗以悠扬的旋律表现了欢乐、自信的情绪，形式严整，描写庄重，可以说是比较典型的"颂"。郭沫若在新中国成立后出版的第一部诗集就以此诗为名，从此便"歌唱不停"，歌唱祖国、人民，歌唱党和领袖，歌唱和平、友谊与反帝反霸的革命斗争，歌唱人民"掌握自己的命运"，歌唱人民"就是命运之神"。《毛泽东的旗帜迎风飘扬》等都是新中国成立初期影响较大的作品。社会主义建设事业的发展变化、壮丽河山的风物美景、诗人对国际国内重大事件的鲜明态度都化为了引

---

① 《邓小平大辞典》编委会：《邓小平大辞典》，北京：红旗出版社，1994 年，第 685 页。

② 刘树元编：《郭沫若抒情诗》，合肥：安徽文艺出版社，1997 年，第 188 页。

③ 刘树元编：《郭沫若抒情诗》，合肥：安徽文艺出版社，1997 年，第 188 页。

人注目的诗篇: "雄伟的人民大会堂就是全中国的征象, /它仿佛是火中再生的五彩斑斓的凤凰, /张开着两千多人构成的左右两个翅膀, /在群星中翱翔翱翔翱翔, 欢唱欢唱欢唱。"(《赞〈东方红〉》)①然而, 能真正代表郭沫若在新中国成立后的诗作特色的, 不是《新华颂》, 不是某些图解概念的诗篇, 而是那些想象奇特而又形象鲜明的作品。写于党的第八次全国代表大会期间的《骆驼》一诗, 不仅是郭沫若在新中国成立以来的代表作, 也是中国当代诗坛的名作。这首诗意境开阔, 形象鲜明, 诗情壮美, 以非凡的想象塑造了一个在黑暗中"昂头天外"的骆驼的高大形象。茫茫戈壁, 沉沉黑夜, 远处微明的地平线上出现了骆驼高大的身躯, 它像一座"有生命的山", 又像一艘扬帆远航的船, 暴风雨来了, 旅行者依偎在它的身旁, 它给旅行者以"生命和信念", 引导旅行者"渡过了艰难", 并且把旅行者引向充满春天气息的美丽的绿洲, 引向无限美好的未来:

> 春风吹醒了绿洲,
> 贝拉树垂着甘果,
> 到处是草茵和醴泉。
> 优美的梦,
> 象(像)粉蝶翩跹,
> 看到无边的漠地
> 化为了良田。
>
>
> 看呵, 璀璨的火云
> 已在天际弥漫,
> 长征不会有
> 歇脚的一天,
> 纵使走到天尽头,
> 天外也还有乐园。②

---

① 郭沫若:《郭沫若选集·第三卷》, 成都: 四川人民出版社, 1979 年, 第 345 页。

② 郭沫若:《郭沫若选集·第三卷》, 成都: 四川人民出版社, 1979 年, 第 275-276 页。

诗人以"天样的大胆",把骆驼比作"星际火箭""有生命的导弹",这不能不使我们想起郭沫若"女神式"的一贯的革命浪漫主义精神。郭沫若是我国浪漫主义的艺术大师,他的诗想象奇特、热情奔放,他极善于借助各种不同的事物,抒发自己汹涌澎湃的激情。他在五四时期创作了《天狗》和《炉中煤》,前者使人联想到冲决一切罗网的彻底的不妥协的反帝反封建的战士形象,后者抒发了五四时期革命知识分子眷念祖国、献身祖国的炽热如火的爱国感情。抗日战争时期的《水牛赞》,使人联想到这是诗人在歌唱中华民族坚韧不拔的高贵品质。诗人在《骆驼》这首诗里,以真挚而热烈的感情、准确而精练的语言,描绘了富有启发性的艺术形象,讴歌了不畏任何艰难,既不炫耀自己,也不夸夸其谈,只是默默奋斗、永不停歇的革命者精神。这种脚踏实地、高瞻远瞩、追求光明、富于开拓、勇于进取的先驱者形象,使人们想到,正是党引导着中国人民从"黑暗"走向"黎明",走向"绿洲",走向更加美好的未来。

《骆驼》的姊妹篇《郊原的青草》,与《天狗》《水牛赞》《骆驼》有着同样的风格:使用象征的手法以物喻人,表现了诗人对美好事物的歌颂。如果说,《天狗》《水牛赞》《骆驼》是以灵动的、飞奔的、庞大的、坚忍的动物形象来喻人,歌颂美好的事物、伟大的力量、崇高的信仰,那么《郊原的青草》则是以卑微的、相对静止的、细小的植物形象来喻人,从而颂扬平凡中的伟大、卑微中的崇高:

> 郊原的青草呵,你理想的典型!
> 你是生命,你是和平,你是坚忍。
> 任人们怎样烧毁你,剪伐你,
> 你总是生生不息,青了又青。
>
> 你不怕艰难,不怕寒冷,
> 不怕风暴,不怕自我牺牲,
> 你能飞翔到南极的冻苔原,
> 你能攀登上世界的屋顶。

> 你喜欢牛羊在你身上躁躏，
>
> 你喜欢儿童们在你身上打滚，
>
> 你喜欢工人和农民并坐着谈心，
>
> 你喜欢年青的伴侣们歌唱爱情。①

写于 1957 年 5 月 2 日的《五一节天安门之夜》也是一首为人们所称道的优秀之作。诗人以丰富的想象描绘了劳动人民的盛大节日，从五一劳动节晚上嘉宾在天安门城楼观礼"谈笑风生"写起，写节日的焰火——"一群蝴蝶在闹着星星"，再由近及远地依次写牵牛星、织女星、月亮（卫星）、南极星，又写了"花旗国的明星"②，由地上到天上，再由天上回到人间，写出了神话传说中一些人物（牛郎、织女、嫦娥、南极老人等）对新中国五一劳动节的赞美、倾慕，描写了人间战争狂人在人民力量面前"浑身冷战"的丑态。全诗把天上与人间、神话与现实结合起来，热情地歌颂了新中国人民的伟大力量。这首诗发表之后，立即受到陈毅同志的称赞，并写了《赠郭沫若同志》的诗奉和。《五一节天安门之夜》《骆驼》《郊原的青草》《蜀道奇》等诗，保持和发扬了郭沫若作为我国五四以来"第一诗人"诗作的艺术风格：紧扣时代的脉搏，在现实生活中选材立意，以生动鲜明的形象抒发激情，把现实的图景与丰富的想象、瑰丽的理想融合在一起，气势雄健奔放而又具有浓郁的浪漫主义色彩。

在艺术形式上不拘一格的探求，是郭沫若在新中国成立以后诗歌创作的又一特色。郭沫若诗歌的艺术形式是多种多样的，有自由体诗（如《骆驼》《五一节天安门之夜》《毛泽东的旗帜迎风飘扬》等），有民歌体诗（如《遍地皆诗写不赢》《太阳问答》等），有旧体诗词，而且为数不少（如《满江红·领袖颂》《满江红·读毛主席诗词》《满江红·天外人归》《赠陈毅同志》等）。他写自由体诗讲究遣词造句，写旧体诗词使用白话，浅显易懂，这些都显示了他在艺术上不断探索、创新所作的努力。有些旧体诗词具有很高的艺术价值，比如《蜀道奇》就是一首神采飞扬的祖国山河颂。诗人借鉴古代诗人李白的《蜀道难》，反其意而写之，由"噫吁嘻！雄哉壮乎！/蜀道之奇奇于读异书"③始，

---

① 刘树元编：《郭沫若抒情诗》，合肥：安徽文艺出版社，1997 年，第 198 页。

② 张学植编：《郭沫若代表作》，郑州：河南人民出版社，1990 年，第 177-178 页。

③ 郭沫若：《蜀道奇》，成都：四川人民出版社，1978 年，第 68 页。

接着逐渐揭示其"异书"的奇妙，由古到今，将蜀中的水利建设、文化发展、历代名人名胜融为一体，写到中国共产党建党、建军、长征与今日蜀中巨变，展现了祖国的繁荣景象和美好前途。全诗洋洋洒洒，气象万千，淋漓尽致地抒发了诗人的豪情，读后令人精神振奋，心旷神怡。再如，诗人和国家领导人毛泽东、周恩来、朱德、陈毅等有着深厚的革命情谊以及共同的理想追求和诗歌爱好。在《满江红·领袖颂》《满江红·读毛主席诗词》《赠陈毅同志》等诗词中都留下了经典的诗句："天垮下来擎得起，/世披靡矣扶之直"，"听雄鸡，/一唱遍寰中，/东方白"①；"一柱天南百战身，/将军本色是诗人"②等。前者描绘了毛主席唤醒民众、扭转乾坤的光辉形象，后者揭示了陈毅元帅能文能武的英雄本色。

郭沫若在新中国成立后的诗作同他在新中国成立前的诗作相比，特别是同他的《女神》相比，是较为逊色的。究其原因，大概有二：第一，他需要处理繁重的工作。新中国成立后，他担任过全国人民代表大会常务委员会副委员长、全国政协副主席、中国文学艺术界联合会主席、中国科学院院长、中国科学技术大学校长、中国人民保卫世界和平委员会主席、中日友好协会名誉主席等重要职务。第二，他在新中国成立后的诗缺乏诗的意境、诗的情韵，因而显得"散文化""政论化"，缺乏艺术生命力。比如，《学文化》和《防治棉蚜虫歌》等，就不是诗，是有韵的宣传广告或防治农业虫害说明书。诗人的主观愿望是好的，但离艺术甚远。有些诗的题目，一看就像是评论、总结、新闻报道和社论，如《集体领导的结晶》《庆亚太和会》《十月革命与中国》《看了〈抗美援朝〉第二部》《访"毛泽东号"机车》等。我们认为，诗歌可以有散文美，但不能散文化，散文化就是诗歌成了一种没有激情、没有形象、内容干瘪的押韵散文。毛主席说过："诗要用形象思维，不能如散文那样直说。"③郭沫若这些散文化、政论化的诗，就有"直言""直说"的缺点。

在分析郭沫若在新中国成立以来的诗作的时候，我们既不能因为他写了些艺术性不够高的诗而否定他在中国诗坛上的地位，也不能因为他写出了像《骆

---

① 郭沫若：《郭沫若选集·第三卷》，成都：四川人民出版社，1979 年，第 328 页。

② 郭沫若：《郭沫若选集·第三卷》，成都：四川人民出版社，1979 年，第 268 页。

③ 龚国基：《毛泽东与诗》，北京：中国文联出版公司，1998 年，第 540 页。

驼》《五一节天安门之夜》等的好诗，而看不到他诗作中的弊病，甚至将他的粗浅的诗作，当作好诗来加以学习。对郭沫若在新中国成立以来的诗作，全部否定或全盘肯定都是不正确的。正确的态度应该是：择其优秀诗作而学之，发扬其诗歌的战斗精神和创造精神；对其粗糙的诗作，当总结其经验教训而引以为戒。尽管郭沫若在 20 世纪 50 年代也曾用"诗多好的少"的诗句来严格解剖自己，否定自己，然而，他的《女神》及其他优秀诗作，将是不朽的，将有如"时代的黄钟"，"响彻天地，响彻八垓，响彻今日，响彻未来"①。

第五节　诗坛巨擘：臧克家②

在中国现代诗歌史上，臧克家是一位始终遵循严格的现实主义创作原则、为人民呼喊、为时代歌唱的诗坛巨擘。他著述浩繁，硕果累累，是我国诗坛上饱经忧患而诗树常青的杰出诗人。他在新中国成立前的诗作，以表现人民，特别是农民的疾苦和民族的忧患而著称，在艺术上具有朴素清新的风格。新中国成立后，面对社会主义的崭新生活，诗人感到"生活的道路美丽又宽广，/我的胸怀呵是多么舒畅，/心头像有只宛啭（婉转）的春莺，/按捺不住要歌唱的欲望"（《凯旋》序句）③。他把忧国忧民的爱国主义思想化为对祖国的热情礼赞，题材范围

---

① 曾彦修、秦牧、陶白主编：《中国新文艺大系（1976—1982）·杂文集》，北京：中国文联出版公司，1987 年，第 1 页。

② 臧克家（1905—2004），山东潍坊诸城人。1934 年毕业于国立山东大学中文系，1929 年开始发表新诗，1933 年出版了处女诗集《烙印》，受到茅盾等前辈作家的好评，成为当年"文坛上的新人"。随后《罪恶的黑手》《运河》《自己的写照》等诗集问世。抗日战争全面爆发后，奔赴前线，创作了诗集《从军行》《泥淖集》《泥土的歌》《呜咽的云烟》《古树的花朵》《淮上吟》。1946 年到上海，担任《文讯》月刊主编，出版了诗集《宝贝儿》《生命的零度》《冬天》等。新中国成立后，曾任中国文学艺术界联合会委员、中国作家协会书记处书记、《诗刊》主编等，出版的诗集有《一颗新星》、《春风集》、《凯旋》、《欢呼集》、《李大钊》、《臧克家长诗选》、《忆向阳》、《落照红》、《臧克家集外诗集》、《友声集》（与程光锐、刘征的旧体诗合集）、《臧克家诗选》、《今昔吟》，文艺随笔集有《在文艺学习的道路上》《杂花集》《怀人集》《甘苦寸心知》《青柯小朵集》等，诗论集有《学诗断想》《克家论诗》等，还编选了《中国新诗选》，同周振甫合写了《毛主席诗词讲解》，主编了《毛泽东诗词鉴赏》。有《臧克家文集》《臧克家全集》行世。

③ 臧克家：《臧克家全集·第二卷》，长春：时代文艺出版社，2002 年，第 617 页。

大大扩展，感情的幅度远比以前宽广。《我们终于得到了它——〈中华人民共和国宪法草案〉公布了》《"十一"抒情》《望中原——读碧野来信》等诗抒发了诗人对新的生活、新的江山、新的人物、新的春天的由衷赞颂，洋溢着诗人作为新中国公民的自豪感和喜悦之情；《在毛主席那里作客》等诗以精练的笔墨勾勒出了领袖的朴实平易以及和群众的心紧密相连的血肉关系；《我的心再也不能平静》《高贵的头颅，昂仰着——悼和平战士罗森堡夫妇》《照片上的婴孩》等诗则表现了诗人对世界人民争取自由的斗争的密切关注。《在毛主席那里作客》《我们终于得到了它——〈中华人民共和国宪法草案〉公布了》等诗，感情是真实的，但由于写得过于匆忙，形象刻画得有些不足，这些诗只能称为"情动于中而形于言"的急就章，还不能称为情深意切的艺术品，正如他自己所说，这些"急就章，在形式方面，由于激情的冲击，闸门是放大了。虽然从中也还可以窥见一点原来个人风格的特点，但精炼性，深刻性显然是差多了"①。他在自称为"新诗集的殿军"的《放歌新岁月》的"前言"中说道："我 1949 年春来到北平，从开国到现在，除了几次短暂的旅游，一直呆（待）在首都，沸腾的现实生活，天翻地覆的变化，我都似近实远了。我也歌唱，但是为眼前政治服务的多，徒有空洞的热情而缺乏切肤之感；所积不厚，诗意稀薄，政治与艺术，畸重畸轻，所以许多产品如过眼云烟。"②他将自己 20 世纪 50 年代以来创作的新诗进行了一次"淘汰"，"留下自认为比较好的八十余首"编为《放歌新岁月》。他说："其中有一些是读者所熟悉的、也为我自己所喜爱的《有的人》，还有《海滨杂诗》与《凯旋》……"③这些短诗大多言简意赅、形象鲜明、情真意切、句短意长、以小见大、以少胜多，有不少作品是精品，当传之千古。

《有的人——纪念鲁迅有感》写于 1949 年 11 月，是诗人为纪念鲁迅逝世 13 周年而写，他对鲁迅精神热爱之深、理解之透，他从鲁迅同其对立者对待人民的两种截然不同的态度入手，以质朴的语言、强烈的对比、鲜明的形象表现了具有哲理意义的深刻主题：

---

① 臧克家：《臧克家全集·第十二卷》，长春：时代文艺出版社，2002 年，第 105 页。
② 臧克家：《臧克家全集·第十卷》，长春：时代文艺出版社，2002 年，第 710 页。
③ 臧克家：《臧克家全集·第十卷》，长春：时代文艺出版社，2002 年，第 711 页。

> 有的人活着
>
> 他已经死了；
>
> 有的人死了，
>
> 他还活着。
>
> 有的人
>
> 骑在人民头上："呵，我多伟大！"
>
> 有的人
>
> 俯下身子给人民当牛马。①

剥削者、压迫者，"骑在人民头上"，高声叫嚷："呵，我多伟大！"为人民服务、为民族奋斗的人，即社会公仆，却默默无闻，心甘情愿俯下身子给人民当牛做马。一个高声叫嚷，一个默默奉献，两者的品格天壤之别。诗人以强烈的爱憎情感与极其凝练的诗句，展示了两种人不同的结局："他活着为了多数人更好地活着的人"，虽死犹生，永垂不朽；"他活着别人就不能活的人"，虽生犹死，遗臭万年。这首诗是歌颂鲁迅先生的，诗人把鲁迅的诗句"俯首甘为孺子牛"化为"俯下身子给人民当牛马"，把鲁迅的散文诗集《野草》化为"情愿作野草，等着地下的火燃烧"，再现、讴歌了鲁迅精神、鲁迅品格。由此推而广之，讴歌了一种为人民、为理想、为光明而献身的牺牲精神。全诗除副标题提到鲁迅外，诗文中再无鲁迅出现，然而鲁迅的音容笑貌、精神人格、凛然正气，都跃然纸上。由于诗人视野开阔，思维敏捷，善于开掘主题的深度，其诗意、其境界远远超出了歌颂鲁迅精神的范围，把读者引入了关于人生意义的深深思索和对一切有益于人民、有益于社会的人的崇敬，对一切危害人民、危害社会的人的憎恶的境界。那些闪耀着思想光辉的犹如璀璨明珠的诗句，将作为座右铭永远镌刻在人们的心中：

> 骑在人民的头上的
>
> 人民把他摔垮；

---

① 张贤明编著：《百年新诗代表作·1917—1949》，北京：现代出版社，2017年，第208页。

给人民作牛马的，

人民永远记住他！①

　　这首诗不仅是歌颂鲁迅的精品，而且是中国现代诗歌史上的出类拔萃之作。这首诗无一句谈哲理，然而字字与社会、与人生联系，有着强烈的哲理色彩与深厚的历史文化意蕴。这是哲理的诗化，是诗化的哲理，是诗化的人生座右铭。

　　诗人和毛主席有着可贵的友情。新中国成立后，诗人担任《诗刊》主编，发表毛主席诗词，注释毛主席诗词，修改毛主席诗词（如《沁园春·雪》中的"原驰蜡象"中的"蜡象"，原为"腊象"，后依臧克家之言改为"蜡象"），而且多次到毛主席住处做客，与毛主席谈诗论文，诗人对毛主席的学识、作品、人格甚为尊崇。《毛主席戴上了红领巾》《毛主席画像》就抒发了这种感情。这两首诗，一是题照诗，一是题画诗，都写得精练简洁，满含真情实感。诗人 1961 年看过《人民日报》刊登的毛主席与少先队员的合影之后，写了《毛主席戴上了红领巾》一诗。诗的小序说，"照片上，一个个纵情欢笑，不能自己"，"看过之后，永不能忘，每一念及，便喜不自禁"。诗一开头便直逼题旨：

毛主席戴上了红领巾，

少先队里高大的人，

笑的风要把人身撼动，

纸面上仿佛听出声音。②

　　这节诗的一、二句极其朴实，通过毛主席与少先队员的同（戴上了红领巾）与不同（高大的人），写出了领袖与少先队员亲密无间的真实情景；三、四句用夸张的语言写出了彼此间欢乐的情景。接着诗人回忆毛主席的革命历程及其对青少年的希望。最后诗人妙笔生花，写出自己独特的感受：

这张照片像春风，

吹得人脸上飞红云。

① 张贤明编著：《百年新诗代表作·1917—1949》，北京：现代出版社，2017 年，第 208 页。

② 臧克家：《臧克家全集·第二卷》，长春：时代文艺出版社，2002 年，第 576 页。

> 真想挤进这队伍里去，
>
> 脖子上也系上条红领巾。①

看似异想天开，却又合情合理，一个"挤"字既"奇"又"准"，确实是神来之笔，极其形象地道出了诗人的真实情感。可见，臧克家用词是非常讲究且花气力的。他曾说："古典诗歌中一个单音字下得准，一个美妙的意境便呈现了出来，如画龙点睛。新诗也可以采用这种手法。"②臧克家是学习古典诗词的高手，善于画龙点睛，使全诗顿显美妙之境，生机勃勃。

1962 年 2 月，诗人将著名画家李琦的名画《主席走遍全国》化为精短的诗篇：

> 一顶草帽手中拿，
>
> 刚回来还是又要出发？
>
> 群众生活心头挂，
>
> 您把全国当做家。
>
> ——《毛主席画像》③

李琦的画再现了毛主席外出视察神州大地的情形：身着白衬衣，下穿中山裤，左手叉着腰，右手拿着一顶草帽，贴于右前膝，满面慈祥的笑容，好像注视着前方，也好像面对着群众。这幅画描绘出了毛主席与人民心连心的神态，不仅在国内为人民大众所深爱，而且受到国外友好人士的喜爱，多次在国外展览会上被展出。好的画是一首诗，好的诗也是一幅画，因为诗是有声的画，画是无言的诗。郭沫若曾在《主席走遍全国》这幅画上题写过一首闪耀着浪漫主义理想光辉的河北民歌："主席走遍全国，山也乐来水也乐，峨眉举手献宝，/黄河摇尾唱歌。主席走遍全国，工也乐来农也乐，粮山棉山冲天，钢水铁水成河。"④臧克家以极为精练而朴实的文字，将毛主席的神采化为富有现实主义的艺术诗篇。开头一句"一顶草帽手中拿"，写出了主席衣着、穿戴朴素，极其平易近人，平

---

① 臧克家：《臧克家全集·第二卷》，长春：时代文艺出版社，2002 年，第 577 页。

② 臧克家：《新诗旧诗我都爱——新诗，照着毛主席指示的方向前进！》，见臧克家、郑苏伊编：《在毛主席那里作客》，石家庄：河北人民出版社，1992 年，第 45 页。

③ 臧克家：《臧克家全集·第二卷》，长春：时代文艺出版社，2002 年，第 623 页。

④ 杜忠明：《毛泽东与画家的故事》，沈阳：辽宁人民出版社，2018 年，第 36 页。

凡得像普通老百姓，俭朴得像一般农民，这是对人民领袖真实而生动的传神写照；接着用疑问句"刚回来还是又要出发？"把人民领袖深入群众"出发"、"回来"又"出发"的情景描绘了出来；最后两句，深刻揭示了领袖与群众心相通、情相连，以"国"为"家"的高贵品质。于平凡中见伟大，于朴素中见崇高。全诗紧紧抓住草帽与既像"回家"又像"出发"的瞬间动态情景，写出了毛主席朴实平易的品质、紧密联系群众的作风，写出了人民对自己领袖的无比热爱，其用笔之精练，形象之鲜明，常为人们所称道。

臧克家曾说："短诗，并不易写。把极为丰富的思想内容，压缩在不能再少的字句里，这需要强大的概括力量，艰苦的凝炼（练）功夫。"①《有的人——纪念鲁迅有感》《毛主席画像》等诗就是具有强大的概括力量与丰富的思想内容的优秀短诗。《泪——悼念敬爱的周总理》之所以受到茅盾的赞赏和广大读者的欢迎，原因之一，就是它的"凝练"，具有"强大的概括力量"，概括了广大人民的爱憎，如其中的一节：

> 泪是丰碑，
> 泪是誓言，
> 泪是动力，
> 泪是火焰！②

在总理逝世后的第五天，诗人就写出了这样一首悲痛悼念的诗，实属难能可贵。

新中国成立后，臧克家的诗中写人物的诗占有极高比重。一部分诗是写鲁迅、毛主席、郭沫若等伟人的，其余大部分是写友人的，因为与友人相交时间长、感情深，因而大都以神绘形，抓住人物的主要特点，仅寥寥数笔，就把其神形显示出来。比如，诗人和碧野是老朋友、老战友、老文友，在抗日战争的艰难岁月，他们与田涛、姚雪垠曾长期辗转于河南、湖北、安徽等地进行抗日宣传活动，彼此情深意笃。新中国成立后，碧野在武汉，诗人在北京，因为读了碧野的来信而感慨万分，写下了《望中原——读碧野来信》一诗。诗一开头就写出了诗

---

① 臧克家：《臧克家全集·第十二卷》，长春：时代文艺出版社，2002年，第83页。
② 北京大学中文系文学专业编：《怀念周总理·诗选》，郑州：河南人民出版社，1977年，第9页。

人对友人的牵挂：

> 放下又拾起的
> 是你的信件，
> 拾起放不下的
> 是我的忆念。①

接着，忆念与友人在"那些稔熟的城市和镇店""比翼穿过战烟"的艰难而又充满温暖的战斗岁月，然而，那时人民的苦难使诗人好像"胸口上压一座大山"②，现在悲惨的岁月已一去不复返了，"原来荒凉贫瘠，春风送暖时节，饿殍倒地；而今云影天光，一碧万顷，电发洪量，禾稼青青。前后对照，真是别若天渊"。③老友的来信给诗人"装来了壮丽的新河山"："新的生活，新的江山，/新的情景，新的春天"。老友"壮志却胜过二十年前""壮语像诗篇"，诗人称赞友人"大笔""如椽"谱写的新作，并且，一时之间也被深深感染，因激动而突发奇想："身在北京望中原，/几时大坝上肩并肩？/旧日穷苦冲洗净，/水波禾稼碧连天。"④这首诗描绘了诗人与友人在新中国成立前的战斗岁月中的共同经历，以及新中国成立后社会的巨大变化，展现了两人之间的深情厚谊和历史的沧桑巨变，令人抚今追昔，感慨不已。再如，同是写忆念和牵挂友人的《寄徐迟》则别是一番情景。徐迟是诗人兼报告文学家，1961 年在祖国各地采访，深入生活。臧克家因身体不佳，加之工作原因（任《诗刊》主编），不便或不能外出，因此只能留守北京，不能像老友、老同事徐迟（任《诗刊》副主编）那样"南北东西千万里，/海阔天空像飞鸟"，在祖国各地参观访问，"西登峨嵋尖，/东去崇明岛，/黄洋界上度长夏，/西子湖边秋风早。"因为老友"像飞鸟"一样行踪不定，因此，"想寄个信没处投"，只好"拼着心思跟你跑"⑤。这首诗一方面写出了诗人为友人"南北东西"到处采访感到高兴，另一方面也写出了诗人对友人的牵挂。这首诗写友情、写牵挂，却无一字言牵

---

① 臧克家：《友情和墨香：臧克家和他的师友们》，济南：山东大学出版社，2013 年，第 160 页。

② 臧克家：《臧克家全集·第二卷》，长春：时代文艺出版社，2002 年，第 553 页。

③ 臧克家：《臧克家全集·第五卷》，长春：时代文艺出版社，2002 年，第 535 页。

④ 臧克家：《臧克家全集·第二卷》，长春：时代文艺出版社，2002 年，第 554-555 页。

⑤ 臧克家：《臧克家全集·第二卷》，长春：时代文艺出版社，2002 年，第 618 页。

挂、说友情，一切尽在不言中。

20 世纪八九十年代，臧克家由于年龄和健康的限制，不能到火热的生活中去走一走，便把大半精力放在写散文、评论、随笔上去了。他自己说："老来意兴忽颠倒，/多写散文少写诗。"（《诗一首》）①在他写的散文中，人物比较突出，其"少写"的诗，也大都是写人物的。他善于用一些典型事件和典型细节来表现人物间的友情及其精神状态和品德，给人以形象鲜明、即小见大的深刻印象，因为人物彼此情深意厚，所以写起来情真意切、生动感人。比如悼念诗人田间的诗《诗句鼓点一声声——悼田间同志》即如此。田间深入民间，长期和民众生活在一起，他的诗质朴、热情、直面现实、直面人生，被闻一多称赞为"时代的鼓手"，诗人用"羊肚子毛巾裹着头"绘出了田间朴实的外形之美，用"你把诗/写在墙头上；/你把诗/写在人民的心上。/诗句的鼓点/响遍全国"②绘出了田间内在之美，指出了田间诗作影响之大，抒发了诗人"泪丝情思无休止"的思念之情。其他如《哭郭老》是对郭沫若的诗品与人品及其丰功伟绩的由衷赞叹，《信——痛悼茅盾先生》是对茅盾的深沉怀念，《寻寻觅觅（组诗）》是对闻一多、老舍、王统照、吴伯箫等师友的诚挚忆念，还有悼念诗友方殷、萧三、王亚平的诗，都各有特色。这些诗的篇幅都很短小，但容量却不小，精练朴素，诗味隽永，显示出了"强大的概括力量"和非凡的"凝炼（练）功夫"。正如臧克家在一首诗中描述的那样，它们"字少心意重，/诚挚含蕴深"，它们"像有力的诗句""把人抓得紧紧"（《深情动人心》）③。

《海滨杂诗》和《凯旋》是两组颇具特色的抒情短诗，是诗人对新生活和新社会的赞歌。《海滨杂诗》写于 1956 年的青岛海滨。诗人的大学生活是在青岛度过的，那时的青岛，是剥削者的天堂、劳动者的地狱，帝国主义的军舰扼住了大海的喉咙，外国的水兵用"文明的皮鞭"抽打着中国的劳苦大众，对此，诗人非常愤慨，在这里写下了《罪恶的黑手》等一系列有名的诗篇。诗人旧地重游，感觉"与大海的呼吸一样的舒畅""情感与海上清风一样的轻快"④，诗人兴致勃勃地写大海，写游泳，写海军，写渔民，把新中国主人公的自豪感和喜悦情绪

---

① 臧克家：《臧克家全集·第四卷》，长春：时代文艺出版社，2002 年，第 541 页。

② 臧克家：《臧克家全集·第三卷》，长春：时代文艺出版社，2002 年，第 294-295 页。

③ 臧克家：《臧克家全集·第三卷》，长春：时代文艺出版社，2002 年，第 275 页。

④ 臧克家：《臧克家全集·第十二卷》，长春：时代文艺出版社，2002 年，第 104 页。

融进了祖国自由的海洋：

> 脱下了，脱下了
> 身上和心上的负载。
> 大海呵——绿色的世界，
> 一个个轻快的身子，
> 投向你起伏的胸怀。
> 　　　——《脱下了》①

> 晚潮从海上来了，
> 明月从天上来了，
> 人从红楼上来了。
> 　　　——《会合》②

> 热沙子烫得脚发痒，
> 一身轻便走在归途上，
> 一顶草帽遮住天上的太阳，
> 一个影子在地上晃。
> 　　　——《海水浴罢》③

这些抒情短诗，像玲珑剔透的艺术珍品，为读者展开了一个个意境深远的画面，诗句明朗而有韵味，引人遐想。比如《脱下了》，一开始用了两个"脱下了"，看似重复，实则缺一不可。诗人分别说出了两层不同的含义：第一个"脱下了"，是说脱下了"身上"的"负载"；第二个"脱下了"，是说脱下了"心上"的"负载"。只有如此，才是"轻快的身子"，才能在"大海""绿色的世界""起伏的胸怀"里自由进退、沉浮。这首诗几乎可以说是增一字嫌多，缺一字嫌少，真可谓恰到好处。再比如在《她和他》中，诗人以极其简洁的笔墨对渔家青年的恋情故事进行了诗意的描绘：

---

① 臧克家：《臧克家全集·第二卷》，长春：时代文艺出版社，2002 年，第 345 页。
② 臧克家：《臧克家全集·第二卷》，长春：时代文艺出版社，2002 年，第 340 页。
③ 臧克家：《臧克家全集·第二卷》，长春：时代文艺出版社，2002 年，第 346 页。

> 爸爸驾起渔船出海去了，
>
> 留下她一个把家门守望，
>
> 凉棚下，手拿一本识字课本，
>
> 我知道她的心并不在书上。

> 一个年轻的渔人在沙滩上晒网，
>
> 来来回回鱼（渔）网总拉不平，
>
> 两双眼睛一碰就发光，
>
> 我知道他的心并不在鱼（渔）网上。①

这首诗写的是渔家青年男女的恋爱，但既没有写景，也没有言情，只是写诗人的所见所想：一是女青年"手拿一本识字课本"，诗人断定"她的心并不在书上"；一是男青年"在沙滩上晒网"，然而，"来来回回鱼（渔）网总拉不平"，诗人由此断定"他的心并不在鱼（渔）网上"。那么，心都在哪里呢？诗人不直说，却用"两双眼睛一碰就发光"把其想说的、读者所想的全写出来了，这是诗眼，是闪光发亮的诗句，是诗人长期观察生活的结果，也融进了诗人的生活体验。这首诗表现出了 20 世纪 50 年代劳动青年爱学习、爱劳动的时代特色。

《凯旋》是诗人患病期间对医院生活"颇多体会"而写的 17 首短诗，把自己对新生活、新社会真挚的热爱注进了对医院生活的歌吟中。《她和她的病人》以两个跨度很大的形象，风趣而深刻地揭示了护士和病人之间的关系，赞颂了护士平凡工作的崇高意义：

> 她搀着他迈步，
>
> 像孙女搀着祖父；
>
> 他躺在床上她照顾，
>
> 喂饭喂汤像慈母。②

《朋友》《送友人出院》《探望》等诗和《她和她的病人》一样，表现了社会主义社会里人与人之间的新型关系与相互关心、相互爱护的真挚感情：

---

① 臧克家：《臧克家全集·第二卷》，长春：时代文艺出版社，2002 年，第 344-345 页。

② 臧克家：《臧克家全集·第二卷》，长春：时代文艺出版社，2002 年，第 539 页。

> 我紧紧握着你的手，
> 用两颗眼泪送你走，
> 一颗里含着欢喜，
> 一颗里含着焦愁。
> 　　——《送友人出院》①

　　病人在医院里住久了，彼此成了亲密的朋友，难舍难分，"我紧紧握着你的手"便是真实的写照。依照常理，既然是"紧紧握着你的手"，那么就应该是"两眼泪汪汪"，或者是"泪如泉涌""泪如雨下"，但是，诗人却写为"用两颗眼泪送你走"，造成悬念，提出问题，引人深思。接着，用诗的特写镜头把真情揭示无遗："一颗里含着欢喜，/一颗里含着焦愁"，通过特写镜头的透视，把诗人既高兴又忧愁的复杂心态表现得淋漓尽致。其他如《联系》《关心》《送大夫去西山植树》等诗，想象新颖，读来真实动人。《探望》写的是一个三四岁的小女孩到医院探望父亲，而医院规定三四岁的小孩不准进病房，以免被传染，父女只能在病房的楼上楼下相视。因为这一场景是诗人亲眼所见，所以写得逼真且极有韵味：

> 小女儿站在楼下，
> 爸爸站在楼上，
> 眼睛对着眼睛，
> 只是脉脉地相望。
>
> 教好了的话到时不响，
> 妈妈越催她越不开腔，
> 一个红苹果从窗口坠落，
> 欢笑声逐着它滚在草地上……②

　　妈妈催促女儿向爸爸说事先教给她的话，"越催她越不开腔"，爸爸将一个

---

① 臧克家：《臧克家全集·第二卷》，长春：时代文艺出版社，2002 年，第 539-540 页。
② 臧克家：《臧克家全集·第二卷》，长春：时代文艺出版社，2002 年，第 542 页。

红苹果扔给女儿，诗人不直接说女儿在草地上追拾红苹果，而用"欢笑声逐着它滚在草地上……"的借代修辞手法来言说，呈现了别样的喜悦欢乐的情景。这些诗无一句直接说社会主义好，但首首都是对新社会的歌颂，是对社会主义社会人与人之间真诚情感与友爱精神的由衷赞美。著名诗人张光年（光未然）曾说："解放以后，克家同志的许多优秀作品，都是花费了重大心力的。除了原来的朴素、铿锵的优点，诗人还有意识地追求一种平易、明朗的风格，诗句力求口语化。他的许多短章写得明丽蕴藉，不露斧凿的痕迹。最明显的例子是《海滨杂诗》中的《海军》、《她和他》、《脱下了》、《海水浴罢》等几首小诗，都是短短几句，展开了一个意境悠远的画面，诗句明朗而有韵味，引人遐想。这些都是真正的艺术品。"[1]

《放歌新岁月》里的诗篇，如《您像……》《召唤》，以及歌颂女排英雄们的诗歌《胼胝的手掌——赠郎平同志》、赞美张海迪的组诗《短诗抒我情》等，也都短小精悍、感情真挚，洋溢着青春的活力和奋进的激情，蕴含着丰富深刻的哲理。比如《您像……》，把"亲爱的社会主义祖国"比喻为"吸引百川"的"伟大海洋"，"头顶青天"、立足厚土的崇高山岳，"风来不低头，雷击不弯腰"的"苍翠的劲松"，而自己却愿做"游鱼"、"岩石"和"小鸟"[2]，永远和祖国在一起，为祖国歌唱，抒发了诗人对祖国、对社会主义的矢志不渝的崇高感情。《召唤》以短小的篇幅、精练而形象的语言道出了中华儿女的共同心声："一片云彩，/两地落雨点，/鸟儿一展翅，/就可以飞到对岸。心和心早已搭好了桥梁，/一条海峡怎能把骨肉切断？/江河终于归到大海，/台湾，祖国在向你热情召唤！"[3]这些短诗比喻贴切，形象生动，感情真挚，显示了诗人心系祖国繁荣、情牵华夏复兴的情怀。

除了新诗之外，臧克家还写了思想新、感悟新、极为朴素自然的旧体诗。诗人从小就读了不少古典诗歌，他说过："新诗旧诗我都爱。"他写的这些旧体诗，不用典故，运用口语，很吸引人，比某些晦涩的新诗还好懂，诗集《忆向阳》就是如此：

---

① 张光年：《风雨文谈》，上海：上海文艺出版社，1982年，第139页。
② 臧克家：《臧克家全集·第三卷》，长春：时代文艺出版社，2002年，第152页。
③ 臧克家：《臧克家全集·第三卷》，长春：时代文艺出版社，2002年，第195页。

块块荒田水和泥，深耕细作走东西。

老牛亦解韶光贵，不待扬鞭自奋蹄。

——《老黄牛》①

夜阑哨急鸣，秋收早出工。

摩肩不识面，但闻报数声。

——《早出工》②

大地为床好托身，风吹香稻醉人心。

日中小憩蓄精力，借得茅檐一尺荫。

——《工地午休》③

诗集《忆向阳》是真实写"文化大革命"时期知识分子接受贫下中农再教育，与农民相结合的动人诗篇。这样朴素自然的诗，没有对生活较为深刻的体会，没有圆熟的表现技巧，是写不出来的。

《李大钊》是臧克家在新中国成立后创作的长诗。这是诗人"用诗的形式""给这样一个革命领袖人物作传"的"一个大胆的尝试"④。李大钊的一生，是伟大的一生，他的形象是一个永垂不朽的革命者的典型。诗人选择李大钊在五四运动前后至第一次国内革命战争时期的几个重要阶段的革命活动进行描写，再现了早期共产党人的英姿，歌颂了无产阶级战士的伟大人格及其深远的影响："他的语声像战鼓，/催人走上战斗的路，/他的话头像火苗，/青年们心里在燃烧！/他一手抓住《晨钟报》，/要把晨钟不断敲！/他的大笔像火焰，/红红的火焰冲天高！"⑤长诗不仅写出了李大钊的战斗事迹，而且还写出了李大钊的家庭生活；不仅写出了当时的时代背景，而且把李大钊的感情、性格和时代背景紧紧交织在一起，多方面地展现了李大钊作为革命领袖的高尚品格，从而"映衬出一个伟大

---

① 臧克家：《臧克家全集·第四卷》，长春：时代文艺出版社，2002 年，第 494 页。

② 臧克家：《臧克家旧体诗稿》，武汉：武汉出版社，2000 年，第 35 页。

③ 臧克家：《臧克家全集·第四卷》，长春：时代文艺出版社，2002 年，第 493-494 页。

④ 臧克家：《李大钊》，北京：作家出版社，1959 年，第 150 页。

⑤ 臧克家：《臧克家全集·第四卷》，长春：时代文艺出版社，2002 年，第 354-355 页。

而又平凡，严肃而又活泼，政治原则性很强但很容易使人亲近的形象来"①。在形式上，诗人适当采用民歌形式，但又不拘于一体而有所变化。由于诗人具体材料掌握不足，有的段落比较枯涩，人物形象不够突出，但诗人对无产阶级的革命事业和早期共产党人的崇敬之情却是真挚深厚的。

第六节　世界和平与"国际共运"的歌者：朱子奇②

朱子奇与贺敬之、郭小川先后到延安接受革命的洗礼，在延安从事诗歌与文化的建设工作。新中国成立后，他主要从事外交工作，致力于反对侵略战争、保卫世界和平的运动。他到过亚非欧美 40 多个国家，参加过广泛的保卫世界和平和亚非拉人民反帝反殖民争取民族解放的运动，并长期从事中外文化交流及国际文化学术研讨活动。半个多世纪以来，他在时代的风雨里跋涉，在革命的征途上奋进，在和平与友谊的桥梁上奔忙，他将战斗呼号、跋涉足迹与艺术结晶汇集为诗集《春鸟集》《春草集》《爱的世界》《星球的希望——政治抒情诗 100 首》等。他的诗鲜明地展现了一位为了祖国的独立、人民的解放、世界的和平而不倦战斗的无产阶级战士的风貌，展示了中国革命与国际风云交织的壮丽图景。他的诗以高昂的激情、以真善美的感情来激发和感染读者，让人们看见了社会主义的希望，看见了整个星球的希望。贺敬之曾高度评价朱子奇的诗："反映了自抗日战争起几个历史时期的时代风貌，充满高昂的革命精神和战士的情怀，体现了革命的诗学原则和艺术性。特别是全国解放后多年来，写国际共运和世界和平运动的斗争和历史回顾的诗篇更加闪耀异彩，它以特有的思想和艺术的力量，为革命

---

① 臧克家：《李大钊》，北京：作家出版社，1959 年，第 149 页。

② 朱子奇（1920—2008），著名诗人、作家、翻译家、国际活动家。湖南汝城人。1937 年参加抗日救亡运动，发表了诗作《怒吼吧，醒狮！》，同年 12 月奔赴延安。1938 年在中国人民抗日军事政治大学学习，4 月加入中国共产党。1942—1945 年在中央军委外语学校俄文系学习，参加延安整风运动，曾任内蒙古苏军司令部联络员。1946 年在华北联合大学文艺学院工作。新中国成立后，曾任任弼时的秘书，长期从事国际活动。曾任中苏友好协会理事、世界和平理事会理事兼中国书记、中国人民保卫世界和平委员会国际部副部长、中国亚非团结委员会秘书长及副主席、亚非基金会副主席、中国作家协会党组副书记、国际笔会中国中心副会长、中外文学交流委员会主任、《诗刊》编委等。出版的诗集有《友谊集》《春鸟集》《春草集》《爱的世界》《星球的希望——政治抒情诗 100 首》等；散文集有《十二月的莫斯科》《和平胜利的信号》《飞向世界》等。还翻译出版了一些外国的革命诗文。

战士'沧海横流，方显出英雄本色'提供了诗的范例。"①

　　歌唱正义、歌唱和平与希望，是朱子奇诗歌创作的主旋律，也是他毕生所追求、所奋斗的目标："报告春天的喜讯是我的使命，传播真理与信念是我的责任。"②朱子奇作为我们时代的鼓手，从未"置身局外，旁观战斗"，总是击鼓呼号，在时代的"鼓声中前进"。他说自己"首先是战士，是党员，然后才是诗人"③，他自觉地把自己的一生献给了无产阶级的革命事业和文学事业。新中国成立之前，朱子奇写的诗作，如《延河曲》《致歌者》《党旗更鲜红——祝贺党的六届六中全会胜利召开》《杨家岭出太阳》《反投降进行曲》《我歌颂伟大的七月——为纪念中国共产党诞生 20 周年作》《白求恩纪念歌》《我的心飞向莫斯科》《反法西斯进行曲》等表现了一位年轻的革命者投身民族战争和解放战争的喜悦以及对法西斯强盗的仇恨，这些诗是对正义的呐喊，是随时代步伐前进的热情的歌唱，不少诗作被谱曲传唱。

　　我们知道，政治抒情诗是诗与时代、诗与生活、诗与人民最直接的联系，要求诗人对国内外一些重大社会问题、政治事件、历史人物进行最迅速、最敏捷的评价。然而，绝不能用抽象的说教，应该用富于历史责任感和时代使命感的诗的语言、诗的情愫，将鲜明的态度、精深的思想，寄寓于生动鲜明而独特的形象里并将其艺术地表现出来，熔抒情、说理、形象刻画于一炉，达到诗与政论的结合、情与理的统一。比如《我漫步在天安门广场上》，写了诗人早晨漫步在天安门广场的所见、所闻、所想。诗人对历史与现实、昨天与今天，对斗争和胜利、生产和建议进行对比；描绘了工农兵群众、各少数民族、社会主义国家的友人组成的幸福、和谐、伟大的队伍，浩浩荡荡地在天安门广场走过，诗人尽情地欢呼："快来哟，到这民族平等的广场上来！/快来哟，到这国际友爱的广场上来！""早安呵，我们伟大的祖国心脏北京！/早安呵，辉煌壮丽的人民宫殿天安门！"④全诗热情澎湃，意气风发。

　　系列诗《和平交响诗》由《序句》、《第一章 地球奏鸣曲》、《第二章 插曲（哈啰·哈雷慧星）》、《第三章 中国之声》、《第四章 回想曲》、《第五

---

① 张玉太：《朱子奇诗创作评论选》，北京：作家出版社，2004 年，第 23 页。

② 朱子奇：《朱子奇诗选》，北京：作家出版社，2006 年，第 516 页。

③ 朱子奇：《朱子奇诗选》，北京：作家出版社，2006 年，第 494 页。

④ 朱子奇：《朱子奇诗选》，北京：作家出版社，2006 年，第 78、80 页。

章 和平在哪里》、《凯旋》等七部分组成，是 1986 年响应联合国"国际和平年"的号召而创作的。诗人力戒游词空语与声色俱厉的呼喊，尽量以情感人，用形象说话。诗人由中国写到外国，由地球写到宇宙，由现在写到将来，以磅礴的气势、瑰丽的想象、浪漫的情怀、乐观的思绪，唱出了中国人民与世界人民对和平的热爱、渴望和信念。诗人由个别到一般，由具体到抽象，昭示人们只有靠自己的双手才能建造和平的殿堂："和平在哪里？希望在何方？/在你手上，在我手上，在他手上。/在每一个要掌握命运的人手上！在亿万齐心勇往的进取者手上！"①这是"撮辞以举要""一语而警心"的箴言警句，平中见奇，闪闪发光，形象有力，给人以鼓舞，给人以警策，给人以自信。在诗中，和平不是抽象的、空洞的、枯燥的概念，而是和人们息息相关的具体事物，是生动的、活泼的、有生命力的意象。和平化为"条条江河鱼儿肥、虾儿鲜，/片片牧场羊群欢，马队壮，/座座山岭森林喧语，百鸟鸣唱"；和平在"麦浪翻滚的田野上"，在"电子计算机伴奏的操作房"，在"夜晚安宁的婴儿摇篮边"，在"清晨节奏均匀的上班路上"，在"儿童游乐园的欢笑声里，/在演奏厅响起的和谐琴弦声里，/也在绿树丛中年轻恋人的热吻里……"②这些生动的形象、美好的情景，给人以亲切而深刻的印象和强有力的启发与美的遐想。最后，诗人以多彩、深沉而浪漫的笔触，为人们描绘了一幅和平的乐园图。别林斯基曾说："观念不过是海水中的浪花，而诗意形象则是从海水的浪花中产生出来的爱与美的女神。"③这组诗之所以受到人们的欢迎，就是因为诗人借助想象与联想的神奇功能，为世界人民建造了"辉煌"的"和平乐园"，令人爱慕，令人神往，令人为之奋斗、为之献身。

系列诗《星球的希望》（包括《又是五月……》《孕育春天的人》《红场陵墓》《巍巍纪念堂》《三盏不灭的灯》《后记》六部分），写于 1990 年世界局势急剧变化的严峻时刻。诗的境界阔大，气势恢宏。诗人立足中国，放眼全球，统摄国际共产主义运动的斗争史，前后数世纪，纵横几大洲，透过历史的风烟，把握时代的脉搏，展望未来的前景，写出了无产阶级的气魄、人民的力量、时代的风貌、人类的希望。诗人从大处着眼、小处落墨，通过悼念马克思、列宁、

---

① 朱子奇：《朱子奇诗选》，北京：作家出版社，2006 年，第 461 页。
② 朱子奇：《朱子奇诗选》，北京：作家出版社，2006 年，第 462 页。
③ 薛菲编译：《外国名家谈诗》，杭州：浙江人民出版社，1986 年，119-120 页。

毛泽东"三位永生的人",歌唱"三盏不灭的灯",再现了波澜壮阔的国际共产主义运动,以史鉴今,回答了"社会主义有无生命力""共产主义到底是不是人类的希望"这些人们关注的重大问题。诗人既从时代与历史的高处着眼,又以独特的构思和形象落墨,先用"光彩夺目"的"大厦"来比喻"风云突变"中的中国,后用"四根顶梁柱"来比喻四项基本原则,它使"大厦"坚如磐石、稳如泰山。艾青曾说:"没有一个诗人是没有政治倾向的。但当诗人写作的时候,他必须把他从哲学书里所得到的东西,把他的对人生对社会的见解,化为直觉的东西,化为童年的天真,不然的话,他的诗就不能成为诗了,因为纯粹从理论出发所写出来的诗,是不能感动人的。"①系列诗《星球的希望》之所以具有"引人""动人""迷人"的艺术魅力,就是因为诗人把"对人生对社会的见解,化为直觉的东西,化为童年的天真",也就是说,诗人把他要表现的重大政治主题与人物事件,化为浸润诗人真挚感情的富有生命力的艺术形象,故而能动人以情、晓人以理。如果说,朱子奇的国际题材政治抒情诗构成了正义、和平、希望的郁郁葱葱的重峦叠嶂,构成了正义、和平、希望的宏伟和谐的交响乐曲,那么,系列诗《和平交响诗》和《星球的希望》便是这重峦叠嶂中的两座最巍峨的山峰,便是这诗的交响曲中的两部最辉煌的乐章。

朱子奇是一位站在时代前列、面向世界的诗人,也是一位注重社会发展与大众审美需求,在艺术上不断创新、勇于开拓的歌者。他注重大众意识,努力汲取古今中外优秀诗歌的精髓,坚持古为今用、外为中用的原则,既师法古人今人诗艺之长,又力图有所突破、有所发展。他不限一法,不专一体,不拘一格,努力用普通群众所喜爱、所能接受的艺术方法来展示社会的前进、历史的发展与人民的力量,力图创造一种雅俗共赏的风格来抒情言志。他的诗体形式也是多种多样的,但以自由体为主,既有短小精悍的短章,如《在十三陵工地上》《眼睛》《红豆》《海燕颂》等,也有汪洋恣肆的长篇,如《北京——莫斯科》《历史车轮》《友谊的春天》等。诗的语言大都来自生活,生动形象,感情强烈,色彩鲜明,既具有民歌民谣的通俗美、晓畅美,也不乏古典诗词的精练美、典雅美,如组诗《井冈山》写得声情并茂,神思飞扬;既具有内在的韵律美,也具有外在的建筑美,如《看望斯诺》《我们的艾黎》《老船长,他醒了》《白头吟》。有些

诗作，思想精深，颇富哲理意味，是哲学的诗，是诗的哲学；有些诗作，音韵和谐，谱曲可唱，离曲可诵，是诗中的歌，是歌中的诗。他的诗既保持了民族传统的特色，又汲取了外域传统的精华，正如他自己所歌吟的那样："我的歌，土气中加上点洋气，/有时又洋气里注入一股土气。/土与洋总是以土为母体，/土与洋糅合成和谐的一体。//我的歌，新里加进些老，/也许又老中掺点儿新，/瞧，老调新情相交融呵，/我老叹劲唱东风送晚晴！"（《白头吟》）①1986 年 10 月，朱子奇在《季米特洛夫墓前》一诗中热情地唱道：

> 我虽已满头飞霜，仍愿再奉献生命的余光，
>
> 为共建和平的殿堂，同去追求星球的希望。
>
> 要做一名时代真正的灵魂艺术家，
>
> 怎能不把这人类的崇高理想来颂唱？
>
> 我们呀，要像你那样宽厚，清醒，坚强……②

这是一位无产阶级老战士的自白，也是一位诗坛和平使者的誓言。林默涵曾说："鲁迅先生说过：越是民族的东西，越有世界性。子奇同志的诗歌在国际上很有影响。他的一首首对中外人民和平友好的颂歌，属于我们祖国，也属于世界。"③

第七节　"人民"的"号手"：魏巍④

魏巍是经历过抗日战争和解放战争洗礼的在革命根据地成长起来的诗人。魏

---

① 朱子奇：《朱子奇诗选》，北京：作家出版社，2006 年，第 249-250 页。

② 朱子奇：《朱子奇诗选》，北京：作家出版社，2006 年，第 164 页。

③ 张玉太：《朱子奇诗创作评论选》，北京：作家出版社，2004 年，第 22 页。

④ 魏巍（1920—2008），原名魏鸿志，曾用笔名红杨树，河南郑州人。1937 年抗日战争全面爆发后在山西参加八路军，1938 年加入中国共产党。从中国人民抗日军事政治大学毕业后长期在部队从事宣传工作，在晋察冀一些报刊上发表过许多诗作。1950—1958 年，曾先后三次奔赴朝鲜，为反对侵略战争、保卫世界和平而奔走呼号。先后任《解放军文艺》副主编、中国人民解放军总政治部创作室副主任、北京军区宣传部和文化部负责人等。1939 年开始发表诗作。新中国成立前以创作诗歌为主，新中国成立后除写诗歌外，还创作小说、戏剧、散文。他的报告文学集《谁是最可爱的人》被誉为红色经典，"最可爱的人"成为中国人民志愿军的崇高称号。1978 年出版的反映抗美援朝战争的长篇小说《东方》获 1982 年茅盾文学奖。散文集有《幸福的花为勇士而开》《春天漫笔》《壮行集》《魏巍散文选》；诗集有《两年》《黎明风景》《不断集》《魏巍诗选》等。有《魏巍全集》行世。

巍写了许多关于抗日战争和解放战争的诗。这些诗作曾结集为《两年》《黎明风景》。对于这些作品，他曾用比喻的手法形象生动地作了说明。他说："很显然，这些诗作，正象（像）诗作者当时的年龄那样年轻。在我们部队里，过去不是有许多的小司号员么，他们穿着很不合身的又长又大的军衣，经年背着一把飘着红绸子的黄铜军号，走在我们的行列里面。他们有时立在村边，有时爬上连部的屋顶，有时站在行军路边的石崖上，把他那气力未足的、有时甚至吹错了号谱的号音，送到他的同志的耳边。诚然，他的同志们不会怀疑他是忠诚的，尽职的；可是，小司号员毕竟是小司号员，小司号员还不是强大的、腰圆背阔的机枪射手。"他又说："这些诗，不过是小司号员年轻的号音罢了。但是，他却和人民一起，和他强大的伙伴们一起走过了自己的道路。"①这条道路是什么呢？用他自己的话说，就是："一是文艺和革命斗争结合，一是文艺和人民群众结合。"②他是始终沿着这条道路前进的，无论遇到什么艰难险阻，他都一往无前、坚贞不屈。新中国成立后，他主要从事报告文学和小说的创作，其中最著名的有《谁是最可爱的人》等报告文学集、《长空怒风》《红色的风暴》《东方》《地球的红飘带》等小说以及《幸福的花为勇士而开》《春天漫笔》等散文集。《谁是最可爱的人》享誉中外，被誉为红色经典，《东方》曾获首届茅盾文学奖。他的诗作不是很多，但始终是沿着"文艺和革命斗争结合""文艺和人民群众结合"的道路前进的。

　　首先，魏巍的诗表现了一个共产党员作家、诗人高度的党性原则，即对理想，对党的路线、领袖的无限忠诚。《写给同志也写给自己——祝党的第八次代表大会》《井冈山漫游》《赞歌》《悼念敬爱的周总理》《写在悲痛的日子——献给周总理的悼词》《沉痛悼念毛主席》《新的长征》《自题》《黄河吟》等诗就表现了这种精神。其中最有影响力的诗作是《写给同志也写给自己——祝党的第八次代表大会》和《井冈山漫游》。前者是政治抒情诗，写于1956年9月15日，这首诗把党"几十年风雨烟火""带着满身的战伤"的悲壮历程和我们"冲破了黑暗的东方战线""世界历史的天平，/倒在了我们一边"的辉煌战绩与"人民到处赞扬我们"的现实联系在一起，呈现在人们面前，呈现在"同志们"

---

① 魏巍：《魏巍文论集》，郑州：河南人民出版社，1984年，第23页。

② 魏巍：《魏巍文论集》，郑州：河南人民出版社，1984年，第193页。

面前，也呈现在"自己"面前，引人深思。诗人说："我不担心大海的暗礁"，"也不担心险恶的风浪"；因为"相信舵手们的眼光"，"我的同志是英勇无双"。诗人用生动而形象的语言指出："毛主席一次次嘱咐我们，/嘱咐我们要谨慎谦虚，/这是让我们的党年年不老，/这是让我的同志花开四季。//同志呵，让我们常常劝勉：/多亲近泥土，亲近风雨，/让身上总带着汽油的香味，/让身上总带着稻花的气息！//不要忘吃草根和黑豆的年代，/不要忘我们的粗布军衣，/我们的大家庭虽有金山银山，/丢一颗螺丝钉还是那么可惜。//不要忘山村水乡的那些母亲，/不要忘一同睡过破炕席的兄弟，/也不要忘缝缝补补的姐妹情义，/他们的烦恼和困难要多多深思……"①谨慎谦虚，永远亲近泥土、亲近风雨，不忘吃草根和黑豆、穿粗布军衣的艰难岁月，不忘过去同甘共苦的母亲、姐妹兄弟，这样我们便会"年年不老""花开四季"。诗人又说："人民，这就是共产党员的上帝，/所有的上帝都比不上他那样神奇。"②这首诗虽然受到的议论较多，但因其比喻生动贴切、语言通俗而深含哲理，加之诗人是以自己在战争岁月中积淀的情感来诉说历史、劝慰同志的，因而能够感染人、激发人、教育人。如果说，《写给同志也写给自己——祝党的第八次代表大会》是以理服人，那么，《井冈山漫游》则是以情动人、以景迷人。《井冈山漫游》是歌颂革命圣地井冈山的诗作，井冈山是中国共产党建立的第一个农村革命根据地，井冈山是革命的山，是英雄的山，也是美丽的山。诗人以漫游的形式，由远望到近视，沿盘道、上大井、奔黄洋，从宏观到微观，从咏草木到咏山水、从咏红军到咏革命精神，既借景抒情，又以情寓景，把山川的壮美、革命的经历、英雄的事迹、诗人自己的情怀融为一体，既展示了井冈山的雄伟、神奇、壮美，又描述了革命的艰辛、艰苦、坚韧，更抒发了诗人丰富、广阔、深厚的革命情怀。写井冈水是诗中最精彩的部分。诗中说，是红军战士的汗水汇成"井冈泉"，"井冈泉"汇成井冈水，井冈水有如琵琶声，音调美，但是，当它遇到绝路时，绝不回头，"八千条飞泉天外来/八千条山泉挂山崖"，"队伍越走越壮阔/大水小水来会合"③。这些诗句既是描写诗人"漫游"时看到的井冈山的自然的水，也是倾诉心中涌动的井冈山

---

① 张永健编：《中国当代短诗萃》，武汉：长江文艺出版社，1983 年，第 123-125 页。

② 刘家民编著：《魏巍研究》，郑州：河南大学出版社，2017 年，第 337 页。

③ 胡龙生主编：《光辉的井冈山》，南昌：21 世纪出版社，1997 年，第 149 页。

的革命洪流。这股革命洪流由井冈山奔涌而出，历经千难万险，由小到大，由弱到强，最后"井冈水浪呵永远不败/万里欢腾呵朝大海"①。这是写景，是象征，也是抒情，也是写实。这首诗之所以感人，还在于诗人在写景、状物、抒情的过程中已和井冈山的山水、树木融为一体，物我客主，合而为一："我也是你的一滴水"，"我像井冈山上云"，"转身伏在溪流上/井冈呵我再饮你一捧水"②。诗人既为井冈山的山水所陶醉，也为革命事业的兴盛所兴奋，革命战士对自己所追求的事业、理想的自信、骄傲和自豪在漫游井冈山的情景中流露出来。

其次，魏巍的诗表现了时代的本质特征。1956—1963 年，人们称这个时期为"火红的年代"。魏巍写于这时期的诗作就客观地再现了当时的情景，不论是侧面描写建设新疆的"来自祖国的四面八方"青年的《我骑着红马》，还是歌咏煤炭工人美好生活的《新琵琶行》，还是描写"穷棒子"农业社新买汽车的喜悦的《遇红星集体农庄的汽车》；不论是对河南青年社会主义建设积极分子大会表示祝贺的《唱支山歌寄故乡》，还是 1958 年 6 月写于十三陵水库工地的组诗《火红的年月》，还是组诗《红领巾水库新闻》、《细流弯弯》和《题护士像》等，都表现了"火红的年代"人们战天斗地改变一穷二白面貌的雄心与干劲。比如，《老牧人》就真实地描绘了 60 多岁的老牧人"夜里提着灯笼修水坝，/又迎着晨星放牛群"，社长给他记了工分，老人却憋着一个心病："只有一件事，/急恼了老牧人/我夜里上工地，/是我的一片心；/社长呀，/你要记什么工分，/叫人听着多寒碜！"③其他如《探亲的》《新娘》等也都写得生动、别致、真实可信，是那个年代人们社会生活与精神面貌的真实写照。这对于那些一叶障目，以偏概全，把支流当主流，一味地否定、丑化、歪曲现实的某些作品是有力的反驳。人们常说，"真实"是诗歌的生命，作为一个人民诗人、党员作家，魏巍的诗作，表现了时代的真实的本质特征。

最后，魏巍的诗爱憎分明、格调高昂，既有广阔的视野，又有深邃的思想，写的是革命之事，抒的是革命之情。正如他自己所说："我们的诗人应该把读者

---

① 胡龙生主编：《光辉的井冈山》，南昌：21 世纪出版社，1997 年，第 149 页。

② 胡龙生主编：《光辉的井冈山》，南昌：21 世纪出版社，1997 年，第 150 页。

③ 中国少年儿童出版社编选：《1958 年儿童文学选》，北京：中国少年儿童出版社，1959 年，第 243 页。

的眼光引向广阔的天地，而不要引向个人的小圈子。是关心祖国、关心人民的命运和前途，还是只关心个人？是宣传集体主义，还是宣传个人主义？这是诗人要严肃考虑的。我认为，对我们的青年，要培养他们集体主义的品质，要培养他们热爱党，热爱社会主义祖国的感情。"[①]可见，魏巍的创作目的是具有鲜明的价值取向的，就是要培养人们的集体主义精神、社会主义思想。不论他写的是什么题材（国际题材、国内题材、工业题材、农业题材、科教题材等），不论他写的是何种体裁（小说、报告文学、杂文、诗歌、电影文学），概莫能外。即使是一些咏草木、游山水的诗篇也有鲜明的思想倾向。比如，咏花草的《草木歌》采用拟人、比喻、白描的手法，或赞美集体主义精神（《波斯菊》），或歌咏前仆后继的奋斗作风（《牵牛》），或描述不怕酷暑、雷雨的坚韧意志（《石榴树》），或称赞向往光明、谦虚谨慎的品性（《向日葵》）。这些诗完全是在写人，写集体主义、社会主义的革命精神。在《井冈山漫游》中，他把写景、咏物、言志三者融为一体，宣扬的是革命思想，是井冈山精神。魏巍曾说："我们的诗只要表现革命的内容，表现群众，表现生活，你是什么艺术风格都可以。"[②]因此他的诗风格是多样的，有的如匕首、投枪、战鼓，如《抗美援朝街头诗》；有的充满诗情画意，如《登列宁山夜望莫斯科》；有的借景抒情，情景交融，如《井冈山漫游》；有的以史实与真理的雄辩光彩夺目，如《写给同志也写给自己——祝党的第八次代表大会》；有的以丰富的联想与强烈的对比令人热血沸腾，如《美丽颂》；有的以真挚与强烈的感情而动人心魄，如《悼念敬爱的周总理》和《沉痛悼念毛主席》等。他的诗语言平易而生动、朴实而深刻，有的有民族色彩，如《井冈山漫游》；有的有古诗词韵味，如《老牧人》；有的思辨色彩强，如《写给同志也写给自己——祝党的第八次代表大会》。《写给同志也写给自己——祝党的第八次代表大会》《井冈山漫游》可以说是魏巍的代表作。前者以强烈的抒情与无可辩驳的真理性让人扪心自问，深刻反省，引起共鸣；后者以浓郁的真情、美丽的景色、恰切的比喻、丰富的联想令人身临其境，如闻其声，如见其人。《井冈山漫游》采用陕北信天游形式和江西老区一带送郎歌的格调，亲切自然，朴实生动，既能灵活自如地转韵，又保持了大

---

① 魏巍：《魏巍文论集》，郑州：河南人民出版社，1984年，第194页。

② 魏巍：《魏巍文论集》，郑州：河南人民出版社，1984年，第194页。

体齐整押韵的句式，音韵流畅，铿锵悦耳。该诗有不少地方是可以同贺敬之的《回延安》媲美的。

第八节　挥洒爱与美的诗人：柯岩[①]

柯岩是新中国成立以后涌现出的出类拔萃的女作家。在诗歌、小说、散文、报告文学、戏剧影视、文学评论等各种文学样式上都有建树。老诗人臧克家称赞她："才华横溢，强手多面；文苑增光，煌煌六卷；关怀人民，充满情感；切近时代，笔锋精炼；思想湛深，读者神健；品格风格，令人赞叹。"[②]诗人朱子奇赋诗赞扬她"理直气壮说真话""真善真美真诗人"[③]。作家刘白羽说："柯岩是坚持现实主义道路的杰出作家，她的很多作品都达到了很高的诗的境界。"[④]青年女作家阎延文评论柯岩说："一位永远如蜡烛般喷吐着光和热，母亲般挥洒着爱与美，赤子般拜现着善与真的作家；一位容（融）慈母胸襟与赤子情怀于一体，从而永远焕发着青春光彩，激荡着生命活力的诗人。"[⑤]

确实，柯岩是一位才华横溢、关怀人民、理直气壮说真话、敢爱敢恨、立场坚定、忠于理想、融慈母胸襟与赤子情怀于一体的"挥洒着爱与美"的诗人，她既是一位富于理想的浪漫主义诗人，又是一位十分清醒的现实主义作家。她所走过的路，是一条艰苦而辉煌的人生之路、创作之路。柯岩对革命充满了热情，追

---

① 柯岩（1929—2011），原名冯恺，女，满族，广东南海人，中共党员。1949 年后任中国青年艺术剧院、中国儿童艺术剧院创作员，中国作家协会专职驻会作家、理事、书记处书记，《诗刊》副主编，中国文学艺术界联合会委员，中国诗歌学会副会长，中国报告文学学会副会长，以及多所高等院校客座教授。曾多次被选为全国少儿先进工作者、全国青年思想教育先进工作者、妇女先进工作者。1949 年开始专业创作，已出版著作 50 余部。主要有：诗集《"小迷糊"阿姨》《周总理，你在哪里》《春天的消息》《中国式的回答》、报告文学集《奇异的书简》《一个诗人眼中的宋庆龄》《癌症≠死亡》长篇小说《寻找回来的世界》《他乡明月》等。其作品在艺术上精益求精，既豪放壮阔，又清新明丽，具有鲜明的个人风格和独特的艺术魅力，深受广大读者欢迎，多次获得全国性大奖，多部作品被译为英文、法文、德文、俄文、日文及西班牙文等版本。有《柯岩文集》行世。

② 陈昌本、张锲编：《柯岩研究文集》，北京：中国文联出版公司，1998 年，第 3 页。

③ 陈昌本、张锲编：《柯岩研究文集》，北京：中国文联出版公司，1998 年，第 3 页。

④ 陈昌本、张锲编：《柯岩研究文集》，北京：中国文联出版公司，1998 年，第 3 页。

⑤ 陈昌本、张锲编：《柯岩研究文集》，北京：中国文联出版公司，1998 年，第 160 页。

求自由、民主、幸福，富于理想和浪漫。在新中国的革命大家庭里，她受到领导和同志们的帮助，反复学习毛泽东的《在延安文艺座谈会上的讲话》，并受到了老作家如洪深、焦菊隐、曹禺、张天翼、赵树理、孙犁等的言传身教。她到过福建前线、新疆前线、广西前线，到工厂、到车间、到农村、到学校，同战士、同工人、同农民、同教师（及其学生）长期"同吃、同住、同劳动"、同练兵、同教学，这些经历使她完成了"立足点"的"转变"，她深有感触："是农村的大田和汗水教我懂得了粮食的来之不易；是农村的父老乡亲让我感受到了什么叫做默默奉献"和"无言的牺牲"；是钢铁厂的炼钢车间、铸造车间、轧钢车间"教我领略到大工业生产的统一作战和工人阶级集体观念的形成"；"是下部队的摸爬滚打"，是"前线负伤的战士和血染的土地让我明白了共和国为什么能屹立于世界民族之林"；是在工读学校两年的日日夜夜，教师"心贴心地教会了"她"该怎样去向人民教师学习"，怎样"夜以继日地去揩干别人母亲"的"眼泪"；是无数癌症病友，勇斗病魔、抗癌祛痛的顽强毅力和勇敢精神使她从根本上认识了工人、农民、士兵，使她确信人民是真正的英雄，"他们才是我的老师，是我终身都在学习的亲人"[1]。

　　柯岩是一位人民的文艺家，她的创作以人民为主体，主要表现、讴歌人民大众及知识分子心灵的真善美。她在"文化大革命"以前以创作儿童诗和儿童戏剧著称，"文化大革命"以后则凭借诗歌、儿童小说、儿童散文、报告文学、戏剧影视等誉满文坛，她的作品融社会学、心理学、教育学与诗学于一体，寓教于乐，给人以美的熏陶和爱的启迪。从 1955 年开始，她连续出版了儿童诗集《"小兵"的故事》《最美的画册》《大红花》《小弟和小猫》《帽子的秘密》《"小迷糊"阿姨》《我对雷锋叔叔说》《讲给少先队员听》《照镜子》《我的爷爷》《红灯、绿灯和警察叔叔》《周总理，你在哪里》《月亮会不会搞错》《中国式的回答》《眼镜惹出了什么事情》等。

　　柯岩的作品充满了真诚的爱意，"她爱孩子，爱青年，爱无私奉献的先进分子，爱一切普普通通的劳动者。可以毫不夸张地说，她将自己所有爱的热力，全都献给了中国的人民群众"[2]。爱与美是她所有作品的主旋律，也是她作品的灵

---

① 郭久麟：《柯岩传》，太原：山西人民出版社，2012 年，第 304、306 页。

② 陈昌本、张锲编：《柯岩研究文集》，北京：中国文联出版公司，1998 年，第 42 页。

魂,她的爱与美是有鲜明的价值取向的,在她的儿童诗中,则表现为教育儿童好好学习、天天向上,引导他们热爱生活、热爱祖国、热爱人民、热爱共产党,培养他们善良、勇敢、爱劳动、爱整洁、团结友爱、学习英雄的美好品质。无论是她写给幼儿的游戏诗如《做客来》《坐火车》《小熊拔牙》《打电话》,还是小叙事诗《小弟和小猫》《小红马的遭遇》《姐姐的本子》,抑或写给中小学生的《"小兵"的故事》《"小迷糊"阿姨》《绝交》《"流星"》等,都塑造了一大批心地善良、纯洁、个性鲜明的儿童形象。无论是她完全肯定和赞赏的形象(如《两个"将军"》中的小林的哥哥、《寻找》中的两名小运动员),还是有一些小缺点亟待改正的形象(如《小弟和小猫》中的小弟),一个个都是那么鲜活、生动、可爱。这些形象的鲜活可爱的性格特征主要是通过机智俏皮的儿童语言和不停变化的动作表现出来的。诗中没有平板直白的叙述,没有静止不变的心理描写,语言俏皮活泼,颇有童趣。例如:"唉呀坏啦,小红马不在啦!/唉呀不好啦,小红马跑啦!/阿姨,快带我们去追吧,/阿姨,快带我们去找吧!""种子种下能开花,/小树浇水就长大,/我想组织骑兵队,/所以种下小红马。"(《小红马的遭遇》)①诗人通过儿童惯用的语式语调将儿童看似滑稽实则合理的梦想表现出来,令人忍俊不禁。再如,《放学以后……》则通过描写主人公躲躲闪闪、"鬼鬼祟祟"的行为,把两个好奇心强、善于思索、行动敏捷、机灵顽皮的少儿形象活脱脱地展现在人们面前。当然,这一时期影响最大的诗作是组诗《"小兵"的故事》,由《帽子的秘密》《两个"将军"》《军医和护士》三首诗组成,是柯岩儿童诗的代表作,发表于 1956 年,荣获第二次全国少年儿童文艺创作评奖一等奖。这组诗写的是儿童模仿解放军做游戏时所发生的事,其中每首小诗都是一首小叙事诗,都包含着一个有头有尾的动人故事,曲折回环,引人入胜。《帽子的秘密》写的是儿童渴望学做"海军"的故事。作品从哥哥的帽子写起,哥哥是个了不起的三年级学生,"一连考了那么些个五分"。因为学习好,妈妈送他一顶蓝色的帽子当奖品。"可是这顶帽子有点奇怪,它的帽檐老是掉下来",妈妈感到奇怪,便派弟弟去"侦察"。当弟弟发现哥哥扯下帽檐扮"海军"的秘密时,自己却成了哥哥的"俘虏"。哥哥看也不看弟弟一眼,下命令要把弟弟"我""枪毙":"我生气地说:'我不是什么奸细,/我是你的弟

---

① 柯岩:《"小迷糊"阿姨》,北京:中国少年儿童出版社,1979 年,第 10、12 页。

弟！'／可是哥哥皱着眉说：／'是奸细就不是弟弟！'／／这么欺负人还能行？／我就又踢又打吵个不停，／两个水兵只好安慰我，／说枪毙是假的一点不疼。／／我说：'反正我不能叫你们枪毙，／不管它疼还是不疼，／我长大了要当解放军，／随便说我是奸细就不成！'／／水兵们都哈哈大笑，／哥哥也只得把命令取消。／大伙说：'这可不是个胆小鬼，／欢迎他参加我们"海军部队"。'"①《两个"将军"》写的是两个作风截然不同的哥哥分别带领自己的弟弟学解放军操练的故事。一个"将军"虽然勇敢威风，但却很淘气，他要弟弟当他的警卫员，向他敬礼，练习作战冲锋，把弟弟、妹妹作为攻击目标，闹得家里不得安宁。另一个"将军"截然相反，他也天天练兵，却专门保护"老百姓"——弟弟妹妹，还帮大人劈柴、抬水，"全院大人个个夸"，小孩子们都跟随他，就连"淘气将军"的"警卫员"——"我"，也决定去跟他当"兵"了。这里，诗人以两个"将军"的鲜明对照，帮助孩子们认识好坏，辨别是非，让孩子们正确地学习解放军的革命品质。在《军医和护士》中，小孩子们渴望"当兵"而不被批准，他们就在大孩子操练时攒来攒去，前后乱挤，当大孩子要求他们走开时，"他们的眼睛马上就'下雨'"。后来大孩子看他们"能力虽小挺积极"②，就收下让他们当了"军医"和"护士"。组诗的题材是从儿童游戏中提炼出来的，但诗人并没有简单地表现儿童的游戏生活，而是通过新鲜有趣的构思、丰富的想象、曲折动人的情节、热闹的戏剧性场面和富有儿童趣味的语言，很好地表达了富有社会主义教育意义的思想。另外，写于这一时期的《"小迷糊"阿姨》《我对雷锋叔叔说》等都是影响较大的作品，前者在轻微的揶揄中满带热情的鼓励，善意的微讽中满蓄着批评、信任与期望，热情歌颂了小学教师的敬业精神；后者描绘了雷锋的苦难史、成长史和全心全意为人民服务的优秀品质，以及儿童学习雷锋精神争当共产主义接班人的情景。"文化大革命"后，柯岩的诗思更睿智，诗情更浓郁，诗艺更娴熟，诗的题材更广阔，影响更大。柯岩具有仁爱宽厚、祥和柔美的性格特点，同时又具有富贵不能淫、贫贱不能移、威武不能屈的浩然正气。她对理想和信仰的始终不渝的坚持与万难不辞的追求，显示了中华民族和中国仁人志士的铮铮铁骨、奋发志气与傲然正气。她的作品涉及了新中国成立 60 多年来革

---

① 柯岩：《"小迷糊"阿姨》，北京：中国少年儿童出版社，1979 年，第 35、38 页。

② 柯岩：《"小迷糊"阿姨》，北京：中国少年儿童出版社，1979 年，第 44 页。

命和建设历史进程中的许多重大事件，表现了各个时期人们的精神面貌，让我们看见了我们祖国、我们民族"最崇高的美"。她的很多作品就热情讴歌了我们民族的英雄、民族的美德，人民公仆、人民楷模和普通工人农民的光辉品质，在她的心目中更是占有崇高的地位。她的作品中始终洋溢着革命乐观主义精神、革命英雄主义精神和强烈的爱国主义精神。

"文化大革命"之后，柯岩出版了堪称"中国教育诗"的小说《寻找回来的世界》，被称为"癌症患者教科书"的著名小说《癌症≠死亡》，被称为"生活教科书"的批判西方中心主义、弘扬民族精神的著名小说《他乡明月》，被称为"又一卷教育诗"的批判"金钱万能"等错误思潮、宣扬社会主义新风尚的优秀书信集《和"巨人"对话》，以及许多散文、戏剧、报告文学、文学评论，还出版了新诗集《我的爷爷》《周总理，你在哪里》《月亮会不会搞错》《中国式的回答》等。这些诗作表现了柯岩对新中国、对人民、对人民领袖的由衷热爱。如《周总理，你在哪里》这首诗抛弃了常见的歌颂周总理丰功伟绩的写法，而是以极其热烈而真挚的诗情，尽情地抒发了人民对周总理深切而悲痛的怀念之情，形象而有力地表达了周总理"你永远和我们在一起""你的人民世世代代想念你"的深刻主题。全诗构思精巧，想象丰富，把祖国的高山、大地、森林、海洋人格化，让自然山川与"我"同情同感、同悲同唤，通过"山谷回音""大地轰鸣""松涛阵阵""海浪声声"写出了同情同感、同悲同唤的气势，通过"沉甸甸的谷穗上，/还闪着他辛勤的汗滴……"，"宿营地上篝火红呵，/伐木工人正在回忆他亲切的笑语""海防战士身上，/他亲手给披的大衣……"等真实可感的细节将周总理亲切可爱的形象、高贵伟大的品德呈现出来。全诗九节，每节形式大体相同，有的句式也大致一样，音节的抑扬顿挫也基本相同，从而呈现出音韵和谐、匀称通畅、铿锵动听的音乐效果，全诗的音调由强到弱、由高到低，气韵逐渐下降低沉，给人以余音绕梁、不绝如缕的感觉，收到了悠远深沉、绵绵不绝的艺术效果，如"你永远居住在太阳升起的地方，/你永远居住在人民心里。/你的人民世世代代想念你！/想念你呵〈想念你〉/想〈念〉你"[①]。这首诗是怀念周总理数以万计的诗篇中最优

---

① 柯岩：《柯岩文集·第4卷·诗》，青岛：青岛出版社，1995年，第235-237页。

秀的诗篇之一，被称为"震颤人心"的"佳作"①，在全国引起了广泛而深远的影响，受到评论家们热情的称赞②，这首诗曾被选入大中小学教材，"学生读了十几年，仍感余味无穷"③。《在周总理办公室前》《请允许》《哀思如潮》《瞬间》等诗表现了同样的主题，深情抒写了病中的周总理仍时时想着为病中的毛主席分忧解难的战友情谊。柯岩的友情诗、缅怀诗抒写了同志爱、战友情，把抒情与叙事融为一体，情真意切，感人至深，如缅怀战友郭小川、李季、高士其等诗友的《又见蔗林，又见蔗林……》《哭李季（三首）》《致高士其同志》《情诗（三首）》。柯岩的关注少年儿童成长的诗歌，又可以分为两类：一类是借儿童之口，批判陈腐的教育方式与市场经济的弊端的，如《假如我是爸爸》《求求您，妈妈（组诗）》；另一类是教育孩子成长的，如《陈景润叔叔的来信》《班长的苦恼》《谁说烈士已经死去》《假如我当市长》等。其中《假如我当市长》发人深省，这首诗以"假如"的方式从住房、环境、饮食三方面诉说了老百姓的诉求，表现了诗人以人民为主体的基本思想：

> 假如我当市长，
> 首先要贴一张大大的招贤榜；
> 看谁能让工厂产值上升又无污染，
> 看谁能让本市比其他城市更漂亮；
> 看谁能有城建的整体规划，
> 不要成天拆了东墙补西墙，
> 把马路掘得到处是洞，
> 今天挖开，明天又填上。
> 当然，当然，
> 整座城市还要浓荫覆盖，
> 空气里充满绿色的芳香，

---

① 李希凡：《她有一颗赤子心——贺〈柯岩文集〉出版》，《文艺理论与批评》，1996 年第 6 期，第 73-75 页。

② 丁宁：《至情的金玫瑰》，《文艺理论与批评》，1996 年第 6 期，第 76-79 页。

③ 刘征：《她博得亿万青少年的爱——谈选入中学语文教材的几篇柯岩的作品》，《人民教育》，1996 年第 11 期，第 35 页。

让所有美丽的鸟儿都愿到本市定居，

　　为此，居民们也该学会不要大声喧嚷……①

　　柯岩还写了许多题画诗，大都紧扣画之主题，寥寥数语即"点"出"画"的
"龙"之"睛"，道出真意，让画锦上添花，让无声的画变为有声的诗。比如，
为卜镝的画所配之诗就有 100 首之多，艾青曾称赞她说："柯岩以热爱儿童的
心，关心儿童画，为儿童画题写了许多明丽的诗。她的许多诗像水晶一样透
明。""像柯岩这样的诗人，以母亲般的目光注视着儿童的成长是不多的。"②
这些诗充满了儿童的天真、想象和追求，诗人以慈母的爱巧妙地写出了儿童的画
意，又有分寸地深化了诗情，比如："我梦见一长串一长串的骆驼，/却不是在
荒凉荒凉的沙漠；/海水就象（像）银白色的珍珠，/岸边的棕榈全开着鲜艳的花
朵……/醒来我赶快把它们都画在纸上，/长大了再把它们变成真正的生活。"
（《海边的骆驼》）③这些诗清新、明丽，充满童真、友爱、梦幻，说它们"是
爱与美的结晶"，毫不过分。

　　如果我们把柯岩 60 多年的作品按出版年份排列起来，就会发现，她的作
品从某些方面表现了新中国 60 多年辉煌而不平凡的历史。在新中国 60 年多风
雨历程的每一个时期，她都写出了堪称那一个时期的优秀之作并且经得起历史
的检验。她在文学创作的各个领域都进行了尝试探索并且卓有成就，创作了不
少优秀的作品。她的诗作不但继承了五四以来新诗的传统，而且借鉴了外国进
步诗歌的特点，汲取古典诗词和民歌的长处，创作了多种多样的诗歌形式、诗
体。既有儿歌、儿童诗、少年诗，也有成人诗；既有抒情诗，也有朗诵诗，还
有诗剧；既有二行体、四行体、多行体，也有对话体、楼梯式和句式不一的自
由体诗。无论采用何种体式，她的诗都融诗情、画意、哲思于一体，讲究排比
对仗，注意声韵和谐流畅，把含蓄与明朗、深刻与平易、形象与诗情很好地结
合在一起。她是新中国出类拔萃的女作家，是放歌派中足以同贺敬之、郭小川
相媲美的诗人。

---

① 柯岩：《柯岩文集·第 5 卷·诗歌》，成都：四川文艺出版社，2009 年，第 152-153 页。

② 郭久麟：《柯岩传》，太原：山西人民出版社，2012 年，第 123 页。

③ 柯岩：《月亮会不会搞错》，天津：新蕾出版社，1984 年，第 87 页。

第九节　"时代需要"的诗人：王怀让[①]

王怀让是新时期放歌派有代表性的诗人，他从 1958 年开始创作，已出版 20 多部诗文集，是一位在全国颇有影响的诗人。正如贺敬之所说："他的诗是人民需要的诗，是时代需要的诗。""王怀让同志是在人民群众中间久负盛名的诗人。特别是在河南，可以说是家喻户晓，赛过许多的明星。"[②]王怀让曾说："我是一个农民的儿子。30 多年来，我是一直把写诗当作种地来侍弄的。对于毛泽东的农业八字宪法，我是极为熟悉而又很感兴趣的。""我敢这样说，你想写诗吗？那你就先去学习种地。您想成为一个诗人吗？那你就先去当好一个农民。"[③]王怀让是农民的儿子，对农民的生活状况、心理诉求了解较深，他长期在《河南日报》工作，新闻工作者的责任感、敏锐感，使他的诗充满了鲜明的时代特色和人民主体意识。他的诗作有如下特点。

第一，十分强调诗的时代效应，强调诗对社会主义建设事业的作用。首先，他认为人民是诗歌的主角，人民英雄、人民楷模是民族的脊梁，是诗歌讴歌的主要对象。他认为"人民"是"诗的母亲"，没有人民，就没有"国风""天问"，就没有李白、杜甫、艾青、阮章竞，就没有贺敬之的《雷锋之歌》、郭小川的《向困难进军》。他的政治抒情诗《我骄傲：我是中国人》《我们光荣的名字：河南人》《中国人：不跪的人》等歌颂的是当代的中国人，他们创造了举世瞩目的世界奇迹，他们继承并发扬了中华民族古代先哲先圣、仁人志士和劳动人民的勇敢与智慧，他们弘扬了近现代革命领袖、人民英雄、劳模不屈不挠的

---

①　王怀让（1942—2009），河南济源人，中共党员。历任《河南日报》文艺处处长、编委、高级编辑，河南省文学艺术界联合会主席团成员，河南省作家协会副主席，郑州大学特聘教授。河南省德艺双馨艺术家。1980 年加入中国作家协会。著有诗集《十月的宣言》《神土》《人的雕像》《王怀让抒情诗 300 首》《王怀让自选集》《王怀让诗词选》《1997 备忘录》《新三吏》《史诗》，杂文集《今夕是何年》，散文集《王怀让散文选集》，以及《王怀让诗文集》。《王怀让诗选》、长诗《我们光荣的名字：河南人》、《中国人：不跪的人》分别获得河南省第一、第二、第三届文学艺术优秀成果奖，散文《构思》《少林寺记》获全国报纸副刊作品年赛一等奖，报告文学《太行浩气民族魂》《王屋山：关于水的报告》获河南省人民政府特别奖。

②　贺敬之：《贺敬之文集·4·文论卷·下》，北京：作家出版社，2004 年，第 490 页。

③　王怀让：《王怀让诗文集·第 8 卷·杂文》，北京：作家出版社，2003 年，第 200 页。

斗争精神和英雄主义、理想主义的光荣传统，他们的成绩震撼着中华儿女的心："我是中国人——/我那黄河一样粗犷的声音，/不光响在联合国的大厦里，/大声发表着中国的议论，/也响在奥林匹克的赛场上，/大声呼喊着'中国得分'。""我是中国人——/我那长城一样巨大的手臂，/不光把采油钻杆钻进外国人/预言打不出油的地心；/也把通信卫星送上祖先们/梦里也没有到过的白云。"（《我骄傲：我是中国人》）①王怀让的许多诗篇都是直接歌颂现实生活中的真人真事的，如杨皂、雷锋、焦裕禄、张海迪、赵春娥、安振东、陈秀文、姚次会、史来贺、邓亚萍、常香玉等。其中，为杨皂写作的三首长诗——《诗为杨皂而作》《诗为杨皂再作》《诗为杨皂三作》，最能体现王怀让诗作的社会效应和对人民的态度。杨皂是河南安阳县铜冶镇南西炉村的一位老人，他"数十年如一日地默默无闻地一锹一镐地为村民修桥铺路，被当地群众誉为'善人'"。诗人曾"三顾石屋三次在南西炉的杨皂老人修筑的路和桥上拜访杨皂老人"②，写下了著名的"三作"，其目的是一百年或一千年之后，我们的后人"将从这个故事里听到我们时代人们前进的脚步是何等的艰难，然而人们的脚步的前进又是怎样的坚毅"。诗人还说，对于"三作"，"我从来不敢说是我自己的作品，天公地道地讲，它们是我同杨皂老人共同创作出来的"③。或者用诗人的诗句说，是"向党投递民心——/人民心头的忧虑，/人民心中的欢欣，/人民心脏的搏动，/人民心跳的声音……"（《诗与人民》）④。

其次，王怀让认为，诗要诚实。他曾在一首小诗中说："诗，必须诚实，/你的诗，应无愧于万代子孙；/几万年后，子孙们要研究你的诗的化石，/——那是你留在世界上的心！"⑤这首诗是王怀让的诗歌宣言，更是他的人生哲学。比如，《雷锋》《关于焦裕禄墓的考古报告》等都是歌颂、赞美新中国成立后前30年社会生活的作品。《关于焦裕禄墓的考古报告》中就如实地写了"那是一个严寒的地层""荒凉的地层""多灾的地层""多难的地层"，是一个"艰苦

---

① 徐志摩等，牛爱红、傅水怒点评：《可爱的火焰：最美的诵读/诗歌》，太原：希望出版社，2015 年，第 76 页。

② 王怀让：《王怀让诗文集·第 8 卷·杂文》，北京：作家出版社，2003 年，第 202 页。

③ 王怀让：《王怀让诗文集·第 8 卷·杂文》，北京：作家出版社，2003 年，第 202 页。

④ 王怀让：《王怀让诗文集·第 8 卷·杂文》，北京：作家出版社，2003 年，第 205 页。

⑤ 王怀让：《王怀让诗文集·第 8 卷·杂文》，北京：作家出版社，2003 年，第 201 页。

奋斗×自力更生""决心>困难""斗争＝成功"的"地层"，是一个"很有史学价值""很有哲学意义""县委书记的榜样/万古长青郁郁葱葱""焦裕禄精神/百代流芳火火红红""需要我们的子孙/永远发掘/愈发掘它的魅力/就愈加无穷"的"地层"①。这些诗真实地再现了在新中国成立后的前 30 年人民艰苦奋斗、改变一穷二白落后面貌的伟大精神和宏伟气势。诗人还写了《纪念堂之歌》，这是诗人参观毛主席纪念堂前后的所见、所闻、所感，把毛主席的革命功绩、革命人生和革命品德与中外参观者的虔诚态度、敬仰神情交织在一起，再现了亿万人民对毛主席的无限怀念和全中国"在毛主席的旗帜下，/奋勇出征；/九亿人，/在党中央的率领下，/浩浩荡荡"②前进的壮丽情景。写于 1993 年的朗诵诗《"人民万岁！"》是历年来歌颂领袖最优秀的作品之一，它以精练、生动、形象的语言，真实地再现了毛主席领导中国革命的艰苦而璀璨的道路，凸显了毛主席的卓越智慧、武功文采以及他和人民生命与共的血肉联系："呼人民万岁的人，/他活着的时候，/人民才会向着他高呼万岁！""呼人民万岁的人，/他死了，他的思想，/却可以万岁！万万岁！"③这首诗充满了辩证法，是历史唯物主义的精神和哲学的诗化，具有振聋发聩的作用。再如，《红旗渠颂》写了修建于三年困难时期的伟大工程——红旗渠，把它和万里长城、大运河进行对比，客观上对三年困难时期人们艰苦奋斗的精神和辉煌成就作了生动的描写，诗人深入生活，接地气，说真话，表现了新闻记者忠于生活、秉笔直言的品格。

第二，具有深厚的历史文化底蕴与鲜明的史诗意识。王怀让影响较大的诗作主要是政治抒情诗。政治抒情诗，既要有形象性、抒情性，也要有说理性、思辨性，王怀让在抒情言志时，会用大量的古今中外的历史事实、传统神话、文化典籍、英雄故事来加以印证、说明，其诗作在以情动人、以形感人的基础上具有以理服人的魅力。在他的诗中，古与今、中与外、现实与理想、物质与精神等方面较好地融为一体，抒情、形象、议论合而为一，因而，既能在情感上打动人，也能以正确的历史文化知识说服人、启迪人。比如，在《我骄傲：我是中国人》中，诗人写了中国的雄伟山河（黄土高原、黄河、长城、泰山）、悠久的历史

---

① 王怀让：《王怀让诗文集·第 3 卷·人物诗》，北京：作家出版社，2003 年，第 79-83 页。

② 王怀让：《王怀让诗文集·第 1 卷·时代抒情诗》，北京：作家出版社，2003 年，第 338 页。

③ 王怀让：《王怀让诗文集·第 1 卷·时代抒情诗》，北京：作家出版社，2003 年，第 362-363 页。

（祖先走出森林，开始农耕生活，发明指南针、印刷术、圆周率、地动仪）、不朽的历史人物与艺术形象（孔子、司马迁、孙中山……花木兰、林黛玉、孙悟空、鲁智深）、永恒的精神文明传统（井冈传统、延安精神），这些都是值得我们骄傲的。更令人骄傲的是站起来的中国人民所创造的非凡奇迹：进入联合国，在奥运会上频频"得分"，自力更生打出了油井，自力更生发射了卫星，"我们就是飞天，/飞天就是我们！"①再如，在《我们光荣的名字：河南人》中，诗人以丰富的人文地理知识、历史掌故述说作为河南人的光荣。首先，写"滔滔滚滚"的"黄河"是河南人"亲爱的母亲"，"巍巍峨峨"的"中岳"是河南人的"敬爱的父亲"，因而河南人有了"坚毅、坚定、坚强、坚韧"的"遗传基因"，有了"自强、自立、自豪、自信"的"天然性格"。其次，写在黄河岸边"燧人氏钻木取火"，"世间便有了光明"，河南人称自己为"火的传人"；中岳旁"轩辕帝驱车征战"，"中国便有了姓氏"，河南人称自己为"炎黄子孙"。再次，写神话中的女娲"补天的传奇"，寓言中愚公"移山的故事"；写"哲人"韩愈，"智慧之神"诸葛亮，"民族之魂"岳飞；写"《清明上河图》所画出的繁荣"，"《伤寒杂病论》所痛恨的瘟神"；写河南人把自己"最孝顺的儿子"杨靖宇和彭雪枫"打发上路"，"向着太阳大步前进"；写河南人把自己"最信任的军队"红四方面军和刘邓大军"迎进""家门"；写河南人"最新"的"文字"——"魏巍、李准、姚雪垠……"；写河南人"最美"的"音符"——"常香玉、马金凤、阎立品……"；写河南人"修建了红旗渠"，"流出了丰收的喜讯"，"流出了一种创业的精神"；写河南人"栽下了泡桐树"，"锁住了滚滚的风沙"，"锁住了一种思想的贫困"；写焦裕禄的"雨伞"，"撑开了一个真理：/脚尖应该永远/向着群众的家门"；写史来贺的"声音""奏响一个强音：/中国正在留下/一串富强的脚印"。以上这些诗句把河南的名山大川、神话传说、文化经典、文人墨客、彪炳史册的民族英雄、革命英雄、革命作家、人民公仆等融为一体，深情讴歌了河南历史文化的悠久、辉煌、深厚。在古今辉映、纵横交错的历史文化板块中，诗人所突出的、所彰显的是"黄河的纤夫""中岳的挑夫"等劳动人民的形象与精神——"埋着头，躬着腰身，/为

---

① 徐志摩等，牛爱红、傅水怒点评：《可爱的火焰：最美的诵读/诗歌》，太原：希望出版社，2015 年，第 77 页。

今天拉纤"，"赤着膀，挑着重任，/为明天挑运"。这就是"黄河的后裔"
"中岳的子孙"①。历史文化与一切事物一样，总是在真与假、善与恶、好与
坏、美与丑的相互斗争中存在和发展，既有好的、优良的、革命的历史文化传
统，也有坏的、丑恶的、反动的历史文化糟粕，王怀让的诗歌张扬的是进步的、
优良的、革命的历史文化传统，贬斥的是落后的、腐朽的、反动的历史文化垃
圾。比如在《中国人：不跪的人》中，既赞扬了我们民族历史中陈胜、吴广、屈
原、李白、岳飞、文天祥以及神话传说中的女娲、愚公等"不跪"的精神、不屈
的灵魂；同时，又痛斥了自鸦片战争以来清朝统治者"下跪"的丑态："他们的
脊梁骨是软的/一看见洋人/就下意识地把腰弯下，/他们的膝关节是软的/一听见
枪炮/就会很自觉地下跪！/于是！我的瘦骨嶙峋的中国呀，/我的老泪纵横的中国
呀，/先是给英国人下跪，/继而给日本人下跪，/再而给八国联军下跪……/从虎
门跪到南京，/从南京跪到天津，/从天津跪到紫禁城内……"②诗人以黑衬白，
以丑托美，回顾近代以来的屈辱史，把民族败类同林则徐、邓世昌、孙中山、李
大钊、方志敏、叶挺、江姐等民族的脊梁、烈士进行对比，突出了革命志士的民
族的、正义的、崇高的、革命的正气和骨气。

　　第三，王怀让的诗风受贺敬之、郭小川的影响较大，主题鲜明，风格豪放，
联想丰富，善于铺排对比，善于古为今用，语言平易明朗且形象生动，多格言警
句且富于哲理，引人深思，催人奋进。比如，他的《长歌赵春娥》和《教师节：
中国的圣诞节》的开头与贺敬之的长诗《放声歌唱》的开头是相似的，贺敬之的
《放声歌唱》的开头两句是："无边的大海波涛汹涌……/啊，无边的/大海/波
涛/汹涌——"③王怀让的《长歌赵春娥》的开头两句是："洛阳自古骄牡丹。/
啊——/洛阳/自古/骄牡丹……"④《教师节：中国的圣诞节》的开头两句是：
"无数的花朵开放着芬芳。/啊——/无数的/花朵/开放着芬芳……"⑤这三节诗采
用的都是重复的手法，其句式排列也是相似的，这种在视觉和听觉上重复而有变
化的排列，既具有新颖的建筑美，又具有突出某种场景、思想的作用。再如，他

---

① 王怀让：《王怀让抒情诗300首》，郑州：河南人民出版社，1994年，第89-96页。
② 王怀让：《王怀让诗文集·第1卷·时代抒情诗》，北京：作家出版社，2003年，第20页。
③ 贺敬之：《放声歌唱》，北京：中国言实出版社，2021年，第7页。
④ 王怀让：《王怀让诗文集·第3卷·人物诗》，北京：作家出版社，2003年，第109页。
⑤ 王怀让：《王怀让诗文集·第5卷·儿童诗》，北京：作家出版社，2003年，第392页。

的组诗"青春三唱"(《关于学习》《关于创造》《关于爱情》)、"写给青年朋友的'四有'组诗"(《关于理想》《关于道德》《关于文化》《关于纪律》)受郭小川《秋歌》的影响较大,是两句一节的政论体诗歌,是诗情、形象和议论的有机结合,具有鲜明的时代特色,传递给人们的是积极向上、奋发努力、为国为民的正确的人生价值观,批判的是享乐主义、好逸恶劳、贪图私利的腐朽人生观。

王怀让不仅是一位乐于学习的诗人,而且是一位善于学习、努力创新的诗人,他极善于将历史与现实、古人与今人、文化典籍与现实生活联系起来展现中华民族的优秀品格。如果把王怀让诗中的历史人物、文化典籍贯穿起来,就不难发现他的诗具有鲜明的历史脉络。他的诗大体分为以下几个系列:一是神话传记系列,涉及盘古、女娲、燧人氏、愚公、精卫等;二是仁人志士系列,涉及孔子、老子、屈原、陈胜、吴广、司马迁、郦道元、李白、杜甫、白居易、岳飞、文天祥、李时珍、林则徐、邓世昌等;三是中外革命英雄志士系列,涉及孙中山、鲍狄埃、李大钊、毛泽东、方志敏、周恩来、杨靖宇、彭雪枫、叶挺、白求恩、江姐、刘胡兰、董存瑞、黄继光、邱少云、罗盛教、雷锋、王杰、杨水才、焦裕禄、魏巍、徐悲鸿、李准、姚雪垠、史来贺、李四光、蒋筑英、罗健夫、常香玉、赵春娥等。这些系列突出了中华民族追求光明、不怕牺牲、积极创新、不惧困难、移山填海、为国为民的战斗精神和谋略智慧,展示了今天全心全意为人民服务的精神是对古代仁人志士和现代革命英雄精神的继承和发展,是民族精神的发扬光大。王怀让在诗歌的艺术形式上也不断探索创新,取得了显著的突破。比如,《1997 备忘录》就是一部创新之作,全诗以 1997 年中外每天发生的政治、经济、军事、人文、科技、自然等方面的大事和趣事为依据,每日一事,一事一诗,借题发挥,依事抒情,有话则长,无话则短,灵活机动,不拘一格。这种写法在中外诗歌史上鲜有先例。这部作品将新闻性、时效性、文艺性、史实性融为一体,具有美学特点,更具有史学价值。

王怀让的诗作也存在明显的不足。第一,他的某些作品对新中国成立后前30 年的抒写有偏颇不实之处,或者夸大当时的问题,或者误判当时的社会事件,有些诗存在自相矛盾之处,有些诗只见树木、不见森林,缺乏思想深度。第二,有些诗在运用排比手法时显得堆砌、累赘,缺乏形象性,甚至在文字上做游戏,有诗思干枯之嫌,如《黄河》就是如此。再如,《路是怎样筑成的》涉及古今中外、天文地理、科技农贸等方面的知识，虽然说明诗人学识广博，但因用词过多过乱，显得杂乱、枯燥无味，如"任雨水锣着/鼓着/高音着/低音着/民族着/通俗着/而你也天然一位歌者"；"任雪花飘着/扬着/圆舞着/芭蕾着/探戈着/伦巴着/而你也自然一位舞者"；"任天风咏着/叹着/律诗着/新诗着/朦胧着/现代着/而你也当然一位诗人"；"任霜花涂着/染着/线条着/色块着/图画着/油画着/而你也欣然一位画家"[1]。还有下面一段：

雨＋雪＋风＋霜＝你的脊梁

歌＋舞＋诗＋画＝高速公路的路面

∵雨＋雪＋风＋霜＝歌＋舞＋诗＋画

∴你的脊梁＝高速公路的路面[2]

不是说诗中不能出现数学公式，但诗一定是诗，不是数学，不是方程式。

第十节 "现代化"的歌者：张学梦[3]

张学梦身为工人队伍中的一员，置身于现代化建设的洪流，感受到时代浪潮的冲击，怀着强烈的主人翁的责任感，以坚实有力的笔触，谱写了《现代化和我们自己》《致经济学家》《休息吧，形而上学》《前进，二万万》《科学说：我来啦！》《啊，经济规律》等一曲曲激昂奋发的进行曲。他通过对时代和现代化的思考，提出了与现代化建设密切相关的一系列"燃着了眉毛的问题"，提醒人们如何整装待发赶上时代前进的步伐，适应瞬息万变的新的潮流。

《现代化和我们自己》是张学梦的力作，也是"文化大革命"之后诗坛上最早表现工业变革的优秀作品。诗人面对社会变革的浪潮，冷静地审视现实的落后状态，深感科技之落后、知识之贫乏，与世界形势不相适应。时代的列车正奔驰

---

① 王怀让：《王怀让抒情诗300首》，郑州：河南人民出版社，1994年，第143-144页。

② 王怀让：《王怀让抒情诗300首》，郑州：河南人民出版社，1994年，第144页。

③ 张学梦（1940—），河北唐山人。1979年开始发表诗作，出版的诗集有《现代化和我们自己》。中国作家协会会员，现在唐山市文学艺术界联合会工作。

向前，是与时代一同前进，还是被飞驰的列车所丢弃，这是一个尖锐且不能回避的问题。因此，诗人郑重而严肃地提出："思考这个问题吧，/现代化和我们自己。"①这是战斗的呐喊，是时代的强音，表现了走在时代前列的诗人所具有的紧迫的历史责任感。

诗人把时代的除旧布新、社会的现代化和知识的更新、人的现代化结合起来，激励人们去学习现代化建设所需要的新知识，去掌握现代化建设所必须遵循的客观规律。这是这首诗扣人心弦的一个原因。学习现代化是一个艰难的扬弃过程：

> 如同一只第四纪的猴子
>
> 艰难地攀缘着
>
> 一道道进化的阶梯。②

这是一场"深刻"而"严厉"的"静悄悄的革命"，每个人都面临着选择：是做现代化的人，还是当"永久的傻瓜"？是以居里夫妇、马克思与燕妮为榜样，向科学文化的高峰攀登，还是做不学无术的"清醒的白痴"？诗人的回答是明确的，他希望人们"投入四化的熔炉/任其冶炼，/躺在铁砧上/接受锤击。/我们可以造就！/只要实践那句能动的格言：/学习、学习、再学习"。诗人激励人们"满怀信心地跨上/新的征途"。他呼吁人们"像消灭霍乱杆（弧）菌/和梅毒螺旋体那样，/消灭/封建的、资产阶级的"③反动思想。全诗满含真情实感，和着时代的节拍，奏出了鼓舞人心的、激昂的、向现代化进军的交响曲。

这是一首政治抒情诗，诗中虽有一些抽象的词句和个别失误的地方，但诗人善于把激昂的感情和理性的沉思同生动鲜明的形象结合起来，这不仅使诗的意象具有明显的现代色彩，而且使诗的思想显得特别新颖且深刻。

总的来说，张学梦的诗格调高昂、时代感强，不论是论辩性的抒情，还是直抒胸臆的歌吟，都满含着真情实感，给人以坚定、深沉的信念。他较好地将一些科学和哲学术语融于诗中，给人以语言不俗、诗意新奇之感。

---

① 李少君、丁鹏主编：《春暖花开四十年》，长春：时代文艺出版社，2018 年，第 20 页。

② 李少君、丁鹏主编：《春暖花开四十年》，长春：时代文艺出版社，2018 年，第 23-24 页。

③ 李少君、丁鹏主编：《春暖花开四十年》，长春：时代文艺出版社，2018 年，第 23-25 页。

第十一节 紧贴祖国胸膛的诗人：谢克强①

谢克强曾坦言，他在《中国青年报》上读到了诗人贺敬之的抒情长诗《雷锋之歌》，这是他第一次接触新诗。②可见，他是受贺敬之的影响而爱上新诗、走上诗坛的。

谢克强的诗是在铁道兵修筑成昆铁路和襄渝铁路的兵营里、隧道里、峡谷里诞生的，是在荒山野岭、穷乡僻壤的奋战中诞生的，如果说炮火、硝烟、夯歌、号子给了他诗的启迪，那么，战友们的血与汗，则使他的诗不再苍白而富有质感。③谢克强是一位非常勤奋又勇于探索的诗人。他服役时写了大量的反映军旅生涯的军旅诗，曾结集为《新兵日志》《工地号子》《踏遍青山》等诗集，这些诗篇深情刻画了铁道兵在工地上热情洋溢、辛勤劳动的画面，同时也展现了他们赤胆忠心、报效祖国的豪情壮志。

谢克强出生于贫苦的农民家庭，和农村、农民、土地、人民公社、农业生产等有紧密的、天然的联系，因而创作了大量的表现乡土风情的乡土诗。直白地袒露了对故土乡情的深深眷恋，热情赞扬了乡村劳动者奉献、拼搏的精神，有民族风味，有地方色彩。谢克强还创作了不少爱情诗，结集为《巴山情歌》《爱的竖琴》等，这些诗有的用山歌、民歌的句式，有的用自由体诗的形式，有的用十四行诗体。这些爱情诗是真情的抒发，有的以平实真挚的歌声咏颂纯洁自然的恋情，有的以深邃的笔墨探索爱的哲理，有的以细腻的笔触描摹少男少女的相思，有的以鲜活的感受吟唱对爱与美的渴望与慰藉。特别值得赞扬的是，谢克强在晚年将大部分时间和精力倾注于以诗歌来描绘或歌吟文学艺术大师及其经典作品，比如，组诗《中国诗人》包括《屈原》《李白》《杜甫》《柳永》等，组诗《世

---

① 谢克强（1947—），湖北黄冈人。1972 年开始发表作品。出版的诗集有《黑眼睛的少女》《孤旅》《三峡交响曲》等，与人合出的诗集有《放歌山水间》《边塞星月》，散文诗集有《断章》，散文集有《母亲河》。系中国作家协会会员、中国诗歌学会理事、湖北省诗歌创作委员会主任、《中国诗歌》执行主编，曾任《长江文艺》副主编、湖北省作家协会副主席。有《谢克强文集》行世。

② 谢克强：《谢克强文集·诗论卷》，武汉：长江文艺出版社，2011 年，第 496 页。

③ 谢克强：《谢克强文集·诗论卷》，武汉：长江文艺出版社，2011 年，第 463 页。

界名画》包括《梵高：〈向日葵〉》《莫奈：〈睡莲〉》等，组诗《中国画意》
包括《王冕：〈墨竹〉》《徐悲鸿：〈奔马〉》《董希文：〈开国大典〉》等，
组诗《生命之舞》包括《沈培艺：〈女儿剑〉》《刀美兰：〈水〉》《杨丽萍：
〈火〉》等，组诗《中国音乐》包括《古筝独奏：〈高山流水〉》《小提琴独
奏：〈梁祝〉》《笛子独奏：〈雨打芭蕉〉》等。表现了诗人对古今文化艺术深
层次地探索和诗意地再现与点赞，这些诗高扬生命意识与独特的艺术体验，是语
言、绘画、音乐等的有机结合，是诗人独特的诗意发现与对诗美的有意识的成功
开拓。

诗人对当代诗歌的贡献除以上所述之外，最主要的是创作了长诗《三峡交响
曲》。这部长诗显示了谢克强创作的高度、艺术追求的综合境界及其紧贴祖国胸
膛的中国心。这是第一部以诗的形式描绘三峡工程的宏伟诗篇，是一曲气势恢宏
的三峡交响乐章，是对于三峡工程的时代赞歌、英雄赞歌，在谢克强的创作生涯
中具有里程碑的作用，在中国当代诗歌史上占有不可忽视的地位。叙事长诗在当
代诗歌中，尤其在"文化大革命"之后的诗歌创作中是比较短缺的，而反映工业
建设的叙事长诗就更稀少，在人们普遍呼唤长诗、呼唤反映振兴工业诗歌的时
代潮流下，《三峡交响曲》应运而生，其意义是不言而喻的。这部长诗有以下
特点。

第一，以开阔的视野、丰富的历史文化积淀展现了三峡工程建设乃历史之必
然，顺乎民意、民心、民情。

首先，长诗所展现的长江，既是一幅壮丽而柔美的自然画卷，又蕴含着丰富
而深远的人文意蕴。长诗把一些古代诗人如屈原、李白、杜甫、白居易、刘禹
锡、苏轼等人的行踪、品格、情操及他们描绘长江的诗歌，与王昭君、巫山神女
等历史人物、神话传说很自然地融为一体，使长江具有丰富的历史文化内蕴，长
江是一条美丽的江、神奇的江、历史悠久的江、人性的江。这就是《三峡交响
曲》不同于或超越过去写长江的诗作（如方纪的《不尽长江滚滚来》、沙白的
《大江东去》、郭小川的《长江组歌》）的地方。其次，多方面地展现了长江的
优利弊害。长江流域是中华文明的重要发源地，长江是雄浑磅礴的，又是坚忍执
着的，是中国的"民族之魂"，是"民族的骨骼与脊梁"。然而，由于历代反动
统治者的腐败无能和部分民众的愚昧，他们乱砍滥伐，致使两岸水土流失、河床
淤积，造成洪水泛滥的惨景，党和国家领导人思考着、谋划着如何治理长江、建

设三峡。《三峡交响曲》就写出了三峡工程建设是历史的必然，是人民的愿望，是顺乎民意、民心、民情的。

第二，以如椽大笔既多色调地描写了三峡工程建设的宏伟场景，如开工典礼、库区移民大搬迁、大江截流、采石场民工的劳动等，也描写了三峡工程建设中的英雄群像，如具有光荣革命传统的中国军人，来自全国各地的水电工人、汽车工人、采石工人、轧钢筋的男子汉、电焊女工、浇筑工人、电风钻工人、水电安装工人，还有库区的移民。在第三章"移民图与世纪大迁徙"中，诗人用许多精美的细节和动人的场景描写了三峡移民离开世世代代热恋的故土，支持三峡工程建设的英雄行为，是可歌可泣、十分感人的。还有许多未写明姓名的科学家、技术员、画家、诗人、演员等，他们身上既有传统的智慧与美德，又有富有现代传奇性的浪漫的革命精神，更洋溢着社会主义建设时期焕发出来的当代战斗风采。把三峡工程建设与革命战争联系起来，写得既真实，又自然，写出了三峡工程建设和淮海战役的精神实质的一致性：为了人民，为了民族，依靠人民，发挥民族的智慧、人民的力量。

第三，长诗结构宏大，浑然一体。全诗各章分则可以各自成篇，或为一篇叙事诗，或为一篇抒情诗，合则成为交响曲，成为大合唱。这同诗人的巧妙构思是紧密联系在一起的。全诗除序曲、尾声外，正文有十章，诗人有意按刚柔相济、有张有弛的艺术规律进行章节的构思、安排，使全诗如长江的波澜一样，有高潮，有低谷，有时高昂，有时低沉，有时慷慨激昂，有时细语诉说，给人以听觉、视觉的愉悦与美感。长诗立足三峡、立足长江，放眼全国、放眼世界，把三峡的建设和全国的建设、全国的支援、世界的关注结合起来，把今天的建设与战争的成绩和历史的辉煌结合起来，使全诗气势磅礴，富有深刻的启示性和巨大的鼓舞力量。长诗是力与美的交响，是昨天与今天的交响，是现实与理想的交响……

长诗在结构上的另一特点是全诗各章节似乎从始至终都融入了三位诗人的身影与精神风貌，这三位诗人是贯穿全诗的提纲挈领的人物，他们分别是：民族诗人屈原、人民领袖诗人毛泽东、长诗诗人谢克强。这三位诗人把过去和现在、历史与现实，把民族文化的辉煌、战争岁月的成就和今日建设的奇迹贯通起来，融为一体，使全诗文气有如长江的波涛一以贯之。

第十二节　反思历史与现实的诗人：唐德亮[①]

唐德亮是瑶族诗人。他长期生活并扎根乡土，是颇有民族特色的乡土诗人。比如，他写瑶山："岁月的天籁/以风的形式/在大山的胸脯/刻一行行神秘的偈语/让芳草淹没踪迹/让灵魂的骨殖/在春风中复苏。"（《写给瑶山》）[②]他直接进入历史时空腹地，写出了瑶山历史的沧桑，更写出了瑶族文化的气魄与特质，有一种民族历史文化的壮美感与纵深感。又如，《遍地草根》以物喻人，表面写的是草根，实际是写土地上生生不息的农民及其民族传统："草被割了　被风干了　被烧了/被牛马吃了　变成肥料了/而根活着　潜伏着　坚忍着/将心事隐藏着　唯泥土/听见它们血液里的声音。"[③]其他如《粤北民俗写意（组诗）》《粤北石灰岩印象（组诗）》《瑶家火塘》《鼓王》《壮家新娘汲新水》《连山炸火狮》，以及诗集《苍野》《深处》中的大部分作品，无不具有独特的乡土气息、浓郁的乡土风味，令人神往与回味。唐德亮的乡土诗还巧妙地与时代精神相融合，如《会跑的村庄（组诗）》如同一部高度浓缩的现当代乡村变迁史，不仅有历史沧桑感与画面感，还写出了农民心理的嬗变。再如《阿根伯失去了根》《癌症村》《超生村》《菜农》等，这些诗展现了现实主义乡土诗歌耐人寻味的魅力。唐德亮在艺术上吸纳传统但又求新求变，构思与语言都给人耳目一新之感，如组诗《回乡一夜》从老屋、故乡月色、故人、街巷梦境等切入，以灵动的语言营造了奇异的氛围与意象。他的诗构思新巧，别开生面，意象丰满、独特，语言质朴中见奇崛，富有穿透力，以丰富的想象力推动了个体经验与精神情绪的飞升。

唐德亮影响最大的诗是《惊蛰雷》。这是一部不同凡响的、深思熟虑的、振聋发聩的长篇政治抒情诗，是当代政治抒情诗的重大收获。

[①] 唐德亮（1958—），广东连山人，瑶族。当过农民、临时工、教师、记者、编辑，现为中国乡土诗人协会副会长。出版了诗集《南方的橄榄树》《苍野》《生命的颜色》《深处》。其中《苍野》获第七届广东省鲁迅文学艺术奖（文学类），《南方的橄榄树》获广东省第八届新人新作奖。有《唐德亮研究专集》行世。

[②] 清远市清远诗社、岭南诗社清远分社编：《北江诗踪：清远诗歌评论选》，北京：现代出版社，2016年，第103页。

[③] 清远市清远诗社、岭南诗社清远分社编：《北江诗踪：清远诗歌评论选》，北京：现代出版社，2016年，第88页。

　　第一，该诗具有鲜明而宏大的时代主题。全诗由近及远，由中到外，由当代到近代到古代，由亚洲、欧洲到美洲到世界各地，把政治、经济、文化、历史、哲学、艺术与爱国爱民、忠于共产主义的情思融为一体，通过各种形式的比较、对照、链接，歌颂真善美，鞭笞假丑恶，让人们从政治的视野、经济的脉络、哲学的思辨与文化的背景中来深思共产主义运动受到挫折的主要原因及吸取的教训。诗人从辩证唯物主义和历史唯物主义的高度出发，以丰富的社会历史文化知识烛照、解构、展示这一重大的国际题材，这同诗人的生活经历、学识修养，及其世界观和创作目的是分不开的："我努力忠于历史，忠于现实生活，忠于自己的心灵。"①面对东欧剧变、苏联解体，面对所谓 21 世纪"社会主义中国将不复存在"的恶意的推测，面对腐败、拜金主义、资本主义、封建主义、虚无主义等各种思潮的冲击，诗人曾陷入"苦苦思索"和"忧虑"之中："中国会不会重蹈苏东覆辙？几千万先烈的鲜血会不会白流？"这些时时"撞击着"诗人的"心灵"，诗人心中充满忧思："千条大路　哪一条/能通向真理的黎明？/小溪万道哪一脉/能流向春的海洋？/繁星满天　哪一组/是指路的北斗？……"②

　　苏联作家奥斯特洛夫斯基说得好："作家不能站在生活与斗争之外，……不能作一个漠不关心的'旁观者'。只有站在最前列的战士中间，充满斗争的热情，与全国人民一起，因失败而痛苦，因胜利而欢乐，那样他才能写出正确的、动人的、有号召力的书来。"③《惊蛰雷》就是由一位"站在最前列的战士中间""与全国人民一起""痛苦"和"欢乐"的诗人写出的长诗。

　　诗人曾明确表示："力图写出一部与当代中国政治抒情诗迥然不同的作品。纵观当代新时期的政治抒情诗，基本上都是歌颂的，我绝不反对歌颂，而且认为对共产党人和人民的丰功伟绩应该大力歌颂，但也不能只一味歌颂。"④诗人创作这部长诗的目的是"反思历史与现实，为了鞭笞腐朽反动，为了光明与希

---

① 唐德亮：《惊蛰雷》，北京：中国戏剧出版社，2013 年，第 194 页。

② 清远市清远诗社、岭南诗社清远分社编：《北江诗踪：清远诗歌评论选》，北京：现代出版社，2016 年，第 66 页。

③ 奥斯特洛夫斯基：《奥斯特洛夫斯基·两卷集·第 2 卷》，王语今、孙广英译，北京：中国青年出版社，1956 年，第 331-332 页。

④ 清远市清远诗社、岭南诗社清远分社编：《北江诗踪：清远诗歌评论选》，北京：现代出版社，2016 年，第 67 页。

望"。诗人在诗中展现了新时期的光明："这年头，我常常感到幸福/打开时光之窗/扑眼是深远的河流/流动着欢乐的笑靥/迎面是生动的季风/编织着七彩的虹霓/遍野是丰盈的稻穗/擎举着迷人的希望/不断繁衍的景观/铺展着斑斓的画卷……"；"校园中，辈辈英才/军营里，代代雷锋"；雷锋的"青春之河""不会枯竭"，雷锋的"精神的火焰"仍在"燃烧"……①

　　诗人"反思历史与现实"，上下求索，寻见"危机"的原因，并发出了严正的呼号。诗人借用马克思的教诲告诫全党："我早说过，资本来到世上/每一个毛孔里/都浸透着/血和肮脏的东西/消灭私有制/消灭剥削/是共产党的使命与责任/怎能让砸碎了锁链的工人/又重新戴上镣铐？/岂能让早已成为主人的工人/再沦为资本家的雇佣与奴仆？！"诗人在反复引证马克思、恩格斯、列宁关于阶级和阶级斗争的言论以及毛泽东关于帝国主义和平演变的预言后，呼吁全党和全国人民要看清楚以美国为首的帝国主义势力的"和平演变"的阴谋。②

　　第二，该诗具有精巧的艺术结构。全诗由三大部分组成：一是从文化思想的视角出发，通过孔子、曹雪芹、袁世凯等众多历史人物形象地展现了中国 2000 多年封建社会的"权势者"（皇权文化）与反"权势者"（反皇权文化）斗争的思想文化史；二是通过对李大钊、鲁迅、焦裕禄、钱学森、魏巍、柯岩等革命导师、革命先烈、革命作家的描写，展现了中国 90 多年的无产阶级革命史，特别是新中国成立之后的 60 多年的英雄人物奋斗史；三是通过对马克思、恩格斯、列宁、斯大林、希克梅特、聂鲁达、小林多喜二等众多逝去的革命家、诗人的歌吟，艺术地表现了国际共产主义运动的革命与反革命、复辟与反复辟的尖锐残酷而辉煌的斗争史。三大部分，特别是后两部分彼此交织、相互渗透，把各种或正反或矛盾或并列或同类或异质的事件、人物、思想放在一起相互印证、对比，达到彼此强化、相互深化的艺术效果和以史鉴今、警醒国人的创作目的。长诗的艺术结构受但丁《神曲》、涅克拉索夫《在俄罗斯谁能快乐而自由》的影响，以抒情主人公"我"为经，以历史人物和历史事件为纬，三部分内容如三条线索错综复杂地交织在一起，把活跃在古今中外的各个阶段的历史事件、历史人物贯穿起

---

　　① 清远市清远诗社、岭南诗社清远分社编：《北江诗踪：清远诗歌评论选》，北京：现代出版社，2016年，第67-68页。

　　② 清远市清远诗社、岭南诗社清远分社编：《北江诗踪：清远诗歌评论选》，北京：现代出版社，2016年，第68-69页。

来，如银线串珠。这种结构不受时间、空间的限制，能从广阔的社会生活和丰富的历史事件中选取经典材料为表现主题、描写人物、抒发情感服务。诗中的抒情主人公"我"亦有诗人的思想、学养、理想、情操，是一位忧国忧民的诗人，也是一位学识渊博的学者；他更多地融合了具有坚定的共产主义信仰的无产阶级知识分子的品格和思想；他爱憎分明，既充满忧患意识，又充满乐观主义精神，既对共产主义的前途充满坚定不移的信念，又对前进道路上的曲折保持冷静的态度。抒情主人公"我"既是全诗中穿针引线的领衔人物，又是评判历史、指点江山、抒情言志的诗人，是"大我"与"小我"的结合，是与史同行、与民同心的爱国主义和国际主义战士。

第三，该诗综合运用了浪漫主义、现实主义、魔幻现实主义、超现实主义等艺术手法。首先，诗人运用浪漫主义的手法，展开想象的翅膀，自由翱翔，在汨罗江边"追踪屈子（原）的足印"；在"浙江上虞"观"背经离道"的王充"点燃""非圣非法"的"巨烛"；在"三国的天空"看"非汤武薄周孔"的嵇康"用头将历史/砸出了一个窟窿"；时而于滔滔湘水，看见"贾谊踽踽独行"；时而看见"凤歌笑孔丘"的李白"用诗/用酒/用高于八斗之才/用比铁还硬的侠骨/打造一枚诗的月亮/朗照古今"；时而看见诗圣杜甫因"秋风"刚刚"掀走"他房顶的"八座茅草"，正在"低矮的草堂""无可奈何"地"对我苦笑"；时而在"浔阳江头"看见白居易正为"一曲琵琶"而"泪湿青衫"；时而"看见绞刑架下"的李大钊"站成一个思想者的雕像"；时而"踏着'白求恩小路'追随这位加拿大医生""奔走在太行山/一个个硝烟弥漫的战场"；时而来到大庆，看见广场上铁人王进喜的雕像"眼角的两滴热泪"；时而"遍寻北京"，寻找那个歌颂"最可爱的人"的魏巍；时而穿越时间的河流"漫步莫斯科、圣彼得堡，迎着西伯利亚的逆风，寻找俄罗斯伟大的诗人普希金、涅克拉索夫"；时而到巴黎坐在大文学家雨果老人面前，听他讲公社失败后"梯也尔匪军如红眼的恶魔用乱枪扫射穷人"；时而又回到苏联和"无产阶级歌手马雅可夫斯基握手"；时而看见"赫鲁晓夫的鬼魂/从墓中飘出"……诗人"精骛八极，心游万仞"，神驰古今，时而回到天安门广场，看见"千万烈士的眼睛/在闪烁，在沉思，在忧患：/'警惕啊，有人正勾结/奸佞、魔鬼、汉奸/悄悄地挥锄挖掘/纪念碑基石……'""我"随即伸手紧紧抱着人民英雄纪念碑"这一根擎天玉柱"；时而"在梦中"与"中国/数以百计的/文武皇帝们吵架"；时而在坚持集体致富的"南街村"

"与伟人（毛泽东）的灵魂相遇/呼吸清纯的空气"……诗人"观古今于须臾，抚四海于一瞬"，甚至"咆哮的黄河/奔腾的长江"都"化作"诗人"身上不息的血管""韧性的筋骨"……[1]中国数千年的文化史、世界近代史、中国的无产阶级革命史等都尽收诗人眼底，流于诗人笔端，化为波澜壮阔的诗篇和工农劳苦大众坚持马克思主义的战斗宣言。其次，诗人运用现实主义手法以真实而强烈的感情，具体而生动地描绘了五四运动、土地革命、抗日战争、解放战争、巴黎公社运动、十月革命、世界反法西斯战争、亚非拉民族解放运动、东欧剧变、苏联解体等重大的历史事件，这些事件发生的时间、地点、主要人物（包括人物的生活环境、兴趣爱好、形象特征等），都被叙述得具体而详细。

第四，该诗采用了丰富多彩的艺术手法。诗人在"后记"中曾说："我认为，无论写什么题材，都不能忘了其本质是诗，是艺术创作，因此，我力求用形象化的手法刻画人物，抒发情感。"[2]主要表现在两个方面。首先，用鲁迅"画眼睛"的方法来描写人物，诗中写了众多人物，诗人往往用简洁的笔墨就能生动地勾勒出人物的神情与特点，诗人善于抓住人物的本质特征，画龙点睛，以"目"传神。一如写屈原，只是写他投江的那一刹那："汨罗江边。只见三闾大夫披发而行/背对沉沦故都/手持《天问》遥对天国/叹君王之昏庸/哀民生之多艰/带着一个个解不开的问号/纵身沁凉的滚滚江心/驾青龙排浪而去/留下一个节日/留下一曲悲愤的悼歌/留下一副滋养民族血脉的精魂/留下一条文学之河/二千余年绵延不绝/越流，越大……"[3]这里诗人将屈原的形象、神情、思想及其对后世、对中华民族的影响都进行了形象化的表现。二如写白居易，通过写其在浔阳江头听琵琶一曲，展示其"心贴大地，情牵黎民"的诗心，把白居易的身世、著名诗篇和诗句融为一体，可谓天衣无缝。三如写同是以酒、诗闻名的李白与苏轼，对李白则强调其才气与傲骨，有褒无贬；对苏轼则写其"贬谪，流放"之后方知"县吏催钱夜打门""卖牛纳税拆屋炊"，"酒醒了，诗也醒了"，有褒有贬，以褒

---

① 清远市清远诗社、岭南诗社清远分社编：《北江诗踪：清远诗歌评论选》，北京：现代出版社，2016年，第71-72页。

② 清远市清远诗社、岭南诗社清远分社编：《北江诗踪：清远诗歌评论选》，北京：现代出版社，2016年，第74页。

③ 清远市清远诗社、岭南诗社清远分社编：《北江诗踪：清远诗歌评论选》，北京：现代出版社，2016年，第74-75页。

为主。四如写关汉卿"愤气如火/心在滴血/笔在滴血/血铸文字"，写成了"蒸不烂/煮不透，锤不扁的铜豌豆/几百年后仍叮当脆响/敲打灵魂"①。其次，以事实说话，以形象说理。比如关于斯诺最早向世界报道毛泽东同志领导的中国革命，诗人是这样写的："中国/春天的消息　黎明的足音/启明的微笑　希望的钟声/一座伟大的山脉/隆起在地平线/凝聚东方西方/万众仰视的目光。"②这里没有写具体的革命过程，更没有写抽象的历史意义，而是用"春天""黎明""启明""希望"等意象来隐喻这是告别"严冬""黑暗"，走向"光明"，走向"希望"的伟大事业，有如巍峨的高山令世人仰视。再如，写毛主席永远活在劳动者心中，是通过一个普通工人的言行来表现的："首都。广场。雪压冬云时节/偶遇一位老工人手持鲜花/走进纪念堂/出来时，一脸的泪花/一阵朔风，吹干了泪痕/我问他为什么要去/看那位已经逝去三十多年/被一些黑手妄图/扑灭光辉的巨人/他说：哦，你说老人家呀，/他没死，还在这里活着哩。/说着，拍拍心胸/消失在满天雪花之中……"③这里，诗人把人民领袖和人民的血肉亲情展现得真切有力、生动感人。

唐德亮对古今中外的诗人作家情有独钟，对提到的每位诗人作家，几乎都有一段言简意赅、形象生动的描写，或写其志，或写其情，或写其气，或写其才，或巧引其名著名作名句。这既是《惊蛰雷》的亮点，同时，也是其弱点，使其显得驳杂。

第十三节　"草根诗人"：王学忠④

王学忠出版了十几本诗集，其中有 3 本由翻译家以选集的形式译成英文介绍

---

① 清远市清远诗社、岭南诗社清远分社编：《北江诗踪：清远诗歌评论选》，北京：现代出版社，2016年，第 75 页。

② 清远市清远诗社、岭南诗社清远分社编：《北江诗踪：清远诗歌评论选》，北京：现代出版社，2016年，第 75 页。

③ 清远市清远诗社、岭南诗社清远分社编：《北江诗踪：清远诗歌评论选》，北京：现代出版社，2016年，第 75 页。

④ 王学忠（1955—），河南安阳人，初中毕业后在一家工厂当工人、学习写诗，下岗后做过临时工、摆过地摊，现为中国作家协会会员、《工农文学》主编。出版的诗集有《未穿衣裳的年华》、《善待生命》、《挑战命运》、《流韵的土地》、《雄性石》、《太阳不会流泪》、《地火》、《我知道风儿朝哪个方向吹》、《王学忠诗稿》（中英对照诗选集）等。

到国外。海内外对他的诗作的评论已达 300 多篇，已出版的评论集就有 3 本，分别是《平民诗人王学忠》（余小刚、申秀芹主编）、《王学忠诗歌现象评论集》（吴投文、钱志富主编）、《底层书写与时代记录——王学忠诗歌研究论集》（吴投文、晏杰雄、江腊生主编）。《王学忠诗歌现象评论集》就收录了中国、美国、瑞典等国家的诗人、诗评家关于王学忠的 70 多篇评论，其中有 13 位博士（如熊元义、吴投文、孙德喜、钱志富等）写的 14 篇论文，有国内老中青诗人、诗评家（如胡德培、樊发稼、穆仁、陈有才、王耀东等）写的 46 篇论文，有著名诗人（如魏巍、雁翼、申身等）写的 6 篇序言或后记。王学忠的不少诗集以及关于他的诗歌的评论集的书名大多是由老诗人贺敬之题写的。

魏巍曾说："我已经可以有根据地说：当代一位杰出的诗人已经站在我们面前了！"[①]雁翼说，王学忠的诗歌中包含了劳动者自觉、自爱、自强、自信的灵魂，王学忠不是用笔和墨水写诗，而是用生命种诗，他的诗便是他生命的拓片。[②]刘章曾说，王学忠是诗坛无可替代的诗人，王学忠现象是当代文学的一种必然现象。[③]段宝林曾说，他深深为王学忠的诗艺所震撼，他看到了新诗的希望，热烈欢呼这难得的诗坛启明星的升起。[④]王学忠获得了许多称号，如"平民诗人""工人诗人""工人阶级诗人""弱势群体诗人""草根诗人""诗坛明星"等等。

王学忠的诗继承了两个传统：一是以屈原、李白、杜甫、白居易等为代表的追求光明、反对黑暗、为国为民的优秀的民主的诗歌传统；二是以鲁迅、郭沫若、艾青、田间、臧克家、贺敬之、郭小川、魏巍、雁翼、刘章、欧仁·鲍狄埃、马雅可夫斯基等为代表的中外近现代以来的讴歌革命、张扬理想的优秀的革命的诗歌传统。王学忠是以这两个传统来滋养自己、支撑自己、充实自己的。他的诗不仅在工农大众中拥有广大的读者和很高的地位，而且将为越来越多的学

---

① 吴投文、钱志富主编：《王学忠诗歌现象评论集》，北京：北京艺术与科学电子出版社，2006 年，第1 页。

② 吴投文、钱志富主编：《王学忠诗歌现象评论集》，北京：北京艺术与科学电子出版社，2006 年，第 411-412 页。

③ 吴投文、钱志富主编：《王学忠诗歌现象评论集》，北京：北京艺术与科学电子出版社，2006 年，第7 页。

④ 吴投文、晏杰雄、江腊生主编：《底层书写与时代记录——王学忠诗歌研究论集》，北京：线装书局，2013 年，第 3 页。

者、作家所认可、所称道，也必将在革命的、进步的、科学的文学史上写下重重的一笔。

王学忠的创作精神与鲁迅精神是相通的。鲁迅对腐朽、反动的恶势力"横眉冷对"、毫不留情；对劳动者、受压迫者则是同情、怜悯、心甘情愿"俯首为牛"。毛泽东同志曾说，"鲁迅的骨头是最硬的，没有丝毫的奴颜和媚骨"①，王学忠曾说："站着写诗/腰杆要挺得直/心不憋屈/把一腔浩然正气/书写得淋漓尽致/站着写出的诗/任凭风云变幻/岁月侵蚀/依然本色不改/灵光习习/闪烁在人民心里……"（《站着写诗》）②王学忠的诗有血有肉，更有骨头。他对美好的事物，对优秀的共产党员如焦裕禄、雷锋、魏巍、赵树理、柳青、李成瑞、草明等，对强国利民的国策方针是热情赞颂、积极拥护的。比如，《我要入党》对昔日经受战火洗礼、今日坚持理想、与资本主义的种种倾向作殊死斗争的共产党员李成瑞进行了热情的歌颂；对习近平2014年10月15日在文艺工作座谈会上的讲话进行了热情的赞美，用诗的形象的语言描绘了"人民文艺"的本质特征；对党中央在全国开展的反腐反贪行动，诗人更是发自内心地拥护、赞美，诗人既剖析了贪腐的社会根源、思想根源——私有制和"一切向钱看"，还指出了贪腐的国外环境，同时，还用历史的教训说明"有腐必惩、有贪必肃"的必要性。他的诗是刺向丑恶势力的匕首、投枪，更是鼓舞人民战斗的号角、旌旗。

鲁迅曾说"现在是多么迫切的时候，作者的任务是在对于有害的事物，立刻给以反响或抗争，是感应的神经，是攻守的手足"。③鲁迅的很多杂文都是从当时的报刊新闻中取材，有感而发的，它们有如"匕首""投枪"发挥了极大的战斗作用。王学忠的诗作大多也是从报刊、网络、广播中取材，从而生发开去，或褒或贬，或誉或毁，站在中华民族的立场，站在人民大众和劳动者的立场，为他们鼓与呼，其目的同鲁迅一样，是为了"引起疗救的注意"或鼓舞人们同邪恶势力作斗争。

---

① 陈思和主编：《贾植芳先生纪念集》，上海：复旦大学出版社，2011年，第288页。

②《诗国》编辑组编：《诗国·新十二卷》，北京：中国书籍出版社，2016年，第85-86页。

③ 鲁迅：《〈且介亭杂文〉序言》，见吴子敏、徐迺翔、马良春编：《鲁迅论文学与艺术·下册》，北京：人民文学出版社，1980年，第932页。

　　鲁迅曾说，作文的秘诀是"有真意，去粉饰，少做作，勿卖弄"①，这是指文风要朴实，其核心和灵魂就是真实，就是要写出事物的本质特征来。王学忠的诗作同鲁迅的要求是一致的。他的诗大都朴实无华、形象生动，其语言大都来自生活之中，很接地气。他的诗风受臧克家、田间、艾青的影响比较大，口语入诗，句式简短，形象精练，含义深刻。王学忠在《资本主义》中对资本主义的本质以及对资产阶级学者炫耀的所谓的"市场经济""虚拟经济""自由选举""普世价值""民主、法制"等的阶级性、欺骗性给予了形象生动而又入木三分的剖析，他指出资本主义是"带血的刀子/扎在人们的心里/百分之一/吮吸百分之九十九的/肉和骨头榨成的汁"；是"几个骗子扎个笼子/设的局/百分之一/一夜暴富/吮吸百分之九十九的/肉和骨头榨成的汁"。对资本主义的"市场经济"，他是这样描写的："说好听点儿/适者生存/实乃弱肉强食/大鱼吃小鱼/小鱼吃虾米/虾米啃污泥"；对"虚拟经济"，他是这样写的，"分明没有麦子开磨坊/画个账本子/诱送麦子的人蜂拥而至/一个个气喘吁吁/累了，赏顿便饭/乐得欢天喜地"；对资本主义的"自由选举"，他是这样描写的，"其实是富人与富人/玩的抢椅子的游戏/这回是我/下回是你/老子死了有儿女/一帮穷小子抬轿子/哒哒嘀嘀"；对于资本主义的"普世价值""民主、法制"，他是这样描写的，"黄鼠狼编了个故事/骗小鸡""占领华尔街的人再多/最终哪儿来哪儿去""只许州官放火/不许百姓点灯"②。这些诗句新奇而独到，看似平易，实则高深，没有丰富的社会实践、坚实的理论基础和艺术功底，是断乎写不出来的。

　　借用鲁迅对殷夫诗集《孩儿塔》的评价来评价王学忠的诗在当代社会中的作用和在文学史上的地位是适合的：它的"出世并非要和现在的一般诗人争一日之长，是别有一种意义在。这是东方的微光，是林中的响箭，是冬末的萌芽，是进军的第一步，是对于前驱者的爱的大纛，也是对于摧残者的憎的丰碑。一切所谓圆熟简练，静穆幽远之作，都无须来作比方，因为这诗属于别一世界"③。

---

　　① 鲁迅：《作义秘诀》，见吴子敏、徐迺翔、马良春编：《鲁迅论文学与艺术·下册》，北京：人民文学出版社，1980年，第616页。

　　② 王学忠：《资本主义》，2014年12月1日，http://www.maoflag.cc/portal.php?aid=458&mod=view。

　　③ 鲁迅：《朝花夕拾：鲁迅散文集》，武汉：长江出版社，2021年，第317页。

第二章

军旅派诗歌 ●

第一节　概述：嘹亮的军歌和战歌

　　军旅诗歌，是以军人生活为题材的诗歌，这种诗歌古已有之。人类历史的长河中，有战争，有军旅，有刀光剑影，有枪林弹雨；有两军对垒，有英勇杀敌，有慷慨捐躯；有凯旋，有覆灭，有肉搏；有斗智斗勇，有牺牲，有奉献；有思乡恋土之苦，有离妻别子之痛……因而军旅诗歌，或写战士之骁勇，或写战争之激烈；或写胜利之凯歌，或写军旅之艰辛；或写兵士思家念土，或写兵士慷慨高歌。军旅诗是最能表现一个国家、一个民族爱国士气和民族精神的，自古兵诗唱国魂。我国古代就有许多优秀的军旅诗歌，如《诗经》中的《无衣》就表现了兵士齐心协力、同仇敌忾、卫国保家的精神。辛亥革命以来的爱国军旅诗人有朱德、陈毅、叶剑英、续范亭、钱来苏等，毛泽东的诗词中有许多是传颂千古的军旅诗，如《西江月·秋收起义》《西江月·井冈山》《渔家傲·反第一次大"围剿"》《渔家傲·反第二次大"围剿"》《忆秦娥·娄山关》《七律·长征》《清平乐·六盘山》《七律·人民解放军占领南京》等。抗日战争以来反映军旅生活的著名诗作有贺绿汀的《游击队歌》、光未然的《保卫黄河》、张寒晖的《边区十唱》、赛克的《救国军歌》、麦新的《大刀进行曲》、桂涛声的《在太行山上》、赵启海的《到敌人后方去》、凯丰的《抗日军政大学校歌》、田汉的《义勇军进行曲》、公木的《中国人民解放军进行曲》等，包括枪杆诗、街头诗、快板诗等。军旅诗歌的历史源远流长，其精髓在于卫国保家的爱国思想、视死如归的牺牲精神，既有艰苦卓绝的现实主义描述，又有乐观无畏的浪漫主义情怀。

当代军旅派诗歌是继承中国古代军旅诗的优良传统，发扬中国共产党所领导的中国工农红军、八路军、新四军、中国人民解放军的光荣革命传统，汲取域外军旅诗歌的优点而逐渐拓展、壮大的。当代军旅派诗歌也是随着社会变迁和时代发展而发展变化的，大体可分为三个阶段：一是新中国成立至"文化大革命"前，二是"文化大革命"十年，三是"文化大革命"后。

首先，我们来看新中国成立至"文化大革命"前的军旅派诗歌。这一时期的军旅派诗歌主要歌唱抗日战争和解放战争的胜利，歌颂抗美援朝战争中中国人民坚定的爱国主义精神和共产主义精神，比如，诗人芦荻的诗集《旗下高歌》，由《百万雄师下江南》等五首长诗组成。诗人以"高昂的歌"唱出了革命的"高潮"，诗人虽然没有投身参加这次伟大的"大进军"，"但他整个的诗的灵魂是早就站立在红旗之下，并且从属于这面红旗了"①。尽管这部诗集"带知识分子腔"，有个别词语"甚至连一般知识分子都不易全懂"，但在当时，"它的时代感最新鲜，在它所包含的五首长诗中，我们能听出时代的律动"②。描写抗日战争和解放战争的比较有影响的诗人有魏巍，他是从晋察冀敌后抗日根据地走出来的文艺战士，他经过了抗日战争血与火的考验，写下了《高粱长起来吧》《游击队部的夜》《杏花盛开的时节》《蝈蝈，你喊起他们吧》《诗，游击去吧》《保卫我们的老家》《寄回山地（一、二）》，以及长诗《黎明风景》和《街头诗六首》等，这些诗描写了魏巍和游击区军民抗击日本侵略者的意志、决心，揭露了侵略者的兽行，讴歌了人民的斗争精神和英雄事迹。解放战争时期，他写了一些诗来表现解放军由乡村进入大城市的艰辛历程，如："唉，那时节/大水淹/又年景荒旱//同志们/用黑豆跟饥饿/送过长长的一年//饭不够/为了让给同志吃/大山顶/晕倒了机枪射手//树叶稀/为了留给人民将/在战斗的归途上/多少人倒在山坡"

① 公刘、刘粹编：《公刘文存·序跋评论卷·一》，合肥：安徽文艺出版社，2018年，第46页。
② 公刘、刘粹编：《公刘文存·序跋评论卷·一》，合肥：安徽文艺出版社，2018年，第46页。

"房屋被烧完/就住在/羊圈跟狼窝//城市呵/走向你的路是艰难的" "我要用对乡村一样的情爱/来拥抱你/张家口,我的新生的城池//我的塞上之花//我的强壮的兵马呵/我的无情无尽的队伍呵/你们都热爱张家口吧//你们要用对乡村的情爱/在张家口的四周/去保卫我们的塞上之花/呵,我们的染着黄色风沙的塞上之花"(《寄张家口》)。①《塞北晚歌》抒写了一位解放军战士对自己生活战斗过的解放区的人民的深情思恋;《三合村》再现了国民党军队败退时抢劫的真实情景;《一个战士的赞歌》描写了在解放大同的战役中我军战士纪广州等摧毁敌军坦克的英雄故事;《好兄弟歌》用信天游的形式描写了农民兄弟在支前工作中的英雄事迹;《黄牛还家》描写了解放军战士将战利品大黄牛送还农民的动人情景;《英雄的防线》以诗报告的形式记述了 1947 年有名的保北战役中"钢铁第一营"的战斗业绩。《两年——再寄张家口及其兄弟的城》描写了我军为进行战略转移主动撤离张家口,两年后又解放张家口的情景,描写了两年来我军巨大的发展变化,既写了离别时军民难舍难分的情景,又写了转战荒野的艰辛:"高山上,/嚼青草,/敲碎冰凌";"山凹里,/铺荒地,/枕着冷风";更写了人民军战士反攻时的英勇无畏,"易水边,/萧萧落叶卷秋风,/英雄们/在这里/杀卷了刀锋";"南口外,/英雄断了两条腿,/血泊里/爬着指挥";"隆化城,/铁堡火墙拦道路,/高举着炸药和忠心/将它轰平"②。这首诗由小及大,写出了我军以退为进的战略转移策略和敌我双方力量的变化,写出了解放战争的宏大气势:"大报仇的战鼓呵,/引来关内外会师的兵马,/接天盖地,/盘山绕岭";"大报仇的战鼓呵,/使得几千里的战线/号音齐鸣";"你看那/四面八方的大路,/都有烟尘掀动,//这是农民的行列呵,/烟尘里,/分不清车声笑声与歌声";"就是这歌呀,使敌人和城墙/一起昏迷在地";"就是这歌呀,/使敌人和堡垒/一起和成碎泥";"张家口呵,/就是这歌呀,/才唱落了/你的枷锁和忧愁","才使我握着你/久别的手"③。这首诗较为精练而形象地描述了两次解放张家口的历程,可谓是解放战争的一个精彩片段、一个小小的缩影,同时写出了解放战争胜利的根本原因,即解放战争是人民的战争、正义的战争、军民团结的战争。综观

---

① 北京大学 北京师范大学 北京师范学院中文系中国现代文学教研室主编:《新诗选·第 3 册》,上海:上海教育出版社,1979 年,第 44-50 页。

② 周良沛编序:《中国新诗库·七集》,武汉:长江文艺出版社,2000 年,第 717-719 页。

③ 周良沛编序:《中国新诗库·七集》,武汉:长江文艺出版社,2000 年,第 721-725 页。

魏巍描写解放战争的诗作，虽数量不多，但影响很大，作为解放战争的亲历者、战斗者，魏巍所描写的战争场景、军民情谊、英雄壮举是真实的，深情地表现了英雄将士可歌可泣的大无畏精神和奋不顾身的牺牲精神。除《一个战士的赞歌》《英雄的防线》采取较长句式外，其他诗都采用精短句式，大有田间《给战斗者》的风格，这些诗形式凝练、通俗易懂、便于记诵、便于传播、便于老百姓和普通士兵接受，是魏巍平民意识和大众化心理的诗化。

韩笑是 1946 年参军革命的诗人，写了《进军》《露营之歌》《狂欢之夜》等一系列描写南下进军的军旅诗篇，结集为《从松花江到湘江》，是当时有一定影响力的作品。纪鹏由长春学院肄业后即参军，随军南下，写下了组诗《关山曲》，满怀热情地描写了进军平津路上的军民情义、军民并肩克敌制胜的情景。

北平一解放，李瑛就参军南下，在部队里做新闻采访工作。解放武汉之后，他又"跨鄂赣，越五岭，直指广州"，广州解放之后，又进军广西，并且参与了"解放海南岛的渡海作战"[①]的准备工作。他于 1951 年出版的第一本诗集《野战诗集》就写了"一年半紧张的战斗生活"，写了"烈日下的行军、暴雨中的追击，星辰暗夜，炮火纷飞，斗争的艰苦，战友的牺牲"[②]。其中《我们的旗》《睡着的战士》《历史的守卫者》是比较突出的作品。

1950 年的抗美援朝战争是一场正义之战，打退了帝国主义的侵略扩张，反映这场战争的军旅派诗歌较多，如田间的《北京——平壤》、艾青的《亚细亚人，起来！》《千千万万人朝着一个方向》、严辰的《我们站在同一片云彩下——献给朝鲜人民访华代表团》、公木的《英雄赞歌》等。这些诗歌表现了中国人民反对侵略战争、保卫世界和平的国际主义精神，歌颂了中朝人民的战斗友谊，揭露了帝国主义的侵略罪行。魏巍于 1950 年 12 月奔赴朝鲜前线，和志愿军战士生活、战斗在一起，以自己的见闻、亲身体验写下了《谁是最可爱的人》《战士和祖国》《汉江南岸的日日夜夜》等诗作，以炽热而深沉的感情与强烈的时代气息展现出中国人民志愿军高度的爱国主义、国际主义、英雄主义精神，震撼人心，催人奋进，受到了广大读者的热烈欢迎，有的成为红色经典。他的《抗美援朝街头诗》（包括 11 首诗），以简短而富于鼓动性的诗句号召人们，特别是青年奔

---

① 李瑛：《对诗的思考》，北京：解放军文艺出版社，1991 年，第 100 页。
② 李瑛：《对诗的思考》，北京：解放军文艺出版社，1991 年，第 100 页。

赴朝鲜战场保家卫国。麻扶摇的《中国人民志愿军战歌》中的"雄赳赳，气昂昂，跨过鸭绿江。保和平，卫祖国，就是保家乡。中国好儿女，齐心团结紧，抗美援朝，打败美国野心狼"①以气壮山河的英雄气概，表现了中国人民保家卫国的钢铁意志、打倒美帝的坚强决心和大无畏的乐观主义精神，这首诗由作曲家周巍峙谱曲之后，被插上了音乐的翅膀，传遍中朝两国。此时表现朝鲜战争的诗人，还有一批是置身战火的战士和新闻工作者，他们是未央、张永枚、向明、柯原、胡昭、李瑛等。诗集有《祖国，我回来了》（未央）、《新春》（张永枚）、《战场上的节日》和《野战诗集》（李瑛）、《光荣的星云》（胡昭）等。

新中国成立至"文化大革命"前，祖国边疆地区涌现出了一批青年战士诗人，公刘、白桦、周良沛、顾工、梁上泉、雁翼等是杰出的代表。他们的作品洋溢着战士的豪情，呈现了雄浑壮丽的边陲风貌。公刘自其首部诗集《边地短歌》到《在北方》，题材范围不断扩大，艺术技巧日益成熟，引起了人们的注意。白桦是一位具有多方面才能的多产作家，他的诗具有多彩的色调、新鲜的风格。周良沛的《边疆晚会》等诗描写的是开发边疆的生活，颇有特色。顾工的诗集有《喜马拉雅山下》《这是成熟的季节啊》《军歌·礼炮·长虹》《鲜花乐器和酒杯》等，他的诗犹如秀丽的油画，描绘了世界屋脊险峻而壮丽的景色，再现了解放军战士和藏族同胞的友谊，刻画了女医生、农学家、阿妈、驾驶员等动人形象。梁上泉的诗集《喧腾的高原》《云南的云》《从北京唱到边疆》《开花的国土》《寄在巴山蜀水间》《大巴山月》《山泉集》等歌唱了康藏高原沸腾的筑路生活和巴蜀的壮丽景色，诗风轻盈明快、清丽精致。李瑛的诗集《静静的哨所》《献给火的年代》《红柳集》《花的原野》、韩笑的诗集《南海花园》《绿色的边疆》、雁翼的诗集《黄河帆影》《唱给地球》《白杨颂》、柯原的诗集《岭南红桃歌》《白云深处有歌声》《椰寨歌》、石祥的诗集《兵之歌》、宫玺的诗集《银翼闪闪》《空军诗页》、纪鹏的诗集《为了金色的理想》《蓝色的海疆》、杨星火的诗集《雪松》都是这一时期有影响的军旅诗集。

其次，来看"文化大革命"十年中最活跃、影响最大的军旅派诗歌。该时期

---

① 《声动中国》编写组编：《声动中国：七十年歌声里的中国故事》，济南：山东画报出版社，2019年，第7页。

的代表诗人是张永枚,他在这一时期出版的主要作品有《人民的儿子》(长诗集)、《平原作战》(革命现代京剧)、《西沙之战》(诗报告)、《前进集》(诗集)、《红缨枪》(儿童诗歌集)、《椰岛少年》(诗体小说)等,这些作品歌唱了祖国的美丽山河、军民团结的景象、人民的爱国主义和艰苦奋斗的英雄主义精神。《西沙之战》是当时影响很大的作品,创下了新中国成立以来长诗连载量最多的纪录,《人民日报》发行量之大,是罕见的,而且还有英文、法文、蒙古文、朝鲜文等版本发行。《西沙之战》让中国读者再次认识了张永枚①。这一时期的军旅派诗人还有李瑛、顾工、峭岩、纪鹏、梁上泉、雷抒雁、叶文福等。李瑛出版的诗集有《红花满山》《枣林村集》《北疆红似火》《站起来的人民》《进军集》等,峭岩的诗集有《放歌井冈山》《高尚的人》等。这些诗以昂扬的斗志、亲切的语言、生动的形象表现了解放军爱人民、人民热爱解放军的军民鱼水情以及解放军保家卫国的战斗热情。有人说,20 世纪 50—80 年代的军旅派诗歌的创作传统与"诗歌产品",往往给人留下一种"直、白、露"的感觉和印象,那时的军旅派诗歌创作传统,只让诗歌起到鼓舞、振奋人心的作用,而缺少现代诗歌的韵味。这种说法有些笼统,有些以点带面、以偏概全。那时的军旅派诗有"直、白、露"的缺点,但未形成"传统",有很多好的军旅诗,既能起到鼓舞、振奋人心的作用,也充满了时代气息、生活气息,具有人们喜闻乐见的"现代诗歌的韵味",比如,张永枚、李瑛、梁上泉、峭岩、雁翼等诗人的作品就生动、形象、精练、含蓄、平易近人、明白晓畅。

最后,来看"文化大革命"后的军旅派诗歌。李瑛、纪鹏、韩笑、顾工、张永枚、柯原、向明、石祥、峭岩等是这一时期较为活跃的诗人,他们写作的题材和手法都有了新的拓展和变化,写出了许多激动人心的作品。这一时期也涌现出了一批新的军旅派诗人,如李松涛、周涛、程步涛、贺东久、刘毅然、杜志民、马合省、李武兵、李纲、胡世宗、李全河等,他们继承并发扬了人民军队忠于党忠于人民的光荣传统和保家卫国的爱国主义精神,以开放的心态、昂扬的斗志与时俱进,高扬军威国威之旗,高唱强军强国之歌。这一时期的军旅派诗歌有如下特点。

第一,既高扬爱国主义精神又交织着对历史的总结。诗人们不再满足于对现

①张永枚:《海南西沙彩云》,北京:长征出版社,2008 年,第 368 页。

实的一般描摹，而是努力站在历史和时代的高度，把宏观和微观、昨天和今天、世界和中国结合起来，反复审时度势，深层剖析现实，用鲜明的形象、新奇的语言表现深邃的思想，让诗歌闪耀出时代的光芒，力图让作品有更强的表现力、穿透力和生命力。比如，陈云其的《我，近代史及海》把近代屈辱的历史、翻腾的大海以及他自己的情思融为一体，让人不忘屈辱，昂然奋起，拼搏酣战，为民族的崛起前仆后继："在喷吐血沫的浪潮里/我的梦的节奏再也难以放慢/我终于痛苦地领悟了那次海战/那一次明知走向死亡的厮拼"——那是"火与剑论证着勇敢/血和水交融着不屈"，那是"海中崛起一个龙族的/凛凛尊严"[①]。诗人将悲壮转化为抗争的力量，将屈辱化作崛起的动力，既是沉重的，也是奋发的。周涛的《猛士》中的爱国主义勇士，伟岸而坚强，雄伟而豪放："猛士呵，我们的军魂，/不倒的大纛之下挺起七尺汉子的腰身/只要大展开你骄傲的旗帜/临危时就不惜力拔生命洪流的闸门/孔武、刚毅、狂放而又忠贞/在祖国面前/没有任何慷慨的言论/能比上一次慷慨的献身。"[②]贺东久的《钢盔》以"压低"的钢盔为题，展现了当代士兵铁与火铸成的豪情与时刻准备献身祖国的决心。程步涛的《三十天》以军人度假为题，展现了当代军人在艰辛苦涩中的豪迈与乐观之情："忧怨不属于忠于祖国的士兵！"[③]

第二，既高扬革命乐观主义精神又深度探索生与死的真谛，展现了当代军人将生死置之度外、义无反顾的英雄气概与舍身为国的铁血军魂。比如，贺东久的《生与死》就是如此："生与死/这万古不朽/而又常新的主题/士兵的刺刀/最能剖析它的含义"，而"生是庄严的/如皓月经天/死是痛苦的/似流星坠地！/可是，当我把一切交给了祖国——/既崇拜天堂/也不惧怕地狱！"周政保说得好："这种从流血的战争中倾泻与流淌出来的关于生命与死亡的思想情感，以其悲怆威壮的色彩与最触动人心的旋律"，使新时期的军旅诗作"涌起一股颤震魂魄的雄风"。[④]其他如程步涛的《生的思索》、李松涛的《你以生命验证了不朽》、贺东久的《离别》《墓志铭》、晓桦的《死神·士兵》《我的墓志铭》、马合省的《以爱的名义》等都表现了这一富有时代意义的军旅主题。

---

① 陈云其：《桅顶上的眼》，北京：解放军文艺出版社，2011年，第37-38页。
② 周政保：《小说与诗的艺术》，杭州：浙江文艺出版社，1986年，第214页。
③ 程步涛：《乡思》，北京：文化艺术出版社，1990年，第54页。
④ 周政保：《小说与诗的艺术》，杭州：浙江文艺出版社，1986年，第218页。

第三，多方面真实地表现当代军人的雄心、理想与无私圣洁的道德情操。这一时期涌现出来的新生的军旅派诗人杜志民、程步涛、李晓桦、贺东久、刘毅然等力图避免浅显直露、倾囊而出的写作方式，追求含而不露、引而不发的艺术抒情手法。如李晓桦的《一棵被削掉顶冠的大树》即是如此，全诗以巨树喻军人，虽然"于最惨烈的拼杀中/折断了/锋"，但"旷古的天风撞击着它/弹响一个/又一个/悠远的启示"，再造出新的"绿色的剑"[1]，这群新的"剑"，虽然稚嫩，却充满活力，更加锋利了。周涛是新时期富有创造精神的军旅派诗人代表，他的诗"如鞘中的剑、拉开的弓，象（像）深思的匕首，沉默的或嗞嗞作响的炸弹，充满了引而不发的威严感与力感——以这种抒情方式来表现当代军人的英雄气概、思想风度与男儿品格不能不认为是对当代军旅诗创作的重大贡献"[2]。

第二节　同新中国一道走向辉煌：李瑛[3]

李瑛和新中国一样，经过风雨的冲刷、烈火的熔炼、战争风云的洗礼和政治运动的考验，由一位受过高等学府文化熏陶的朝气蓬勃的年轻的战士，成为一位胸怀天下的诗人。他的诗作由稚嫩走向成熟、由单一走向丰富、由平实走向奇异，他众多的诗作向人们展现了其作为战士、诗人、哲学家的三位一体的多彩的诗的艺术世界。

新中国成立前是李瑛诗歌创作的准备阶段。新中国成立之后他的诗歌创作逐渐趋于成熟，又细分为三个阶段。第一阶段创作的诗集包括从新中国成立后出版的第一本诗集《野战诗集》至"文化大革命"时期出版的最后一本诗集《进军

---

① 李晓桦：《金石：李晓桦诗文录》，北京：文化艺术出版社，2011年，第138-139页。

② 周政保：《小说与诗的艺术》，杭州：浙江文艺出版社，1986年，第221-222页。

③ 李瑛（1926—2019），男，汉族，河北唐山丰润人。1945年考入北京大学中文系，边读书边从事进步学生运动，并加入中国共产党。1949年春参加中国人民解放军，随军南下，任南下新闻队队长。1950年底调到中国人民解放军总政治部，历任部队文艺刊物编辑、总编辑、出版社社长、总政治部文化部部长等。1956年加入中国作家协会。1942年开始发表作品，先后出版长短诗集及诗论集60多种，2010年出版了《李瑛诗文总集》，此前其所出单行本，曾获国家图书奖、鲁迅文学奖等多个重要奖项。1982年和1984年，两次作为中国作家代表团成员参加中美作家会议，曾应邀访问过亚洲、非洲、欧洲、美洲的许多国家，有多部诗集和组诗被译成多国文字出版和发表。

集》等 16 本诗集，这些诗集中的诗作大都展现解放军战士的情怀，描述人民战争的正义性，表现解放军的英雄品质、爱国主义精神与国际主义精神。我们说李瑛是我们时代杰出的军旅派诗人，主要是就他前期的诗歌和中期的一部分诗歌的题材而言的。不容置疑，他是以歌唱军旅生活为主而走向诗坛、扬名于诗坛、辉煌于诗坛的，然而，他诗作的题材并不局限于军旅生活，纷繁的社会生活、众多自然景物、国际友好往来等，在他的笔下都构成了动人的诗篇，如歌颂焦裕禄的抒情长诗《一个纯粹的人的颂歌——献给焦裕禄同志》，表现国际友好往来与和平的诗作《茶》《关于人、星球和宇宙》《和平雕像——献给国际和平年》等。描写解放军战士的生活、战斗、理想和追求，在李瑛诗作中占有很大比重。他说："部队的生活是紧张的，艰苦的，但却也使我越发深刻地发现了战士美好的思想感情，和他们心灵的隐秘。"[①]因此，他满怀激情地歌唱渡江南下的勇士、朝鲜战场的英雄、高原巡逻的战士，歌唱雄踞山巅的哨所、戈壁滩上的兵站、雪线上的"篝火"、威严的军港。从解放军战士的训练、站岗、巡逻、生产、劳动、战斗等生活中挖掘出熠熠闪光的真金——战士对祖国的忠心、对人民的赤诚以及坚毅、乐观、敏锐等优秀品质。解放军战士的责任感、中国人民的自尊心、中华民族的自豪感，以及强烈的乐观主义精神和英雄气概，在李瑛的诗里都得到了充分的体现。他早期诗歌中的抒情主体大都是解放军战士，即使是咏物诗也都饱含着战士的激情。比如《哨所鸡啼》就是一首热血沸腾、洋溢着战士豪情的诗作，创造了一个"压住了千沟万壑，/吐出了满腔喜欢""声声啼破宁静的港湾"[②]的哨所雄鸡形象。他以战士的视角、战士的情怀写的军旅诗，其诗风于写实中抒情，于细柔之中见刚健，于华美之处抒豪情，形成了深沉奔放、清丽雄健的艺术风格。比如，写雨夜中小艇为寻找倾覆的船只而斗风雨破激浪时，用"天空是狰狞的脸，/浪尖是锐利的牙齿"[③]这样的诗句来写海上的风云突变、波凶浪险，有夺人心魄的汹汹气势（《大海的骑士》）；写月夜巡逻战士潜伏时，通过"夜是肌肉，我们是神经"[④]的诗句使物我合一、情景互为一体（《月夜潜听》）；用"太阳醒来了——/他双手支撑大地，昂然站起""哈，仿佛只需再

---

① 李瑛：《对诗的思考》，北京：解放军文艺出版社，1991 年，第 102 页。

② 李瑛：《静静的哨所》，北京：解放军文艺社，1963 年，第 7 页。

③ 李瑛：《红柳集》，北京：作家出版社，1963 年，第 6 页。

④ 李瑛：《红柳集》，北京：作家出版社，1963 年，第 39 页。

走几步，/就要撞进他的怀里"①的诗句，写活了大漠的空旷、辽阔与日出的壮观（《戈壁日出》）；用"太阳象（像）只红灯，/一半沉进沙浪""月亮象（像）只红灯，/一半浮在沙浪"②的诗句进行前后对比，一沉一浮，再现了戈壁的空寂与昼夜交替时的奇特美景（《傍晚》）。这些诗大多融情于景，日常的生活、平凡的事物，经过李瑛感情的酿造流于笔端，化为闪光的诗句、奇妙的诗境、动人的诗情，他往往采用由小及大的手法，从大处着眼，从小处着手，大中取小，小中见大，收到以少胜多、寓丰富于单纯之中的艺术效果。他的诗的语言精练含蓄，新奇巧妙，老诗人张光年赞扬他"练出了一支管用的、听使唤的笔，善于挑选独具特色的语言，用来描绘、渲染各种不同的景色和情态"③，由此可见，李瑛在军旅诗歌创作上有所创新、有所突破，并且取得了巨大的成绩。在那个时期，不论从思想内容还是艺术水平上看，李瑛的诗作都属于上乘，和贺敬之、郭小川、闻捷、张志民、公刘、张永枚、梁上泉、雁翼等诗人一样，为人们所赞美，为不少青年诗人所学习、所模仿；但其视野毕竟有限，对丑的鞭挞毕竟不及对美的歌颂直接有力，个别作品缺乏深厚的底蕴。然而，其情是真的，其诗是美的，正如他自己所说："过去，无论我是以一个真正意义上的战士的身份来观察和写作，还是以一个不大称职的诗人的身份来观察和写作，我生活和工作的态度始终是严肃的。"④

从《一月的哀思》出版至 1980 年，李瑛的创作进入了第二阶段。随着诗人社会经历的日益增多，其感情世界日益丰富，思想日益深邃。不论是《南海》中面对大海放歌的诗人，还是描写异国风光诗篇中出现的寻求和平与友谊的使者，不论是生长于长城脚下的一棵树（《我骄傲，我是一棵树》），还是"已存在了亿万年"的石头（《石头》），都体现了诗人对生活强烈的感情，或忧或喜，或悲或怒，或爱或憎，或褒或贬，或沉思默想，或放怀高歌。其抒情主体已不仅仅是战士，范围有所扩大，而且诗中既包含战士的思想感情，又有所超越，有着更为丰富、更为广阔、更为深刻的时代内蕴和广义的诗人情怀。比如，《一月的哀思》中的抒情主体就不只是一位"前线战士"，更是亿万人民。《在燃烧的战

---

① 李瑛：《红柳集》，北京：作家出版社，1963 年，第 127-128 页。

② 李瑛：《李瑛诗选》，成都：四川人民出版社，1981 年，第 360-361 页。

③ 张光年：《风雨文谈》，上海：上海文艺出版社，1982 年，第 142 页。

④ 李瑛：《诗美的追寻》，北京：中国文联出版社，2002 年，第 177 页。

场》不仅抒发了守疆战士的感情，而且体现了广大人民的心怀。又如，《我骄傲，我是一棵树》的抒情主体"我"是一棵树，不仅要抵御自然界的"风沙"和"雷火"，而且要根除社会上的饥饿、不平和疾病；不仅要给不幸者、弱者以温暖和幸福，而且要为弥补社会的缺陷和不足而献身；即使死了，也要"尽快地变成煤炭/——沉积在地下的乌黑的煤炭，/为的是将来献给人间，/纯洁的光，/炽烈的热！"①诗歌所表达的不只是一位当代战士甘愿为人民献身的品质，更多的是对中华民族传统美德的概括与升华。再如，《石头》中所歌咏的"石头"，是"汗和泪，搅拌着思想和感情"而"凝成"，"它有血液，血在流淌"，"它有心脏，心在跳动"，"它有更多的记忆"，"亿万年了"，"它呀，始终在思考，在注视，在倾听"，它"是唯物主义者，没有谎言和欺骗，/它尊重历史的每一分钟，每一秒钟；/它不会因淫威而歪曲历史，/它不会因胆怯而放弃刚正"，"它是质朴的，但却晶莹，/它是崇高的，但却普通，/它是冰冷的，却藏着火的种子，/它埋藏了死者，又孕育出新生命"②。"石头"的形象，同前者"树"的形象有异曲同工之妙，是对"战士"形象的超越，具有更大的社会包容性和历史的纵深感。这一阶段，在艺术上，李瑛的一部分作品仍保持着前期精心构思、字斟句酌的吟唱风格，让读者从清新、深沉的歌声中，感受到他心底感情的激流，从而引起人们心灵的回响。比如，写西沙群岛时，他用一系列多彩多姿的事物展示西沙群岛特有的柔美和生命的活力："白天，你是片片云影，/夜晚，你是阵阵涛声。//你是一朵朵花，怒放的小白花，/你是一颗颗星，雨后的星。//你是一枚枚大海遗落的贝壳，/是贝壳，却并未失去生命；//你是一粒粒天宇滑坠的石子，/是石子，却有血管和神经。//你是一只只待发的舰艇，/只等待警铃骤响。//你是一座座威严的城，/转眼，会使山呼海啸，天摇地动！"（《西沙群岛情思》）③这一阶段，李瑛更多的作品，特别是政治抒情诗，则注重从时代的、历史的大潮中提炼诗情，超越对具体生活表象的描写而做深广的艺术概括，其作品具有强烈而深厚的时代感和历史感，如《一月的哀思》《九月的汇报》《关于今天的战斗》等政治抒情长诗尤其突出。受到人们赞扬的《一月的哀

---

① 李瑛：《我的中国》，北京：中国言实出版社，2021年，第184页。

② 公木：《新诗词鉴赏》，上海：上海辞书出版社，1991年，第672-675页。

③ 李少君、丁鹏主编：《春暖花开四十年》，长春：时代文艺出版社，2018年，第10页。

思》，并没有具体描绘周总理的伟大一生，而是从周总理同亿万人民的血肉联系上去揭示时代特征和历史价值，将亿万人民因失去这一伟大人物而产生的悲痛感受、时代情绪集中凝合，化而为诗。因此，诗的思想深刻、感情真挚，以一人之心而道出万众之情，感人至深。李瑛后期创作的政治抒情诗也具有这样的特点，比如，1998 年的《我的中国》这部长诗，气势雄浑、冷峻凝重，诗人将深刻的政论与优美的抒情结合在一起，虽然诗中有一些不够准确之处，但总体是一部有特色的反映新中国历史的诗歌。

自 1980 年《我骄傲，我是一棵树》出版后，李瑛的创作便步入了第三阶段，这也是他诗歌创作最辉煌的阶段。他的感情世界更加丰富，抒情主体所展现的情感更加宽广和深沉，追求表现人物丰富的内心世界，抒发的感情由单纯转向复杂，很少拘泥于具体的事件，更多聚焦于哲理性的思考和深沉的、历史的、理性的人文探索与犀利的批判，在艺术上吸纳与运用了更多西方美学的手法。其创作特点可归纳为以下四点。

第一，坚守诗歌的精神实质与诗思的纯净。李瑛认为"诗人不要受名位利禄的诱惑，金钱是不能作为人的价值理想标准和才智尺度的"。他强调诗人要有"据以防止自己沦为单纯商品"的精神，要建立一种"以抵御可能袭来的种种不健康力量的侵袭"的精神空间，他希望诗人的作品"能够致力于表现我们所处的时代和时代精神；表现具有伟大抱负、广阔视野、丰富知识、对历史的深刻认识和高度智慧的新人的心灵；表现不倦地追求真理、追求爱与美的崇高精神；乃至以火的激情，揭示在矛盾和冲突中流淌着痛楚的眼泪和淋漓的鲜血"。[①]比如，《我骄傲，我是一棵树》《南海》《红豆》《山草青青》《生命是一片叶子》《出发》等诗集中的树、石头、珍珠、贝壳、小岛、仙人掌、大海、大漠、高山、巨瀑、野草、落叶、沙浪等被赋予感情，被用作启发读者思考的媒介或象征物。如诗人或透过大海单纯与复杂、宁静与波动、美与丑、光明与黑暗的矛盾斗争来观照人生，观照"自然史和社会史"，从复杂的、运动的世界、社会、人生中寻求"青春的精神"，寻求"不断的更新"（《海》）；或托物言志，抒发了其甘愿献身生活、献身海洋的心声："即使死，也要死在海上""死在前进中，

---

① 李瑛：《诗美的追寻》，北京：中国文联出版社，2002 年，第 188-189 页。

并且唱着歌"（《贝壳》）①。《纤道》《写在一位漂流探险者的墓前》《在老区烈士陵园》《鲁迅》等诗作都形象地描述了中华民族勇于奋斗、不惧牺牲的精神，诗人对未来始终充满了希望："站在苦难面前/不能只剩一双眼睛哭泣/挺直脊梁，昂起头颅/像梳好翎羽的鹰/带着创伤，凌空飞去/勇敢地迎接未来——/无论阳光，或者雷火。"（《生活仍将继续》）②"即使只有一粒石子/也不会忘却血的尊严/即使只有一片叶子/也要迎风呼唤明天""通往胜利的路从来是曲曲弯弯/犹如历史纵深的壕堑/要渡海就莫怕涛凶浪险/真正的生命，总要经过血淬火锻/坚贞而勇敢，你才美丽/美丽，才配和真理并肩向前//看吧，你看/风雨过后，阳光灿烂/春天，还是春天。"（《献给祖国（一）》）③这些诗句充满了英雄气概、真理必胜的坚定信念和革命乐观主义精神。《野草》中的"野草"则是一个以天下之忧为忧、以天下之乐为乐的"简洁""单纯""质朴"的忧患者的形象，"它的形象是火焰的形状/在狂风骤雨中生长/不怕艰辛/也不怕爪趾和牙齿/纵使身上结满伤疤/地下钢丝般的根，仍/紧缠住沙砾与石子/在金属的意志和凝重的思想中"——"生长"④。野草的形象就是诗人的形象，野草的精神就是诗人的精神，它表现出中华民族勤劳勇敢、不屈不挠的民族性格和民族精神。这一形象同李瑛早期诗歌中的战士形象和中期诗歌中"树"的形象相比，更具有平民思想和草根精神。

第二，具有强烈的忧患意识。这主要表现在李瑛对弱势群体的关注、对贫困山区的倾情方面。诗人的这种关注和倾情，愈到暮年愈加强烈。诗人多次探访大西北，先后写出了《戈壁海》《祁连山寻梦》《青海的地平线》《贺兰山谷的回声》《黄土地上的蒲公英》《黄土地情思》等 300 多首诗作，这些诗作表现了祖国大西北的辽阔、苍凉、冷峻，大自然的奇幻、严酷、神秘，以及人民生活的艰辛，展示了诗人终生难忘的生活场景与自然景观。《高原：我们血肉的故乡》是一首使人心神激荡的诗，表现出诗人对西部高原深沉的刻骨铭心的爱。当诗人"看到一个饱经磨难的古老民族奋起推翻旧世界的悲壮场面，看到火线上战士即将投入殊死厮杀的动人心魄的豪情，看到深山腹地解放已五十年却仍然衣衫褴

---

① 上海文艺出版社编：《八十年代诗选》，上海：上海文艺出版社，1990 年，第 153 页。

② 李瑛：《倾诉》，北京：作家出版社，2001 年，第 285-286 页。

③ 李瑛：《睡着的山和醒着的河》，北京：华艺出版社，1992 年，第 151 页。

④ 李瑛：《倾诉》，北京：作家出版社，2001 年，第 14-15 页。

楼、不得温饱的孩子们的眼睛"①时，他震撼着、痛苦着，挥笔写下了《我的另一个祖国》《饥饿的孩子们的眼睛》等如洪钟大吕一般振聋发聩的、沉甸甸的、令人心酸、令人落泪的诗篇，这些诗篇表现了诗人对贫困山区、对弱势群体的深沉的爱与切肤之痛。《饥饿的孩子们的眼睛》通过饥饿的孩子们的"眼睛"，写乌蒙山峡谷的贫困："在深深的乌蒙山峡谷里/滚下的石头""摇曳的野草""芜杂的树枝"有一双双眼睛，"黑葡萄般滚动的/黑珍珠般明亮的/黑水晶般闪烁的/大眼睛，转动在/蓬乱的头发下/长睫毛的后面"，"我不认识他们/但我认识饥饿/比霜刃更锋利的饥饿/我从他们眉梢看到了惊悸/从他们眼里看到了泪水"。"他们的眼睛和/他们小小的胃和/他们空空的碗和/他们冷却的锅/静静地望着我/目光，钉子般/从我的骨缝直刺进心窝"，"世间所有的东西都会消失/只有这比潭水更深、比星星更亮、比火更单纯的/一双双黑葡萄/一双双黑珍珠/一双双黑水晶/不会消失，它们/从惨白的饥饿后面/静静地望着我/他们不认识我/却信任这荒山冻云的祖国"。面对这些天真的、纯洁的、稚嫩的有如"黑葡萄""黑珍珠""黑水晶"一样美丽的眼睛，诗人痛苦万分："心头的血一直滴落/在时间和生命之上/直到今天"②。在《我的另一个祖国》中，诗人说"大地尽头的最后一座村庄/犹如一堆风卷的枯叶/犹如史前部落的遗址/遥远却又很近"。诗人展现在人们面前的是"低矮的茅顶倚着坍塌的土墙/一户户相拥相挤的苦人家/家家传递的都是愁苦/日子沉重得像石头/贫穷和哑默深不可测/没有什么比这更死寂"，而生活在茅屋的老人们的命运更是凄惨："走进一间黑洞洞的茅屋/一个老人独对一堆火的余烬/苦涩中，两只混浊的眼睛/用逼人的力量拷问我/你是谁？"③在《苦歌和甜歌》中，诗人说："冰雹砸烂了饭锅/山洪吞噬了土墙/生锈的镰刀早忘了秋天/不诚实的秋天背叛了粮缸//贫穷啃得人只剩下骨头/人人像饥饿的野兽/在墙角，兀自舔着/滴血的创伤。"④在这些诗作中，诗人以平民的姿态、草根的心境和强烈的忧患意识在描述情景，因而真实感人、真切动人、真心服人。当然，对于这些贫穷山区的"转机"，诗人也抱有热烈的希望："跨出门，忽听一片孩子的读书声/嫩绿得滴水的童声/比阳光更明亮/从哪个缝隙传来/

---

① 李瑛：《出发》，北京：华文出版社，2004年，第304页。

② 李瑛：《黄昏与黎明》，北京：解放军文艺出版社，1998年，第190-192页。

③ 李瑛：《黄昏与黎明》，北京：解放军文艺出版社，1998年，第187-188页。

④ 李瑛：《黄昏与黎明》，北京：解放军文艺出版社，1998年，第194页。

穿透这里全部的/死寂、凄惶、严酷和痛苦/把四周的山都震动了//我窒息的肺和猝死的心脏/突然醒来，看见/他们生命的高度/远远超过乌蒙山/明天，他们踮起脚/就会看见山外辽阔的世界/没有什么比这更真实"（《我的另一个祖国》）[①]；"再莫让荆蔓野草绊住脚/把命运捧在手上，相信吧/每架犁铧都是强悍的/每只车轮都急盼匆忙/把大山打开一道口子/好流进年轻的阳光和灯光/以及山外城里时代的歌唱……"（《苦歌和甜歌》）[②]在诗人看来，在当代社会、在人民当家作主的社会里，现代文明、科学文化是我们脱贫致富的法宝，开山修路、发展交通事业、普及教育、扫除文盲，是我们"把大山和冻云踩在脚下"[③]的出路。

第三，包含鲜明的哲理思考。李瑛在《生命是一片叶子》的"后记"中曾说："在生命的黄昏中，我想把自己也把自己所生活、所理解的人类置放在广袤的宇宙之间，从那里寻找出生存的价值和生命的意义。"[④]60 多年来，沧海桑田，社会发生了广泛、巨大而深刻的变化，作为一个力求真实反映时代本质和人民意志与希望的歌者，李瑛的艺术感觉和思维能力似乎比过去更深刻、更尖锐，这主要表现在他对现实与历史、对人与自然进行"哲理的"深刻的思考和审视上。李瑛说："而今则更喜欢读过去所不愿读的那些与人生密切相关的理论性书籍了，包括曾经认为是乏味的中国和外国的哲学著作。我认识到对于真正献身于崇高精神生活的人，这些充满深刻智慧和美的书，这些人类思维的结晶，会赋予人以深沉的理性思考，会照亮人们的心灵使之深刻和成熟，甚至我有些懊悔对它们读得过迟了。在日常阅读中，我对生命、生活、人生、艺术和美学等意义和价值方面的认识，现在比起过去也似乎有了更深的领悟。"[⑤]

我们知道，哲学就是将复杂的事物简单化，将无序的事物规律化，从而找出事物的内在规律，简言之，就是将具体抽象化，将运动规律化，给人以理性的启迪；而诗的作用则是将抽象的事物、运动的规律，用诗的语言形象化，使其栩栩如生，给人以感性的激励。富于哲理的诗刚好是这两者美妙的结合，这就要求诗人有深邃的思想和熟练的艺术技巧与高超的创作才能，一般而言，诗人年岁愈

---

① 李瑛：《黄昏与黎明》，北京：解放军文艺出版社，1998 年，第 188-189 页。

② 李瑛：《黄昏与黎明》，北京：解放军文艺出版社，1998 年，第 194 页。

③ 李瑛：《黄昏与黎明》，北京：解放军文艺出版社，1998 年，第 113 页。

④ 李瑛：《生命是一片叶子》，北京：解放军出版社，1995 年，第 241 页。

⑤ 李瑛：《生命是一片叶子》，北京：解放军出版社，1995 年，第 242 页。

高，经历愈丰富，诗的哲理性愈浓。我国著名的科学家钱学森曾说："我认为文学艺术里面这高台阶，或者说是最高的台阶，是表达哲理的，是陈述世界观的。"[①]李瑛后期的很多诗作就具有这样的特点，比如，《关于死亡》就是用诗的语言谈生死观："哦，海的潮汐，月的亏盈/万载须臾间交替着死生/须知：有的很重，有的很轻。"[②]在历史的长河中人的一生只是一瞬间，然而，死的意义却有不同，有的轻如鸿毛，有的重于泰山。《刀和磨刀石》写事物的相辅相成、相得益彰，说明奉献与荣誉、劳动与收获、牺牲与崇高是矛盾的统一体："它们飞快地相互磨砺/它们的生命在一点一点地丧失/价值却在一点一点地积累和增加。"[③]《镜子》揭示了人与实践、人与历史的辩证关系，指出一个人、一个政党、一个团体要"坦诚"，不能"伪饰"，我们应该学会和"镜子"对话。《时间》写时间的无限和人生的有限、时间的无情与人生的短暂。《演员》写人生如戏、戏如人生，两种人，两种人生，两种生活，但却是"同一副灵魂"在"镜子里"和"镜子外"的不同表演，弦外之音，令人深思。有些诗作是隐喻（如《不灭的声音》《世界竟这样神奇而美丽》），有些诗作像寓言（如《今秋的最后的一个细节》），而最能集中体现哲学思考的则是《看一棵雷击的树》，这首诗以象征的手法，对正义与邪恶、爱与恨、真与伪、美与丑、善与恶的对立和转化给予了形象的描述："一棵被雷击的大树/威严地站在大地上/是一支悲壮的歌曲//满地散落的骨骼/已被人捆起来运走/被劈开的躯干/一半起火燃烧/乌黑的伤口使人心惊/另一半仍忙着生长/让星星和小鸟筑巢/不久，在未烧透的木炭深处/又抽出无数新枝/摇曳在恐怖的阴影中/并发出绿色的喧响//我从远方来看它/它告诉我许多可怕的梦/它说我从死亡里回来/我的生命超过一百个雷/我的身体虽已残损/灵魂却更显坚强/时间怎样从这里结束/就怎样从这里开始//它使我想起巍峨的碑和历史。"[④]这首诗同牛汉的《半棵树》有某些相似之处，但又不同。牛汉的《半棵树》主要揭示的是个人的命运，而李瑛的《看一棵雷击的树》则更多的是对历史和人类的命运的思考；牛汉的诗显示的是个人的英雄性格与不屈精神，具有更多悲剧色彩，李瑛的诗除显示英雄性格和个人命运外，更多的是揭示历史的

---

① 公木等：《诗人毛泽东》，珠海：珠海出版社，1999 年，第 233 页。

② 李瑛：《倾诉》，北京：作家出版社，2001 年，第 264 页。

③ 李瑛：《出发》，北京：华文出版社，2004 年，第 22 页。

④ 李瑛：《野豆荚集》，北京：长征出版社，2005 年，第 27-28 页。

规律，另外还透露着人类的乐观的情愫以及对和谐、美好的希望："一片叶子旋转着落在我肩头/是一个吻。"①

第四，融合中西、沟通古今。李瑛说过："一个真正的诗人，应该永远是一个拓荒者，他常常要离开人们走惯的熟路去开辟一条新径，正如一个真正的哲学家所做的追求一样。"②李瑛早年受鲁迅、高尔基、普希金、冯至、朱自清、沈从文的影响，后期又受到艾青、何其芳、绿原等诗人的影响。他熟读过唐诗，也认真学习过外国各种流派的诗歌，既有苏联作家的作品，也有欧美作家的作品。进入暮年，他更多阅读哲学、历史、美学方面的著作，他"实践"着"融合中西、沟通古今的诗学思想"，力图始终"保持""艺术观念和艺术感觉的先进性"③，以此来分析社会现实并将相关思想融入自己的诗歌创作之中。比如，诗集《望星》《江和大地》《生命是一片叶子》中的诗作通过对具体生活场景的描绘，开掘了丰富的时代内容，揭示了深刻的生活哲理，表现了人民的思考与追求。正如诗人自己所说，他是用新鲜的、生动的、充满感情的形象来表达对时代、对自然界、对人类社会的看法。他的不少诗不是直抒胸臆，也不是客观描摹，而是依靠主体移情以完成形象的塑造，比如，《流星》《瀑》《红高粱》《杏花》《小蜜蜂》《柳枝》等写得或大气磅礴，或柔美清新，或深情真挚，带有一种新奇、深刻、与众不同的玄妙。

第三节 忠于人民的歌手：张永枚④

张永枚是抗美援朝战争期间涌现出来的人民歌手。当时广泛传唱的歌曲《我

---

① 李瑛：《野豆荚集》，北京：长征出版社，2005 年，第 28 页。

② 李瑛：《出发》，北京：华文出版社，2004 年，第 308 页。

③ 李瑛：《野豆荚集》，北京：长征出版社，2005 年，第 341 页。

④ 张永枚（1932—），笔名黄桷树，四川万县（现重庆市万州区）人。1949 年 12 月参加中国人民解放军，1950 年参加抗美援朝战争。后长期在广州军区从事专业创作，1953 年加入中国共产党。1954 年出版第一部长篇说唱词《三勇士》，同年出版第一本诗集《新春》。以后又陆续出版了诗集《海边的诗》《骑马挂枪走天下》《南海渔歌》《椰树的歌》《雪白的哈达》，诗选集《螺号》《画笔和六弦琴》《爱与忧》《张永枚诗选》《张永枚故事诗选》等，以及诗体小说《孙中山与宋庆龄》。他还从事过戏剧、小说创作，出版的长篇小说有《红巾魂》《海角奇光》《省港奇雄》《粤海大战》。歌剧《红松店》曾被评为优秀剧目，现代京剧《平原作战》曾受到人们的热烈欢迎。系中国作家协会会员，获广东省首届文艺终身成就奖。

的丈夫是英雄》的作词者就是张永枚。当时，他以一名志愿军文艺战士的身份在硝烟弥漫的前沿阵地抬担架，送弹药，为战士们读报、写信，教战士们唱歌，同战士们结下了深厚的情谊，同时也获得了丰富的写作素材。他的萌芽之作就诞生在行军途中，诞生在朝鲜的防空洞里。他的第一本诗集《新春》中的大部分诗篇以质朴的语言塑造了志愿军的英雄群像，其中有"炮弹都为他让路""高山流水都来接受命令"的将军（《将军》）[1]，有打倒一个敌人"就在日记册上画一条红线"的狙击手（《狙击手的短歌》），有打马下山"送信的英雄"（《英雄打马下山来》），还有背负行军锅的炊事员（《行军锅》）。这些形象大都写得真实生动，闪耀着爱国主义与国际主义精神的光芒。比如，为老诗人公木所称道的读完后"也不禁眼泪湿润了眼眶"的《屋檐下》，就是用"朴素的笔锋"描绘了中朝兵民互爱互敬的国际主义精神："东方射出一道青光，/启明星还没退位；/大嫂拿起水罐，/开门出外去顶水。//刮了一夜大风雪，/雪堆挡住了门口；/她转身拿起一把扫帚，/要把雪堆打扫。//呀！雪堆沙沙作响，/一下子垮了下去，/一块雨布顿时揭开，/露出三个志愿军战士！//志愿军立刻站起，/身上蒸发着水汽，/他们勒了勒皮带，/向大嫂行了个军礼。//'亲爱的阿志玛妮，/实在是对不起：/昨夜在您这儿住宿，/没有得到您的允许。'//大嫂的眼泪润湿了眼眶，/半天才说出了话：/'朝鲜的房子就是你们的家，/这么大的风雪为啥住在屋檐下？……'"[2]这首诗虽全为白描，缺少修饰，但是真诚、真实，这是诗的生命。张永枚称自己的这些作品"只能算是习作""只算是萌芽之作"[3]，但公木热情地向人们宣告"一位新诗人的出现"[4]。

从朝鲜回国以后，张永枚一直在广州军区从事文艺创作，他多次下连队当兵，曾到西藏和农奴一起进行民主改革……随着生活视野的开阔，他创作的题材在不断丰富。祖国东海的波浪、白帆、渔火和红旗，南海的女民兵、女射手、织网女、渔家老人、椰林牧牛人，西藏的雅鲁藏布江、茫茫雪原，还有井冈山月和"望儿石"等都被纳入了诗人的艺术镜头。

张永枚的诗作大都以表现人民解放军战士的生活和斗争为主，他着力表现的

---

① 张永枚：《骑马挂枪走天下》，北京：中国青年出版社，1957年，第76页。

② 张永枚：《骑马挂枪走天下》，北京：中国青年出版社，1957年，第78-79页。

③ 张永枚：《新春》，武汉：湖北人民出版社，1954年，第70页。

④ 张宇宏、樊希安：《公木评传》，长春：长春出版社，2010年，第255页。

是战士丰富多彩的生活和献身祖国的高尚情操。用他自己的话说，就是"歌唱革命战士"，歌唱"兵的共产主义品质"[①]。

《臂膀》是一首歌颂"兵的共产主义品质"的优秀短诗。这首诗只有两节十行，写一位战士修筑公路时被"炸断了一条臂膀"，他的妻子很悲痛，"好象（像）痛在她心上"，然而，这位战士强忍着巨大的疼痛，温情地安慰着他的妻子："战士说：别心伤！/你看这公路，/穿雪谷，越大江，/风云万里，/伸向远方；/那就是我的臂膀！"[②]战士失去了一条臂膀，祖国增添了一条公路。把自己的一切献给祖国、献给人民，用自己的青春、生命换取祖国的繁荣富强，为人类造福，这就是战士的人生观和价值观，他们是坚强的，是乐观的，是高尚的。这首诗朴实、清新、联想丰富，为人们所称道。

张永枚的诗大都从一些常见的生活事件中捕捉诗的意境与动人的形象，抒发战士对祖国的真情、对人民的深意，从而把抒情的语言与革命的情绪凝结在一起，给人以愉悦的美感。

《骑马挂枪走天下》是一首彰显诗人独特创作风格的诗作，是他的代表作之一。它是诗人"从抗美援朝战场上归来创作的。就是这首诗，奠定了张永枚诗歌的军人本色和审美风格"[③]。这首诗描绘了一位出身于蜀山蜀水"种庄稼"的解放军战士，为求解放，"风雨推船""下三峡"，跟着党，跟着毛主席，南征北战，骑马挂枪走天下，受到人民的欢迎和爱护。在北方："地冻三尺不愁冷，/北方的妈妈送我棉衣和靴鞡；/百里行军不愁吃，/大嫂为我煮饭又烧茶；/生了病，挂了花，/北方的兄弟为我抬担架。"在南方："我们到珠江边上把营扎，/推船的大哥为我饮战马，/小姑娘为我采荔枝，/大嫂沏出茉莉茶，/东村西庄留我住，/天天道不完知心话。"[④]诗人从战士行军作战、做群众工作的日常中，选取具有典型性的地点、时间、事件，组成了两幅生动鲜明的图画。在北方，茫茫大雪"地冻三尺"，枪林弹雨"百里行军"，因为有北方的妈妈、大嫂、兄弟无微不至地照料，我们的战士"不愁冷""不愁吃"，不愁生病挂花。这是一幅战争岁月里军民合作的战斗图，给人以豪壮、乐观的感觉。在南方，诗人将"船大哥

① 张永枚：《张永枚诗话》，武汉：长江文艺出版社，1993年，第133页。

② 张永枚：《张永枚诗选》，武汉：长江文艺出版社，1991年，第161页。

③ 张永枚：《海南西沙彩云》，北京：长征出版社，2008年，第6页。

④ 张永枚：《螺号》，北京：作家出版社，1963年，第56-57页。

饮战马""小姑娘采荔枝""大嫂沏茉莉茶"等场景融为一体，绘就了一幅和平建设时期军民鱼水情深的欢乐图，给人以轻快、明丽的印象。最后诗人以富于抒情性的语言突出战士以国为家的广阔胸怀，进一步深化军爱民、民拥军的主题："祖国到处有妈妈的爱，/到处有家乡的山水家乡的花，/东西南北千万里，/五湖四海是一家。/我为祖国走天下，/祖国到处都是我的家。"①这首诗和张永枚的很多诗作一样，活泼又鲜明，有诗意和美感，记下了战士们忠于祖国、革命和人民的战斗历程。

1960 年，张永枚创作了优秀诗篇《人民军队忠于党》和《井冈山上采杨梅》。《人民军队忠于党》全诗共四节，第一节写人民军队的性质、诞生地、创立者："雄伟井冈山，/八一军旗红，/开天辟地第一回，/人民有了子弟兵！/从无到有靠谁人？伟大的共产党！/伟大的毛泽东！"第二、第三节写人民军队转危为安的雄伟战绩："两万五千里，/万水千山，/突破重围去抗日，/高举红旗上延安！转危为安靠谁人？/伟大的共产党！/伟大的毛泽东！//红旗如海潮，/胜利接胜利，/打败日寇和蒋贼，/星火燎原红了天和地！/成长壮大靠谁人？/伟大的共产党！/伟大的毛泽东！"第四节总结历史规律，展望未来："万里长江水，/奔腾向海洋，/保卫祖国作栋梁，/人民军队忠于党！/共产主义定胜利——/万岁共产党！/万岁毛泽东！"②这首诗用通俗的语言、鲜明的意象写了人民军队忠于党的人民子弟兵的性质，以及打败侵略者、建立新中国的经天纬地的功业和奔向共产主义的远大理想。这首诗以高度的概括性、深邃的穿透力、凝练精美的语言生动形象地展示了我党我军之史，张扬了我党之力、我军之魂，因而被人们视为军旅诗的经典，成为军歌，多次在全国隆重的大型阅兵式上演奏，被多部电影、电视连续剧如《井冈山》等作为主题歌或主旋律，深得解放军官兵和人民群众的喜爱。

"文化大革命"以后，张永枚创作出版了长篇诗体小说《孙中山与宋庆龄》，以引人入胜的故事情节，歌颂了孙中山与宋庆龄为国为民果敢斗争的高贵品质，塑造了叶挺、香港老海员阿爹一家的英雄形象。之后，他又出版了长篇小说《红巾魂》。接着，又出版了第二部长篇小说《海角奇光》，诗人以独特的构

---

① 张永枚：《螺号》，北京：作家出版社，1963 年，第 57-58 页。

② 张永枚：《螺号》，北京：作家出版社，1963 年，第 186-187 页。

思，多视角、跨时空地描述了一位胸怀博大的老"抗联"——灯塔看护人的富于传奇色彩的故事，歌颂了他的伟大的献身精神，全书具有凝练深邃的格调和诗一般的意境。纪实性长篇小说《省港奇雄》以工人运动的杰出领袖苏兆征的革命生涯为主线，正面展现了20世纪20年代初省港大罢工、第一次国共合作等一系列事件，翔实地记述了年轻的中国共产党人如何唤起民众，向帝国主义及其走狗发起猛烈进攻，对于居于风暴中心的主要人物如周恩来、苏兆征、邓中夏、孙中山、蒋介石以及香港总督、地方军阀等都有生动的描写，兼具史料性与文学性。这一时期创作的诗集有《画笔和六弦琴》《爱与忧》等。

张永枚的人生道路与艺术道路，崎岖而险峻，曲折而奇美。他的作品热情讴歌了中国人民为了民主、自由、独立、富强而前仆后继的革命精神，以及人民军队忠于党、全心全意为人民的高贵品德。在他充满激情与诗意的文学作品中，党、人民、革命是紧紧联系在一起的。他是真正的解放军战士，是祖国和人民的优秀儿子，是坚定不移的共产主义歌者。他善于把叙事与抒情结合起来，追求情景交融的艺术境界和"谱曲能唱，离曲可读"的音乐性，他的抒情作品大都读来朗朗上口，听来亲切悦耳。在借鉴民族传统形式方面，常采用比拟、反复的手法，具有平易朴实、清新明朗的风格。他的诗有战士的激情，有时代的风采，有民族传统文化的韵味。当有人问他"在艺术上有什么追求？"时，他曾坦然地答道："在我国古典诗词、民歌、剧诗，和五四以来新诗优秀传统的基础上，吸收外国诗歌的精华，创作具有自己特色的抒情诗、故事诗。着重运用革命的现实主义和革命的浪漫主义相结合的创作方法。'谱曲能唱，离曲可读'。并求表现形式、手法的多样化。希望自己的主要作品为人民喜闻乐见。""人民是诗人的母亲，诗人是人民的儿子。"[1]

张永枚的一生正如他自己所说的那样："战斗过，欢乐过，失误过，痛苦过……"[2]既有阳光灿烂，也有风雨相交。如果用思想和艺术相结合的标准来衡量，用诗与人民的关系来衡量，用作家与时代和民族的血肉关系来衡量，张永枚的军旅诗和他的其他文学作品将在中国军旅诗史、中国当代文学史，甚至中国文学史上占有一席之地。

---

① 张永枚：《张永枚故事诗选》，广州：花城出版社，1992年，第354页。
② 张永枚：《张永枚故事诗选》，广州：花城出版社，1992年，第358页。

第四节　火一样燃烧的诗人：未央①

"车过鸭绿江，/好像飞一样。/祖国，我回来了，/祖国，我的亲娘！……"（《祖国，我回来了》）②

在抗美援朝的年代，这首诗曾激荡过多少年轻人火热的心，倾诉着多少归国战士的赤子之情！以这首诗命名的诗集《祖国，我回来了》是反映抗美援朝战争的影响较大的一部诗集，是一部爱国主义和国际主义的热情颂歌。诗集以生动的艺术画面和感人的艺术形象，把人们带到了血染的朝鲜大地，带到了燃烧的村庄和满是孩子们尸体的荒芜的田野，让人们看到美帝国主义怎样在朝鲜用炸弹制造罪恶和灾难，让人们看到中朝人民怎样像刺杀偷袭家园的豺狼一样打击侵略者。诗集以烈火般炽热的激情揭示了中国人民志愿军的精神面貌，深深触动了读者的内心，是当时以抗美援朝、保家卫国、保卫和平为主题的军旅诗中的突出作品，也是诗人未央的代表作。

用朴素的语言、独白的方式来抒发志愿军战士内心丰富而强烈的思想感情，是未央诗的一个特点。《祖国，我回来了》《驰过燃烧的村庄》《我们的武器》等诗都是借助第一人称"我"的感受来描写现实战争生活，抒发强烈而真挚的思想感情的。《祖国，我回来了》是当时为人们广泛传诵的一首优秀抒情诗。它以热情昂扬的诗句，把人们带到了战火弥漫的朝鲜战场，带到了江水怒吼的鸭绿江边，让人们感受到了志愿军战士渴望回到祖国母亲的怀抱的急切心情："车过鸭绿江，/好像飞一样；/但还是不够快呀！/我的车呀！/你为什么这么慢？/一点也不懂得/儿女的心肠！"③

---

① 未央（1930—2021），原名章开明，湖南常德临澧县人。1949 年肄业于师范学院，后参加中国人民解放军，翌年赴朝鲜前线作战，开始写作诗歌。1954 年出版诗集《祖国，我回来了》，之后出版的诗集有《杨秀珍》《大地春早》等，另外还出版了短篇小说集《巨鸟》《桂花飘香的时候》和电影文学剧本《怒潮》（同吴自立、郑洪合作）。《假如我重活一次》获 1979—1980 年全国中青年诗人优秀新诗奖。曾任湖南省文学艺术界联合会副主席、湖南省作家协会主席等。

② 闻一多等：《我爱的中国：献礼新中国成立 70 周年诗歌精选》，沈阳：春风文艺出版社，2019 年，第 216 页。

③ 闻一多等：《我爱的中国：献礼新中国成立 70 周年诗歌精选》，沈阳：春风文艺出版社，2019 年，第 216 页。

　　志愿军战士既时时思念和平美丽的祖国，也时时惦念受苦受难的朝鲜，崇高的爱国主义思想和国际主义思想有如熊熊的烈火在每一个志愿军战士的心中燃烧。这首诗以生动的形象、鲜明的对比为人们描绘出了鸭绿江两岸截然不同的两种景象：江东岸，"鲜血浴着弹片"，人们被迫住在地下室里，白天像黑夜；江西岸，五谷丰登，灯火灿烂，"夜晚像白天一样亮堂"。从而揭示出了志愿军战士既眷念和平的祖国，又牵挂着战火燃烧的朝鲜前线的复杂而真切的心理活动："车过鸭绿江，/好像飞一样。/祖国，我回来了，/祖国，我的亲娘！/但当我的欢喜的眼泪/滴在你怀里的时候，/我的心儿/却又飞到了朝鲜前方！"[①]诗人以独特的自白和反复吟唱的形式，抒发了爱国主义和国际主义的强烈感情，因而能给人以巨大的感染。《我们的武器》以"我们的武器，/就是我们的心，/心，/就是和平"[②]的反复咏唱，揭示了志愿军战士勇歼顽敌的英雄气概，以及他们对和平生活的向往。因为诗人同志愿军战士朝夕生活在一起，熟悉了战士的生活，摸透了战士的思想，因此，即使写的是普通战士的生活，也能用富有思想力量的诗句来显示其思想觉悟的高度，让人感受到普通战士身上蕴藏着的非凡力量和"纯白得像雪，炽热得像火的感情"（《他还不是英雄》）[③]。

　　以特定的惊心动魄的场面来表现志愿军战士强烈的爱憎和广阔的胸襟，是未央诗的又一特点。《驰过燃烧的村庄》写一个要投递紧急公文的战士策马驰过被敌人轰炸而熊熊燃烧的村庄，看见一个身上裹着火的孩子向他滚来："马受了惊骇，/前蹄腾空而起。/是什么命令我，/跳下马，/用大衣裹住那团火。/我滚在雪地上，/象（像）石磙/滚下山坡。/……"这首诗以简短的句式、急促的节奏、强烈的感情、惊心动魄的场景，表现了深厚的历史内容，全诗像风暴，像烈焰，令人震惊，令人奋起。人们通过燃烧的村庄、烧伤的孩子、急驰的战马、地下指挥所……看到了中国人民志愿军的广阔胸怀。这首诗形象地揭示了抗美援朝战争的正义性和必要性："在地窖里，/我把烧伤的孩子和公文，/一块儿交给了首长。/首长的左手抱着孩子，/象（像）抱着全人类的爱情和仇恨。/首长的右手签公文

　　① 闻一多等：《我爱的中国：献礼新中国成立 70 周年诗歌精选》，沈阳：春风文艺出版社，2019 年，第 219 页。

　　② 未央：《祖国，我回来了》，武汉：湖北人民出版社，1954 年，第 9 页。

　　③ 中国作家协会：《我们爱我们的土地》，北京：中国青年出版社，1955 年，第 12 页。

的收据，/签下了/我们千万战士誓灭强盗的决心。"①两个场面，两幅图景，一方面是美帝国主义给朝鲜人民制造的惨无人道的灾难，另一方面是中国人民志愿军与朝鲜人民的血浓于水的感情。两个场面都是典型的、激动人心的，诗人以志愿军战士送文件为线索，把两个场面集中在一起，对比强烈，形象鲜明，爱憎分明。在《枪给我吧》里，诗人用一位志愿军战士"独白"的方式，为我们展现了一个激动人心的场面：一场激烈的争夺战之后，我们的"红旗插上山顶啦"，"阵地已经是我们的"了，可是"和敌人搏斗"英勇牺牲的英雄，却仍睁着眼睛，紧咬牙关，紧握着手中的武器。诗人以充满强烈感情色彩的诗句，描绘了志愿军战士收取牺牲战友手中武器的动人情景，并且用自问自答的方式，形象地揭示了志愿军战士之间深厚的情谊和他们杀敌制胜的力量源泉。诗人在这里塑造了青铜雕像一样的中国人民志愿军的英雄形象。诗的语言朴素真挚，既令人声泪俱下，又鼓舞人冲锋向前："松一松手，/同志，/是同志在接你的枪！/枪给我吧，/让我冲向前去，/完成你未尽的使命！"②诗人公刘读完诗集《祖国，我回来了》后，曾写信给未央，称赞这本诗集"相当有分量"，"广大读者是""欢迎这本诗集的"；"已经取得的成就是值得珍贵的，它在我们的诗歌创作中，展开了一些新的动人的画幅"③。他还说："我希望你多写《枪给我吧》《驰过燃烧的村庄》这样的诗，把读者带领到火热的斗争中去，让人人都去正视、去解答存在于生活中的尖锐的问题。在这些问题得到正确的解决后，无疑地，人的心灵必然会随之更加刚强和纯洁起来。是的，诗人要用诗歌告诉人民：我们的生活不是客厅中的地毯，我们的生活正如这广阔的世界，有着平坦，也有着坎坷；有着繁花，也有着风雪！"④未央的诗不以语言的凝练、句式的整齐见长，而以情节的典型、场面的生动和表现形式的集中有力，以及灌注在其中的强烈的爱憎、真挚的情感，深深地打动读者。何其芳曾说，他的"那些成功的诗是强烈的，有力的，好像含有一种火一样能够灼伤人的东西"。⑤未央的诗像火一样炽热、闪

---

① 北方文艺出版社编：《党的礼赞·诗歌卷》，哈尔滨：北方文艺出版社，1991 年，第 69-70 页。

② 中国作家协会诗刊社编：《中国新诗百年志·作品卷·上》，北京：中国工人出版社，2017 年，第 393-394 页。

③ 公刘、刘粹编：《公刘文存·序跋评论卷·一》，合肥：安徽文艺出版社，2018 年，第 70-71 页。

④ 公刘、刘粹编：《公刘文存·序跋评论卷·一》，合肥：安徽文艺出版社，2018 年，第 72 页。

⑤ 何其芳、蓝棣之主编：《何其芳全集·第四卷》，石家庄：河北人民出版社，2000 年，第 441 页。

光。他的诗多用自由体，诗行参差不齐，有的甚至不押韵，但却有强烈的艺术效果和撼人心灵的力量。当然，也毋庸讳言，他的部分诗在结构和语言上存在着松懈、散漫和散文化的缺点，有个别作品有如普通的时事讲话，缺乏诗的形象化特征。

第五节　军旅"诗痴"：梁上泉①

百里山谷，百里河水，/百里绿竹，百里红梅，/百里蜜桃百里桔，/一层更比一层美。（《彩色的河流》）②

诗人严辰在读了梁上泉的诗集《山泉集》后，曾兴奋地谈了他的感触："我好象（像）刚从彩色的河流上走过，两岸繁花如锦，叶影婆娑，五彩缤纷，目不暇接。"③梁上泉是 20 世纪 50 年代从大巴山农村走出来的军旅派诗人，他是一位非常勤奋的文学多面手，他创作了诗歌、戏剧、散文，但以描写、歌咏解放军的军旅诗歌为主，诗歌是其创作的主要成就，他被称为军旅"诗痴"。他的诗以明丽动人的画面把人们带到了喧腾的康藏高原、红军走过的雪山草地，带到了四季如春的云南边疆、风光绮丽的巴山蜀水，带到了长城内外、太行山下……让人们去领略祖国边地的风情，去重温军民齐心创业的日日夜夜，去听"高原牧笛""茶山新歌""月亮里的笑声"……去感受少数民族翻身的喜悦、英雄人物的劳动热情，去紧追那彩色的生活。

---

① 梁上泉（1931—），四川达县（现达州市达川区）人。1950 年高中毕业前夕参加中国人民解放军。先后在川北军区文工团、西南军区公安部队文工团、军委公安军政治部文工团、重庆市歌舞剧团、重庆市文学艺术界联合会工作。系中国作家协会、中国民间文艺研究会和中国音乐家协会会员。曾任重庆市作家协会副主席、重庆市音乐文学学会会长、第七届全国人民代表大会代表。1948 年开始发表诗作，出版的诗集有《喧腾的高原》《云南的云》《从北京唱到边疆》《开花的国土》《寄在巴山蜀水间》《我们追赶太阳》《大巴山月》《长河日夜流》《山泉集》《歌飞大凉山》《春满长征路》《山海抒情》《在那遥远的地方》《火云鸟》《高原，花的海》《飞吧！信鸽》《多姿多彩多情》《爱情·人情·风情》《梁上泉诗选》《六弦琴》《献给母亲的石竹花》《梁上泉诗词手书选》等近 30 部。还创作了根据他的长篇叙事诗《红云崖》改编的同名歌剧，以及与人合作的电影文学剧本《神奇的绿宝石》《媚态观音》等。许多作品获奖，被选为高等院校文科教材。

② 梁上泉：《梁上泉诗选》，成都：四川文艺出版社，1993 年，第 269 页。

③ 严辰：《彩色的河流——梁上泉诗选〈山泉集〉序》，见梁上泉：《山泉集》，北京：作家出版社，1963 年，第 1 页。

　　歌颂边地生活，歌唱少数民族的翻身解放，歌唱军民血肉相连的感情，是梁上泉军旅诗的主要内容。诗人长期生活在康藏高原、云南边疆等少数民族居住的地方，他热爱边地的山山水水，熟悉少数民族的生活习俗和思想感情。他以清新优美的声调，唱出了一曲曲少数民族翻身解放的欢歌，描绘出了一幅幅边地生活的动人图画。《高原牧笛》是一首描写少数民族生活变化的有特色的作品，诗人以康藏高原牧人笛声的不同声调，形象地揭示了筑路部队修建公路从而给居住在高原的少数民族带来幸福的主题。"在那以往的年代，/笛声冷如寒霜"。解放军进军西藏驱散了黑暗，带来了光明，笛声渐渐高昂："寒霜化成春水，/暖流淌向远方"；修建康藏公路给藏族人民带来了幸福，笛声高昂得如同汽车的"喇叭交响"，"飞过无边的草原，/惊醒熟睡的群羊"①。诗人把笛声同解放军的进藏、修路以及藏族人民生活、心理的变化自然地糅合在一起，声随情变，情由景生，借笛声的变化反映了少数民族由黑暗走向光明、由苦难走向幸福的历程，洋溢着诗人欢悦的情绪。《月亮里的声音》通过描写彝族姑娘的琴声，把彝族人民的苦难、欢乐和理想展现在人们面前，诗人把关于月亮的神话传说和姑娘"抱住了一个圆圆的月亮"，"长裙拖着红霞，/从凉山飞到北京的舞台上"的现实结合起来，诗人将其热爱新生活的激情化为优美感人的琴声，化为鲜明生动的艺术形象，整首诗情深意美、委婉动人，"最后一曲献给山区的未来，/弹得星星落在孩子的书桌上，/惊喜地望着那美丽的现实，/一半像神话，一半像幻想……//掌声的急雨把我催回剧场，/幕布的紫云把你深深掩藏；/归来的路上琴音还很明朗，/正像这深夜里满街的月光"②。

　　新中国成立后，政府不仅派医生帮助藏族同胞防病、治病，而且帮助他们培养自己的卫生员，使他们由相信鬼神转变为相信科学，物质生活和精神生活都发生了巨大的变化。《姑娘是藏族卫生员》描写了藏族的女卫生员的光荣感和责任感，藏族青年小伙和阿妈对女卫生员的欢迎和爱慕，以及他们之间有趣的对话："不要那样看我，/不要那样看我，/我脸红得像团火，/年轻的牧人呵，/不要把我认错！/姑娘是藏族卫生员，/到你帐篷作防疫宣传，/不是找你有话说……"//

---

　　① 胡笳主编：《与史同在：中国人民解放军 90 周年诗歌选》，成都：四川人民出版社，2017 年，第357-358 页。

　　② 梁上泉：《梁上泉诗选》，成都：四川文艺出版社，1993 年，第 87-88 页。

"别怪我这样看你，/别怪我这样看你，/藏家有了'门巴'哪个不惊喜？/年轻的姑娘呵，/草地的白衣天使！/谁的眼睛不对你表示爱慕，/你又何必难为情，/牧人用一颗心在迎接你！"①《山谷的一夜》写的是一位藏族老大妈为修路的解放军战士补鞋的情景，"银线缝了一针又一针，/牛皮垫了一层又一层"，她带着温柔的慈母般的感情抚爱着我们的战士。她为战士们"爬过多少云岭雪山"，引来"永恒的春光"而激动；她为战士们磨穿了鞋底，刺破了双脚而"心疼"。当"银线拉出了黎明的光线，/光线暗淡了拂晓的油灯"，天大亮了，老大妈还希望："嬉闹的晨风呵，轻轻，/不要把他们拍醒；/喧噪的小鸟呵，静静，/不要打断他们的甜梦。/让孩子们在阿妈身旁，/睡哟睡个安稳……"②鱼水般亲密的关系被表现得真切动人、耐人寻味。那些描写少数民族爱情的诗篇，如《牦牛队的姑娘》《茶山新歌》《秋千架下》《蝴蝶泉》等，也都透过爱情的窗口，展现了少数民族欢乐幸福的生活和人民美好的心灵。

梁上泉诗歌的题材比较广泛，而反映少数民族新生活和军民鱼水情深的作品尤为出色。它们犹如一幅幅明丽的风景画和风俗画，浸润着诗人对党、对祖国、对战友的深情和对新生活的热爱。

通过细腻地描绘人物的心理活动和典型细节来突出思想题旨，是梁上泉诗歌艺术的突出特点。他善于选择生活中典型的细节，善于描写人物的内心活动。他的诗篇幅小、容量大、小中见大、思想丰富。比如，《阿妈的吻》描写的是一位藏族阿妈抱着怀里的病儿在就医途中复杂的内心活动："阿妈哟阿妈，/你为什么不说话？/眼望着新修的医院，/为什么噙着泪花？//问你你不回答，/吻着怀里的娃娃，/向医院步步走近，/你到底在想些啥？//莫非想起以往的儿女，/没有一个长大？/莫非想起旧日的病痛，/找不着一个'门巴'？//阿妈，你擦干了眼泪，/是不是要说说心里话？/笑脸却亲贴着明净的门窗，/像吻着白胖胖的面颊。//啊！你吻吧！吻吧！/你以吻孩子的母爱，/在吻着自己的医院，/在吻着自己的祖国呀！……"③这里，诗人首先用"不说话""噙着泪花"揭示了阿妈因孩子生病而着急，但又充满希望的内心想法。接着描写了她复杂的思想感情，她想到旧

---

① 梁上泉：《喧腾的高原》，北京：中国青年出版社，1956年，第65-66页。

② 梁上泉：《梁上泉诗选》，成都：四川文艺出版社，1993年，第32-33页。

③ 梁上泉：《梁上泉诗选》，成都：四川文艺出版社，1993年，第23-24页。

社会，"以往的儿女，没有一个长大"，想到"旧日的病痛，找不着一个'门巴'"；当她一步一步走近新建的医院时，情绪逐渐产生变化，由对孩子的疼爱，转变为对医院的感激、对新生活的满足。诗人突出强调了阿妈"吻孩子""吻医院"的细节，因而使阿妈的感情自然地升华为对新生祖国的赞美，最后两句连用两个"自己的"，强化了藏族同胞的自豪感，显得很有力量。整首诗完全是对现实生活的典型概括，细节生动，心理活动描写得细腻而有层次，有较强的艺术感染力。《山谷的一夜》描写了老大妈疼爱筑路战士的心理活动，也是逐渐深化的，通过对老大妈心理活动的细腻描写，其形象也逐渐鲜明、丰满起来。《播种者》《茶山新歌》《列车上》等诗通过对人物的心理描写或揭示人物的性格特征，或抒发诗人强烈的感情，或深化主题，都写得比较出色。

　　想象丰富，感情真挚，写景状物清丽精致，既有轻盈明快的格调，又有清新隽永的韵味，这是梁上泉诗歌的主要风格。诗人善于以丰富的想象把山水花木和人物诗化，以清丽精致的画面来表现对生活的激情。《雪地炊烟》是写军民关系的，诗人没有正面描写军民鱼水情，而是通过写筑路大军在茫茫雪地燃起的缕缕炊烟来揭示主题。他把炊烟比喻为美丽的、象征和平与安宁的"报信的白鸽"，描绘了少数民族对解放军的感情："住在草原上的牧人，/放声对炊烟欢笑；/住在雪山上的猎手，/伸手把炊烟拥抱。"最后，诗人以拟人化的手法展现了战士们美好的希望："炊烟呵炊烟，/愿你升得更高，/带着我们火般的热情，/把万里冰雪一概融消！"[①]这里，雪地炊烟成了军民鱼水情深的媒介、诗人寄托感情的象征物，给人以自然亲切之感。《月下》通过对农村春夜景色的动态描写来赞美农村的基层干部。先写农村的春夜热闹非常，如"鱼群乱扮子""蛙声如春潮"；再写"报说有人来到"，田野"忽然变得静悄悄"；末了写支书开会回来，春夜顿时欢腾起来："青蛙听出脚音，/在身后竟把鼓敲，/一阵热烈的欢迎，/把他送过小桥。//鲤鱼看清面影，/一下蹦得老高，/错把月光当水，/向着银空飞跃……"[②]诗人把春夜常见的蛙鸣鱼跃等现象进行夸张和拟人化，用来衬托农村基层干部白天劳动、夜晚工作的好品质，写得细腻生动、富于生活情趣。其他如《我是巴山了望哨》《山中有雾》《还乡行》等诗也都有构思巧妙、奇想迭

---

① 梁上泉：《梁上泉诗选》，成都：四川文艺出版社，1993年，第15-16页。
② 梁上泉：《大巴山月》，重庆：重庆人民出版社，1962年，第57-58页。

出的特点。《唐柳》《雪山的雪》《雨后》《草地的草》等写景咏物的小诗，也都写得意境清新、秀丽可爱。《小白杨》以物喻人，把边防小白杨的成长、小白杨的品格与边防战士的戍边精神和爱国情怀融为一体，生动形象，特别感人，经谱曲后到处传唱，成为军旅歌曲的经典之一。

梁上泉诗歌的艺术形式是发展变化的，20世纪50年代初以学习民歌为主，句法比较整齐，50年代后期受古典诗词影响，把古典诗词的句法同自由体诗的句法结合起来，追求语言形式的灵活多变。比如："长城高，/千山小，/塞小白云多，/拦住了高飞鸟。/铁壁万里长，/屹立到今朝，/风风雨雨两千年，/巍然摧不倒！"（《塞上高歌》）①这些诗句长短参差，声韵铿锵，以活泼自然的节奏表现了豪壮的气势，显示了诗人锤炼语言的功力。

诗人严辰曾说，读梁上泉的诗好像刚从彩色的河流上走过，满目花柳映月，潺潺流动的清溪映照着时代的光辉，徐徐清风吹拂令人沉醉，给人以喜悦兴奋之感。当然，梁上泉的某些诗还显得不够厚实、深刻。

第六节 月亮词家：石祥②

石祥是从河北农村走出、在军营成长的一位优秀的军旅派诗人、颇有影响的歌词作家。他1958年加入中国人民解放军之后，就一直生活在解放军的大家庭之中，而且一直生活在基层，即使后来调到军中专门负责文艺创作的领导部门，仍坚持把大部分时间用在深入部队生活上，和基层一线的战士、指战员生活在一起，战斗在一起。他的第一部诗集《兵之歌》就是他入伍之后从一个战士的角度以第一人称口吻写下的，描写了军营生活的真情实景。他的诗大都短小精悍，易记易诵。《学步》就是如此："莫笑俺十七大八才学步，/今年开春刚入伍。/走

---

① 《英雄的土地·诗选·第2辑》，太原：山西人民出版社，1957年，第5页。

② 石祥（1939—），原名王石祥，河北清河人。从小热爱诗歌，1958年参加中国人民解放军以后，真正开始写诗，1964年从连队调到北京军区政治部战友文工团工作，后调到北京军区政治部文艺创作室任主任，为第五届全国人民代表大会代表、中国音乐文学学会副主席、中国作家协会和中国音乐家协会会员。1964年出版第一本诗集《兵之歌》（1972年再版），1977年出版诗集《新的长征》，1981年出版诗集《骆驼草》，还出版了歌词集《日 月 星》和词话集《月下词话》等。是当代颇有影响的军旅派诗人和歌词作家。

齐步——跟不上脚；/拔慢步——腿挺不住。//多想有哥哥领一领，/多想有妈妈扶一扶！/班长过来纠正我，/口口声声象（像）慈母：//'走齐步——甩开臂；/拔慢步——收小腹；/挺胸阔步向前进，/风吹雨打莫含糊！'//一边说，一边做，/一边领，一边扶；/多少英雄的第一步啊，/出自部队这个大熔炉！"①这首诗是写一个新兵在连队"学步"的真正感受，把新兵思念亲人的心理活动、部队战友间的情谊写得逼真感人。其他如《爬绳》《过冰河》《瞄星星》《对刺》《托砖》《拔河》《知了》《枪》《桥头哨兵》《编筐谣》等诗都是诗人入伍从军、操练学习的真实写照，既写了军事训练的艰辛，也写了战士刻苦操练的意志与一不怕苦、二不怕死的精神。即使是咏物诗，也充满战士的情怀："长在路边，让行人乘荫；/长在戈壁，把风沙挡住；/长在海岛，保卫着祖国的每一滴水；/长在山冈，守护着祖国的每一寸土。"（《树》）②《骆驼草》这部诗集名为咏骆驼草，实则赞美守卫沙漠边陲的战士的风格和品格。诗人将战士的思想、情感通过骆驼表现出来："颠不翻的船，/挡不住的车。/驼峰巍峨，是我们活动的哨所；/驼铃叮咚，日夜为我们唱歌。""你一身能负多少重啊，/驮着千里风沙，万里山河！/你却一声不吭，只用行动告诉我，/该怎样以苦为乐，保卫祖国！"（《我爱你呀，金色的骆驼》）③"驼峰啊是侵略者越不过的险峰，/哨兵啊是驼峰上四季长（常）青的劲松。/驼峰、哨兵——祖国的钢铁屏障，/挡得住西伯利亚的寒流、狂风！"（《驼峰》）④"骆驼草像不像潜伏哨？/潜伏哨像不像骆驼草？"（《骆驼草》）⑤这些诗句铿锵有力，抒发了沙漠边陲解放军战士以苦为乐、艰苦跋涉、卫国保家的革命情怀。我们的军队之所以战无不胜，攻无不克，是因为我们军队的上下级之间、官兵之间是平等的，是同志、是朋友、是兄弟，石祥的许多诗作中表现了部队的团结互助、官兵一致的优良传统。比如，《政委蹲点》《参谋长拉犁》《师政委》《马上马下》等诗表现了解放军指战员身先士卒、严于律己、关爱士兵的优良品质；《谁家住了解放军》《转移》《人桥》《大娘送行》等诗表现了新型的军民关系胜似鱼水情。石祥的绝大部分诗作

① 石祥：《骆驼草》，石家庄：河北人民出版社，1981年，第4-5页。

② 石祥：《骆驼草》，石家庄：河北人民出版社，1981年，第78页。

③ 石祥：《骆驼草》，石家庄：河北人民出版社，1981年，第119-120页。

④ 石祥：《骆驼草》，石家庄：河北人民出版社，1981年，第121页。

⑤ 公木主编：《新诗鉴赏辞典》，上海：上海辞书出版社，1991年，第918页。

是歌颂解放军战士的，歌颂战士对党的忠诚、对祖国的忠贞，《电杆赞》就是其中的代表："钢的筋骨，/铁的身板，/站得正，/看得远。//横——成行，/竖——成线，/英雄的队伍来自哪里？/井冈松、延安柏、太行杉……//炮火里扎根，/弹雨中伸展，/年轮记载着峥嵘岁月，/个顶个经过严峻考验。//老红军的作风，/老八路的信念，/党指到哪里就到哪里，/东西南北，城乡山川……"[①]这首诗以物喻人，写出了人民军队铁的纪律、钢的集体；写出了这支队伍具有井冈山精神、延安作风、太行赤胆；写出了这支队伍在战火中历经磨难、百炼成钢，具有"老红军的作风，老八路的信念"，具有"一颗红心，一身赤胆，/抗腐拒蚀，一尘不染"[②]的本质特征，正因为如此，我们的军队才一往无前。在《民之魂——记"为民模范"周国知》的报告组诗中有一首《兵》，是写一位负伤的志愿军老战士之子周国知的，周国知是从军 5 年的优秀士兵，退伍后 20 年如一日坚持为群众做好事，深受广大人民群众爱戴，殉职在工作岗位上，被誉为全国"为民模范"，他曾对妻子说，等儿子长大了，还让他去当兵……诗人据此写了《兵》这首诗。这首诗既写出了几代军人对兵、对使命的理解，又写出了军人对苦乐、对贫富、对名利、对人生的看法。这是关于"兵"的哲学的诗，既有辩证唯物主义的深度，又有历史唯物主义的高度；既是对古今中外"兵"的职责、特性的艺术概括，更是对我国的"兵"的职责、特征的形象描绘；既是从国家的高度明确了对"兵"的要求，更是从"兵"的角度诉说了我国的"兵"对国家的承诺。

除写"兵"之外，石祥还写了许多关于战争与和平的诗、关于继承传统的诗、关于文艺家的诗、关于开国元帅的诗，其中《十五的月亮》和《望星空》是石祥的成名作。《十五的月亮》通过描写一位在边防守卫的解放军战士在十五的月夜对妻子的思念，真实、亲切、生动地表现了战士保卫祖国、保卫家园、在边防"站岗值班""不惜流血汗"的爱国情怀、历史担当、使命感、责任感和自豪感，侧面烘托出妻子生儿育女、孝敬父母、耕耘农田、建设家乡、建设祖国的高尚品格。全诗通过对偶、重复、排比和富于诗情画意的叙事抒情，描写了分处两地的祖国儿女——兵哥军嫂月夜倾吐彼此爱意的情景，展现了他们对祖国共同的真情："十五的月亮，照在家乡，照在边关。/宁静的夜晚，你也思念，我也思

---

① 石祥：《骆驼草》，石家庄：河北人民出版社，1981 年，第 51-52 页。

② 石祥：《骆驼草》，石家庄：河北人民出版社，1981 年，第 52 页。

念。/我守在婴儿的摇篮边，/你巡逻在祖国的边防线；/我在家乡耕耘着农田，/你在边疆站岗值班。/啊！丰收果里有我的甘甜，也有你的甘甜；/军功章啊，/有你的一半，也有我的一半。//十五的月亮，照在家乡，照在边关。宁静的夜晚，你也思念，我也思念。/我孝敬父母任劳任怨；/你献身祖国不惜流血汗/我肩负着全家的重任，/你在保卫国家安全。/啊！祖国昌盛有你的贡献，也有我的贡献；/万家团圆，/是你的心愿，也是我的心愿。"①

《望星空》是《十五的月亮》的姊妹篇，如果说《十五的月亮》是通过写兵哥"想"（思念）妻子来抒发卫国保家的爱国情怀，那么《望星空》则是通过写军嫂"望"星空（丈夫的眼睛）来歌咏他们忠于爱情、忠于祖国的自豪与荣耀："夜蒙蒙，望星空，/我在寻找一颗星；/它是那么明亮，/它是那么深情，/那是我早已熟悉的眼睛。//我望见了你呀，/你可望见了我？天遥地远，息息相通。/即使你顾不上看上我一眼，/我也理解你此刻的心情。//夜深沉，难入梦，/我在凝望那颗星；它是那么灿烂，/它是那么晶莹；/那是我敬慕的一颗心灵。//我思念着你呀，你可思念着我？/海誓山盟，彼此忠诚。/即使你化作流星毅然离去。/你也永远闪耀在我的心中。"②这首诗，主要是用比喻和借代的手法来抒情言志，第一节写"我"寻找并"望见了""一颗星"，那是"明亮""深情""我早已熟悉的眼睛"，虽"天遥地远"却"息息相通"；第二节写"我""凝望""那颗星"，那是"灿烂""晶莹""我敬慕的一颗心灵"，"海誓山盟""彼此忠诚"，"即使你化作流星毅然离去"仍"永远闪耀在我的心中"。《望星空》和《十五的月亮》分别从兵哥和军嫂的不同角度抒发了彼此的思念、信任、感恩、荣耀、忠诚，是和平年代的军人恋曲，是社会主义建设时期劳动者的爱国情诗，它们不仅抒发了兵哥军嫂的爱国深情，而且写出了整个时代、整个民族的心声，因而为人民所广泛传唱。

石祥作为一名坚守信仰、为理想奋斗的无产阶级革命战士、优秀的军旅派诗人，全力讴歌解放军战士的风采、情操、喜乐、意志，歌颂其丰功伟绩，张扬其优秀品质。作为一名优秀的共产党员，作为一位人民艺术家，他根据社会的重大

---

① 高昌、张贤明编选：《中国节日朗诵诗选》，北京：现代出版社，2020 年，第 234 页。

② 王立平主编：《百年乐府——中国近现代歌词编年选·三》，上海：上海音乐出版社，2018 年，第 92-93 页。

事件和文艺界的现状写出了甚为优秀的诗作。1976 年，周总理逝世，反华势力借机生事，国内外敌对势力蠢蠢欲动，政治局势有些动荡不安，在无数悼念周总理的作品中夹杂着不和谐的音调，甚至出现了以悼念周总理为名，实则反对共产党的作品，石祥此时创作的《周总理办公室的灯光》对此作出了有力的回应。诗人从大处着眼，从小处落笔，诗人用周总理办公室的灯光将"南昌的一座平凡的小屋"和"遵义城的一座砖楼"、长征路上的灯草旁和杨家岭的"窑洞"、出国访问的机舱和巡视祖国的列车等串联起来，描述了周总理伟大的一生：为人民鞠躬尽瘁，死而后已。写了周总理奋斗的历程，写了周总理高尚的品质，写了周总理在中国革命的转折关头如何紧跟毛主席，按照毛主席战略部署前进。南昌起义打响了武装反抗国民党反动派的第一枪，在中国革命史上是极其重要的一页，毛主席领导的秋收起义，明确了"军叫工农革命，旗号镰刀斧头"（《西江月·秋收起义》），之后开创了"革命根据地"。石祥在诗中写道："看！周总理从上海工厂走来，/又奔上南昌起义的大道——/在南昌的一座平凡的小屋里，/周总理办公的灯光呵，/和启明星一起破晓！/韶山的朝阳照亮东方，/井冈的明月红了一角，/周总理办公的灯光呵，/化作燎原的一支熊熊火苗！"[1]可见，诗人是尊重历史、尊重事实的，这同某些歪曲历史的作家是截然不同的。这种尊重历史的精神还表现在其描写遵义会议的诗节中："遵义城的一座砖楼里，/楼下周总理办公的灯光呵，/和楼上毛主席办公的灯光相照。/在二楼会议室的一盏吊灯下，/毛主席拨正船头，绕过暗礁；/周总理举起双手欢呼，/确立了伟大领袖毛主席的英明领导！"[2]诗人还写了新中国成立后，周总理仍夜以继日地工作，以至于"眼——熬红了！/脸——消瘦了！/直到生命的最后一息呵，/还在灯下默诵毛主席的诗稿！"[3]这首诗真实、真挚、真诚、科学地再现了历史，尽管有个别地方因为受当时历史条件局限不够恰当，但诗中坚持突出周理和毛主席在漫长革命斗争中并肩合作、默契配合、生死与共的情谊。诗人尊重历史、尊重领袖的科学态度，

---

① 四川人民出版社：《人民的怀念·纪念敬爱的周恩来总理逝世一周年诗选》，成都：四川人民出版社，1977 年，第 120-131 页。

② 四川人民出版社：《人民的怀念·纪念敬爱的周恩来总理逝世一周年诗选》，成都：四川人民出版社，1977 年，第 131 页。

③ 四川人民出版社：《人民的怀念·纪念敬爱的周恩来总理逝世一周年诗选》，成都：四川人民出版社，1977 年，第 133 页。

及其政治眼光、艺术胆识，在当时是极其难能可贵的。

当时，资产阶级自由化的阴风不仅在政治上施虐，同时在文坛上施暴，打着重写文字史的旗帜，大搞历史虚无主义，否定革命文艺、工农兵文艺、社会主义文艺，大肆打压、否定、贬斥无产阶级作家、人民作家，相反，对资产阶级文艺、小资产阶级文艺、汉奸文艺却大肆吹捧，吹嘘资产阶级作家、汉奸作家。石祥站在人民大众的立场，站在中国共产党党员的立场，勇敢地、艺术地为人民的诗人"树碑"，为革命的作家"立传"，写下了《艾青是一滴泪水》《贺敬之是一首诗》《田间是一名鼓手》《魏巍是一座山》《启功是一支笔》《乔羽是一支歌》《柯岩是一团火》等一系列歌吟人民文艺家的诗篇。这些诗既抓住了这些文艺家的共同特点——与人民同心，与革命同步，即使遭遇委屈仍矢志不渝、初心不改，用他们手中的笔为人民歌唱；又突出了每个艺术家不同的人生经历、艺术特征、在文艺史上的地位，把他们的代表作品、经历、遭遇、品德巧妙地融入诗中，让人谈其诗如见其人，肃然起敬。写柯岩的诗把当代杰出的女作家柯岩的文品、人品、艺术成就及其成长形象而深情地抒写出来，全面而深刻、情真而词妙，令人感佩。这些诗是对当时文坛上刮起的一股远离中心、去中国化、去政治化之风的有力批驳，具有祛邪补正、正本清源、激浊扬清的作用。石祥还有不少有关战争与和平的诗，如电视交响诗《和平之魂》、继承革命传统学习英雄模范的《井冈翠竹》《雷锋之路》《再唱南泥湾》等，这些诗都写得铿锵有力、积极向上，饱含了战士的心血、战士的精神、战士的愿望。

石祥曾说，他的创作始终坚持言战士之志，抒战士情怀，壮我军之威，展英雄之风，为人民鼓与呼，为时代吟而唱。在他的诗中，人民是主角，工农兵是主角，他歌颂的是人民战士、人民政党、人民公仆、人民领袖、人民作家，张扬的是社会主义的正气、社会主义的真善美，鞭笞的是有害于社会主义的假丑恶。他说文艺作品要为人民大众而创作，为人民大众所利用，诗歌要从纸面上站起来，走到广大人民群众中去，能通过现代多媒体传播到人民群众中去。从 20 世纪 60 年代末期至今，他创作的诗歌被谱成曲广为传唱的有：《毛主席啊，我们永远忠于您》、《毛主席各族人民心中的红太阳》、《老房东"查铺"》、《一壶水》、《战士想的是什么》、"连队生活歌曲"（六首）（《早操歌》《打靶歌》《投弹歌》《刺杀歌》《夜行军歌》《擦枪歌》）、《祖国一片新面貌》、《八一军旗高高飘扬》、《十五的月亮》、《望星空》、"军人道德组歌"（八首）（《听党指挥歌》《爱国奉献歌》《爱军习武歌》《严守纪律歌》《官兵友爱歌》《艰苦奋斗歌》《革命气节歌》《文明礼貌歌》），还有一些专题歌曲如《高举起亚运会的火炬》《让辉煌永恒》《中国人民解放军驻香港部队军歌》《国防科技大学校歌》《八荣八耻人人须知》等。他早期的诗风受田间等革命诗人影响很大，语言通俗明朗，句式精短含蓄，结构整齐，音韵和谐，易记易诵，多用比喻、排比、重复等艺术手法；后期诗风在前期基础上多了联想和抒情。他的诗既具有阳刚之气，也具有阴柔之美，往往是两者的结合，但主要是阳刚之气。军人的正气、革命者的骨气、劳动者的勇气、共产党人的朝气是其诗歌的主旋律。

第七节 迷恋光的诗人：峭岩①

峭岩是一位无产阶级战士，是一位才华横溢、创作成果丰硕的军旅派诗人。他的《星星，母亲的眼睛》《一个士兵和一个时代的歌》等诗集包含了歌颂解放军战士的革命英雄主义和爱国主义精神的诗篇。《走向燃烧的土地——魏巍》生动真实地描写了从革命战争中走出来的无产阶级革命作家坚定的革命信念和对无产阶级革命文学的卓越贡献。长篇叙事诗《高尚的人》歌颂了无产阶级国际主义战士白求恩的高尚品质。长篇叙事诗《烛火之殇——李大钊诗传》是他的力作之一，长诗以恢宏的气势、真挚的感情把李大钊非凡的革命人生、刚柔相济的性格、横扫千军的文章与秀美壮丽的山河、诗人的赤子之心和军人情怀融为一体，谱写了一曲革命先驱者无私无畏、伟大崇高的悲壮史诗。

纵观他的作品，内容丰富，题材多样，有诗歌、散文、随笔、评论、报告文

① 峭岩（1941— ），历任北京军区工程兵政治部干事、解放军出版社副社长兼编审、《华夏诗报》执行总主编。为中国作家协会会员、中国诗歌学会常务理事、中国散文诗学会理事。1960 年开始发表作品，出版的短诗集有《放歌井冈山》、《星星，母亲的眼睛》、《繁花集》（与蓝曼等合著）、《峭岩诗选》、《凝眸辉煌》、《绿色的情诗》、《浪漫军旅》等；长篇叙事诗有《高尚的人》《一个士兵和一个时代的歌》《遵义诗笔记》《烛火之殇——李大钊诗传》等；散文集有《士兵的情愫》《走近阿尔卑斯山》《怀念那片水杉林》等；传记文学有《走向燃烧的土地——魏巍》等。作品曾获多项奖项。

学等，琳琅满目，五彩纷呈。①他的诗既有短章又有长卷，既有军旅诗又有爱情诗，既有抒情诗又有叙事诗，颂歌与战歌、情歌与牧歌，共同组成了他的雄壮而又优美的时代交响乐和心灵交响曲。其中影响最大、最主要的长篇当属表现重大历史事件的政治抒情叙事诗《遵义诗笔记》。这是一部歌颂中国共产党从幼年走向成熟、从苦难走向辉煌，熔历史与现实、抒情与叙事于一炉的长诗，其"以其不同凡响的艺术魅力，照亮我们的心灵"②，是当今诗坛最具仰望高度的红色军旅诗篇之一③。

　　《遵义诗笔记》的第一个特点是，本着"大事不虚，小事不拘"的艺术原则，对遵义会议在中国共产党及其领导的革命史上的至关重要的作用给予了生动形象的描述和富于诗意的阐释。诗人没有亲历遵义会议，他对遵义会议的了解、分析和评议，主要源于对历史博物馆、党史纪念馆的深入研究，以及实地观察和访问所得。长诗中的历史人物、事件、时间、地点都是可查可考、真实无误的。比如，第三章"热血，在一座山城汹涌与交锋"既略写了"庄严而急迫""雌争雄辩""舌剑唇枪""针芒相对"的会场情景，又回顾了第五次反"围剿"失败、被迫撤离中央苏区的历史："呐喊/厮杀/枪鸣/炮击/血流/尸横……"是毛泽东在万分混乱与危机之中，力挽狂澜，敢于在会上指出："'三人团'犯了路线错误/即进攻中的冒险主义/防御中的保守主义/退却中的逃跑主义/一言九鼎/击中要害。"④又如，第七章"山一程，水一程"是写张闻天的，这章中有更多的艺术想象，但其本质又是真实的。张闻天是 20 世纪 30 年代初中共中央的主要领导人，是王明"左"倾机会主义路线的主要执行者之一，在长征中，张闻天坚决支持毛泽东正确的军事主张，在遵义会议上作了反对"左"倾军事错误的报告。长诗既真实地再现了张闻天的这段历史，又以张闻天"回忆"的方式，写他如何受到毛泽东影响：在香烟的缭绕中"张闻天"倾听毛泽东"说民事"，"在醇香的闽南茶中"倾听毛泽东"讲战争"，在"木炭的火炉旁"倾听毛泽东说反

---

① 张同吾：《英雄交响诗与心灵奏鸣曲》，见绿岛：《峭岩诗歌审美向度与历史定位》，香港：国际炎黄文化出版社，2014 年，第 1 页。

② 兰草：《编后记·大诗铁血写遵义》，见峭岩：《遵义诗笔记》，北京：解放军文艺出版社，2011 年，第 274 页。

③ 峭岩：《峭岩文集·第 12 卷》，北京：解放军文艺出版社，2014 年，第 353 页。

④ 峭岩：《遵义诗笔记》，北京：解放军文艺出版社，2011 年，第 45 页。

"围剿"；写他在"野战军四面受敌"时向毛泽东"求救"，毛泽东"斩钉截铁"给出回答："放弃""会合湘西二、六军团"的计划，"改道"敌人"兵单力薄"的"贵州"。这是历史的真实和虚拟的想象的结合，让人产生共鸣。[1]再如，第十二章"歌声，从黑夜唱到天明"既准确无误地写下了"长征后仅剩六千多铁血兄弟中/惟（唯）一的 30 名女人"的真实姓名，又详细地描述了陈慧清、贺子珍、曾玉、王泉媛等四位女红军战士各自独特的经历、情感以及她们坚强而柔美的共同品性，这是历史真实与艺术美的生动展现。[2]再如，第八章"土城，一代开国元勋梦开始的地方"，既写了毛泽东、朱德、刘少奇、邓小平、彭德怀、林彪、叶剑英、张爱萍、刘伯承、聂荣臻、罗荣桓等的真实姓名，这是历史的真实；又写了"一位婆婆告诉我/一位当年的兵现在的将军"来青杠坡寻找当年救护他的恩人的故事，这又是虚拟的。[3]军旅派诗人程步涛说得好，峭岩努力抓着那些属于历史本源的东西，像捡拾遗散在历史旷野上的宝石般掬起那些闪烁着人性光辉的情感细节，写成了这部长达 5000 余行的政治抒情长诗。[4]长诗以全新的视角真实地再现了在革命圣地遵义发生过的惊天动地、扭转乾坤的大事件，用敬畏感恩的诗情为我党我军历史上的红色里程碑遵义立传，为我党我军的英明导航者毛泽东等老一辈革命家立德、立言。既展现了我党我军浴火重生、星火燎原的无限潜力与生机，又展现了我党我军领袖毛泽东等力挽狂澜的超强智慧与担当；既张扬了人民是推动历史前进的真正动力的真理，又抒发了诗人对革命理想、对前辈的仰望与崇敬。从而达到了诗人预想的创作意图："遵义毕竟是一座丰碑，是我党我军历史浓重的符号。是一段可歌可泣，可鉴可塑的历史。""让我们在一种正义和光芒中获得力量、生命和呼吸。"[5]

《遵义诗笔记》的第二个特点是成功塑造了毛泽东大智大勇、雄才大略的人民领袖形象。要写遵义，必须要写毛泽东，毛泽东是遵义会议的主角、中国人民的领袖、新中国的缔造者。全诗没有专章专节来写毛泽东，然而各章各节都凸显了毛泽东，以散点聚焦的手法，以笔记的方式，灵活机动地从各个方面，或隐或

---

① 峭岩：《遵义诗笔记》，北京：解放军文艺出版社，2011 年，第 94-98 页。

② 峭岩：《遵义诗笔记》，北京：解放军文艺出版社，2011 年，第 160 页。

③ 峭岩：《遵义诗笔记》，北京：解放军文艺出版社，2011 年，第 111-112 页。

④ 峭岩：《峭岩文集·第 12 卷》，北京：解放军文艺出版社，2014 年，第 340 页。

⑤ 峭岩：《遵义诗笔记》，北京：解放军文艺出版社，2011 年，第 268 页。

显、或浓或淡地渲染、衬托了毛泽东卓越超群的文韬武略和人格魅力。诗中写了周恩来、张闻天、朱德、彭德怀等党的领袖人物，也从侧面凸显了毛泽东的出类拔萃、卓越超群。比如，第七章写张闻天的"初衷"是好的，他从莫斯科来，但"徒有书本上的马列"，缺少"泥土的浸润"，"难以驾驭""复杂的斗争漩涡"[①]，他是在毛泽东的影响下才从"左"倾机会主义的泥潭中挣脱出来的。又如，第十章诗人通过写苟坝满怀敬意地赞扬了毛泽东的人格魅力。诗人先用比喻、拟人的手法赞美苟坝是"一粒世外抛弃"的"玉石"，进而指出苟坝会议在中国革命史中的"决策性""战略性""堪与昆仑相比"。接着写会议上的"激烈""争论"；写周恩来"描述"毛泽东"半夜提马灯又找我"，"我接受了毛主席的意见"；"1935 年 3 月 12 日"产生了"新的'三人团'"，"毛泽东登上了党指挥枪的最高舱位"。诗人"怀着难言的兴奋""提着振翅欲飞的心翼"描绘苟坝的山灵水秀："飞泉溪流""奇花异树""承受大地高山的恩泽/有着得天独厚的骄傲"；称苟坝"成全""伟人的大业"，是"为了民族的涅槃"，"高过娄山巅峰"，"瞩望风涛万里……"[②]第十一章写红军四渡赤水，没写"四渡"的详细过程，而是写了毛泽东出征指挥红军绝处逢生、"甩"掉敌人、"挥师东渡"[③]。第九章"娄山关的高度，只有鹰知道"主要是写娄山关战斗的，诗人把彭德怀指挥的精彩之战与毛泽东的旷世之诗联合起来，把诗人、历史、战士融为一体，凸显毛泽东统帅兼诗人的神情风采："他——毛泽东/难得的镇定与沉静/他脚踏山脊/展目远眺/群山拥戴/万木亲和/侧目/山下大军奔逐/气吞万里如虎/长空行雁争飞/晨曦朗照天宇/也就在这时/一股诗兴与豪迈/从远古浩荡而来/浩荡而来……"[④]诗人还写了毛泽东与战士、毛泽东与老百姓的血肉之情，以及毛泽东与贺子珍相濡以沫的夫妻情、同生共死的战友情。

《遵义诗笔记》的第三个特点是成功地塑造了一个抒情兼叙事的主人公"我"的形象。"我"既是诗人，又超越诗人；既是现实的，又是历史的，更是

---

① 峭岩：《遵义诗笔记》，北京：解放军文艺出版社，2011 年，第 90-91 页。

② 峭岩：《[之十]苟坝，深藏历史的细节》，2012 年 11 月 21 日，http://www.crt.com.cn/news2007/news/ZYSBJ/121121135644854IE64JFHBCKF89CCGB.html。

③ 峭岩：《[之十]苟坝，深藏历史的细节》，2012 年 11 月 21 日，http://www.crt.com.cn/news2007/news/ZYSBJ/121121135644854IE64JFHBCKF89CCGB.html。

④ 峭岩：《遵义诗笔记》，北京：解放军文艺出版社，2011 年，第 127 页。

属于未来的。"我是军人/骨子里有红军的血统"①，有红军的红色"基因"。
"我"时而是记者，"穿越"历史时空，在长征路途中采访，寻觅、描绘途中的
千山万水；时而是长征的战士，与英雄们一起跋山涉水、攻关夺隘；时而为长征
途中苏区的农民，诉说军民鱼水之情；时而扶摇九天之巅，时而化为山岳，时而
变为流云，时而潜入江河之底；时而"跟着树的脚步行走"②，时而变为长征战
士的"一杆枪"；时而与毛泽东交谈，时而与周恩来会晤；时而俯瞰，时而侧
视；更多、更主要的是以后来者、红军后代、普通的老百姓、中国共产党党员、
解放军战士的身份"仰望""追寻""叩拜"长征悲壮的历史、遵义"热血的聚
会"，以及以毛泽东为首的中国共产党人苦难辉煌的"曲曲弯弯的征路"，并且
要"穷尽"自己"血的奔流"，"穷尽"自己的"生生死死/死死生生……"③在
强渡乌江时，"我"加入耿飚、杨成武的队伍，成为红四军团的一员；在遵义，
旧地重游的"我""是我的前辈的替身"，"因为我的前辈红军爷爷/红军奶奶/
红军叔叔/红军婶婶/在这里住过"，"我"努力寻找"一个神奇"，"它是如何
扭转了航船/拨动了历史的风雨……"④这一章由"我"的所见所闻展示了毛泽东
独具慧眼、斩钉截铁、当机立断的统帅智慧与风采。在女红军街"我""想做一
个孩子""想做一次丈夫"，"更想做一名歌手"，"把心掏出来/把情撒出来/
把血烧起来/把爱倒出来/歌一曲绝唱"⑤；在"红军书屋""通红桥"，在遵义
茶馆、酒店，"我"的心"没有平静的时候"⑥，"我"是"一个信仰与迷恋光
的歌手"，"我以一生的声嘶力竭/扑向光的诞生并专注火的燃烧"⑦，"我"
"装一袋诗的种子/携一缕领袖的豪迈/一路行走/沿途播撒……"⑧"我"不仅是
历史的见证者、亲历者，而且是历史的"仰望"者、"叩拜"者、"追寻"者、
"传播"者，"我是军旅之河的一朵浪花/我是长征路上的一声马蹄/我自认血管

---

① 峭岩：《遵义诗笔记》，北京：解放军文艺出版社，2011 年，第 223 页。
② 峭岩：《遵义诗笔记》，北京：解放军文艺出版社，2011 年，第 195 页。
③ 峭岩：《遵义诗笔记》，北京：解放军文艺出版社，2011 年，第 265-266 页。
④ 峭岩：《遵义诗笔记》，北京：解放军文艺出版社，2011 年，第 35-44 页。
⑤ 峭岩：《遵义诗笔记》，北京：解放军文艺出版社，2011 年，第 161-162 页。
⑥ 峭岩：《遵义诗笔记》，北京：解放军文艺出版社，2011 年，第 200 页。
⑦ 峭岩：《遵义诗笔记》，北京：解放军文艺出版社，2011 年，第 262 页。
⑧ 峭岩：《遵义诗笔记》，北京：解放军文艺出版社，2011 年，第 128-129 页。

里有火的燃烧"①，在"仰望与行走之间/歌唱不断……"②"我"把从党的成立
到新中国成立再到改革开放以来漫长的历史浓缩于一身，"我"犹如一根金线把
遵义会议前后的各个历史事件、历史人物串联起来拼成了完整的历史。这个
"我"就是贺敬之所谓的"大我"和"小我"的结合。这个"我"既是对贺敬之
《放声歌唱》和《"八一"之歌》、田间《赶车传》等抒情诗、叙事诗中抒情主
人公的继承，又是在前人基础上的创新和发展，这是诗人对当代叙事诗歌艺术的
主要贡献。

《遵义诗笔记》的第四个特点是结构新奇、独具匠心。全诗采用了灵活随意
的诗笔记形式，看似用诗在记录关于参观、访问遵义的笔记，实则是用笔记这一
灵活便捷的形式创作关于遵义的史诗，塑造红军战士和红军领袖的群像，是笔记
与历史的有机结合。全诗除序诗与尾歌外，由 19 章组成，19 章诗作分别或写一
场景，或写一战役，或写一故事，或写一群体，或写一人，或写一地方，每章都
有头有尾，有因有果，由抒情、叙事、议论有机组成，独自成篇，分则各自成
章，合则连为一体，抒情叙事主人公"我"灵活机动地活跃在每章中，把类似分
散的历史碎片黏连在一起、整合在一起，达到以笔记记事写史、以诗写人显神的
目的。全诗布局谋篇疏密相间、有繁有简、刚柔相间、有张有弛、颇有章法。比
如，乌江之战就写得有声有色，既有惊涛骇浪、千难万险，又有顽强拼搏、化险
为夷；既有双方将士对垒，又有猛士冒死渡江；既有英雄群体浴血奋战的场景，
又有川伢子、高有才、赵勇手等勇士舍生忘死拼搏的个体描述。再如写女红军的
专章，既有对 30 位女英雄真实姓名的记载，也有关于贺子珍、曾玉、王泉媛等
个人坚韧不拔、可歌可泣的"凄美得惊世骇俗""泪飞心啸"③的故事。全诗不
论是写高级指战员还是写普通战士，不论是写高山大河，还是写树木花草，都或
显或隐地衬托诗中的主要人物毛泽东，这是历史的真实与艺术的真实的巧妙结
合，也是完全符合客观规律的。

《遵义诗笔记》的第五个特点是运用了灵活多样的现代诗体、丰富多彩的民
族语言。首先，诗体是多少不一的多言和参差不齐的多行的有机结合，既有楼梯

---

① 峭岩：《遵义诗笔记》，北京：解放军文艺出版社，2011 年，第 255 页。
② 峭岩：《遵义诗笔记》，北京：解放军文艺出版社，2011 年，第 266 页。
③ 峭岩：《遵义诗笔记》，北京：解放军文艺出版社，2011 年，第 175-176 页。

式，也有民歌体，在自由形式中力求语句短小、精练、简洁、整齐，力求语言新奇、意象鲜活。比如，"他们泪别瑞金而来/他们闯过湘江而来/他们撕碎心肺而来/他们掩埋了爱情而来……/风雨如磐/他们出发/脚踩两个字——长征/古往今来第一次/它注定悲壮而凄美/它注定壮丽而宏阔/这是后来人的总结：/宣言书/宣传队/播种机/世上最难的路/走了/世上最酷的山/爬了/世上最苦的日子/过了/世上最悲的泪/流了//然而/也谱写了世上最奇绝的史诗/成为历史上大美的永恒"①。这是诗人在第三章中对长征的赞美，形象生动，言简意赅，宛如一首概括力强的抒情诗。再如，"泥巴也有思想/泥巴也会浪漫/刻刀也有艺术之魂/也有通达宇宙的灵感/这些用岁月的精液合成的泥巴啊/再现了一幕活着的历史"，这是对遵义展览馆雕像的描绘，诗人给这些无生命、无声、无情的雕塑赋予了生命、情感、声音。接着诗人以"仰慕"的姿态，再现了"雕塑艺术大师""指缝间滴下的诗行"，再现了遵义会议主要参与者各具特色的形、神、情、思②。再如，第十五章"摸一摸她，一路吉祥平安"写的是铁匠向毛泽东讲述的关于"红军菩萨"卫生员龙思泉的不是神话、胜似神话的故事，她"像一只神鸟/扑打着五彩的羽翼/落在领袖热腾腾的心里"，后被艺术家化为"一尊女红军的雕像"，被人们称为"红军菩萨"，人们争着"去献花""去焚香祭拜""去摸她的脚"，以求"保健康""保平安""保子女""保老人"。诗人用人们熟悉的乡土气息浓烈的象征性意象，如"旗帜""柴米油盐""村前街口""乳汁和米汤""眼泪和怀抱""鸡蛋和微笑"，以及一些富有历史意味的情景，如"背枪上路的叮嘱"、"战火燎烧婴儿啼哭"、"医治""伤口"、"养活""我们"、"送我们上路"等来书写"军和民/鱼和水""相亲相爱""相拥相抱"的挚情，用"军和民加起来/就是一个中国/枪刺和镰刀竖起来/就是一个民族的自豪……"③来象征军民团结、国强邦兴，不落俗套，令人回味。其次，活用古今诗词、成语典故、民歌民谣，既增加了长诗的地域文化色彩与历史容量，又使诗的语言丰富多样、耐人寻味。比如，"红军哥，慢些走！/妹等哥哥再回头"④等深切地表现了军民深情。再如，迎红桥上当年的阿秀姑娘如今的阿秀婆婆唱的山歌，就是对四渡赤

---

① 峭岩：《遵义诗笔记》，北京：解放军文艺出版社，2011 年，第 35-37 页。

② 峭岩：《遵义诗笔记》，北京：解放军文艺出版社，2011 年，第 51 页。

③ 峭岩：《遵义诗笔记》，北京：解放军文艺出版社，2011 年，第 205-209 页。

④ 峭岩：《遵义诗笔记》，北京：解放军文艺出版社，2011 年，第 37 页。

水战役的民间描述、草根歌唱："七月里来七月半，/红军打回遵义县，/红花冈上摆战场吧，/打得蒋军脚朝天。//八月里来是中秋，/红军转战回贵州，/赤水河上来回走，/打得黔军把命丢……"①特别值得称道的是诗人活用了毛泽东的许多经典论述、经典诗词，如"星星之火，可以燎原""问苍茫大地，谁主沉浮""报道敌军宵遁""风云突变""更喜岷山千里雪""金沙水拍云崖暖""红旗漫卷西风""三军过后尽开颜"，甚至将《忆秦娥·娄山关》全词引入诗中来赞颂毛泽东、彭德怀"前无古人/后无来者"，赞颂"红军是一支不可战胜的队伍"，"是一种特殊材料制成的人群"："双脚可以攀越泰山昆仑""翅膀可以飞越九天层云"②。诗人把毛泽东诗词的英雄气概、乐观主义精神融于自己的长诗之中，锦上添花，恰到好处。再次，比喻新奇、有声有色、生动有力，给人以视觉听觉之美。比如，写"红军书屋"的女主人——苗家的"百灵"："她像山崖上的一枝梅/傲骨洁魂/通透干练/这该不是女红军放置的种子吧/盈盈照人"③，诗人的这一比喻形神兼备、光鲜明亮。再如，写"迎红桥"当年"青枝绿叶"的阿秀姑娘，如今"皱纹笑绽"的阿秀婆婆，嘶哑但深情地歌唱红军的山歌"如挂崖穿林的山泉"般闪闪发光④，诗人化听觉为视觉，情景历历在目。最后，每章开头都有含义深刻、生动形象的"题记"，具有提纲挈领、统摄全章的作用。比如，第二章的题记就别出新意："我要过江/把军衣撕成两片/一片做船 一片做帆/把肋骨抽出/两根/一根左桨 一根右桨/我要过江/红旗在前/我要过江……"⑤诗人用极精练的语言塑造了气吞山河的英雄形象，展示了红军用生命突围的必胜信念和绝处求生的坚强意志。

---

① 峭岩：《遵义诗笔记》，北京：解放军文艺出版社，2011 年，第 199-200 页。

② 峭岩：《遵义诗笔记》，北京：解放军文艺出版社，2011 年，第 122-123 页。

③ 峭岩：《遵义诗笔记》，北京：解放军文艺出版社，2011 年，第 198 页。

④ 峭岩：《遵义诗笔记》，北京：解放军文艺出版社，2011 年，第 199 页。

⑤ 峭岩：《遵义诗笔记》，北京：解放军文艺出版社，2011 年，第 19 页。

第三章

民歌派诗歌

第一节　概述：本土色彩的"民族的诗"

民歌派是新中国的重要诗歌流派之一，民歌派诗歌在新中国诗歌创作中占有举足轻重的地位。

民歌派主要指 20 世纪五六十年代以来，以学习民歌为主，借鉴古典诗词的特点而进行诗歌创作，歌颂新生活，表现人民理想、愿望与追求的诗歌流派。它的代表诗人是李季、闻捷、张志民、阮章竞、乔林等。其中的领衔人物是李季、闻捷和阮章竞。

民歌派诗歌产生的原因有如下几点。

第一，从民歌中汲取营养发展诗歌（文学）是古今中外文学发展的共同规律，学习民歌是五四以来新文学、新诗的一个优良的传统。五四之前，提倡"诗界革命"、主张"我手写我口"、"不名一格、不专一体"的黄遵宪就曾向民歌学习以寻求中国诗歌的出路，他创作的《新嫁娘诗》，就是学习民歌创作的新的民歌体诗歌。五四时期，蔡元培、刘半农、沈尹默等于 1920 年在北京大学成立了歌谣研究会，1922 年出版了《歌谣周刊》，到 1925 年共发表了 2000 多首民歌民谣。《晨报》也发表了不少民歌。顾颉刚、魏建功等也收集过民歌民谣。胡适认为民歌的风格自然流利，俗歌里有许多可以供我们取法的风格与方法①。朱自清说："我们主张新诗不妨取法歌谣，为的使它多带我们本土的色彩；这似乎也可以说是利用民族形式，也可以说是在创作一种新的'民族的诗'。"②

五四时期学习民歌创作新诗而取得了一定成绩的诗人有刘半农、刘大白、康白情、陶行知等。刘大白的《卖布谣》《田主来》《割麦插禾》《卖花女》等就是很有影响的民歌体新诗。诗人李金发曾搜集出版过《客家山歌》《岭南情歌》等民歌集。以鲁迅为代表的左翼作家更是重视民歌，鲁迅不仅发表了许多关于民歌的言论，而且还用民歌体写了《好东西歌》《公民科歌》等诗歌。中国诗歌会为了克服五四以来新诗没有节奏、没有韵，唱不来、记不住的缺点，曾广泛搜集、研究各地民歌，并且写出了许多具有民族风格的诗歌。

1942 年毛泽东的《在延安文艺座谈会上的讲话》发表之后，一批解放区的文艺工作者、诗人和国统区的进步诗人，比较自觉地、有意识地深入民间，搜集民歌、学习民歌，创作了一些受民歌影响或借用民歌形式的优秀的诗歌作品，如李季的《王贵与李香香》、阮章竞的《漳河水》、田间的《赶车传》、艾青的《吴满有》、张志民的《野女儿》《死不着》《王九诉苦》、李冰的《赵巧儿》、贺敬之的《南泥湾》《七枝花》，以及艾青、田间、方冰、柯仲平、邵子南、公木、魏巍等人的短诗和国统区进步诗人袁水拍、丁力等的作品。诗人艾青曾用亲身经历说明自己是如何由"过分爱好新形式，盲目崇拜西洋的风气""脱离了实际，脱离了群众"，而转变为"和革命的实际相结合""和革命的群众相结合""面向工、农、兵"，创造"使劳动人民都能喜闻乐见"，具有"中国作风、中国气派"的作品的。他说只有立场转变之后，才能认识到民间文学、民歌的真正价值："民间文艺中有非常丰富的宝藏。陕北的民歌，尤其是'信天游'部分，充满了无数热情而又美丽的句子……""这些作品，纯真、朴素，充满了生命力，而所有这些正是一切伟大的文学作品所应该具备的品质。这些正是我们民族的民学遗产当中最可珍贵的一个部分。"③

第二，民歌本身具有强大的艺术魅力。我国是一个历史悠久的统一的多民族

---

① 胡适：《胡适文集 3》，北京：人民文学出版社，1998 年，第 196 页。

② 朱自清：《真诗》，见《新诗杂话》，北京：生活·读书·新知三联书店，1984 年，第 88 页。

③ 艾青：《谈大众化和旧形式》，见《艾青选集·第三卷》，成都：四川文艺出版社，1986 年，第 164、166 页。

国家，有丰富的民歌资源。民歌是劳动人民的创作，来自民间，来自乡野，最能表现劳动人民的生活诉求和精神状态。民歌是诗歌的源头，是最通俗、流传最广、为广大劳动人民喜闻乐见的诗歌形式。民歌是丰富多彩的，在我国，不同民族有不同形式的民歌，有的句子较整齐，有的长短参差，有的篇幅短小，有的结构恢宏，有的风格清新，有的气势磅礴……学习民歌有利于诗歌形式多样化的发展。各民族在长期的精神文明创造的过程中，创造了各自的"英雄史诗"，如汉族的《黑暗传》、藏族的《格萨尔王》、蒙古族的《嘎达梅林》、彝族撒尼人的《阿诗玛》等。它们为新中国长篇叙事诗的发展提供了丰富的可资借鉴的极其宝贵的诗歌精神和诗歌形式。民歌大都音韵铿锵、节奏鲜明、平易通俗、朗朗上口，合乎广大劳动人民的欣赏习惯、审美要求，这和鲁迅对新诗的要求是一致的。鲁迅曾说："诗须有形式，要易记，易懂，易唱，动听，但格式不要太严。要有韵，但不必依旧韵，只要顺口就好。"[1]可见，民歌是发展现代诗歌的基础，也是可资借鉴、学习的丰富的文学资源。当然，对于民歌我们也要坚持两分法，去掉其糟粕部分，汲取其精华部分，将优秀元素融入新诗歌的创造之中。

古今中外很多大诗人都喜爱民歌，对本土、本民族的民歌，尤其钟爱，他们善于从本民族民歌中汲取养料来丰富自己、发展自己，从而创造新的诗歌形式。正如诗人萧三所说："我国著名的古典民间创作例如'诗经'里的'国风'，主要是民间歌谣；屈原的'楚辞'，就是南方楚国的歌辞，地方色彩浓厚，'楚辞'中的'九歌'，原是楚国巫歌的歌辞，有人说，那就是屈原改作的民歌。"[2]李白的浪漫主义的辉煌诗篇就得益于他对魏晋时期的乐府和民歌的深爱；杜甫的现实主义的伟大诗章、白居易平易深厚的现实主义杰作都深受民歌民谣的影响；关汉卿驰名中外的浪漫主义诗剧，其源头多为宋元街头巷尾酒楼茶肆的俚曲民谣。现当代的著名诗人，如郭沫若、闻一多、艾青、臧克家、田间、李季、贺敬之、郭小川、阮章竞、袁水拍、闻捷、张志民、丁力、公刘、张永枚等都从民歌中汲取养料，创作为人民群众所喜闻乐见的优秀诗篇，"一九四五年后，叙事长诗开始陆续出现。《王贵与李香香》（李季，一九四五年十二月）、《赶车传》

---

① 吴奔星选辑：《鲁迅诗话》，天津：天津人民出版社，1981年，第69页。

② 萧三编：《革命民歌集》，北京：中国青年出版社，1959年，第7页。

第一部（田间，一九四六年）、《圈套》（阮章竞，一九四七年三月），这些叙事诗的共同特点是：有意识地学习民间歌谣的形式，音调铿锵，能唱；诗的语言是经过加工的劳动人民的语言，纯朴刚健，表现力强，形象性丰富。这些诗的语言的崭新的色彩，和诗的服务于工农兵的内容，是一致的。这是我国新诗歌在民族化群众化的光荣而艰巨的道路上第一批的收获"。"一九四五年至一九四七年接连出现了叙事长诗，并不是偶然的，只要一看这些叙事诗的内容，就知道那时候中国共产党领导农民进行土地改革引起的伟大的社会变革正如暴风骤雨、惊雷骇电，内容之丰富，使得诗人们非用叙事长诗的形式便不足以反映天翻地覆的变革。"①特别是新中国成立之后，工农兵中，尤其农民中涌现出了一批善于学习民歌、运用民歌来反映新生活的高手，如刘章、严阵、王老九、管用和、黄声孝、习久兰、刘不朽、谢克强、陈有才等。

第三，出于诗人们真诚的愿望、自觉的行为。五四以来，特别是延安文艺座谈会以来，为了创作人民喜闻乐见的民族化的诗歌，诗人们继承五四新诗传统，学习民歌和古典诗词，写出了像《王贵与李香香》《漳河水》等优秀诗篇。新中国成立之后，社会主义建设事业的飞速发展、人民群众日益增长的多种需要，必然引起诗歌形式的发展和变化。诗人们就新诗的形式问题、如何学习民歌展开过热烈的、长时期的讨论，并在实践中作过一些有益的探索。诗人们不仅从汉民族的民歌中汲取丰富的营养，而且到新疆、内蒙古、云南、广西、西藏等少数民族地区去体验生活，汲取少数民族民歌的精髓。新中国成立后，李季编辑出版了《顺天游》民歌集，除自己写"引言"外，还附上了他写于同一时期的论文《我是怎样学习民歌的》。"这本书就不仅给我们提供了迄今为止数量最为丰富、纪录颇为准确的一部宝贵的'顺天游'（即'信天游'）文字资料，而且大大有助于我们加深对这些'顺天游'产生的生活根源和历史背景的理解，有助于我们更好地认识这座具有特殊艺术魅力的民间诗歌宝库的思想价值和艺术价值，有助于认识它的作者们——劳动人民群众非凡的艺术创造才能。同时，它可以使我们更具体地看到诗人李季和陕北民歌特别是'顺天游'的血肉联系，看到一个人民的、革命的诗人是怎样走上健康成长的道路，怎样在肥沃、深厚的陕北民歌的土

---

① 茅盾：《反映社会主义跃进的时代，推动社会主义时代的跃进》，见白烨主编：《中华人民共和国成立70周年优秀文学作品精选·文学评论卷》，北京：北京十月文艺出版社，2019年，第66页。

壤中培育出《王贵与李香香》这株根深叶茂的诗歌之树的。"①新中国成立后，他"试图以民歌为基调，吸收更多的从生活中涌现出来的，适宜于表现新生活的语言来写诗。在形式上，也较多地采用了更易于表达复杂思想感情的四行体"②。《报信姑娘》《只因为我是一个青年团员》《菊花石》等作品就是这种探索的积极成果。贺敬之在 1956 年发表的《回延安》采用的是陕北"信天游"的形式，经过诗人的改造，这种两句一节、可唱可读的形式被赋予了新的生命力，诗人将浓烈的情感融入凝练的诗句中，使原来容量较小的诗节内涵丰富，闪耀着浓郁的民族色彩。张志民、阮章竞、田间、戈壁舟的诗歌基本上属于民歌体，但又各有特色。张志民的诗比较活泼；田间的诗比较严谨；戈壁舟的诗通俗明朗，近于口语；阮章竞的诗则更多地受古典词曲的影响。还有一部分以写自由体诗或十四行诗著名的诗人也把他们的兴趣投到民歌方面，进行了一些试验，他们的创作，对新诗的发展有着积极的意义。比如，我国自由体诗的杰出代表艾青，这一时期有意地学习民歌体写作了叙事诗《藏枪记》和《黑鳗》。前者因拘泥于事件的叙述不能很好地运用民歌形式，失去了艾青特有的艺术个性；后者吸取了前者失败的教训，在语言、音律、结构上有意结合了自由体诗的特点，因而比较成功，节奏和语言自然流畅，具有一种特殊的魅力。

这里，还必须对 1958 年的新民歌运动进行如实的评价。

我国的民歌源远流长。新中国成立以来，反映人民新生活、新思想的新民歌有了很大发展。1958 年，在党中央和毛泽东同志的大力倡导下，全国出现了一个写作新民歌的热潮。这是这一时期出现的一个较为复杂的文艺现象。

1958 年，党的八大二次会议提出了社会主义建设总路线。在这一时期新民歌运动兴起，由郭沫若、周扬合编的《红旗歌谣》，是从当时浩如烟海的民歌作品中选出来的具有代表性的民歌合集，它瑕瑜互见、良莠并存。

首先，新民歌的不少作品抒写了劳动人民对共产党和领袖毛泽东的热爱。他们用"瓜不离秧，/孩不离娘"比喻"中国人民离不开共产党"（《瓜不离秧》）③；用"插秧的雨，/三伏的风"和"行船的顺帆风"（《歌唱毛泽东》）④

---

① 贺敬之：《贺敬之文集·4·文论卷·下》，北京：作家出版社，2004 年，第 165 页。

② 张器友、王宗法编：《李季研究专集》，福州：海峡文艺出版社，1986 年，第 129 页。

③ 中共上海市委宣传部编：《上海民歌选》，上海：新文艺出版社，上海文化出版社，1958 年，第 5 页。

④ 黄露生、廖奇才、王亚元等主编：《红太阳颂》，北京：紫禁城出版社，1993 年，第 14 页。

比喻毛泽东是幸福的源泉。这些作品表现了劳动人民对共产党和毛泽东的热爱与信赖，这是当时的主流。同时，也必须看到有个别作品夹杂着一些封建的、唯心主义的历史观点，过分夸大了领袖和个人的作用。其次，大量的作品表达了劳动人民希望迅速改变祖国贫穷面貌的主观愿望，表现了治山治水、改天换地的干劲和气概。比如，《我来了》《万水千山听调动》《向太阳挑战》《羞月亮》等民歌，大多格调昂扬，气势磅礴。《我来了》是当时颇有影响的一首民歌。全诗以"我""喝令三山五岭开道"的气势，描绘了社会主义建设时期农民的巨人形象："天上没有玉皇，/地下没有龙王，/我就是玉皇，/我就是龙王。/喝令三山五岭开道，/我来了！"①整首诗构思新颖、节奏短促，表现了劳动人民改造自然的坚定决心和乐观精神。再次，还有一些情歌如《锁着太阳留着哥》《妹挑担子紧紧追》《妹妹挑土哥挖塘》《我愿变只多情鸟》等，也写得很精彩，把青年男女的爱情生活和热爱劳动、热爱集体的思想自然和谐地联系在一起，具有鲜明的时代特征。新民歌的形式多种多样，既有格律诗，也有自由体诗，句子大体整齐、押韵，语言通俗，易于流传，是对传统民歌的一种突破。最后，新民歌还活用了一些富有民族特色的故事人物如孙悟空、龙王、嫦娥、吴刚、武松等，增强了民族特色。

周扬在 1982 年指出《红旗歌谣》中搜集的新民歌"表现了人民群众的冲天干劲和无比的革命热情，以及对社会主义和共产主义美好前程的向往"②。此外，由新民歌运动引起的 1959 年前后关于新诗发展道路的讨论，其中虽不无深刻的见解，但有些意见却把新民歌认定为新诗创作的"主流"和"方向"，致使一部分诗人放弃自己原有的创作风格，在"民歌体"的写作中丢失了自己的艺术个性。这是我们应引以为戒的。

民歌派诗歌的主要特点及其局限性如下。

第一，民歌派诗歌强调叙事，强调描绘现实的生活图景和人物的心理活动，具有浓郁的生活气息与鲜明的民族特色和乡土色彩。比如，李季的《杨高传》，就反映生活的深度和广度而言，较之《王贵与李香香》有很大的发展。他写了穷苦的"小羊羔"杨高经过土地革命、抗日战争、解放战争的洗礼，在新中国的石

---

① 南开大学外文系选译：《中国新民歌选·第一集》，北京：商务印书馆，1959 年，第 52 页。

② 周扬：《〈红旗歌谣〉评价问题》，《民间文学论坛》，1982 年第 1 期。

油建设中重立新功的全过程。既有生动的现实生活图景的描写，又有真实的心理刻画，全诗用七言句的民歌和十言句的鼓词组成"四句体"，把七言的民歌的长于起兴、抒情的特点和十言的鼓词长于叙事、铺陈的特点融为一体，因而使全诗不多用夸张的手法即形象鲜明，使千里戈壁和万里黄沙因时代、地域、人物心境的变化而呈现出不同的时代特色和地域风貌。闻捷的《复仇的火焰》，规模宏大，汪洋恣肆，采用了民歌和接近自由体的句法，语句整齐而不呆板，韵律流畅而有节奏，保持了抒情诗集《天山牧歌》民歌清新流利的艺术风格，描绘了具有草原特色的风俗画，在错综复杂的矛盾冲突中塑造了一系列有血有肉的人物形象，是反映西北少数民族觉醒和抗争的史诗性的作品。20 世纪 50 年代，公刘根据云南大理一带广泛流传的民间传说创作的长篇叙事诗《望夫云》，就具有民歌长于叙事、长于描绘情景与人物的特点。全诗写的是古代南诏国一位美丽的公主和勤劳勇敢的猎人相爱的故事，他们遭到了国王和妖僧的迫害，猎人被妖僧所骗，变成"石骡子"沉入大海，公主久等猎人不归，郁郁而终，精气变成一朵白云，飘上了玉局峰顶。长诗的故事情节优美动人，格调纯朴自然，是一部民歌色彩浓郁的叙事诗。马萧萧的《石牌坊的传说》，在汹涌澎湃的农民起义的洪流中，刻画了饱经风霜、善良刚毅、为艺术而献身的老石匠形象。王致远的《〈胡桃坡〉序诗》以"黄龙山莽莽盘高原，羊群儿山顶舔蓝天"[①]的关中地区为背景，描写了贫农胡桃女冯灵秀和母亲胡桃娘在第三次国内革命战争时期对敌斗争的故事，故事有头有尾，叙事完整，全诗采用了"信天游"、"爬山调"和三行一节的七言变体等民歌形式，语言洗练，朴实优美，有浓郁的民族风格。韩起祥根据自己的身世创作的，由王宗元整理的《大翻身记》，通过一个双目失明的民间艺人的遭遇，反映了旧社会人民的苦难和跟着共产党翻身解放的幸福，以生动活泼的语言和浓烈的生活气息吸引着读者。《铁牛传》因为出自一位农民之手而引人瞩目。它以张铁牛祖孙三代的经历为线索，描写了从清朝末年至新中国成立，我国农村社会生活的变迁史，故事生动，语言通俗，颇受农民喜爱。田间的《赶车传》、阮章竞的《白云鄂博交响诗》、梁上泉的《红云崖》、高缨的《丁佑君》、雁翼的《彩桥》等，也都程度不同地受到民歌的影响，有各自不同的艺术特色和成就。

用民歌体创作的叙事诗如此，以民歌体写的抒情诗也是如此。比如，贺敬之

① 白崇义编：《当代百家诗》，北京：崇文堂书店，1987 年，第 333 页。

的《回延安》，是一首抒发一个吃延安的小米长大的革命者对延安母亲的特殊感情的抒情诗。诗人用"信天游"的民歌形式，通过望延安、忆延安、在延安（新延安）、祝延安四部分很自然地描绘或抒写了"游子"回故乡的全过程；既再现了陕北高原和延安特有的风俗画面，又倾吐了抒情主人公内心纯真的激情，生活气息和地域色彩异常鲜明。再如，郭小川的《祝酒歌》表现了 20 世纪 60 年代伐木工人以苦为乐、以苦为荣、战胜风雪严寒、建设祖国的豪情壮志，全诗一波三折，反复咏叹，回味无穷，民歌韵味特别浓烈。其他如李季的《客店问答》、张志民的《赶"巴扎"》，虽前者用的是民歌的二句体，后者用的是四句体，前者采用问答的形式，后者采用叙文的形式，但都以写人物为主，且并没有忽略叙事，现实生活图景都甚为鲜明，为人们所喜爱。

第二，多用比兴、反复等艺术手法，有牧歌与民歌的韵味。原始的民歌的作者大都是劳动者，在当时大部分是不识字的，为了便于在田野、山区、草原传达感情、传递信息，或者谈情说爱，或者交流经验、彼此应对，或者便于记忆、便于传播，在民歌中较多地运用反复、比兴的艺术手法。民歌派的诗人大都善用反复、比兴的手法，他们的作品大都具有一唱三叹、反复吟咏的特点，具有牧歌和民歌的风味。闻捷的诗集《天山牧歌》就具有这种特点。比如，在《苹果树下》中，春、夏、秋时令的变化与苹果树的含苞、结果、果熟的生长过程，以及小伙子和姑娘爱情的萌发、发展、成熟相映衬，既有较完整的叙事，又有生动的比兴，更有合乎逻辑的前后两节有意的重复（有个别字词的变化），全诗旋律优美、色彩绚丽、生动感人。再如《夜莺飞去了》，由"夜莺飞去了，/带走迷人的歌声；/年轻人走了，/眼睛传出留恋的心情"起兴，比喻年轻人远离家乡又留恋家的神情，接着第二、第三节，分别写"夜莺"飞向"天边"、飞向"天空"，这既是叙事、写景又是比兴，进一步写年轻人一方面对新兴工业城市的向往，一方面又爱恋着"心上的人"。第四节用"夜莺怀念吐鲁番，/这里的葡萄甜、泉水清"来比喻"年轻人热爱故乡，/故乡的姑娘美丽又多情"。最后一节与第一节呼应，由"夜莺还会飞来的"引喻出"年轻人也要回来的"，即使是"春天第二次降临""年轻人也要回来的，/当他成为一个真正矿工"。[①]全诗起兴自然，语言流畅，比喻贴切，形象生动，情深意浓。还有郭小川的《祝酒

---

① 闻捷：《天山牧歌》，北京：作家出版社，1956 年，第 26-27 页。

歌》："三伏天下雨哟，/雷对雷；/朱仙镇交战哟，/锤对锤；/今儿晚上哟，/咱们杯对杯！""舒心的酒，/千杯不醉；/知心的话，/万言不赘；/今儿晚上啊，/咱这是瑞雪丰年祝捷的会！"[①]这些诗句节奏鲜明、韵律和谐、朗朗上口，几乎全用比兴，具有鲜明的民歌特色。至于闻捷的长诗《复仇的火焰》、李季的《菊花石》《杨高传》，这方面的特点就更鲜明了。

　　第三，民歌派诗歌的语言朴素、节奏鲜明、韵律和谐。民歌派诗歌接近社会普通群众，接近工农兵，有的诗人本身就是工人、农民或士兵，有的长期生活在工人、农民和士兵之中，因而他们对诗歌的第一个要求是让人能看懂。正如毛泽东所说："无论文艺的任何部门，包括诗歌在内，我觉得都应是适合大众需要的才是好的。现在的东西中，有许多有一种毛病，不反映民众生活，因此也为民众所不懂。"[②]"我们主张新文学要建立在通俗易懂的口语基础上。诗么，主要应该是新诗，让大家都能看懂，而不仅仅为了上层知识分子。"[③]民歌起源于人类维持生存的生产活动，它是人类社会最早出现的口头创作形式，是普通群众用来口头传达情感的方法。初期的民歌往往与音乐密不可分，甚至还与舞蹈有联系，后期的民歌虽渐渐脱离舞蹈，但与音乐仍关系密切，如歌词中的叠用、衬字等在民歌中亦大量运用。民歌语言通俗朴素、音韵和谐也都是与音乐分不开的。既要好懂，又要好记、好背，因此语言必须朴素。只有好诵好记才好流传。比如，《妹挑担子紧紧追》这首民歌是描写 20 世纪 50—60 年代兴修水利时，情哥情妹在工地劳动竞赛的情景："情哥挑堤快如飞，/妹挑担子紧紧追；/就是飞进白云里，/也要拼命赶上你。"[④]这首诗语言朴素，口语入诗，但又形象生动，有比喻、夸张，有浪漫色彩，节奏鲜明，韵律和谐。再如，诗人李季的《柴达木小唱》就是用民歌朴实的语言、鲜明的节奏，描绘了祖国石油基地建设欣欣向荣的繁荣景象，如第二节："黄河长江发源在昆仑，/柴达木井架密如林。/油苗遍地似春草，/风吹原油遍地香喷喷。//这样富饶的地方哪里有呵，/我们的柴达木是个聚

① 郭小川：《郭小川精选集》，北京：北京燕山出版社，2015 年，第 70 页。

② 蔡清富、黄辉映编著：《毛泽东诗词大观》，5 版，成都：四川人民出版社，2015 年，第 595 页。

③ 刘汉民：《诗人毛泽东》，武汉：长江文艺出版社，2001 年，第 353 页。

④ 贾芝主编：《中国新文艺大系（1949—1966）民间文学集·上集》，北京：中国文联出版公司，1991 年，第 539 页。

宝盆。"①这里的诗句，不是标准的三、五、七言民歌体形式，而是以七言"油苗遍地似春草"为主的"七言"民歌体的变化发展，篇幅短小，采用比兴、夸张、问答等方式描绘了盛产石油有如"聚宝盆"的柴达木的美丽与富饶。从中不难发现李季受陕北民歌"信天游"的影响。再如，闻捷的《苹果树下》全诗共五节，每节六行，每行四顿，节奏匀称，韵律和谐，语言明朗，风格清新，如首尾两节："苹果树下那个小伙子，/你不要、不要再唱歌；/姑娘沿着水渠走来了，/年轻的心在胸中跳着。/她的心为什么跳呵？/为什么跳得失去节拍？……""……苹果树下那个小伙子，/你不要、不要再唱歌；/姑娘踏着草坪过来了，/她的笑容里藏着什么……/说出那句真心的话吧！/种下的爱情已该收获。"②首尾两节的开头两行中都用了"你不要、不要再唱歌"，显示了姑娘对小伙子的爱情"行为"进行长期观察、分析思索之后，已成竹在胸，正怀着急切而火热的心情走向小伙子。这里，叙事者与被叙事者、抒情主体与剧中人合而为一，用回环反复的叙事与明白如话的语言，恰如其分地袒露了姑娘急于表白内心世界，又急于抚慰小伙子的心情。

民歌派诗歌也存在一些欠缺或不足。这主要表现在两方面，首先，思想境界不够广阔，尽管出现了《杨高传》《复仇的火焰》《赶车传》等具有宏观叙事的作品，但总的说来，视野不够广阔，描绘的艺术世界显得相对狭窄；其次，艺术手法仅局限于民歌的艺术手法，不够丰富多彩，有些诗明白有余，含蓄不足。

民歌派诗歌在 20 世纪五六十年代形成并走入鼎盛时期，20 世纪末改革开放之风吹遍大地，西方文艺思潮大量涌进，特别是过去被"批评"的现代派诗歌重新兴起，朦胧诗、先锋诗大行其道，不少民歌派诗人也改弦更张，慢慢融入了其他诗歌流派。但是，民歌体的诗歌是不会绝迹的，它仍有强大的生命力和广大的群众基础，如流行于民间的民歌民谣常被刊登于公开发行或半公开发行的民间期刊，《诗国》《新国风》《中国乡土诗人》《国风》等设有民歌民谣专栏。有一部分诗人仍在坚守，特别是一些从事乡土诗创作的诗人如苗得雨、刘章、陈有才、王耀东等，以及以写军旅诗走上诗坛而放声歌唱社会主义建设事业且在艺术上进行各方面探索的诗人如谢克强等就写了许多优美的民歌民谣，歌唱劳动者的

---

① 李季：《李季文集·第二卷》，上海：上海文艺出版社，1983 年，第 94 页。

② 贾梦玮主编：《江苏百年新诗选·上卷》，南京：江苏凤凰文艺出版社，2017 年，第 189-190 页。

爱情与精神诉求。

　　诗人贺敬之说得好："'顺天流，不断头……'——这是在陕北流行的一句群众语言，是李季经常爱引用的。……是的，人民的歌声'顺天游'是不会断头的。一切来自人民并为人民而创作的作品和由它们组成的艺术长河是不会断头的。李季和他的前辈、同辈、后辈几代人共同坚持并努力加以发扬的革命文艺传统，是不会断头的。它存在着，发展着——从昨天，到今天，向明天……"[①]

第二节　"牧歌和战歌"的引领者：李季[②]

　　李季是唱着信天游，唱着陕北民歌，"在三边获得最初的温暖"而走上诗坛的。三边人民在最艰苦的年代里，用小米加酸菜哺养了他，用淳朴的民歌陶冶着他，用可歌可泣的革命事迹启示着他。正如孙犁所说：李季与群众是血肉相连、呼吸相通的，李季是大地和人民之子[③]。李季跑遍了三边的戈壁沙窝、山川沟壑，与边区人民建立了深厚的感情。革命实践使他熟悉了陕北人民可歌可泣的斗争故事及其喜闻乐见的文艺形式。他工作之余，采用群众喜欢的通俗文艺形式，在延安《解放日报》发表了《卜掌村演义》《老阴阳怒打虫郎爷》等作品。这时，他对当地广泛流行的"信天游"民歌产生了特别浓厚的兴趣。他如饥似渴地饱吸着这"山涧的清水，地下的甘泉"；他如痴似醉地听着婆姨们如怨如诉的吟唱竟吧嗒吧嗒地掉下泪来。1946 年秋天，他以"信天游"的形式创作了著名的长诗《王贵与李香香》，通过一对青年男女悲欢离合的故事，描绘了土地革命的

　　① 贺敬之：《贺敬之文集·4·文论卷·下》，北京：作家出版社，2004 年，第 168 页。

　　② 李季（1922—1980），原名李振鹏，曾用笔名里计、于一帆等，河南唐河人。1938 年到中国人民抗日军事大学学习，毕业后，在八路军中任连政治指导员。1942 年冬，从太行山转到陕北三边，担任小学教师和县区行政干部，以及地方石印小报编辑，开始写通讯、小说和诗歌。1945 年底，发表了著名的长篇叙事诗《王贵与李香香》，深受广大群众的欢迎和喜爱。新中国成立后长期生活在玉门、大庆、任丘等石油矿区，为祖国的石油工业建设而歌唱，被誉为"石油诗人"。他曾任中南文艺工作者联合会编辑出版部部长、《长江文艺》主编、玉门油矿党委宣传部部长、兰州市作家协会主席、《人民文学》主编、《诗刊》主编等。他出版的短诗集有《短诗十七首》《玉门诗抄》《李季诗选》等；出版的长篇叙事诗有《菊花石》、《生活之歌》、《杨高传》（包括《五月端阳》《当红军的哥哥回来了》《玉门女儿出征记》）、《石油大哥》等，还出版有小说、散文集。

　　③ 孙犁：《芸斋小说》，天津：天津人民出版社，2011 年，第 196 页。

历史画卷，成功地塑造了王贵与李香香两个光彩夺目的艺术形象。在广阔而深刻的历史背景下概括了当时的时代面貌：广大农民的觉醒过程，波澜壮阔的农村阶级斗争。这首诗具有革命的内容和浓郁的地方色彩，受到广大群众的热烈欢迎，在国内外产生了巨大的影响。这是他创作道路上的一块丰碑，也是新诗学习民歌、与广大劳动人民相结合而产生的为中国人民所喜闻乐见的长篇叙事诗，是新诗大众化、民族化的巨大进步，是"文艺翻身"的"响亮的信号"①，是一部"标志着我国新诗发展史上一个重要的新阶段"②的优秀作品，"他在'五四'以后我国新诗发展中应占有""重要历史地位"③。

李季作为专业诗人的创作生涯是在新中国成立后才开始的。1950 年他编辑了战争年代在陕甘宁边区搜集整理的近两千首"信天游"。这是他专业文学生涯的一次追本求源，也是他在诗歌创作道路上追求超越自己的又一次对民歌和民间艺术的温习，以图获得新的启示和新的借鉴。李季在 1952 年出版了诗集《短诗十七首》，其中，写于 1949 年的两首颇有影响的小叙事诗《报信姑娘》和《只因为我是一个青年团员》，都取材于被诗人称为自己的"生活源泉"和"诗源泉"之一的三边，从生活内容和人物形象来说，都是《王贵与李香香》的继续。诗人以深厚的感情赞美了三边人民在革命战争年代不屈不挠的斗争精神和勇于牺牲的高贵品质。这期间，李季还以湖南民歌"盘歌"形式为基调，创作了长篇叙事诗《菊花石》，塑造了一位处于黑暗势力淫威之下仍忠实于艺术、为艺术创造献身的坚强不屈的动人的民间艺人形象。全诗充溢着热烈的劳动气氛和浓郁的南方生活的民族特色。它是诗人进一步学习民歌，探索表现新的主题和人物，开拓独特风格的一种重要的尝试与探索。但作品也存在着明显的缺点，"作者把人物局限在刻盆菊这一事件上，而盆菊又和革命缺乏有机联系，因而人物未能在阶级斗争中充分表现他们的性格"④。1987 年诗人作过一次修改，企图弥补这一缺陷。他在"重版后记"中指出，"那时所作的这种尝试，不论对我自己，还是对叙事诗写作形式方面的探索，我始终认为是有积极意义的"，同时又"由于没有

---

① 黄曼君、朱寿桐主编：《中国现代文学史》，武汉：武汉大学出版社，2012 年，第 667 页。

② 贺敬之：《贺敬之文艺论集》，北京：红旗出版社，1986 年，第 210 页。

③ 贺敬之：《贺敬之文艺论集》，北京：红旗出版社，1986 年，第 210 页。

④ 李小为编：《李季作品评论集》，长春：时代文艺出版社，1986 年，第 400 页。

能更好地塑造出这些菊花石工匠的完善形象而感到内疚"①。总的来说,这首诗是采用湖南民歌"盘歌"形式创作的,是诗人对叙事诗写作形式进行的新探索。

1952 年冬,李季响应党的号召,率领全家奔赴我国重要的石油工业基地玉门油矿深入生活,之后曾在大庆、任丘等石油矿区生活和工作,他在石油矿区深深地扎下了根。他曾说,"我是和石油结了不解缘,/我的生活的道路,/注定是在充满油香的戈壁滩"②。他说,他一直被这种"美妙、瑰丽的事业和从事这一事业的人们吸引着",他用"全部热情,为它歌唱"。③他从油矿建设中提炼"黑色的琼浆"——石油中的诗意,寻找新的主题、新的形象、新的意境,以一种难以抑制的炽热感情写出了一曲曲石油工人的赞歌,创作出版了长篇叙事诗《生活之歌》和短诗集《玉门诗抄》、《致以石油工人的敬礼》、《心爱的柴达木》、《石油诗》(一、二)等作品。这些诗多方面描绘了我国石油工业蓬勃发展的壮丽图景,歌颂了石油工人的创造性劳动和高贵品质,塑造了许多鲜明生动的石油工人的形象。李季常称自己的诗为"石油诗",石油工人称他为"石油诗人"。他是我国第一个发现石油中有诗的人。他在新中国成立后写的诗,可以说是我国石油工业成长的诗的记录。新中国成立以来,李季还出版了著名的《杨高传》《三边一少年》《幸福的钥匙》《西苑诗草》《海誓》《剑歌》《李贡来了》等诗集,以及《戈壁旅伴》等散文集。李季担任过《诗刊》《人民文学》主编,还创作了长诗《石油大哥》和《红卷》。

李季的诗以大规模经济建设为背景,反映了在荒凉的大西北进行社会主义工业建设的情景。这些诗篇里所描绘的艰苦劳动、所表现的创造新生活的喜悦、所赞美的藐视困难的气概,都鲜明地体现了 20 世纪五六十年代的时代精神,在当时的诗坛上独树一帜。其中,有着广泛影响的诗篇《厂长》,写的是一位部队转业干部从暴风骤雨般的阶级斗争战场来到大规模经济建设的第一线,以战斗的姿态对待建设工作,是诗人创造的动人的建设战线领导者的形象。同这首诗相类似的是《师徒夜话》,诗人以巧妙的构思,耐人寻味地表现了曾经拿枪的战士走上建设岗位后虚心向工人学习、共同战斗的主题,诗的形象也是感人的。《白杨》

---

① 李季:《菊花石》,武汉:湖北人民出版社,1978 年,第 83-84 页。

② 李季:《李季文集·第二卷》,上海:上海文艺出版社,1983 年,第 231 页。

③ 李季:《李季文集·第四卷》,上海:上海文艺出版社,1986 年,第 417 页。

《红头巾》《黑眼睛》《正是杏花二月天》等是描写石油工人爱情的诗篇，它们所描绘的男女青年形象，显示出社会主义时代的新风貌，闪耀着社会主义道德品质的光辉。《我站在祁连山顶》描绘了油田保卫者的高度自豪感、开阔的心胸、豪迈的情感，把建设者的内心世界描写得异常生动。其他如《阳关大道》《白杨河》《我问昆仑山》《客店答问》等，都是传诵一时的佳作。

《生活之歌》是我国第一部反映石油工人生活的长篇叙事诗，是李季的代表作之一。它通过对青年工人赵明忘我劳动、虚心向老工人学习、发明采油新法的描写，反映了石油工业战线龙腾虎跃的风貌，表现了 20 世纪 50 年代青年献身祖国工业化的热情。作为青年工人的艺术形象，赵明的性格是有特色的。但由于对生活中的矛盾没有从正面充分展开描述，因此人物形象显得比较单薄。

这里，不得不指出的是，收入诗集《第一声春雷》和《我们遍插红旗》中的诗，有些是肤浅的标语口号之作。但值得肯定的是组诗《难忘的春天》和《三边一少年》，它们以真挚的感情、浓烈的抒情，唱出了对领袖深情而亲切的颂歌。

李季还创作了长篇叙事诗《杨高传》三部曲——《五月端阳》《当红军的哥哥回来了》《玉门儿女出征记》，标志着诗人创作上的新突破，是当代长篇叙事诗创作的重要收获之一。据诗人自述，早在写《王贵与李香香》之前，《杨高传》就在酝酿之中。他在 1959 年出版的《戈壁旅伴》，可以说是《杨高传》这部长诗的详细提纲。长诗以主人公杨高的成长道路为线索，生动地展现了土地革命、抗日战争、解放战争和社会主义建设初期的波澜壮阔的历史画卷，歌颂了中国人民在中国共产党领导下前仆后继、不屈不挠的伟大斗争精神。长诗"规模宏伟，故事复杂，有各式各样的人物，这些都比《王贵与李香香》前进了一大步"[①]。

长诗的主要成就，是在风云变幻的革命斗争中塑造了一组栩栩如生的英雄形象，尤其是塑造了一个从民主革命时期到社会主义革命和建设时期始终战斗在最前线的共产党员杨高的形象。杨高是烈士的后代，是旧社会灾难深重的西北人民的代表。他无名无姓无家乡，是个"天不收地不留"，如同离群的"小羊羔"一样的孤儿。在红军宣传员的教育下，他怀着"革命翻身"的理想参加了红军，开

始了革命生涯。他跟随部队南征北战，打了不少硬仗，多次负伤，并在敌人的监狱里受尽折磨。新中国成立后，他经过锻炼最终成为石油战线上的一名尖兵。这个形象既体现了无产阶级战士的优秀品格，又有其鲜明的个性特点。在敌人面前，他勇猛、机警、坚强，而在人民群众面前，却又是那么单纯、憨厚、善良。他满身都是阶级敌人给他留下的鞭痕和伤痕，但他"骨折肉烂心不碎，/我这颗鲜红的心还没挂花"[①]，对于党，对于革命，始终是赤胆忠心。这个形象是中国当代文学艺术画廊的一个成功的人物形象。

长诗中另一个真实而生动的艺术形象是崔端阳，诗人主要通过描述她和杨高的爱情故事来刻画她的性格。她爱杨高，海枯石烂不变心。妈妈死后，面对舅舅胡安的威逼，她更加想念杨高，盼望当红军的杨高快快回来，感情是那样纯洁、真挚。第二部《当红军的哥哥回来了》中有四小节描写风雪夜端阳追杨高，犹如一组美丽的乐曲，奏出了对端阳心灵的赞歌，是长诗中最动人的章节之一。她爱杨高，更爱革命。当匪军来抓她，要她劝被捕的杨高投降时，她的回答大义凛然，声如惊雷："三边的男子英雄汉，/三边的女儿铁一般！/哥哥你永远不低头，/让我们用鲜血迎接明天！"[②]端阳和杨高的爱情是在革命风雨中绽开的花朵，经受了严峻的考验，为了爱情，也为了革命，她血染黄沙，光荣牺牲。诗人着重从爱情生活这个侧面，凭借大量富于民歌色彩的抒情独白，完成了对这个女性形象的塑造。这个形象包含着丰富的时代和生活的内涵，不失为一个闪耀着艺术光彩的人物形象。长诗还正面描写了刘志丹的形象。他悄然而来，倏然而去，诗人着墨不多，却勾勒出了一个活生生的"老刘"的形象。他那亲切的面容、平易近人的作风，表现了党的领导者同人民群众血肉相连的本质特色。

《杨高传》在结构艺术上很有特色。诗人成功地运用了我国传统评书的一些表现手法，讲究故事的穿插和悬念，注意场景、气氛的烘托和渲染，使作品自始至终显得情节紧张、曲折多变。诗人善于利用因客观形势的某种变动而产生的某些偶然性来制造某种巧合，引出扣人心弦的故事，并且将这些故事处理得线索分明、有条不紊，大故事中套小故事，小故事有起伏、有波折、有悬念，让人物在

① 李季：《当红军的哥哥回来了》，北京：作家出版社，1959年，第69页。
② 李季：《当红军的哥哥回来了》，北京：作家出版社，1959年，第154页。

紧张的情节中逐渐显露出性格，具有引人入胜的艺术魅力。但长诗的有些地方对情节提炼得不够，过多地叙述过程和交代故事，显得有些拖沓。《杨高传》保持民歌的风格，在语言上朴实生动、亲切感人，这也是人们所称道的。正如茅盾所说："诗的语言，朴素而遒劲；不多用夸张的手法而形象鲜明、情绪强烈；不造生拗的句子以追求所谓节奏感而音调自然和谐。"①

李季是学习民歌的高手，是新中国民歌派诗歌的领衔人物。在新诗的民族化和群众化方面进行了长期卓有成效的探索和实践。他曾说："我一直在探索着怎样使诗为广大工农兵群众所易于接受，乐于接受，以便更好地为他们服务。"②为此，诗人努力在民歌的基础上，吸收古典诗词和五四以来新诗的优点，创造了为群众所喜闻乐见、易于接受的诗歌形式。以陕北民歌"信天游"为基础创作的《王贵与李香香》是李季这种探索的第一个光彩夺目的硕果。新中国成立初期，李季"以民歌为基调，吸收更多的在生活中涌现出来的，适宜于表现新生活的口语来写诗。在形式上，也较多地采用了更易于表达复杂思想感情的四行体"③。李季的大部分抒情短诗和一部分叙事长诗是用这种形式写成的。这种半格律体的形式，每节四行，二、四行押韵（一般的第一行也押韵，但也可以不押），节与节可以换韵，诗节多少不论，每行诗字数多少不限，一般保持每行三至四顿，顿数相应对称。这种形式在五四以来的新诗中就出现过。我国著名诗人何其芳大力倡导的现代格律诗，就包括了这种四行体。《菊花石》借鉴南方的五句山歌，是又一次可贵的尝试。《杨高传》则是民歌和鼓词艺术形式的结合，其基本格调为每节四行，单句为民歌的七言体，偶句为鼓词的十字调。民歌体长于抒情，鼓词格调则长于叙事，它们各有所长，也各有所短，诗人把两者结合起来，加以变化和创造，于是就产生了一部故事曲折、情节复杂，既反映了波澜壮阔的斗争生活，又洋溢着激情和诗意的革命英雄叙事长诗《杨高传》。

诗人贺敬之在《〈李季文集〉序》中也曾热情地赞美：李季的作品"清晰地画出了一个质朴的农民的儿子，怎样成长为优秀的革命诗人和战士的前进道路。

---

① 茅盾：《谈李季的〈杨高传〉》，见李小为编：《李季作品评论集》，长春：时代文艺出版社，1986年，第99页。

② 李季：《李季文集·第四卷》，上海：上海文艺出版社，1986年，第483页。

③ 李季：《李季文集·第四卷》，上海：上海文艺出版社，1986年，第483页。

它是时代的记录，是岁月的航标。它使我们重温革命战争时期和社会主义创业时期的战斗历程，使我们的心和着诗句的节拍重又感到历史脉搏的跳动。从三边的风沙到昆仑山的冰雪，从陕北高原的红缨枪到柴达木盆地的钻井架……它唤起我们多少战斗的回忆！它的浓郁的泥土和石油的芳香，它的动人的牧歌和战歌的旋律……使我们怎能不一次次心驰神往！"①

第三节　欢欣琴歌的弹奏者：闻捷②

闻捷和李季是亲密的战友，也是志趣相同的文友，更是新中国民歌派诗歌的领军人物。他们一位出生于江苏丹徒县③，一位出生于河南唐河县，天南海北，是救亡图存的抗日烽火，是革命圣地延安的呼唤，让他们两人聚在一起。闻捷在李季心目中，是一位有相当文化修养的新闻工作者。因为闻捷在《解放日报》《边区群众报》发表过不少新闻、报道，还写过小说、诗、秧歌剧和大型歌剧《翻天覆地的人》。1947 年岁末，他们同在延安清凉山养病，是"同室相居的病友"，他们亲密无间，无所不谈。他们一位钟情于诗，一位钟情于新闻，共同钟情于革命，钟情于理想，钟情于中国人民的解放事业。正如后来李季在长诗《向昆仑》中所写的那样："手挽手淌涉过雨后的延河，/又一同背起被包走向前线。"④李季随第四野战军南下，闻捷随第二野战军作战。新中国成立后，一人在武汉从事文艺领导工作，一人在新华社新疆分社从事新闻工作。有时因为到北京开会，偶尔见几次面。因为忙于各自的工作，彼此间的通信也比较少。1955年春天，李季从玉门调到北京《人民文学》工作，闻捷从新疆调回新华社工作，他们彼此"见面交谈的机会，又多起来了"。有一天，闻捷突然交给李季一叠诗

---

① 贺敬之：《〈李季文集〉序》，见《贺敬之文集·3·文论卷·上》，北京：作家出版社，2005 年，第 338-339 页。

② 闻捷（1923—1971），原名赵文节，江苏丹徒县（现镇江市丹徒区）人。1940 年到延安，1944 年开始写作，创作了歌剧《翻天覆地的人》、短篇小说《肉体治疗和精神治疗》等，还写了一些诗歌、杂文和特写。新中国成立后，曾任新华社新疆分社社长。新中国成立后，他除出版了著名的抒情诗集《天山牧歌》和长篇叙事诗《复仇的火焰》外，还出版了诗集《祖国！光辉的十月》、《河西走廊行》、《东风催动黄河浪》、《生活的赞歌》、《花环》（与袁鹰合著）、《闻捷诗选》，散文集《非洲的火炬》等。

③ 2002 年，撤销丹徒县，设立镇江市丹徒区。

④ 李季：《石油六歌》，济南：山东人民出版社，1979 年，第 76 页。

稿，让他看看可不可以发表，李季当场就一首一首读了起来，还没读完，就欣喜若狂地用双手把闻捷抱了起来，兴奋地说："你这个精灵鬼，什么时候写的？怎么我一点也不知道？对我还保密呀！"[①]这些诗，就是不久之后，发表在《人民文学》上的《天山牧歌》。随后闻捷又在《人民日报》发表了组诗《果子沟歌谣》，赢得了广大读者的喜爱，受到了文学评论家们的赞赏。新中国的诗空升起了一颗耀眼的明星，新中国诗坛上出现又一位民歌派的领军诗人。

新中国成立初期，闻捷任新华社新疆分社社长，新疆神奇而美妙的生活激发了闻捷的诗情，新疆少数民族丰富多彩的民间歌舞令闻捷陶醉。他把对祖国、对新生活的爱和对少数民族人民的爱交融在一起，以纯真、丰富、高尚的感情写出了优美动人的诗集《天山牧歌》。

歌颂少数民族解放后的崭新生活、崭新思想，是《天山牧歌》的主要内容。新的时代给人们带来了新的生活，新的生活推动了人与人之间关系根本性的变化。以前，人们"为了争夺一匹好马"，可以"和别的部落争吵、斗架"，但现在即使拾得一匹失群的好马，人们也宁可走五天、跑七百多里路去还归原主。小叙事诗《哈萨克牧人夜送"千里驹"》就生动地描写了人们这种精神面貌的巨大变化。老牧人说得好，并不是今天"失去了爱马的兴趣"，而是更爱"哈萨克人的声誉"[②]。边疆少数民族是骁勇善战的，现在，他们不再把精力放在民族部落之间的格斗上，而是全力建设、捍卫自己的幸福生活。《向导》中就展示了年轻的骑手以高度的警惕，保卫自己家园的图景："天上飞过一块乌云，/他要抬头看一看，/迎面走来一个生人，/他要下马盘一盘。"如果"敌人胆敢来侵犯"，他要立志做一名"骑兵战斗员"[③]。连小姑娘林娜也志愿"终生做一个卫生员"，"她将骑上智慧的白马，/跑遍辽阔的和硕草原，/让老爷爷们活到一百岁，/把婴儿的喧闹接到人间"（《志愿》）[④]。人们精神面貌的变化来源于社会生活的巨大变革。新中国成立了，党的民族政策的光辉照亮了天山南北辽阔的草原，"河水陪伴着寡妇们哭泣，/云雀鸣叫着孤儿的悲愤"（《古老的歌》）[⑤]的

---

① 李季：《李季文集·第四卷》，上海：上海文艺出版社，1986 年，第 364-365 页。

② 闻捷：《天山牧歌》，北京：作家出版社，1956 年，第 130-131 页。

③ 闻捷：《闻捷全集·第一卷·抒情短诗》，太原：北岳文艺出版社，2001 年，第 5-6 页。

④ 闻捷：《闻捷全集·第一卷·抒情短诗》，太原：北岳文艺出版社，2001 年，第 16 页。

⑤ 闻捷：《天山牧歌》，北京：作家出版社，1956 年，第 76 页。

时代已一去不复返了；今日的边疆到处是红润的苹果、成串的葡萄、雪白的羊羔、肥美的牧草……少数民族人民具有"慷慨好客"的性格，但在贫困的年代，只能"用眼泪敬客"；现在翻了身，过上了幸福的生活，热情地欢迎着路过的朋友，到牧人的家里去分享天山草原的欢乐。人们珍惜和平的生活，热爱自己幸福的家园，以自己的劳动和智慧，实践着各族人民共同的心愿："牧场上奔跑割草机，/部落里开设兽医院，/湖边站起乳肉厂，/河上跨过水电站……"（《志愿》）①

　　歌颂青年男女爱情生活的诗篇，在《天山牧歌》中占有极其重要的地位。这些爱情诗歌颂的是以劳动为最高选择标准的爱情，是有着崇高道德标准的爱情，这些诗格调优美，生活气息浓郁，时代色彩鲜明，是当代诗苑中的艺术奇葩。

　　时代不同了，男女青年的爱情闪烁着新的时代光彩。青年人热爱自己的故乡，"这里的葡萄甜、泉水清"，"故乡的姑娘美丽又多情"，但是为了祖国的建设，他们辞别故乡和情人，有的翻过天山，到"金色的石油城"去（《夜莺飞去了》）②；有的"跟着过路的勘探队，/走向遥远的额尔齐斯河"（《信》）③；有的为了去"巩乃斯种畜场"学习，"骑上青鬃马，/奔向太阳升起的方向"（《送别》）④；有的为了保卫祖国，守卫在"漫天风雪"的"蒲犁边卡"（《告诉我》）。这些诗篇，把爱情同青年人建设祖国、保卫家乡、追求理想的豪迈气概与热爱劳动的品质紧紧结合在一起，既让人看见了青年们崭新的精神面貌，又让人看见了新中国成立初期，社会主义建设在新疆少数民族地区蓬勃开展的情景。

　　姑娘们知道幸福的生活离不开辛勤的劳动和英勇战斗，因此，她们热爱生产能手、建设尖兵、战斗英雄。她们把自己纯真的爱情和火热的心献给忠于祖国、建设新生活的青年。当出众的琴师与鼓手向美丽的吐尔地汗求爱的时候，姑娘明确地说道："去年的今天我就做了比较，/我的幸福也在那天决定了，/阿西尔已把我的心带走，/带到乌鲁木齐发电厂去了。"（《舞会结束以后》）⑤小伙子在

---

① 闻捷：《闻捷全集·第一卷·抒情短诗》，太原：北岳文艺出版社，2001年，第15页。

② 闻捷：《天山牧歌》，北京：作家出版社，1956年，第26-27页。

③ 闻捷：《闻捷全集·第一卷·抒情短诗》，太原：北岳文艺出版社，2001年，第48页。

④ 闻捷：《天山牧歌》，北京：作家出版社，1956年，第58-59页。

⑤ 闻捷：《天山牧歌》，北京：作家出版社，1956年，第32页。

追剿乌斯满匪帮的战斗中失去了左手，年轻的姑娘热切焦灼地盼望着小伙子的到来，当他们相会在小河边的白桦林中，姑娘得知小伙子比过去更爱她，更珍惜她的青春，并且请求她把他忘记，祝福她"爱一个健全的人"的时候，纯洁的姑娘以更坚贞的心更热烈地爱着她"最心爱的"人："……命运早已这样决定，/爱情已在我心中生根……/我一句话也说不出，/拥抱着他一吻再吻，/哪怕他失去了两只手，/我也要为他献出终生。"（《爱情》）[1]其他如《种瓜姑娘》《赛马》《苹果树下》《追求》《河边》等诗也都描绘了一幅幅诗情浓郁、别具新意、纯真美丽的爱情图景。这些诗以构思的精巧和深邃的思想受到了读者广泛的欢迎，使爱情诗这束古老而年轻的花，在新中国的诗歌园地大放异彩，以美好的思想和特有的艺术魅力，推动青年人追求纯洁高尚的爱情。

《天山牧歌》是新生活的热情赞歌，是独具风采的抒情诗集，它的风格是柔和的、轻快的，好像明媚的自然风景一样使人愉悦。以新鲜动人的画面和诗的意境来表现新生活的美，是这部诗集艺术上的第一个特点。《远眺》《吐鲁番炎夏》《春讯》《晚霞》等诗中展现了一幅幅美丽动人的画面，有的色彩明丽，有的辽阔雄浑，让人们感受到天山南北特定的风光习俗，仿佛把人们导入了可见的诗境。《春讯》以生动的图画给人以春的实感，春天好像确实从各处来了，来自东方的风，甚至把牧人的心都"吹得发绿了"[2]。《远眺》以喜悦的心情，展现了草原和博斯腾湖宽阔柔美的画面，让人们沉迷于美丽的意境之中，仿佛同诗中的牧人一样，"沉醉了，/忘记了挥动皮鞭"[3]。这是一幅有声的画，也是一首有画的诗；是一幅迷人的画，也是一首醉人的诗。《晚霞》把草原五光十色的晚霞比喻为草原上"负重的骆驼队""长鸣的骏马""驯良的羊群""肥胖的乳牛"[4]，把美丽的晚霞同牧人欢乐的情绪、丰富的想象交融在一起。这些诗寓情于景，借景抒情，不仅让人们看到一幅幅迷人的草原景色，而且让人们感受到新时代脉搏的跳动和新生活的美好。

《天山牧歌》在艺术上的另一个特点是，在极为紧凑的情节和跳跃的画面中表现人物的言行美和心灵美。比如《舞会结束以后》，描写了古尔邦节舞会之

---

① 闻捷：《闻捷全集·第一卷·抒情短诗》，太原：北岳文艺出版社，2001 年，第 40-41 页。

② 闻捷：《天山牧歌》，北京：作家出版社，1956 年，第 68 页。

③ 闻捷：《闻捷全集·第一卷·抒情短诗》，太原：北岳文艺出版社，2001 年，第 8 页。

④ 闻捷：《天山牧歌》，北京：作家出版社，1956 年，第 70-71 页。

后，年轻的琴手和鼓手伴送美丽的姑娘吐尔地汗回家，两人同时向姑娘求爱，遭到婉言拒绝的故事。诗人以极为紧凑的情节表现了两位青年求爱时急切的心情，以及姑娘的热情、友好、对爱情的专一。诗中出现的三个人物的心灵都纯洁透亮、熠熠闪光，即使是没有出场而为姑娘所深爱的远在乌鲁木齐的青年阿西尔的神采，也给人留下了鲜明的印象。再如《苹果树下》，就是以春（种）、夏（耕）、秋（收）三个富于生活情趣的、跳跃的画面，描写了一对青年男女在苹果园里劳动时，爱情产生、发展、成熟的过程，表现了青年人对爱情生活新的追求，抒发了诗人对爱情的美学见解。其他如《爱情》《赛马》《婚期》《哈萨克牧人夜送"千里驹"》等诗，也以惊人的艺术捕捉力摄取了生活中动人的场景和闪光的镜头，通过一些单纯、和谐而富于故事性的情节，以十分简省的笔墨，细腻真切地描绘了战斗英雄的未婚妻、赛马场上的少女、婚礼中的新郎和新娘、夜送"千里驹"的哈萨克牧人特有的性格、习惯、心理状态，从而赞美了人们崇高的思想和美好的心灵。

　　采用了民歌丰富多彩的艺术手法，是《天山牧歌》艺术上的又一特色。比如，《追求》就是以巧妙的比喻、丰富的想象和奇妙的夸张，表现了青年牧人追求牧羊姑娘的强烈感情："你纵然把羊群吆到天边，/我也要抓住云彩去赶；/你纵然把羊群赶到海角，/我也会踩着波浪去撵。"[①]再如，《苹果树下》中的苹果作为爱情的媒介，不仅有比拟、象征的意味，而且使全诗充满了浓烈的生活气息。巧妙的比喻、鲜明的对比、大胆的夸张是诗人大量运用的表现手法。有的诗以烘托和陪衬的手法来表现青年男女对爱情的专一，如《舞会结束以后》；有的采用白描的手法，直接通过人物形象表达他们的思想和情绪，如《金色的麦田》《河边》《志愿》；有的采用带有暗示性的象征手法来表现爱情同劳动的内在联系，如《夜莺飞去了》《告诉我》等。这样，不仅增强了诗的形象性，而且带给读者具体的感受，往往产生很强烈的艺术效果。

　　《天山牧歌》之后，闻捷又出版了诗集《河西走廊行》《祖国！光辉的十月》《生活的赞歌》，这些诗集不局限于写少数民族的生活，诗的题材范围扩大了，既有河西走廊人民改天换地的英雄壮举，又有炼钢工人、矿工、海军战士的战斗生活，也有国际友好往来，诗风也由柔和、温馨、清美转向豪放、刚健。

---

① 闻捷：《闻捷全集·第一卷·抒情短诗》，太原：北岳文艺出版社，2001年，第36页。

《祖国！光辉的十月》是其中的佼佼者，诗体形式发生了变化，诗人在艺术形式上作了多种尝试，但总的思想水准和艺术水准都没有超越《天山牧歌》。

闻捷的长篇叙事诗《复仇的火焰》，是以新中国成立初期其在新疆的工作和生活为基础而创作的。他的创作理念、艺术才华都得到了充分的显现，并且得到大大提升。长诗分为三部，第一部为《动荡的年代》，第二部为《叛乱的草原》，第三部为《觉醒的人们》（残篇）。三部诗共计一万多行，全诗以新中国成立初期共产党和政府领导新疆少数民族同胞粉碎新疆巴里坤草原的一次反革命叛乱为背景，真实地描绘了帝国主义分子马克南如何直接密谋、煽动哈萨克族上层反动分子以"保教保命"的旗号蒙骗不明真相的牧民反对共产党、对抗解放军的反革命叛乱，展现了中国共产党和人民解放军宣传贯彻党的民族政策，使一些受民族败类乌斯满匪帮蒙骗的哈萨克族牧民纷纷清醒，叛乱得以平息的全过程。长诗在广阔的历史背景与错综复杂的矛盾冲突中表现了重大的社会主题：只有祖国的独立富强，才有民族的翻身解放。正如闻捷自己所说："通过这首长诗，记载下解放初期聚居在巴里坤草原的哈萨克民族从怀疑、反对到拥护共产党的历史过程，记载下帝国主义和民族反动派的幻想和末路。"（《〈动荡的年代〉初版后记》）[1]

这部长诗的第一个特点是规模宏大、人物众多。全诗描绘了 30 多个生动的人物形象。有中国人民解放军的师长、团长，有哈萨克族的老年、青年、少女，有外国领事和间谍，有叛匪头目及其爪牙……对于美国领事马克南、惯匪乌斯满、部落头人阿尔布满金等反面人物，长诗既写了他们各自的特点，又揭示了他们仇恨共产党、仇视解放军的反动本质；老牧民布鲁巴大叔、解放军战士沙尔拜、身世悲惨而善良的少女苏丽亚等也因各自不同的生活经历而具有不同的性格特点，他们是民族团结的骨干和基础。长诗写了帝国主义分子、民族败类与中国人民的矛盾，写了反动牧主与广大牧民的矛盾，写了反动派之间争风吃醋、争权夺利的矛盾，也写了广大牧民内部的矛盾。以上这些矛盾相互交织在一起，几条线索错综复杂地穿插，表现了特定时代特定地区历史的复杂性与斗争性的残酷性。人们曾称这部长诗为"诗体小说"，有人甚至称之为"史诗"或者"诗

---

① 政协丹徒县文史资料研究委员会：《丹徒文史资料第八辑·诗人闻捷》，政协丹徒县文史资料研究委员会，1993 年，第 54 页。

史"，这是有一定道理的。

　　长诗的第二个特点是在众多的人物图像中，成功地塑造了巴哈尔的典型形象。主要人物巴哈尔是一位性格复杂、感情丰富、充满矛盾的哈萨克族青年。他出身穷苦，具有贫苦牧民正直、善良、勤劳的本质，草原上艰苦的牧民生活把他锻炼成一个剽悍勇猛的骑手。他有骄人的跑马、射猎、弹唱的本领，有对纯真爱情的渴望；他既是勇于和暴风雪搏斗的雄鹰，又是敢于和头人斗争的勇士。他一出场就非同寻常："为首的牧人勒紧马缰，/他的模样英武而又骠（剽）悍，/两道浓眉有如盛夏的乌云，/乌云的下面亮着闪电——"这是一位浓眉大眼、英姿勃勃的青年，诗中用牧民兄弟对他的赞美，进一步深化他的英武与胆气："牧人们举手做罢都瓦，/一股豪气从心底升上眉尖：/'巴哈尔！我们只要跟着你，/胸中便长出十颗虎胆！'"[①]长诗既写了巴哈尔成长的过程，又写了他性格的复杂性。他纯洁、钟情，他和头人的"养女"苏丽亚的爱情是纯真的，然而，世代的奴仆生活使其愚昧、偏激、迷信、盲从头人。当他和苏丽亚私通被发现后，头人用只要听头人的话，为头人卖命，就可以和苏丽亚结婚的花言巧语迷惑他，用高官厚禄的许诺收买他，他听不进苏丽亚的劝告，一意孤行参加了叛乱，做了使亲者痛仇者快的蠢事坏事。但是，他的阶级意识并没有完全泯灭，当头人命令他去杀死解放军战士、他童年的好友沙尔拜时，他放走了沙尔拜，由此可见，他参加叛乱是盲目的，是狭隘的民族偏见和迷信使然，他性格中劳动者善良的本质仍然存在，对家乡和亲人的感情尚未泯灭。后来在复杂的斗争中，在正反两方面事实的教育下，尤其是惨不忍睹的叛匪暴行，使他认清了敌友，辨别了是非，认识到叛乱的反动与罪恶，在极其痛苦、悔恨的矛盾斗争中，他终于迷途知返，重新回到了亲人身边。长诗既展示了巴哈尔复杂的内心世界，又写出了他从被蒙骗到觉醒的转变过程，生动揭示了哈萨克族一代人曲折复杂而艰难的成长历程，巴哈尔是新中国文学，尤其是新中国诗歌中少有的艺术形象。

　　长诗的第三个特点是叙事、写人、绘景都蕴含激情，形、景、情和谐一致，富有浓郁的地方色彩和民族特色。这一特色是诗人通过对巴里坤草原风光的描绘，对哈萨克族特有的民俗习惯的描写而展现出来的。比如，巴哈尔出场时，是带着 12 个牧民在巴里坤草原与暴风雪搏斗，显示草原之子的剽悍、勇敢。再

---

① 闻捷：《复仇的火焰·第一部》，北京：作家出版社，1959 年，第 22-23 页。

如，布鲁巴出场时，是在夜晚的暴风雪的帐篷中与牧民们闲谈和弹唱，显示了布鲁巴行吟歌手悲惨的一生，他经历多、见识广，曾在监牢结识中国共产党党员林恒，有渴求解放翻身的强烈愿望。其他如乃曼部落的刁羊跑马、第二部中长达八九百行的草原婚礼描写等都各有特色，长诗把风俗、风景、人物交织在一起，再现草原特有的风光、民俗，又凸显人物的性格，同时，又推动了情节的发展。比如，描写刁羊跑马，既显示了巴哈尔是套马的骄子、无与伦比的草原骑手，展示了其性格中勇猛、智慧、机警的一面，又显示了苏丽亚对他的爱恋之情。叶儿纳婚礼上的对唱、劝嫁，新娘的独白，赛马、独奏、摔跤，不仅气氛热烈，而且草原的民俗气息也非常浓郁。

长诗的第四个特点是语言清新优美，格调高昂雄浑。诗人大量运用少数民族的民间传谈、谚语、歌谣，丰富了长诗的社会学、民族文化学的内容，使其诗史色彩更加绚丽。正如茅盾所说，长诗"通篇用的是四句一组，二、四句押韵，和十分接近自由体的句法。它的特点是分开来逐句看，好像和散文没有多大差别，但是合四句为一组，却诗味盎然，而且这些散文式的句子极为洗练，甚至比五言、六言、七言等民歌体的诗句更为洗练"[1]。章法很谨严，每节一、四句的字数比二、三句少些，句式使每节的字式图形呈现为两头短、中间长，上下句大体对称，协调平仄，语言流畅。比如，布鲁巴临终前的叮嘱：

> 你们不要流泪和悲痛，
> 你们说：什么是真正的生命……
> 有人活着如同一条癫皮狗，
> 有人死去仍是一只山鹰。
> 我是长夜行吟的歌手，
> 六十三年啊！走遍了巴里坤，
> 我唱出奴隶的屈辱和痛苦，
> 唱出自己绝望的呻吟。
> 谁知在我老迈的晚年，

---

[1] 茅盾：《反映社会主义跃进的时代，推进社会主义时代的跃进》，见唐金海、孔海珠、周春东等编：《茅盾专集·第一卷·下册》，福州：福建人民出版社，1983年，第1227页。

却以东不拉弹出奴隶的欢欣，
谱写出我生命最后的光荣，
孩子们！应该为我高兴……①

这里都是一、四句文字少于二、三句。全诗大都以此格式为主，但也有例外，比如，叶儿纳结婚时，青年们唱的劝嫁歌：

姑娘们：
天鹅大了！浮游在碧波上，
山鹰大了！飞翔在蓝天上，
骏马大了！奔驰在草原上，
骆驼大了，跋涉在沙岭上；
万物遵循胡大的意旨生活，
如同那河水沿着山谷流淌，
姑娘也要听从命运的支配，
嫁到遥远而又陌生的地方。②

这里句式整齐、字数相等，上一段用排比句式起兴，下一段用比喻言说意旨；上段为喻体（而且是博喻），下段为本体，上下段间有引喻的关系；上一段气势连贯，下一段意旨明确，起兴用"天鹅""山鹰""骏马""骆驼"和与之相对应的"碧波""蓝天""草原""沙岭"，使作品具有如油画一般浓郁的地域色彩和民歌特点，给人们以亲切的感觉和美的享受。

总之，不论是抒情短诗，还是长篇抒情"史诗"，都是闻捷深入少数民族，与他们同呼吸、共命运而创作的，是为人民所喜爱的充满时代气息、民族特色、民歌色彩的优秀作品。闻捷的名字，将和中华民族诗歌紧紧结合在一起，以至不朽，因为他的诗弹出了欢欣的琴歌，《复仇的火焰》称得上是我们民族的"史诗"。

---

① 闻捷：《复仇的火焰·第二部》，北京：作家出版社，1962 年，第 224-225 页。
② 闻捷：《复仇的火焰·第二部》，北京：作家出版社，1962 年，第 144 页。

第四节 "音响常新"的歌手：阮章竞[①]

阮章竞是抗日战争初期投身革命，长期在太行山区从事革命文艺宣传活动的重要诗人。1938 年毛泽东在《中国共产党在民族战争中的地位》一文中倡导的"中国作风""中国气派"对他启发很大，他开始学习搜集民间歌曲、小调、戏曲等进行创作，当时有影响的诗作是《牧羊儿》。1942 年毛泽东的《在延安文艺座谈会上的讲话》发表之后，深入群众，搜集民间歌曲、小调来创作老百姓喜闻乐见的文艺作品，便成为阮章竞明确和自觉的活动[②]。1947 年创作的著名叙事诗《圈套》和著名歌剧《赤叶河》都是他学习民歌创作的具有"中国作风""中国气派"的优秀作品。

阮章竞是一位画家、剧作家、诗人，是一位忠于人民，探索诗歌民族化、大众化的辛勤的耕耘者。新中国成立后，他创作了 5 部叙事长诗，其中有代表性的是《漳河水》《金色的海螺》《白云鄂博交响诗》，都积极乐观，歌颂劳动、创造、自由、友善的精神。

《漳河水》是当时影响比较大的作品，至今仍然是思想性与艺术性结合得较好的典范之作。长诗除小序外，共分"往日""解放""长青树"三个部分。它叙述的是三位妇女在共产党领导下，冲破封建的婚姻枷锁翻身解放的故事。诗人以真挚的感情、朴素的语言，描绘了荷荷、苓苓、紫金英三位妇女的悲苦命运和

[①] 阮章竞（1914—2000），曾用笔名洪荒。广东中山人。13 岁当油漆学徒、工人，1934 年去上海谋生，1936 年参加冼星海等领导的抗日救亡歌咏运动。抗日战争爆发后，曾在太湖一带做流动宣传工作，后到太行山革命根据地，次年任八路军太行山剧团政治指导员和团长，开始从事剧本和诗歌创作，还担任过太行文联戏剧部部长和中共太行区党委文委委员。新中国成立前的主要著作有大型歌剧《赤叶河》、长诗《圈套》《柳叶儿青青》、话剧剧本《糠菜夫妻》等。新中国成立后，曾先后担任中共中央华北局宣传部文艺处处长、副秘书长，中国作家协会党组成员、党总支书记、青年作家工作委员会主任，《诗刊》副主编，北京市作家协会主席、名誉主席，北京文联副主席等。1950 年出版了著名长诗《漳河水》，之后出版了诗集《迎春橘颂》《勘探者之歌》、童话诗《金色的海螺》《牛仔王》《马猴祖先的故事》、长诗《白云鄂博交响诗》《漫漫幽林路》等，还有话剧《在时代的列车上》、散文集《新疆忆旅》《故乡岁月》、艺术作品集《阮章竞绘画篆刻选》、小说《白丹红》《霜天》等。叙事诗《圈套》获晋冀鲁豫边区诗歌特等奖，童话诗《金色的海螺》获第二次全国少年儿童文艺创作评奖一等奖。

[②] 马尚瑞：《从学徒到诗人——阮章竞简传》，北京：中国妇女出版社，1986 年，第 73 页。

她们逐渐觉醒、反抗斗争、得到解放的过程。她们受到旧社会封建礼教的压迫，17 岁的荷荷嫁了个 40 岁的半封建的富农老头儿，受尽欺凌；苓苓嫁了个"狠心郎"，挨打受骂；紫金英嫁了个"痨病汉"，丈夫死后，她与孩子相依为命，日子很凄凉。在新社会，"妇女飞出铁笼来"，荷荷离了婚，自由恋爱找了心爱的人；苓苓改造了"二老怪"，自己也到互助组参加劳动；紫金英也在大家的启发帮助下，决心"支起腰杆挺起身，靠自己劳动作自由人"①。长诗通过这三位劳动妇女在新旧社会中婚姻爱情的鲜明对比，揭示了封建制度是妇女悲剧的根源，歌颂了使妇女翻身解放的新社会。这首诗主题鲜明，形象生动，揭示了妇女的婚姻自由与社会变革、经济变革的关系。艺术上的主要成就有如下几点：第一，没有曲折的故事情节，但有鲜明的人物形象。诗人把叙事和抒情巧妙地融为一体，既凸显了旧社会三位不同性格的劳动妇女相似的悲苦命运，又展示了她们不同的性格、不同的遭遇。荷荷积极热情、敢作敢为，与"富农老头儿"离婚后，自由恋爱，丈夫去了前线，她也当了"七人小组"的"领导人"；苓苓聪明、泼辣、能干，在"夜训班"教训"二老怪"，使二老怪"好似骚骡上了嚼，/不敢哼气不敢跳"②；紫金英性格柔弱、善良、任人欺侮，在荷荷、苓苓的启发帮助下觉醒，也参加互助组"减租减息闹土改"③。三姐妹都获得了解放："自由天飞自由鸟，/解放了漳河永欢笑！"④随着诗中故事的展开，诗人的情感也随之变化，有时低沉，有时高昂，有时悲切，有时欢快，情真意切。第二，善于运用对不同景物的描写，来烘托人物的命运和心境。比如，用"桃花坞，杨柳树，/东山月儿云遮住"来烘托荷荷痛苦郁闷的心情；用"桃花坞，杨柳树，/此岸石坞夜半哭"来展示苓苓内心痛苦甚过荷荷；用"桃花坞，杨柳树，/河边草儿打骰棘"来描写紫金英灵魂的颤抖⑤，展示她的命运比荷荷、苓苓更悲惨，因三人性格不同、遭遇不同，内心痛苦的程度也不同。再如，序曲《漳河小曲》中，诗人通过漳河两岸景物色彩的对比、变化，象征性地表现了"寻求光明道路的艰难曲折"

---

① 中国作家协会诗刊社编：《中国新诗百年志·作品卷·上》，北京：中国工人出版社，2017 年，第 367 页。

② 中国作家协会诗刊社编：《中国新诗百年志·作品卷·上》，北京：中国工人出版社，2017 年，第 375 页。

③ 中国作家协会诗刊社编：《中国新诗百年志·作品卷·上》，北京：中国工人出版社，2017 年，第 353 页。

④ 中国作家协会诗刊社编：《中国新诗百年志·作品卷·上》，北京：中国工人出版社，2017 年，第 380 页。

⑤ 中国作家协会诗刊社编：《中国新诗百年志·作品卷·上》，北京：中国工人出版社，2017 年，第 347-350 页。

和雨过"清晨""漳河人民追求美好理想的愉快和幸福的心情"①："漳河水，九十九道湾，/层层树，重重山，/层层绿树重重雾，/重重高山云断路。//清晨天，云霞红红艳，/艳艳红天掉河里面，/漳水染成桃花片，/唱一道小曲过漳河沿。"②这里，既是写景，也是抒情，更是象征，把新旧社会的自然环境和人们的心情变化巧妙地暗示出来。第三，汲取民歌和古典诗词的营养，大量采用比兴手法，结合太行山一带的风土人情，创造并形成了以生动的民歌为基调，用精练的语言来说或唱的故事，具有浓厚的生活气息、地方色彩与隽永的诗情画意。《漳河水》是毛主席《在延安文艺座谈会上的讲话》发表之后，阮章竞自觉向民间文艺学习而创作的丰硕的成果之一，不仅是阮章竞叙事诗作的代表，也是我国现当代文学史中难得的艺术珍品。茅盾曾说《漳河水》"采用了漳河两岸的许多民间歌谣的曲调；它是能唱（不是朗诵）的。诗的语言，绚烂铿锵。由此可见作者提炼人民语言的功力。八百来行的诗写了四个人物，各有各的性格。作者用极洗练的手法写出旧社会妇女所遇的三种典型环境。《漳河水》的章法、句法、语言，都显示出诗人的独特的风格"③。

继《漳河水》之后，阮章竞又创作了充满诗情画意的优美动人的童话诗《金色的海螺》，这是诗人献给新中国儿童的一份艺术珍品，也是诗人在新诗"中国作风""中国气派"上的又一次大胆的探索。《金色的海螺》是根据我国民间传说"田螺姑娘"的故事改编加工而成。诗人依据其故事的精华，依据少年儿童的心理特征，依据新中国尊重劳动、尊重劳动人民的社会现实，唱出了既属于儿童，又属于普通劳动者的动人诗篇。从全诗来看，诗人完全是怀着一颗童心来写的，是用对孩子讲故事的方式来进行创作的。少年渔夫"没有父母，也没有远亲"④，在一次捕鱼时救了大海的女仙（即海螺姑娘），海螺姑娘为了回报少年，主动帮助少年料理家务，他们共同生活了三年。他们纯洁的爱情遭到了海螺姑娘的母亲——海神娘娘的干涉，少年冒着生命危险三次去找海神娘娘，与"黑

---

① 马尚瑞：《从学徒到诗人——阮章竞简传》，北京：中国妇女出版社，1986年，第77页。

② 中国作家协会诗刊社编：《中国新诗百年志·作品卷·上》，北京：中国工人出版社，2017年，第344-345页。

③ 茅盾：《反映社会主义跃进的时代，推动社会主义时代的跃进》，见作家出版社编：《争取社会主义文学的更大繁荣》，北京：作家出版社，1960年，第17页。

④ 阮章竞：《金色的海螺》，武汉：湖北教育出版社，2010年，第5页。

暗""暴风""大浪"斗争，英勇不屈，取得了胜利，在富贵、美女的诱惑之下，没有动摇，最后感动了海神娘娘，"有情人终成眷属"。长诗成功地塑造了少年渔夫和海螺姑娘的艺术形象。少年渔夫勤劳、善良、勇敢、不怕困难、不畏强暴、不受诱惑，具有顽强的意志力和良好的品质，是劳动者的化身；海螺姑娘"不求着绿穿红""不求有朱门大院""不求金银珠宝"[①]，一心爱着纯洁善良的少年，她纯洁、质朴、勤劳、美丽、忠于爱情，是我国劳动妇女的化身，是新中国成立初期人们对美好生活向往之所在。两个艺术形象都具有动人的艺术魅力。它们所蕴含的深刻的思想就在于告诉人们，特别是青少年，要像少年渔夫和海螺姑娘那样勤劳、朴实、善良，为了追求美好的生活和坚贞的爱情要有百折不挠的斗争精神。这种以劳动为本、以忠诚为本、追求美好生活的积极的人生主题，不仅对少年儿童的成长，而且对成年人也是很有积极意义的。《金色的海螺》继承了《漳河水》思想内容与艺术形式完美统一的特点。它自然地将童话的迷人的幻想与诗人童年的生活结合起来，既有绚丽多彩的艺术画面，又让情节和整个故事充满幻想，并且富有生活实感。全诗前后用两个"三段式"结构，使原本单纯的情节显得曲折多变，并采取与之相应的三度反复，使主人公的性格更鲜明、更丰富。全诗采用诗人何其芳大力倡导的"现代格律体"，格律严谨，音韵和谐，语言朴素，单纯明快，优美流畅，富有音乐美。这部叙事诗被搬上银幕，受到热烈欢迎。它是新中国儿童文学创作领域的重大收获，也是新中国民歌派诗歌的丰硕成果。

《白云鄂博交响诗》是阮章竞 1956 年冬深入包头钢铁公司建设基地，与工人和干部结合，经过一年多时间而创作的长篇叙事诗。长诗除序曲和终曲外共五章。它的主要成就是：第一，第一次用叙事诗的形式展现了内蒙古人民半个多世纪以来走过的艰难曲折而又辉煌的革命道路，第一次展现了社会主义建设时期白云鄂博钢铁工业建设基地的宏伟图景，第一次以多彩的诗笔塑造了阿尔斯朗、海日巴尔、乌兰妮娅和布尔固德祖孙三代在进行民主革命和社会主义建设中的人物形象。阿尔斯朗是牧民的主心骨，他酷爱自由、英勇善射，民主革命时期为草原的解放和保护宝山做了许多工作，贡献巨大。新中国成立后，成了国家的主人，在开发矿山的建设中，他克服旧思想的束缚，积极参加工牧联欢，送孙儿孙女参

---

① 阮章竞：《金色的海螺》，武汉：湖北教育出版社，2010 年，第 19 页。

加矿山建设。海日巴尔是阿尔斯朗的儿子，是在新中国成长起来的工人中的先进分子，他胸怀宽广，充满革命的理想主义。第三代是乌兰妲娅和布尔固德姐弟俩，他们充满朝气，是草原的新一代工人。这些人物各有不同的性格特征，阿尔斯朗是他们中富有深厚历史内蕴的典型形象。第二，长诗以阿尔斯朗为中心人物，把蒙古族人民过去血与火的斗争历史与今天开发矿山、建设草原的现实结合起来，把开辟建设白云鄂博矿山的火热生活与神话故事、民间传说、英雄轶事结合起来，把强烈的诗情、富于诗意的象征和热情奔放的想象、奇伟壮观的画面结合起来，增加了长诗的传奇性和浪漫主义色彩。第三，长诗的语言精练含蓄，绚丽多彩，有声有色，抒情色彩浓郁，用具有古典诗词特色的语言来反映现实生活，其精神是可贵的，其成就是可喜的。

　　"文化大革命"以前，阮章竞的抒情短诗数量不是很多，组诗《山野的新歌》《新塞外行》《乌兰察布》《万里东风古塞红》《钢都颂》等是当时颇有影响的作品。《山野的新歌》描写的生活景物是诗人所熟悉的，因而清新、自然，有民歌味儿，有乡土气息，有《漳河水》所追求的"中国气派"的余韵。《新塞外行》《乌兰察布》《万里东风古塞红》等讴歌塞外人民战黄河、治流沙、建设钢铁基地的抒情短诗，通过写景、状物来凸显塞外人民改造山河的英雄气概，具有长诗《白云鄂博交响诗》的风格。《黄河渡口》描写了昭君坟渡口的今昔变化，昔日的渡口是："昭君坟，古渡口，/风有牙，沙有爪。/黄泥水，打转流，/礁石嶙嶙不露头。/漩涡深又大，/一个吞两牛！"[1]经过包钢人改天换地的建设，渡口发生了翻天覆地的变化，该诗的最后一段是这样描写的："古渡口，昭君坟，人造湖水水如镜。/作伴不是昏昏月，/不是寒星和流萤，/而是繁灯千千万，/紫光不灭的钢铁城。"[2]《风砂》是为人们所称道的诗作，它抒写建设者们创造新生活的豪情，形象风趣，对比强烈，既自然贴切地展示了黄河风沙肆虐，又真实生动地表现了建设者不畏艰险、英勇与风沙搏斗、建设幸福生活的乐观情绪："天，一片昏昏黄黄，/风，象（像）黄河的浊浪。/刚才还是万里无云，/转眼变成天地无光。//两三步之外，/看不见人影。/砂（沙）子钻进牙床，/尘土迷住眼睛。//卡车拼命地响着喇叭，/在黄风阵里寻找方向；/失掉光亮的两只大

① 阮章竞：《虹霓集》，北京：作家出版社，1958年，第56页。

② 阮章竞：《虹霓集》，北京：作家出版社，1958年，第58页。

灯，/象（像）泡在浓茶里的蛋黄。//这风砂（沙）称王称霸的世界，/就是我们
黄金不换的地方。/我们要象（像）抖净床单一样，/把这整天风砂（沙）倒进海
洋！//天地，分不出来，/颜色，分不出来；/只有从人的眼睛和牙齿，/才能看见
白色的光彩。//饭堂象（像）盖在黄河水底，/火炉不发热，空气全是泥。/白米
饭蒙着层黄粉，/不是肉末而是砂（沙）子。//不要怨天怨地皱眉头，/拿出今天
人的本事：/把万古荒凉和风砂（沙），/嚼烂在我们的嘴里！//明天吐还它一个
泥团，/捏出一个叫人人红的，/洁白干净没有风砂（沙）的，/万紫千红的钢铁城
市。"①茅盾这样称赞阮章竞的《新塞外行》："熔炼、利用古典诗词的句法和
词汇，企图创造更富于形象美和音乐美的适合于表现我们这时代的丰富多彩生活
的民族形式的新诗风"，并"取得了初步的然而是不小的成就"②。"文化大革
命"以后，阮章竞写的短诗较多，大都是抒写诗人旧地重游、参观访问、赠朋悼
友、题画品诗的诗。内容十分丰富，有对往昔峥嵘岁月的回忆，有对美好事物的
追求，这些诗都写得气势宏伟、铿锵有力，说明诗人老骥伏枥、宝刀未老，充满
了青春的活力、战士的情怀。比如，《溯河千里行》既写出了"黄河巨浪大如
山，/排云落天奔海湾"③的磅礴气势，更写出了刘邓大军挥师中原、金戈铁马
的"千古英雄威武戏"，最后抒发了诗人人老心不老的壮志雄心。再如，《壶
口》既写出了壶口瀑布的雄伟壮丽，也写了黄河的柔美温存，进而上升到哲理的
高度，指出只要人们有"风狂雨骤声更壮，/地塌天崩不退休"④的精神，就能一
往无前，奔腾不息。全诗气势宏伟，熔描写、抒情、议论于一炉，颇见功力。组
诗《枕畔吟》大都是诗人暮年或病中所吟，显示了诗人生命不息、探索不止、歌
唱不止的精神。

阮章竞是五四以来探索中国诗歌民族化、创造"中国作风""中国气派"诗
歌的成绩卓著的诗人，他将民歌民谣和古典诗词熔为一炉，炼字、炼词、炼句、
炼意，始终追求诗中有画、画中有诗，他是新中国诗坛辛勤的探索者、改革家。
他所取得的成就将永载诗史。

① 阮章竞：《虹霓集》，北京：作家出版社，1958年，第81-83页。
② 茅盾：《反映社会主义跃进的时代，推动社会主义时代的跃进》，见作家出版社编：《争取社会主义文学的更大繁荣》，北京：作家出版社，1960年，第17页。
③ 阮章竞：《阮章竞绘画篆刻选》，北京：人民美术出版社，2009年，第24页。
④ 阮章竞：《阮章竞绘画篆刻选》，北京：人民美术出版社，2009年，第39页。

第五节 英年早逝的歌手：乔林

乔林是一位在部队里成长起来的有才华的诗人，是一位英年早逝的歌手。1948 年，他在大别山地区参加游击战争，同那里的人民同甘共苦，结下了深厚的友谊。大别山地区可歌可泣的革命斗争故事使他受到了深刻的教育和鼓舞。长篇叙事诗《白兰花》就是他根据这一段革命生活的真切感受写成的。初稿完成于 1951 年，后又经过 4 年时间反复修改定稿。不幸的是，长诗刚刚脱稿，诗人就在一次偶然事件中去世了。他生前出版的诗集还有《留下的脚印》。

《白兰花》是新中国成立初期出现的一部描写革命斗争生活的优秀诗作。全诗通过描写大别山革命根据地人民坚决跟着共产党斗地主、战日寇、迎解放的斗争历程和白兰花的成长道路，生动地反映了中国农村从第二次国内革命战争时期到解放战争时期的巨大变化和农民的觉醒。长诗一开始就深刻地揭示了中国农村农民阶级和地主阶级的尖锐矛盾和对立，控诉了地主恶霸对人民的压迫和蹂躏。白家洼因为有贫苦农民的辛勤劳作，庄稼年年都有好收成；可是，农民们的劳动成果全因恶霸地主史家霸勾结官绅、倚仗权势被剥夺走了。农民啼饥号寒，过着痛苦的悲惨生活。尽管恶霸地主横行霸道，但是人民是不会屈服的，他们在共产党的领导下，跟着红军，同以史家霸为代表的反动势力进行了艰苦的斗争。《白兰花》的故事就是在这一典型环境里发生、发展的。诗人通过写白兰花坎坷的命运，把白兰花的成长同白家洼武装革命斗争的发展壮大紧密地交织在一起，真实地展现了大别山革命根据地波澜起伏的革命画卷。

《白兰花》没有描写惊心动魄的奇迹，它只是以朴素的笔调，写出了白兰花从一个贫苦、幼稚、单纯的农村少女成长为坚强的共产主义战士的过程，写出了中国人民最淳朴的感情、最倔强的性格、最坚毅的斗争精神。它既是一首形象地反映人民的血与泪、思想与感情的抒情长诗，又是一首中国农村的革命颂歌。

《白兰花》的突出成就在于诗人满含深情地塑造了白兰花的典型形象。白兰花出生在一个贫农家庭，祖祖辈辈受着地主恶霸的剥削压迫，生活十分贫困，少年时代的悲惨生活使她对地主恶霸充满了憎恨，她具有反抗旧社会的精神，她对不合理的世道进行了愤怒的质问。当史家霸企图玩弄她，以金钱诱惑、以权势相逼的时候，她怒不可遏，斩钉截铁地痛斥史家霸。白兰花有着疾恶如仇、不畏强暴的倔强性格。和千千万万受苦受难的劳动人民一样，白兰花一旦接触了革命，受到党的教育，便把自己的爱情、理想和命运同革命紧紧地联系在一起。在清晨的河岸上，她一边洗衣，一边歌唱，优美动人的洗衣歌，表露了她对红军的无限深情。在她含恨忍泪背井离乡流浪的时候，时刻想念着红军，诗人时而用抒情的笔墨，时而用急促的旋律，时而用如泣如诉的曲调，十分动人地描写了白兰花和红军的鱼水之情。抗日战争时期，白兰花回到家乡，见到了自己日夜思念的亲人，她把自己的全部心血和智慧都交给了党。在严酷的革命斗争中，她终于由一个受苦受难的穷孩子成长为一名共产党员，由一个普通的农村少女成长为一名坚强的无产阶级革命战士。

诗人不只是用外形的描写和客观的评述来赞美白兰花，而且通过一系列的矛盾冲突来刻画白兰花的性格。在艰苦的革命斗争中，白兰花的亲爹被恶霸沉入塘里活活淹死，她的亲娘被日伪军用棍棒活活打死，她刚刚坠地的孩子被活活刺死，她自己也受了一次又一次的折磨和酷刑。她痛苦过，愤恨过，但是，她没有退缩，没有动摇，而是更坚决、更勇敢地投入斗争。一次，汉奸领着日本鬼子进了白家洼，威逼白兰花交出新四军伤病员。她没有被敌人的刀枪吓倒，也没有被敌人的谎言哄骗，敌人把她打得鲜血四溅，她仍坚强不屈，痛斥奸贼。敌人对她无计可施，妄图用打死她妈妈的毒计来迫使她就范，当她看见妈妈被打得浑身是血时，心里悲痛万分，但是，为了保护伤员，她忍受着精神上的极大痛苦，坚决不交出新四军。敌人用臭水把她灌得死去活来，她心里想着穷人的翻身解放，宁死不吐一个字。在一次比一次严峻的考验面前，她精神的高贵和灵魂的美丽更加凸显。在二次抢救伤员的过程中，白兰花生了孩子，这时，敌人就要追上来了，是背伤员走，还是丢下伤员背孩子走，白兰花在思想上展开了激烈的斗争。最后，她终于做出了决定，忍痛丢掉孩子，背着伤员走。显然，这里的白兰花已经把个人反抗转变为深刻的阶级仇恨，自觉地从整个阶级的利益出发来考虑和处理问题了。她已经在党的教育下，在革命的风雨中锻炼得更加成熟坚强。

诗人在塑造白兰花的形象时，没有简单地停留在事件的叙述上，而是在激烈的矛盾冲突中，通过人物的行动，揭示白兰花作为无产阶级革命战士的高贵品质，使人物性格不断深化。

长诗还通过描写白兰花同朱大海的爱情展现了白兰花丰富的内心世界。白兰花和朱大海的爱情是纯真的，是建立在牢固的阶级基础之上的，是在革命的风雨里盛开的鲜花。在解放军发起大反攻的日子里，白兰花见到了日夜思念着的连长朱大海，火热的心，就要从嘴里跳出来了。但是，她并没有因为与朱大海的暂时离别而悲伤，相反，她为即将到来的胜利而喜悦，对新中国成立后的新生活充满了幸福的憧憬。崇高的理想把白兰花和朱大海的心联结在一起，鼓舞着他们投入摧毁旧世界、创造新中国的伟大斗争中。当白兰花被敌人逮捕，受到严刑拷打时，她没有为个人的爱情、幸福苟且偷生，想到的仍是不能交出新四军伤病员。

白兰花是党的好女儿，是革命的好战士。诗人倾注浓烈的感情歌颂了白兰花作为无产阶级革命战士所具有的坚忍、贞洁的高尚情操；她在几乎绝望的艰苦生活中，能够承担难忍的不幸，永远向往着理想，为它而战斗，为它而献身。白兰花的形象不只是大别山区劳动妇女的代表，应该说，新中国成立前许多老革命根据地的妇女都曾走过白兰花所经历的革命道路，因之，诗人塑造的白兰花形象确实具有普遍意义。

《白兰花》是一首民歌体长诗，具有朴素优美的艺术风格。

丰富多彩的民歌格调是长诗的主要特点。诗人在民歌的基础上，从生活出发，以回环往复的调子，创造了一种较为自由的形式。它的章节的长短、句法的变换十分灵活自由，不受固定格式的限制。诗人灵巧地驾驭这种形式，准确地表现了情节的发展和感情的变化。如对白兰花和朱大海相互倾吐爱情场景的描写，有的两句一节，有的三句或四句一节，有的甚至长达十二句一节，每节句数的多少完全随感情的发展而变化，通过这些变化，诗人生动地描绘了白兰花和朱大海曲折而复杂的内心活动，歌颂了他们美好而纯真的爱情。此外，诗人对民歌所惯用的排比、夸张、比兴等手法的运用也十分成功，诗中或描绘人物的外貌，或刻画人物的心理，或叙述人物的行动，或表现人物的对话，或铺叙情节的发展，这些手法都用得生动贴切、恰到好处。

叙事和抒情的和谐统一，是这篇长诗的突出特点。《白兰花》的故事是平凡的，是人们所熟悉的，但是由于诗人是以炽热的感情和鲜明的色调来叙述的，贯注全诗的感情随情节的发展和主人公的遭遇跌宕起伏，时而低沉，时而高昂，时而悲伤，时而欢快，因而能深深打动读者。诗中抒情性的内心独白，是白兰花在控诉，是诗人在控诉，也是人民在控诉。诗人就是这样把人民的感情化成了诗意，又用诗的形式抒发了人民的感情，从而使人物形象更为丰满，具有强烈感人的魅力。

长诗的语言朴素简洁，生动有力，富于形象性和音乐美。诗人善于概括和提炼群众的口头语言来表现不同人物的思想，他的长诗散发着浓郁的乡土气息，具有较为鲜明的地方色彩。这也是他的长诗受到欢迎的一个重要原因。

第四章

归来派诗歌

第一节　概述：沉默的"常青树"又"开花了"

"艾青在为社会主义而歌唱。……但在一九五八年，他却突然沉默了……一九七八年，中国大地一派青色，艾青这个名字突然又在上海《文汇报》上出现了。他给读者带来了《鱼化石》。生命长在，诗人艾青又'归来'了。"[1]

这是艾青的朋友诗人吕剑在《〈归来的歌〉书后》所写的一段话，他说出了诗人艾青的经历、性格特征，也是对归来派诗人们的经历、理想和性格的生动概括。

归来派诗人，在"文化大革命"结束以后，同艾青一样如"鱼化石"、如"出土文物"从地层深处破土而出，重返诗坛，唱起了"活着就要斗争，/在斗争中前进，/即使死亡，/能量也要发挥干净"[2]的"归来"的歌，抒发了"归来者"献身祖国、献身人民事业的奉献精神。

---

① 吕剑：《〈归来的歌〉书后》，见艾青：《归来的歌》，成都：四川人民出版社，1980 年，第 222-223 页。

② 艾青：《艾青诗选》，北京：中国友谊出版公司，2018 年，第 203 页。

据查，"文化大革命"结束之后，艾青最早发表在《文汇报》的诗作，应是1978 年 4 月 30 日的《红旗》（《鱼化石》和《电》于 1978 年 8 月 27 日发表于《文汇报》，题名《诗两首》）。这首诗同《鱼化石》一样表现了归来派诗人的人生经历、精神品质和理想追求："火是红的，/血是红的，/山丹丹是红的，/初升的太阳是红的；//最美的是/在前进中迎风飘扬的红旗！""红旗是火，/是被压迫者反抗的火，/是被剥削者忿（愤）怒的火，/……是争自由、求解放的火"；红旗"不灭的光辉，/象（像）火红的朝霞，/即使被子弹打穿了，/也决（绝）不会倒下"；"象（像）战马抖动鬃毛，/在等待一声号令，/随时准备跳出战壕，/扑向烟火弥漫的战场……"①这首自喻性极强的咏物诗，实际上是艾青革命精神、理想人格的诗化，这是对"归来者"（当然，包括归来派诗人）情感的艺术再现。

归来派诗人，其名得于艾青复出后出版的第一部新的诗集《归来的歌》。归来派诗人可分为以下两种情况。

第一种情况是以胡风、鲁藜、绿原、牛汉、曾卓、冀汸、彭燕郊、罗洛、胡征、鲁煤等为代表的诗人，他们在抗日战争时期是热血的、进步的爱国青年，他们都在胡风创办编辑的《七月》《希望》《七月诗丛》《七月文丛》等杂志刊发过诗文，是或直接或间接受到胡风影响而走上诗坛的诗人，他们被称为七月派诗人。比如，艾青的第一部诗集《大堰河》就因胡风满含激情的艾青专论——《吹芦笛的诗人》而在诗坛名声大振。艾青成名后，也在《七月》发表了不少诗篇，如《他起来了》《雪落在中国的土地上》《北方》《乞丐》《驴子》《补衣妇》《风陵渡》《向太阳》《人皮》《骆驼》《浮桥》《哀巴黎》《公路》等，胡风还为艾青出版了诗集《北方》。再如，苏金伞的《我们不能逃走——写给农民》，彭燕郊的《岁寒草》（三首）、《风雪草》（三首）、《春天，大地的诱惑》，化铁的《他们的文化》及诗集《暴雷雨岸然轰轰而至》，鲁藜的《延河散歌》（十首）、《泥土》、《春在北方》、《第二代》（十四首）、《夜行曲》（四首）、《风雪的晚上》、《真实的生命》（四首）、《冬夜》及诗集《醒来的时候》，冀汸的《跃动的夜》、《月季花》、《旷野》、《寒冷》（十首）、《生命》、《给石怀池》、《无花果》及诗集《跃动的夜》《有翅膀的》等，天

---

① 艾青：《归来的歌》，成都：四川人民出版社，1980 年，第 7-10 页。

蓝的《G. F. 木刻工作者》及诗集《预言》，牛汉的《爱》《落雪的夜》《春天》《锤炼》等及诗集《彩色的生活》，绿原的《无题》、《破坏》（六首）、《给天真的乐观主义者们》、《终点，又是一个起点》、《悲愤的人们》、《咦，美国！》、《复仇的哲学》及诗集《童话》《集合》《又是一个起点》等，公木的《哈喽，胡子》，胡征的《白衣女》《清明节》《挂路灯的》《钟声》等。这些诗人，包括艾青在内，他们当时的思想境界、精神状态都是与《七月》创刊号以"七月社"名义发表的《愿和读者一同成长——代致辞》相一致："中国的革命文学是和反抗日本帝国主义的斗争（五四运动）一同产生，一同受难，一同成长。斗争养育了文学，从这斗争里面成长的文学又反转来养育了这个斗争"；"文艺作家不应只是空洞地狂叫，也不应作淡漠的细描，他得用坚实的爱憎真切地反映出蠢动着的生活形象"；"文艺作家底（的）这工作，一方面要被壮烈的抗战行动所推动，所激励，一方面将被在抗战热情里面涌动着成长着的万千读者所需要，所监视"；"文艺作家不但能够从民众里面找到真实的理解者，同时还能够源源地发现从实际战斗里成长的新的同道伙友"①。这一群因爱国和为民族解放奋斗而结成的文学的"同道伙友"，都钟情于《七月》的宗旨，都受过胡风直接或间接的指导。艾青和田间在《七月》创刊之前已在诗坛颇有影响，这两位诗人的作品又确实是七月派的奠基②。艾青的名篇在前面已列举，田间此时发表于《七月》的诗作有《给战斗者》《假使全中国不团结》《烧掉旧的，盖新的……》等。当时七月派的诗人们都自觉地把胡风、艾青、田间作为自己的导师、标杆而模仿、学习。艾青和胡风一样，也应是七月派诗人的领军人物，虽然艾青没有主编《七月》杂志，但他的诗歌创作和诗歌理论都深深地影响着 20 世纪三四十年代的一大批追求人民民主、民族独立、祖国富强的进步的革命诗人，他们是：阿垅、鲁藜、孙钿、冀汸、彭燕郊、杜谷、方然、钟瑄、曾卓、绿原、徐放、胡征、牛汉、鲁煤、芦甸、郑思、朱健、朱谷怀、化铁、罗洛等。绿原在《〈白色花〉序》中对他们作了较为全面的论述：

---

① 周良沛编：《七月诗选》，成都：四川人民出版社，1984 年，第 420-421 页。

② 周良沛编：《七月诗选》，成都：四川人民出版社，1984 年，第 12 页。

　　这二十位作者除个别情况外，大都是在四十年代初开始写作的，或者说是同四十年代的抗战文艺一同成长起来的。那时期，民族危机笼罩着整个神州，蒋介石、汪精卫们出卖着祖国，人民在水深火热之中，中国共产党肩起了抗日救国的大旗，给人民指出了前进的方向。在中国历史上，二十世纪的四十年代是反动的年代，也是进步的年代；是黑暗的岁月，也是光明的岁月；是悲惨的绝望的时刻，也是战斗的充满希望的时刻。这些作者是在这样尖锐的矛盾环境中提笔写诗的，严酷的政治形势不能不对他们产生极大的影响；他们当时大都是二十岁上下的青年，没有也不可能经受正式的专门的文学陶冶，现实生活才是他们的创作的唯一源泉。四十年代的现实生活空前动荡而又空前广阔，他们有的在解放区，有的在国统区，有的在前线，有的在后方，有的在农村，有的在城市，有的在公开的战斗行列中，有的在秘密的艰苦的地下。不论他们的处境如何相异，他们都生活在中国的苦难的土地上，生活在中国人民的炽烈的斗争中。他们在政治上有共同的信仰和向往，坚信并热望共产党所领导的人民革命斗争的最后胜利；他们多数是共产党员，同时又是普通人民的一分子。在当时的历史条件下，他们和先进人民相结合的程度可能是有限的，但他们的向往和追求却恳切而热烈，并带有鲜明的倾向性。这种倾向性，以及体现这种倾向性的艺术手段，可以由他们的作品本身来作证。①

　　这里，绿原指出：第一，这些年轻的诗人是与 20 世纪 40 年代的抗战文艺一同成长起来的，是时代孕育了他们；第二，不论他们身处何处，在解放区或国统区，在前线或后方，在农村或城市，在公开的战斗行列中或秘密的地下，他们都生活在中国的苦难的土地上和中国人民的炽烈的斗争中；第三，他们"有共同的信仰和向往，坚信并热望共产党所领导的人民革命斗争的最后胜利"；第四，他们多数是共产党员，是革命者，他们的作品具有鲜明的政治倾向性。

　　在《〈白色花〉序》中，绿原对没有被选入《白色花》的艾青作了极高的评价，指出艾青是他们（不仅是他们）这一大批青年诗人的领头人：

---

　　① 绿原：《葱与蜜》，北京：生活·读书·新知三联书店，1985 年，第 50-51 页。

　　中国的自由诗从"五四"发源，经历了曲折的探索过程，到三十年代才由诗人艾青等人开拓成为一条壮阔的河流。把诗从沉寂的书斋里、从肃穆的讲坛上呼唤出来，让它在人民的苦难和斗争中接受磨练，用朴素、自然、明朗的真诚的声音为人民的今天和明天歌唱：这便是中国自由诗的战斗传统。本集的作者们作为这个传统的自觉的追随者，始终欣然承认，他们大多数人是在艾青的影响下成长起来的。①

　　这里，绿原指出了七月派诗人的共同特征：第一，与人民的苦难和斗争紧密结合；第二，朴素、明朗、真诚的诗风；第三，为人民的今天和明天歌唱。

　　绿原的论述比较清晰地阐明了七月派诗歌的"起源、倾向和特色"，以及这些诗人对"人和诗的关系的一些理解"，特别强调胡风和艾青是他们的先导者、引领人。对于这样一个诗歌流派，诗人公刘依据"强烈的政治倾向性"、"鲜明的艺术个性"以及"二者必须统一"的"完整的有机体"的"流派"标准，分析得更直截了当、鲜明恳切："所谓'七月派'，在实际上就是一个追求革命的真善美的诗人集团，一个由共产党员和共产主义者以诗为武器参加人民斗争而自愿结合的诗派。"②并且说，七月派"在中国新诗运动史上"的"功勋"是"不可抹煞"的，"地位"是"毋庸争辩的"③。

　　诗人鲁煤在长篇组诗《劫后回眸交响诗》中作了精练的概括："……旧中国，我们是散兵游勇/为抗日、民主，各自为战/胡风钟爱我们赤诚，举'七月''希望'旗帜/召唤我们遥相声援——虽未谋面/我们已成神交战友//更何况，新中国，我们……建设、捍卫新的生活/尽管你东我西，依然未谋面——/有人抗美援朝流血、流汗/有人深入城乡流汗、流血/但在向伟大社会主义进军中/我们是忠贞的同志，血亲兄弟。"④

　　第二种归来派诗人既有在 20 世纪三四十年代就已成名的艾青、公木、苏金

---

　　① 绿原：《葱与蜜》，北京：生活·读书·新知三联书店，1985 年，第 52 页。

　　② 公刘：《〈白色花〉学习笔记》，见《乱弹诗弦》，北京：生活·读书·新知三联书店，1986 年，第 83 页。

　　③ 公刘：《〈白色花〉学习笔记》，见《乱弹诗弦》，北京：生活·读书·新知三联书店，1986 年，第 83 页。

　　④ 鲁煤：《鲁煤文集·一·诗歌卷·在前沿》，北京：中国戏剧出版社，2006 年，第 343-344 页。

伞、蔡其矫、吕剑、青勃等中老年诗人，也有 50 年代诗坛出现的年轻诗人，如公刘、邵燕祥、白桦、高平、流沙河、周良沛、孙静轩、孔孚、胡昭、梁南、昌耀、林希、赵恺、王辽生等。艾青、公木、苏金伞、吕剑、青勃、蔡其矫等中老年诗人和七月派诗人有千丝万缕的联系，大都在胡风主办的《七月》或《希望》或《七月诗丛》发表过诗作。

他们同七月派诗人有大体相同的政治信仰，他们在民族危亡的艰难岁月，千难万苦奔赴中国共产党领导的抗日最前线，有的参加了延安整风运动，有的参加了解放战争。新中国成立前，他们就写有很著名的作品，比如，公木的《中国人民解放军军歌》歌词、蔡其矫的《肉搏》、苏金伞的《地层下》、艾青的《野火》《黎明的通知》《吴满有》《雪里钻》等诗作。

新中国成立之后，由于艾青诗歌创作的巨大成就与诗坛地位，加之，他在《人民日报》《文艺报》《人民文学》《新华月报》《文艺学习》《诗刊》《文艺月报》等报刊频繁地发表诗作、诗论，很多文学青年，特别是青年诗人都争着学习艾青，艾青也自然而然地成为新中国青年诗人的"偶像"。艾青此时发表的一系列诗歌评论，如《创作上的几个问题》《谈工人诗歌》《〈艾青选集〉自序》《谈大众化和旧形式》《表现新中国，表现爱国主义》《诗的形式问题》《诗与感情》《公刘的诗》《望舒的诗》等在青年诗人中有广泛的影响，是青年诗人极爱阅读的文章，诗人公刘就曾说过，"相比较下来，我更喜欢读那些诗人们写的诗歌理论和诗歌评论"①。这里的"诗人们"就包括艾青。

周良沛在年轻的时候，就听过艾青向他讲述的一个俄国宫廷诗人在沙皇面前保护过许多俄国引以为傲的诗人的故事，这位诗人爱才又识才，但他自己却没有写出什么好诗，主要原因是生活得太舒服了。周良沛在经过 20 年的坎坷之后，才懂得艾青讲这故事的意义。可见，在新中国成立初期，除郭沫若之外，艾青是深受青年诗人欢迎的诗坛长辈。这些青年诗人，有的是守卫边陲的战士如公刘、白桦、周良沛、高平等，有的是抗美援朝战争中年轻的战士如胡昭、昌耀等，有的原本就是诗人如牛汉等，有的是新闻媒体的编辑、记者如邵燕祥、流沙河、孙静轩、梁南等。

党的十一届三中全会以后，这些归来派诗人分布在天南地北，有的已步入中

---

① 公刘：《跨越"代沟"——和青年朋友谈诗》，合肥：安徽文艺出版社，1988 年，第 1 页。

年，有的已至暮年，然而，他们却有着共同的特点：第一，都唱着既欣喜、真挚又深沉的"归来"的歌；第二，他们自觉不自觉地、或明或暗地尊艾青为这一流派的首领；第三，他们满怀激情呼唤着祖国的春天和人类的光明；第四，他们继承、发展并深化了五四以来新诗的优良传统，是粉碎"四人帮"以后诗坛上最为活跃、影响最大、成绩最丰硕的一批诗人。这一流派的诗歌创作大体有如下特征。

第一，"说真话"，写真诗，坚持诗歌的真实性传统，是归来派诗人最初的呼声，也是他们坚持的美学原则。真实是艺术的生命，是现实主义文艺的核心。艾青复出之后出版的第一部诗集《归来的歌》的"代序"中的第一句话就是："诗人必须说真话。"①这是艾青新时期率先提出的诗歌宣言，也是他一生为人写诗的座右铭，他说："人人喜欢听真话，诗人只能以他的由衷之言去摇撼人们的心。诗人也只有和人民在一起，喜怒哀乐都和人民相一致，智慧和勇气都来自人民，才能取得人民的信任。"②艾青还说过："既然要写诗，就不应该昧着良心说假话。"③接着，公刘、周良沛、曾卓、蔡其矫等都先后指出，诗歌必须同"瞒与骗"的错误倾向和空泛的"豪言壮语"决裂，必须同社会生活紧紧拥抱。公刘说："诚实无罪，诚实长寿，诚实即使被迫沉默依然不失为忠贞的诚实，……诚实必定胜利，因为人民喜欢听真话。"④曾卓曾说："诗首先要求真实。"⑤"真情实感是诗的生命，是真诗和非诗的分界线，也是诗的美学的基础。"⑥昌耀说："诗美流布天下随物赋形不可伪造。"⑦可见，恢复、发展新诗的现实主义传统是归来派诗人共同的心愿。他们认为说真话、诚实是恢复和发扬诗歌现实主义传统最起码的要求，是医治诗歌"信用危机"的良好药方，也是写诗、做人最基本的品德。不论是从国统区来的曾卓，还是从解放区来的艾青、公木、蔡其矫、鲁煤，抑或是新中国成立之后走上诗坛的公刘、周良沛、白桦、

---

① 艾青：《艾青散文精选》，武汉：长江文艺出版社，2019 年，第 147 页。

② 艾青：《艾青散文精选》，武汉：长江文艺出版社，2019 年，第 147 页。

③ 艾青：《艾青散文精选》，武汉：长江文艺出版社，2019 年，第 148 页。

④ 公刘：《诗与诚实》，广州：花城出版社，1983 年，第 21 页。

⑤ 曾卓：《悬崖边的树》，成都：四川人民出版社，1981 年，第 124 页。

⑥ 曾卓：《诗人的两翼》，北京：生活·读书·新知三联书店，1987 年，第 25 页。

⑦ 昌耀：《昌耀的诗》，北京：人民文学出版社，1998 年，第 423 页。

邵燕祥等，都一致地要求诗歌表现历史与时代的真实，抒发诗人真挚的内心情感。

第二，歌咏"归来"，袒露心志，是归来派诗人创作的共同主题。归来派诗人曾经是新生活的热情追求者与创造者，有的甚至在血与火的年代受到严峻的革命斗争的磨炼，经过一段时间的沉寂后，他们复出了，他们不约而同地用"归来"为诗篇或诗集命名，流沙河写了《归来》，梁南写了《归来的时刻》，有的诗人尽管没有以"归来"命名，但其归来的心态、归来的情绪、归来的悲喜却是共同的。艾青复出后的第一首诗《红旗》可以说是归来派诗人的第一声真情吐露："象（像）战马抖动鬃毛，/在等待一声号令，/随时准备跳出战壕，/扑向烟火弥漫的战场……"[1]鲁煤归来以后，毅然决然地唱道："高擎着真理的红色火炬——/理应把它奉献给人民/怎好随我的遗体化为灰烬？//蚕老要吐丝，瓜熟便落蒂——/要倾吐赤诚的话语，/不做冰冷的寿衣……"（《倾诉衷曲》）[2]曾卓的《我期待，我寻求》、流沙河的《一个知识分子赞美你》、公刘的《解剖》、梁南的《合欢花开了》《贝壳·树·我》、周良沛的《珍珠》等诗，有的直抒胸臆，有的比喻象征，一方面抒写了他们在艰难的岁月里内心的感受，另一方面抒发了他们对党、对祖国、对人民、对生活始终不渝的忠诚和热爱，甚至甘愿献身"泥土纵然干涸得没有一丝水分，/眷恋它的树枯萎了也站在怀里，/象（像）婴孩依偎于母亲，/落叶是树的眼泪，落满母亲手里。""我扑在大地身上化而为土，/我跳入大海怀里变水一滴；/在梦中，祖国！我也在追索你，/紧紧地，紧紧地，一步不离……"（《贝壳·树·我》）[3]同用"归来"命题写归来派诗人的命运一样，他们也不约而同地用"珍珠"来象征归来派诗人共同的经历与人格。老诗人公木在《棘之歌》中展现了一种虽经历磨难却其志弥坚的人格魅力："西风裸露了我褐色的躯体，/而夺不走我累累的果实。/这日月与风雷结晶的珍珠啊，/象（像）一簇簇火星儿点燃在天宇。"[4]白桦在《珍珠》一诗里呼唤"把被我们随意抛撒掉的珍珠拾起来，/我们将是世界上最富有的人民"（《珍

---

① 艾青：《归来的歌》，成都：四川人民出版社，1980年，第10页。

② 鲁煤：《鲁煤文集·一·诗歌卷·在前沿》，北京：中国戏剧出版社，2006年，第266-267页。

③ 诗刊社编：《1979—1980诗选》，成都：四川人民出版社，1982年，第302-304页。

④ 公木：《公木诗选》，长春：吉林人民出版社，1981年，第297页。

珠》)①。吕剑在《羊城留别》中发出了"沉思有余而感慨随之"的呼号。周良沛在《在鲁迅墓前》中抒发了归来派诗人对前途充满了自信："我们归去,告诉人们:/石在,火种不绝;//我们再来,告慰英灵:/石在,火种不绝!"②可见归来派诗人有像珍珠历经苦难的遭遇,也有珍珠般献身光明的品质以及对前景、对光明的乐观精神。唐祈的《土地》抒发了作者的赤诚与忠心。孔孚的《母与子》以对大海无怨无悔的挚爱抒发了归来派诗人赤子恋母的深爱与痴情。梁南的《我不怨恨》更是以生动的比喻形象地倾诉了归来派诗人的虔诚。冀汸以"一匹伏枥老骥,已起步驰奔,/在新长征的行列里,紧跟前面飘扬的红旗"(《回响》)③的诗句抒发了归来派诗人在新时期老当益壮的豪情。昌耀以象征的手法展示了归来者们勇往直前的信念与百折不挠的毅力,明知"在这日趋缩小的星球,/不会有另一条坦途",但他们"仍在韧性地划","仍在拼力地划",他们坚信"在大海的尽头/会有我们的/笑"(《划呀,划呀,父亲们!》)④。艾青坚信"终有一天/海水和泪都是甜的"(《海水和泪》)⑤。这些诗句是诗人心底的誓言,它们生动地描写了归来派诗人虽遭逆境、挫折仍然真诚地热爱人民、拥抱生活的胸襟,我们看到了这些知识分子坦诚磊落,对人民、对信念矢志不渝的高贵品格。

第三,回忆"自我",将鲜明的艺术形象与批判精神、忧患意识和理性思辨融为一体,是归来派诗人诗作的又一特征。归来派诗人复出后的创作大都以自己的经历为依托,带有"自白"和"自传"的性质。他们长期与广大人民有着密切的联系,对历史的变化有着深刻的观察与思考。比如,艾青的《鱼化石》、林希的《无名河》、梁南的《贝壳·树·我》、绿原的《又一名哥伦布》、曾卓的《悬崖边的树》、牛汉的《巨大的根块》《华南虎》、周良沛的《苹果》等诗既描绘了诗人们各不相同的生活经历,又展示了他们共同的坎坷人生,更为重要的

① 李瑛、张永健主编:《南湖放歌:献给中国共产党成立 80 周年朗诵诗选》,武汉:长江文艺出版社,2001 年,第 145 页。

② 周良沛:《挑灯集》,成都:四川人民出版社,1983 年,第 26 页。

③ 陈超编:《中国当代诗选·上》,石家庄:河北教育出版社,1999 年,第 276 页。

④ 昌耀、燎原编:《我从白头的巴颜喀拉走下:昌耀诗文选》,桂林:广西师范大学出版社,2019 年,第 141-142 页。

⑤ 艾青:《归来的歌》,成都:四川人民出版社,1980 年,第 24 页。

是透过他们个人坎坷的命运展示了我们民族的步履蹒跚与祖国发展的艰辛。尽管诗人们各自的生活经历不同，所受文化熏陶有别，因而其思考问题的方式、视角、层面也不尽相同，但对思考、探求祖国富强之道与民族振兴之路的挚情却是一致的。回顾过去，以批判精神重新审视以往历史，是归来派诗人对现实主义文学思潮的重大贡献。如艾青的《在浪尖上》、绿原的《重读〈圣经〉》、公刘的《刑场》、流沙河的《哭》、孙静轩的《历史在这里沉思》、梁南的《题在花圈上的诗》、白桦的《阳光，谁也不能垄断》等。但在反思的诗作中，有的偏颇，有的错误，有的自觉不自觉地为复辟分子所利用，比如，公刘的《历史在这里沉思》在解剖自己时就得出了错误的结论："正是我们自己给自己酿下了一杯苦酒/自己把自己推进了深深的狭（峡）谷/假若，假若我们举起森林般的手臂制止/……也许能制止太阳神的错误。"①

第四，在新时期文学创作"向哲理深化"②的进程中，归来派诗人也充当了先行者的角色。艾青、公木、绿原、公刘、周良沛、梁南等人创作了大量闪耀着哲理光彩的诗篇。它们或从日常生活的一景一物中窥探哲理，如艾青的《酒》《镜子》《鱼化石》、蔡其矫的《珍珠》、周良沛的《雪夜》等，或从纷繁的社会人生中提炼哲理，如绿原的组诗《白云书简》等，或从漫长的历史与茫茫的宇宙中探求人类历史的规律与自然宇宙的奥秘，如艾青的《光的赞歌》《古罗马的大斗技场》《面向海洋》、公木《读史断想三题》等，这些诗将形象性、抒情性和哲理性融为一体，其哲理思考所涉及的范围之广泛，其思辨所达到的深度与力度，其技巧与艺术手法的圆熟与多样是过去所少见的。

归来派诗人的创作呈现出同中有异、异中有同的特点。他们的诗风大多继承了诗人要真诚，诗歌要真实，诗歌要与时代结合并要为人民呼号等现实主义的优良传统，但也有发展变化，大多由过去的单纯、明朗转向深沉、凝重。艾青、公木、曾卓、绿原等人的诗作，大都融古今中外诗歌之长，诗笔雄健，体现了中华民族的文化源流与文化心理，具有浓郁的思辨色彩，往往给人以深刻的哲理启示。艾青的诗平易精练、幽默机智、纵横捭阖、炉火纯青，更具现代意识，更显民族精神，为世人所称颂；公木的诗深沉老到、乐观豁达；绿原、

---

① 白桦主编：《20世纪中国名家诗歌精品·中》，广州：广州出版社，1996年，第710页。

② 艾青：《〈管桦诗画集〉序》，见《艾青谈诗》，广州：花城出版社，1982年，第157页。

牛汉、曾卓等人的诗，则于深沉、乐观的情绪之中渗透着冷峻而苦涩的情思。公刘、邵燕祥、流沙河、白桦、昌耀、孔孚、胡昭等人的诗作，有对中外传统的继承，也有发展和超越，既注意艺术手法的变化，更注意思想观念的更新。公刘的诗是激情和睿智的结合，邵燕祥的诗是热情与思辨的诗化，流沙河的诗多伤感而富于理智，白桦的诗明朗而敏捷，蔡其矫的诗尚人道而求创新，梁南的诗真挚而凄婉，昌耀的诗空灵而悲怆，林希的诗诚挚而悲凉，鲁煤的诗坦诚而真切。

归来派是新中国影响巨大的诗歌流派之一。归来派的大部分诗人不改初心、矢志不渝、坚守信念、忠于理想，但也有些诗人信仰动摇、倾心西方文化，有些作品有严重的历史虚无主义情绪，以偏概全，以点带面，偏离社会主义方向，有些作品甚至以反思为名，行否定社会主义之实。这些都是需要批判的。

第二节　"祝福""光明"的"吹笛者"：艾青① （上）

艾青是现代中国诗歌史上继郭沫若之后的又一杰出的诗坛大师、诗坛泰斗。他是一位转承多师、众采百家、吸纳古今、熔铸新辞的创造者。早年留学法国，

---

① 艾青（1910—1996），原名蒋正涵，字养源，号海澄，笔名莪加等，浙江金华人。五岁前被寄养在贫苦农妇"大叶荷"（即大堰河）家里，自幼喜欢绘画。1928 年，考入国立艺术院（中国美术学院前身）绘画系。1929 年在林风眠院长的鼓励下到巴黎勤工俭学，在学习绘画的同时，他阅读了哲学和文学书籍，接触了欧洲现代派诗歌以及苏联社会主义诗歌。1932 年初回国，加入中国左翼美术家联盟，从事革命文艺活动，不久被捕，在狱中写下了不少诗。1933 年，第一次用艾青的笔名发表长诗《大堰河——我的保姆》，感情诚挚，诗风清新，轰动诗坛，一举成名。1935 年出狱，翌年出版了第一本诗集《大堰河》，表现了诗人热爱祖国的深挚感情，乡土气息浓郁，诗风沉雄，情调忧郁而感伤。抗日战争爆发后，艾青在汉口、重庆等地投入抗日救亡运动，任《文艺阵地》编委、育才学校文学系主任等。1941 年赴延安，任《诗刊》主编。抗日战争期间是他创作的高潮期，出版了《北方》《旷野》《火把》《黎明的通知》《雪里钻》等 9 部诗集。抗日战争胜利后任华北联合大学文艺学院副院长，负责行政工作。新中国成立后，任《人民文学》副主编、中国文学艺术界联合会委员等，出版了诗集《宝石的红星》《黑鳗》《春天》《海岬上》。1979 后，任中国作家协会副主席、国际笔会中国中心副会长等，出访了欧洲、美洲和亚洲的不少国家，这一时期创作出版的诗集有《归来的歌》《雪莲》《彩色的诗》、诗论集有《艾青谈诗》，还出版了《艾青叙事诗选》《艾青抒情诗选》《域外集》，以及多种版本的《艾青诗选》和《艾青全集》。诗集《归来的歌》和《雪莲》曾获中国作家协会第一届全国优秀新诗（诗集）奖。他的作品被译成 10 多种文字在国外出版。艾青是继郭沫若、闻一多等人之后又一位推动一代诗风，并产生过重要影响的具有国际声誉的诗人。

他阅读过兰波、波特莱尔、阿波里内尔等现代派诗人的诗歌，阅读过拜伦、雪莱、凡尔哈伦、马雅可夫斯基、勃洛克、叶赛宁、惠特曼的作品，回国后，学习过古典诗词，特别是唐诗。他的诗作题材广阔、涉及面广、风格独特，获得了诸多桂冠。他描写过农村，表现过农民的痛苦和心曲，发表过《大堰河——我的保姆》《透明的夜》《卖艺者》《死地》《手推车》《北方》《乞丐》《雪落在中国的土地上》《冬天的池沼》《献给乡村的诗》等，因而被称为"农民诗人"；他写过著名的表现战争的长诗《他死在第二次》《吹号者》《兵车》《雪里钻》《他起来了》《人皮》《江上浮婴尸》等，因而被称为"战争诗人"；他写了《巴黎》《马赛》《城市》《大上海》《香港》《纽约》《芝加哥》等诗作，展现了现代大都市的特征，因而被称为"城市诗人"；他写了的《哀巴黎》《土伦的反抗》《四海之内皆兄弟》《汉堡的早晨》《慕尼黑》《维也纳》《维也纳的鸽子》《蓝色的多瑙河》《威尼斯小夜曲》《罗马在沉思》《洛杉矶》《悼罗曼罗兰》《十月的红场》等诗，因而被称为"国际诗人"；他在《我爱这土地》中写下了刻骨铭心的千古绝句"为什么我的眼里常含泪水？/因为我对这土地爱得深沉……"[1]，因而被称为"忧郁的诗人"；他写了著名的诗篇《芦笛》，因而被称为"吹芦笛的诗人"；他写了《吹号者》，因而被称为"吹号者"或"时代的号手"；他写了长诗《火把》，因而被称为"高举火把的诗人"；他的诗中象征光明的意象多，而且写了《问太阳》《太阳》《火把》《光的赞歌》《给太阳》《黎明的通知》《太阳的话》《东方是怎样红起来的》等诗作，因而被称为"光明的使者"；他写了《写在彩色纸条上的诗》《维也纳的鸽子》《维也纳》《古罗马的大斗技场》，而且在其他国家呼吁和平、传播友谊，因而被誉为"和平的使者"；他后期的诗作如《山核桃》《酒》《镜子》《光的赞歌》等显示出丰厚而深刻的哲理，因而被称为"哲理诗人"。同样，作为中国新诗多种流派的集大成者，他又同时被人们称为中国新诗各种诗歌流派的成员或代表，很难将他完全归于某一流派。1987年7月13日早晨，艾青收到了上海大学文学院中文系以吴欢章教授为主编的《中国现代十大流派诗选》编选组的一封电报，电报说："在编选您的作品时颇费斟酌，但是，定稿在即，把相持不下的意见电呈您老，

---

① 艾丹编：《艾青诗选》，北京：中国青年出版社，2019年，第87页。

以作定夺。"①接到这份电报，艾青也考虑了"一连串问题"，他问自己："我的诗，究竟算是哪一流？哪一派？"他自己回答说："在三十年代初期，我曾写过一首《芦笛》，诗前引用了当时可算是现代派的诗人阿波里内尔的话，这首诗发表在当时中国刊物《现代》上，于是就有人说我是'现代派'，当我第一本自费出版的诗集《大堰河》出版后，现代杂志的一个编辑就问我：'为什么诗集的名字叫大堰河，不叫芦笛？'认为我离弃了'现代派'了，其实我根本没有考虑这个问题。我在监狱里，翻译了比利时大诗人凡尔哈仑（伦）的几首诗，凡尔哈仑（伦）是后期象征派的诗人，于是有人说我是'象征派'，我荣幸当上了'象征派'。一九三七年七月抗日战争（全面）爆发了，胡风办了一个叫《七月》的刊物，赞成抗战的人们把诗文投到《七月》上发表，我也发表了不少诗文，于是有人就把我当成'七月派'。我在延安写了长诗《吴满有》和一些歌颂劳动英雄的诗，较多地采用民歌的语言，我又写了《布谷鸟集》。解放（新中国成立）后，我在舟山群岛写了长诗《黑鳗》，于是有人说我的诗风有了转变，我又成了'民歌派'。经过了二十多年的沉默之后，有人劝我重操旧业，我又拿起了笔，写呀写，自己不知道我是属于哪一流？哪一派？"②因为艾青没有明确地回答他属于哪一流派，所以吴欢章教授主编的《中国现代十大流派诗选》中没有选艾青的诗作，也没有选臧克家的诗作。

那么，艾青是不是无流可名，无派可归呢？

根据艾青的意见，他至少可以归属于"现代派""象征派""七月派""民歌派"。此外，还可以归属于"乡土派"，因为他是以乡土诗《大堰河——我的保姆》登上诗坛的，并且写有许多优秀的乡土诗作。还可归属于"放歌派"，因为他到延安之后，在抗日战争后期、解放战争时期和新中国成立初期写了许多歌颂新中国、歌颂人民、歌颂共产党、歌颂社会主义的诗篇，如《国旗》《献给斯大林》《亚细亚人，起来！》《千千万万人朝着一个方向》《十月的红场》《我想念我的祖国》《保卫和平》《大西洋》等，唱出了"生活在社会主义时代，/我们要纵情歌唱……"（《牛角杯》）③，"从此我们和黑暗告别，/太阳在东方

---

① 艾青：《履踪心迹》，成都：四川文艺出版社，1998年，第171页。

② 艾青：《履踪心迹》，成都：四川文艺出版社，1998年，第171-172页。

③ 艾青：《域外集》，石家庄：花山文艺出版社，1983年，第89页。

徐徐上升……"①的歌声。同时还发表了《创作上的几个问题》《表现新中国，表现爱国主义》《文艺与政治》等诗论，并且以自豪与骄傲的情绪写道：

> 我们祖国正在日新月异地向前迈进。我们的文艺应该歌颂祖国。我们的作家，应该站在更高的、更宽阔的角度上，来反映（中华）人民共和国的无比丰富的景象。生活在毛泽东所创造的新民主主义的（中华）人民共和国的作家们，是应该感到幸福与光荣的，我们应该产生无数无愧于这个时代的作品。②

可见，1957 年以前，艾青的诗歌创作和诗歌理论与当时放歌派的诗歌主张是别无二致的。

那么，到底将艾青归于哪一个诗歌流派更合适呢？

笔者认为将他归于归来派诗歌流派更合适、更恰当、更具代表性。第一，不论是原七月派复出的诗人，还是在新中国成长起来的诗人，无论他们经历有何差异，观点有何区别，大都愿意尊艾青为老师，为长者，为旗手。第二，艾青坚守的信仰、坚持的艺术主张是归来派的大多数诗人所乐于践行的，这一流派的诗人大都践行现实主义的创作手法。第三，在归来派诗人中，艾青创作的作品不仅数量最多，而且质量最高、影响最大，他创造了自己创作史上的第二个高潮。在中国新诗史上，老一辈诗人大多只有一个创作高潮期。郭沫若、闻一多、冰心、徐志摩的创作高潮期是 20 世纪前 20 年，臧克家、田间的创作高潮期是 20 世纪 30 年代，李季是在 20 世纪 40 年代，闻捷、贺敬之、郭小川是在新中国成立初期的 20 世纪 50—60 年代。唯独艾青有两次创作高潮期：一次是抗日战争时期即 20 世纪 30—40 年代，一次是 20 世纪 70—80 年代。而且两次高潮期都创作了堪称那个时期最优秀的诗作和诗论，比如，第二个高潮期就创作了 200—300 首诗作，出版了三本诗集《归来的歌》《彩色的诗》《雪莲》，一本诗论集《艾青谈诗》，再版了五本诗集与一本论文集。第四，艾青复出后出版的第一部诗集名为《归来的歌》，说出了归来派诗人们的共同心声。因此，笔者认为，将艾青归于

---

① 艾青：《艾青全集·第二卷》，石家庄：花山文艺出版社，1991 年，第 74 页。
② 艾青：《艾青选集·第三卷》，成都：四川文艺出版社，1986 年，第 638 页。

归来派是最为合适的。

艾青在新中国成立后的诗歌创作及其成就应该分为两个时期：一是新中国成立初期的诗歌；二是复出后的归来诗歌。作为中国 20 世纪最杰出的歌手，谈新中国诗歌流派，不谈新中国初期艾青的诗歌成就，绝对是不全面、不完美的。这一时期，他的诗歌主要是"颂歌"，如果把他的诗歌作品归入"放歌派"也是不会有分歧的。作为时代的杰出号手，艾青在新中国成立以后仍满怀激情地为新的日子歌唱，歌唱祖国的春天，歌唱和平与民主的胜利，至 1957 年先后出版了《欢呼集》《宝石的红星》《海岬上》《春天》《黑鳗》等，这些诗集的名称就能表达诗人的心声："生活在社会主义时代，/我们要纵情歌唱……"（《牛角杯》）尽管这一时期创作的诗歌不如抗日战争时期丰富，没有出现像《向太阳》《我爱这土地》《雪落在中国的土地上》《火把》那样的不朽名篇，但是从诗作中仍可以看见一位"为这个时代所兴奋"的"吹笛者"的形象，听见"对光明的远景寄与无限的祝福"[①]的清亮的歌声，看出他在思想上、艺术上为新中国诗歌的发展所进行的新的探索。

歌唱祖国的新生，歌颂世界和平和各国人民的友谊，是艾青这一时期诗歌创作的主要内容。诗人认为，新中国的成立"是震天动地"的，"是我国从被压迫与被奴隶的地位里解放出来，一跃而成为世界上繁荣富强的国家"的"初春的时期"[②]。当五星红旗第一次在天安门广场升起的时候，艾青正在苏联访问。他为庆祝中华人民共和国开国大典创作了《我想念我的祖国》，祖露了献给祖国母亲的赤子之心。他想念祖国的"河流和山峦"，"南方明净的湖沼，/北国广漠的平原，/甚至一条小小的道路，/和一片杂乱的灌木林"；他想起了祖国往昔深重的苦难："暴力在乡下横行，/善良的人受尽欺凌"，"劳动者被无止境地榨取，/连血液和骨髓都被吸尽；/无边的黑暗笼罩着大地，/到处是叹息和呻吟……"[③]当人们读到这些诗句的时候，自然会想起诗人 20 世纪 30 年代发自肺腑的悲恸的声音："为什么我的眼里常含泪水？/因为我对这土地爱得深沉……"最后，诗人以新中国主人公的姿态欢呼祖国的新生："经历了一百年的

---

① 艾青：《绿洲笔记》，成都：四川文艺出版社，1998 年，第 81 页。

② 艾青：《蝉之歌》，呼和浩特：内蒙古人民出版社，1998 年，第 239 页。

③ 艾青：《艾青全集·第二卷》，石家庄：花山文艺出版社，1991 年，第 71-72 页。

斗争，/中国人民走进胜利的拱门，/五星红旗飘扬在北京上空，/下面激荡着欢呼的人民……/……从此我们和黑暗告别，/太阳在东方徐徐上升……"①同艾青早期的诗篇比较起来，这首诗感情同样真挚而深沉，但欢乐自豪的情绪代替了悲苦、忧郁、愤懑，基调是欢快的，风格是明朗的。在《国旗》《好》《双尖山》《鸽哨》《新的年代冒着风雪来了》等诗中，进一步表现了诗人对祖国、对人民的深情，对新的时代、新生祖国的热情赞美。如在《新的年代冒着风雪来了》这首诗中，诗人欢乐自豪的感情如春风春潮在胸中激荡："战斗的岁月又过了一年；/新的年代含着微笑来了，/让我们乘着时间的列车，/走上我们的新的路程；/无边的大地覆盖着白雪，/静静地静静地等待春天，/当铁犁犁翻松软的土地，/原野将变成绿色的大海……"②雪兆丰年，春回大地，一切都充满着生机和希望，辛勤地耕耘之后，将是丰收的季节。为了迎接新的战斗，诗人召唤着人们："不要辜负这个伟大的时代"，要"让我们胜利接连着胜利，让我们永远在胜利中前进……"③饱含激情的诗句，代表了站起来的中国人民的心声，也代表了新时代诗人作家的共同愿望，它是反映时代精神的动人音符。再如《春姑娘》，诗人没有采取直抒胸臆的方式讴歌新生活，而是借助动人的形象来抒发欢乐愉悦的感情。春天在诗人笔下化为美丽、朴实、勤劳、略带羞涩的农村少女，诗人不仅用细致入微的动态描写展示她的音容笑貌，而且通过写她的一系列活动，为人们展现了一派生机盎然的动人景象："她把花挂在树上，/又把草铺在地上；/把种子撒在田里，/让它们长出了绿秧。""各种各样的鸟，/唱出各种各样的歌，/每一只鸟都说：/'我的心里真快乐！'"④春光明媚，百鸟欢唱，这就是对新中国成立初期景象的真实写照。

这一时期，艾青还以中国人民文化使者的身份，访问了苏联、智利等国。在诗集《宝石的红星》里，他以抑制不住的喜悦之情和清新优美的诗句，歌颂了列宁、斯大林领导下的社会主义苏联的巨大变化："苏维埃的阳光/照亮了西伯利亚——/青春的大地，/孕育着财富；/工业和文化，/在这儿繁殖、开花……"

---

① 艾青：《艾青全集·第二卷》，石家庄：花山文艺出版社，1991 年，第 74 页。
② 艾青：《艾青全集·第二卷》，石家庄：花山文艺出版社，1991 年，第 101-102 页。
③ 艾青：《艾青全集·第二卷》，石家庄：花山文艺出版社，1991 年，第 102 页。
④ 艾青：《艾青抒情诗选》，北京：中国文艺联合出版公司，1983 年，第 72-73 页。

（《西伯利亚》）①在《写在新色纸条上的诗》中，诗人把人们引到和平欢乐的气氛之中，使人沉浸在幸福和友谊的暖流里："那歌声呀实在美/像一条林间的小河/它永远也唱不完/流溢着无限的欢乐。"②在《南美洲的旅行》《大西洋》等诗中，诗人以生动的形象、精巧的构思把人们引向南美洲和大西洋海岸，引向撒哈拉沙漠以南的非洲……让人们窥见了世界的种种不平和罪恶以及帝国主义战争给人们带来的灾祸，表现了诗人对世界局势和人类命运的关注。在《一个黑人姑娘在歌唱》里，诗人描绘了黑人姑娘抱着她的白人小主人唱催眠曲的情景，在色彩的鲜明对比中揭示了资本主义世界尖锐的阶级对立："一个是那样黑，/黑得像紫檀木；/一个是那样白，/白得像棉絮；//一个多么舒服，/却在不住地哭；/一个多么可怜，/却要唱欢乐的歌。"③在《自由》里，诗人抓住美元上的"自由"字样，深刻揭示了资本主义社会所谓的"自由"和"金钱"的本质关系："有了它，/就有了自由；/没有它，/就没有自由。//谁的钱越多，/谁的自由也越多；/谁一个钱没有，/谁一点自由也没有。"④在《大西洋》里，他以深邃的目光和形象有力的语言指出大西洋"成了大海盗的渊薮，/殖民主义的发祥地，/世界大战的温床"⑤，揭露了帝国主义阴谋发动世界大战的丑恶面目，热情地讴歌了世界人民创造新的历史的巨大力量，表现了诗人对人类和平的确信和希望。长诗《大西洋》在艾青的诗歌创作中应该占有重要的地位，它较为全面地反映了新中国成立初期艾青对世界局势的分析，对帝国主义本质的揭露，对人民力量和理想前途热情展望，这些诗不是抽象的、理性的说教，而是形象的、抒情的、充满诗意的感情的抒发："在北大西洋的两岸，/喧闹腾天的大都市的/某些摩天楼的里面，/也正有许多人/为了一批批军火的脱销/忙乱地拨动着算盘……"他们的"贪欲和野心"很大，"他们想把整个地球/把握在自己肥胖的手里，/像一个三岁的小孩/把握一个苹果似的；/他们随时都想点起战火，/好像是点起鞭炮似的；/他们想拿别的民族的命运/作一次最大规模的游戏，/他们向人说：'这是上帝的

---

① 艾青：《域外集》，石家庄：花山文艺出版社，1983 年，第 86 页。

② 艾丹编：《艾青诗选》，北京：中国青年出版社，2019 年，第 163-164 页。

③ 艾青：《艾青诗选》，北京：中国友谊出版公司，2018 年，第 182 页。

④ 艾青：《域外集》，石家庄：花山文艺出版社，1983 年，第 126 页。

⑤ 艾青：《艾青全集·第二卷》，石家庄：花山文艺出版社，1991 年，第 203 页。

意旨。'/心里却窃笑着自己就是'上帝'"①。这里对帝国主义的军事侵略与文化欺骗的描绘是既形象又深刻的。诗中对工人农民历史使命及其力量的描绘也是当时时代精神的真实写照,写得如此生动、形象、新奇,这都是诗人艺术创造力的生动体现:"……我们像禾草那么众多而又单纯,/像山岩似的领受暴风雨的打击,/我们像煤块似的坚硬而又沉默,/等时间到来,就发出熊熊的火焰……//我们给旧世界挖掘坟墓,/听啊,巨人正在敲打丧钟……"②诗中对工农群众同领袖关系的描绘甚为深刻而形象:领袖是群众"在长期的考验中""挑选"而"培植"的,"忠实于"工农群众的而且和工农群众"受过同样的折磨","知道"工农群众的"痛苦和快乐",因而"他们吸引我们,像磁铁吸引生铁,/我们信任他们,像信任自己的良心"③。《大西洋》同他后期的《古罗马的大斗技场》有许多相似之处:一是见景生情,一观大西洋的海浪,一观古罗马的大斗技场;二是都构思于域外访问途中;三是主题都是反对帝国主义侵略战争。当然,后者更精练,更圆熟。

诚然,艾青这一时期直接反映新中国社会改革的诗篇相对较少,正如郭小川所说,他的诗"大多是不强烈的,缺乏政治热情④的,同他的"时代的号手"称号有些不大相称。艾青自己也承认,他的诗"从主题上检查,反映国家生活的重大事件很不够"⑤。究其原因,一方面固然同艾青"对新事物的感觉和心爱,没有他过去对旧社会的憎恨、对光明未来的追求那么强烈和敏锐"⑥有关,同当时老诗人们普遍感到的新我与旧我、新的要求与旧的情趣的矛盾有关;另一方面也许和他在思想上、艺术上执拗的坚持和大胆的探索有着更密切的联系;同时,同他当时行政工作任务重,外事、公务繁忙也有很大的关系。

这一时期,艾青还写了一些含有哲理意味的讽喻时弊的寓言诗。或批评艺术教条主义和公式化、概念化倾向,反对一花独放,强烈地要求百花齐放(《养花人的梦》),或要求尊重艺术家的个人独创性(《黄鸟》),或嘲讽文艺领域中

---

① 艾青:《艾青全集·第二卷》,石家庄:花山文艺出版社,1991年,第203-205页。

② 艾青:《艾青全集·第二卷》,石家庄:花山文艺出版社,1991年,第208页。

③ 艾青:《艾青全集·第二卷》,石家庄:花山文艺出版社,1991年,第208页。

④ 郭小川:《郭小川全集·5》,桂林:广西师范大学出版社,2000年,第457页。

⑤ 周红兴:《艾青传》,北京:作家出版社,1993年,第120页。

⑥ 周红兴:《艾青传》,北京:作家出版社,1993年,第120页。

单调空洞的呼喊和懦夫懒汉思想（《蝉之歌》《画鸟的猎人》）。这些诗的思想都包含在独特的意象之中，与当时诗坛上出现的一些表达过于直白的作品形成鲜明的对比。

艾青一贯坚持在艺术上不断探索、不断追求。早在 20 世纪 40 年代初期，他曾深入工农群众，认真研究民间文艺，力图使自己的诗歌创作从内容到形式为人民大众所喜闻乐见。组诗《布谷鸟》可以看作是他追求一种朴素、明朗的艺术风格的初步收获。新中国成立以来，这种艺术风格又有所发展。他曾说："诗人应该有和镜子一样迅速而确定的感觉能力——而且更应该有如画家一样的渗合自己情感的构图。"①艾青早年学习美术，对绘画颇有研究。他在写诗的时候，往往以一个画家的眼光去观察生活，酝酿构思，用富于鲜明色彩的语言描绘生活，因而他的不少诗作既有诗的激情，又有画的意境。如果说，艾青在 20 世纪 30 年代的诗具有浓重的油画感，那么，他在 20 世纪四五十年代的诗则呈现出明丽的中国写意画的韵味。《给乌兰诺娃——看芭蕾舞"小夜曲"后作》就是用诗的语言描绘的一幅出色的"写意画"，它生动地再现了苏联芭蕾舞艺术大师乌兰诺娃在《小夜曲》中的精湛表演："像云一样柔软，/像风一样轻，/比月光更明亮，/比夜更宁静——/人体在太空里游行；//不是天上的仙女，/却是人间的女神，/比梦更美，/比幻想更动人——/是劳动创造的结晶。"②诗人采取博喻的艺术手法，用柔云、轻风、明月、静夜等一系列景物构成一种优美静谧的意境，蕴藏着引人深思的哲理：劳动创造了艺术，创造了美。《一个黑人姑娘在歌唱》《怜悯的歌》《鸽哨》《下雪的早晨》《礁石》等诗，都具有这样的特点。艾青说过："诗人必须比一切人们更具体地把握事物的外形与本质"③，"给一切以性格。/给一切以生命"④。在他的笔下，无形的变成有形的，无声的变成有声的，抽象的化为具体的，静与动相互转化，听觉形象与视觉形象彼此交替，无生命的有了生命，有了性格。受人称道的《维也纳》，把当时在美苏英法四国军事占领下的维也纳比喻为"一个患了风湿症的少妇，/面貌清秀而四肢瘫痪"⑤。这本来已够新鲜

① 艾青：《诗论》，北京：生活·读书·新知三联书店，2014 年，第 50 页。

② 艾青：《艾青全集·第二卷》，石家庄：花山文艺出版社，1991 年，第 86 页。

③ 艾青：《艾青全集·第二卷》，石家庄：花山文艺出版社，1991 年，第 59 页。

④ 艾青：《诗论》，北京：生活·读书·新知三联书店，2014 年，第 135 页。

⑤ 艾青：《艾青诗选》，北京：中国友谊出版公司，2018 年，第 179 页。

了，而诗人却不满足于此，他透过事物的外形，把绘形同传神结合起来，深入揭示事物的本质特征，进而开拓主题思想的深刻性和丰富性。他这样描绘维也纳的"神态"："天在下着雨，/街上是灰白的水光，/维也纳，坐在古旧的圈椅里，/两眼呆钝地凝视着窗户，/一秒钟，一秒钟地/在挨受着阴冷的时间……"①这里，形象愈鲜明，思想便愈深刻，愈能揭示出奥地利人民当时的苦闷和不幸。可见，艾青善于具体地把握事物的外形和本质，用单纯而鲜明的形象来揭示丰富深刻的思想内容。当然，也应看到，这一时期他的某些诗过多地采用象征手法，显得不够明朗，因而引起了歧义。

在诗歌的语言方面，艾青也作了有益的探索：在保持用形象化口语写诗的前提下，力求通俗、简洁。他大刀阔斧地削减了过去诗歌语言中繁杂的枝叶，尽量不用复杂的简单句，尽量去掉附加语，少用判断词、连接词和结构助词，把诗句和诗行统一起来，把可以定型的诗句定型下来，把诗行的顿数控制在四顿之内，从而使语言更为单纯明快，呈现"天然去雕饰"的自然美、朴素美，形成了大巧若拙的特点。比如，"和平像一片蓝天/和平像一片绿茵/而时间啊是蜜酒/我们是喝蜜酒的人//和平是你的/也是我的/是我们大家的/谁也不能碰的"（《写在彩色纸条上的诗》）②，这些诗句平易朴实，比喻生动，平中见奇，言近旨远。

艾青说："我只是设法把我感受得最深的，用最自然的方式表达出来。"③他曾将八个字赠给写诗的朋友："朴素、单纯、集中、明快。"④这可以看作是他对自己诗作艺术风格的概括。他的诗，是抒情和哲理的融合，强烈的感受、深刻的思考凝聚在单纯明快的诗句里，精巧的构思以朴素自然的形式表达出来。比如，1954 年 7 月，诗人飞越大西洋上空时写了一首短诗《礁石》："一个浪，一个浪，/无休止地扑过来，/每一个浪都在它脚下/被打成碎沫、散开……//它的脸上和身上/像刀砍过的一样/但它依然站在那里/含着微笑，看着海洋……"⑤诗人描绘了一幅礁石搏击海浪的真实图画，诗句明朗简洁，形象单纯，寓意深远，

① 艾青：《艾青诗选》，北京：中国友谊出版公司，2018 年，第 180 页。

② 艾丹编：《艾青诗选》，北京：中国青年出版社，2019 年，第 166-167 页。

③ 晓雪：《新诗的春天》，广州：花城出版社，1984 年，第 57 页。

④ 艾丹编：《艾青诗选》，北京：中国青年出版社，2019 年，第 1 页。

⑤ 艾青：《艾青诗选》，北京：中国友谊出版公司，2018 年，第 183 页。

诗人借自然界两种力量的冲突，表现出"哪里有压迫，哪里就有反抗"这一深刻主题，歌颂了"历经沧桑、饱受磨难而依然屹立"[1]的祖国和人民。

《珠贝》一诗形象地再现了诗人对这种艺术风格的刻意追求："凝思花露的形状/喜爱水晶的素质/观念在心里孕育/结成了粒粒珍珠。"[2]他的诗作，不论是抒情短章，还是长篇力作，都具有"水晶的素质""珍珠"的光彩。这就是他的诗具有深刻的感染力，赢得国内外广大读者喜爱的一个重要原因。

艾青在《〈春天〉后记》中十分谦虚地说："我的作品并不能反映这个伟大的时代。这个时代是要用许多的大合唱和交响乐来反映的，我只不过是无数的乐队中的一个吹笛子的人，只是为这个时代所兴奋，对光明的远景寄与无限的祝福而已。"[3]

第三节　"汽笛""长鸣声中"的诗坛大师：艾青（下）

在东北的大森林和新疆的大沙漠中，艾青经历了 20 多年的坎坷生活，即使在最困难的时候，他也没有失去追求真理和光明的勇气，他深深植根于社会生活的土壤之中，和劳动人民患难与共，苦乐相同，并且以十分顽强的精神和毅力探求着阻碍中国前进的原因。"文化大革命"以后，他重返诗坛，"投入火的队伍、光的队伍"[4]，以他卓越的才华和诗情，为中国人民和世界人民献上了一首首激情如火的诗篇，结集为《归来的歌》《彩色的诗》《雪莲》等。另外，还出版了《艾青诗选》（增订本）、《诗论》（增订本）、《艾青谈诗》等诗选集和诗论集。1991 年花山文艺出版社出版了《艾青全集》。

如果说，我们从艾青献给新中国的第一本诗集《春天》中，看见的是一位"对光明的远景寄与无限的祝福"的"吹笛者"的形象，听见的是"从此我们和黑暗告别，/太阳从东方徐徐上升"的歌声，那么，在他新时期的"归来的歌"中，我们看见的则是一位"在汽笛的长鸣声中"扛着无产阶级战斗红旗的"诗坛

---

① 周红兴：《艾青传》，北京：作家出版社，1993 年，第 107 页。

② 艾青：《艾青全集·第二卷》，石家庄：花山文艺出版社，1991 年，第 181 页。

③ 艾青：《绿洲笔记》，成都：四川文艺出版社，1998 年，第 80-81 页。

④ 艾青：《艾青诗选》，北京：中国友谊出版公司，2018 年，第 216 页。

泰斗"的形象，听到的则是"迎接一个迷人的春天"的"最大的交响乐章"。这就是艾青沉默蕴藏 20 多年之后，对伟大而又曲折发展的时代所作出的诗的回答，艾青以其卓著的创作实践，奇迹般地再造高峰，再现辉煌。

第一，艾青仍然是时代最杰出的呼唤光明的号手。他复出之后，率先提出了"诗人必须说真话"的口号，高举现实主义的诗歌大纛，率领一批在新中国诗坛上重新归来的诗人，以坚韧的意志唱起了既真挚又深沉的"归来"的歌，抒发了一种因归来而奋进的感情。艾青满怀热情地呼唤着祖国的春天、世界的希望和人类的光明。他"归来"的诗作是他把对历史的反思和对人民的希望，化为自己的精神力量，化为自己的感情凝聚而成的艺术结晶，它们的共同主题是讴歌人民与正义，讴歌科学和民主。《光的赞歌》借助辉煌的"光"的形象，以象征的手法，展示了"从周口店到天安门"的人类漫长的历史，从自然界到人类社会无限广阔的空间，描写了科学与民主之光怎样砸开一层层权力的枷锁，挣断一条条精神的锁链而使人民获得解放的艰难过程。诗人本着"实践是认识的阶梯，/科学沿着实践前进"[①]的辩证规律，纵谈社会发展，横观自然演变，坚信科学终将战胜愚昧，民主终将代替专制，光明终将驱除黑暗，我们的祖国终将"接受光的邀请"，冲破重重阻碍，去"访问我们所有的芳邻"。最后，我们将"从地球出发/飞向太阳……"[②]显然，诗人这里所说的太阳是象征共产主义社会。这首诗写于党的十一届三中全会刚刚召开之际，可见诗人对人类的命运、国家的前途、社会的变革是充满信心的，对共产主义的理想、信念是坚定不移的。

艾青复出之后，虽已年逾花甲，但仍老当益壮、青春焕发，奔走于祖国各地，采撷着"新长征"诗歌的浪花。1978 年的秋天他随中国作家协会组织的作家代表团访问了东北的大庆和鞍钢，写下了《女队长》《手上长眼睛》《静悄悄的战线》《钢都赞》《鸭子的故事》《请到这边来》《波斯菊》等诗。1979 年由艾青任团长，邹荻帆、雁翼任副团长的诗人海港访问团，访问了广州、海口、湛江、上海等地，艾青写下了《绿》《盆景》《天涯海角》《拣贝》《"神秘果"》《鹿回头》《海水和泪》《船与海员》《送船长》《盼望》《珠江夜航》

---

① 艾青：《艾青诗选》，北京：中国友谊出版公司，2018 年，第 213 页。

② 艾青：《艾青诗选》，北京：中国友谊出版公司，2018 年，第 219 页。

《大吊车》《集装箱》等诗，显示了他深入社会生活、歌颂人民的巨大热情，这些诗表现了中国人民决心赶超世界先进水平，努力为祖国打造春天的全新境界。在新的生活面前，艾青欣喜若狂，纵情歌唱。但是，艾青又是十分冷静的、深思的。面对祖国"从荆丛中挣扎出来的一代青年"，他语重心长地教育他们要爱惜生命、珍惜青春："每个生命只存在一次/每个人只有一次青春/千万不要变成无效分蘖"；他殷切地希望青年们"在时代的风云中/掌握自己的命运"（《每个人都要从自己开始》）[①]。在《大上海》《请到这边来》等诗里，诗人揭露殖民主义、帝国主义给中国人民带来的深重灾难，要人们记住"阶级仇""民族恨"，这对于进行社会主义建设的中国人民无疑是具有重要意义的。

第二，艾青仍然是我们时代最杰出的和平和友谊的歌者。艾青是一位面向世界的诗人。归来之后，又重新走向世界。1979 年 5 月中旬至 7 月初，他参加"中国人民友好访问团"，出访了奥地利、意大利、联邦德国。在联邦德国，访问了法兰克福、汉堡、特里尔、哥廷根、慕尼黑、波恩、西柏林；在奥地利，访问了维也纳、林茨、萨尔斯堡、巴登；在意大利，访问了都灵、热那亚、米兰、威尼斯、罗马，取道贝尔格莱德回国。1980 年 6 月受法国波利尼亚克基金会和巴黎第三大学邀请，艾青赴巴黎参加"抗战时期的中国文学讨论会"，访问了巴黎、尼斯、戛纳等，并在意大利作了短时间的访问。1980 年 8 月应美国艾奥瓦"国际写作计划"主持人、著名华裔女作家聂华苓及其丈夫——美国诗人保罗·安格尔的邀请，艾青到美国进行为期四个月的写作，访问了得梅因、芝加哥、费城、纽约、华盛顿、波士顿、印第安纳、旧金山、洛杉矶等。1982 年 4 月艾青出席在日本东京、京都举行的，由联合国教科文组织和亚洲教科文协会与俱乐部联合召开的"亚洲作家讨论会"，他访问了奈良。1983 年 1 月他应邀出席了新加坡的"国际华文文艺营"会议。

艾青复出之后，在国外访问或出席会议，所到之处受到热烈欢迎，出现了一股股"艾青热"。他诗如泉涌，滔滔不绝。他那些深受国际友人喜爱的诗篇如《墙》《维也纳》《慕尼黑》《蓝色的多瑙河》《访马克思故居》《奥地利之一》《奥地利之二》《重访维也纳》《维也纳的鸽子》《祝酒》《古罗马的大斗

---

① 艾青：《艾青全集·第二卷》，石家庄：花山文艺出版社，1991 年，第 627 页、629 页、630 页。

技场》《威尼斯小夜曲》《保罗·安格尔》《尼斯》《尼斯的早晨》，以及《致亡友丹娜之灵》《东山魁夷》《小泽征尔》《铁托》等，像一条"蓝色的纽带"（《蓝色的多瑙河》）①，联结着中国和世界人民的心；像"天上的云彩、风、雨和阳光"（《墙》）②，滋润着和平、友谊的种子，传播着人类共同的愿望，"为了友谊，为了和平，/让我们每个人的心，/都发出轻轻的声音：/'亲亲'、'亲亲'、'亲亲'"（《祝酒》）③，"觉醒了的人们誓用鲜血灌溉大地/建造起一个自由劳动的天堂"（《古罗马的大斗技场》）④。这些诗篇呼喊出了世界各族人民心底的声音，表明艾青始终同世界人民心相通、情相通。他的《巴黎》《红色磨坊》《香榭丽榭》《罗马在沉思》《芝加哥》《纽约的夜晚》《旧金山》《纽约》《百老汇舞蹈》等诗，以既称赞又厌恶，既肯定又批判的情绪和态度，真实地、多角度地把资本主义世界现代化城市的美丽与邪恶、繁荣与危机、富足与空虚、物质文明的高度发展和精神文明的堕落，作了色彩鲜明而感情强烈的艺术描绘，在为人们展现西方世界真实状况的同时，将思维的触角由现实的表象伸向历史的内蕴，给予人们的是对资本主义世界辩证的全面的审视与思考。在《墙》《重访维也纳》《维也纳》《慕尼黑》等诗里，他站在人道主义和国际主义的立场，以独特的艺术形象，抒发了中国诗人所特有的敏锐而真诚的感受：当时超级大国正在欧亚大陆对峙，世界局势仍不安定。与此同时，诗人又深信，任何力量也阻挡不了世界各国人民要求祖国统一、世界和平、社会民主的愿望和意志，正如柏林墙一样，即使它"再高一千倍/再厚一千倍/再长一千倍"，也"阻挡"不了"飞鸟的翅膀和夜莺的歌唱"，也"阻挡"不了"千百万人的"，"比土地更深厚的意志"，"比时间更漫长的愿望"（《墙》）⑤。《古罗马的大斗技场》是诗人在参观古罗马大竞技场遗址之后写的。诗人把古罗马的奴隶们在奴隶主的威逼下互相残杀的情景，同历史上反动统治者对人民的奴役，以及诗人个人的生活经历融合起来，描绘了超越时空的奴隶们之间鲜血淋漓的厮杀场面，深刻揭示了罪恶制造者的阴谋和丑恶嘴脸，

---

① 艾青：《域外集》，石家庄：花山文艺出版社，1983 年，第 201 页。

② 艾青：《域外集》，石家庄：花山文艺出版社，1983 年，第 188 页。

③ 艾青：《域外集》，石家庄：花山文艺出版社，1983 年，第 222 页。

④ 艾青：《艾青诗选》，北京：中国友谊出版公司，2018 年，第 235 页。

⑤ 艾青：《域外集》，石家庄：花山文艺出版社，1983 年，第 188 页。

及其所造成的巨大的罪恶。这是诗人站在当代先进思想的高度所创作的一篇反战宣言书。诗人评说历史，以古喻今，揭露古代的奴隶主与当代奴役狂的兽性本质，对于启发人们思考时代、关注世界的前途和人类的命运具有极大的号召力。艾青这一时期的国际抒情诗，继承和发展了他在 20 世纪 30 年代和 50 年代国际抒情诗的传统，以鲜明的时代感和历史的使命感，以真诚的人道主义、国际主义精神和生动、鲜明而富于独创性的艺术形象赢得了国内外广泛一致的称赞。其国际题材的诗作所表现的国家之多、题材之广，在当代中国诗人中是领先的，在当代世界诗人中也是少有的。

第三，把象征性的抒情同哲理性的思辨结合起来，抒发对于时代、社会、人生的真知灼见，这是艾青"归来"诗歌艺术创造的另一个重要特色。艾青是如何借助平凡物象来暗示深刻而新颖的思想，抒发强烈的诗情和与众不同的哲思的呢？

首先，是把哲理性的思考熔铸在象征物里，让读者根据自己的经历，悟出其"象外之旨"，《镜子》《海水和泪》《山核桃》等就是如此。《镜子》就由人们司空见惯的镜子照出事物本来面目的简单事实，展示出一种耐人深思的哲理，诗人既写出了象征物的自然属性——"仅只是一个平面/却又是深不可测//它最爱真实/决（绝）不隐瞒缺点//它忠于寻找它的人/谁都从它发现自己"，又把抽象的思想具体化了，以平凡的事物揭示了不平凡的真理，促使人思索、选择："有人喜欢它/因为自己美//有人躲避它/因为它直率//甚至会有人/恨不得把它打碎。"[1]。有人说，"这是哲理的诗，诗化的哲理；也是心理学的诗，诗化的心理学"[2]。这种说法不无道理。它确实具有魅力，以最平凡的外形，蕴蓄着深刻的真理。再如，《海水和泪》的前两节说："海水是咸的/泪也是咸的//是海水变成泪？/是泪流成海水？"[3]诗人抓住了"海水"与"泪水"两个象征物都是"咸"的特点，进而提出疑问，引导人们深思，让人们从"亿万年的泪/汇聚成海水//终有一天/海水和泪都是甜的"[4]的诗句中感悟出千百万年以来人类曾有过无数的苦难和悲哀，但终有一天人类将苦尽甘来的道理，表现了艾青对人民力量的

① 艾青：《归来的歌》，成都：四川人民出版社，1980 年，第 37-38 页。

② 杨匡汉、杨匡满：《艾青诗歌艺术风格散论》，《文学评论》，1980 年第 4 期，第 47 页。

③ 艾青：《归来的歌》，成都：四川人民出版社，1980 年，第 24 页。

④ 艾青：《归来的歌》，成都：四川人民出版社，1980 年，第 24 页。

坚信与对人类发展前景的乐观态度。

其次，是用哲理性的诗句警策全篇，使象征性更为明朗，将全诗提高到一个新的境界，如《鱼化石》《虎斑贝》《蛇》《关于笔》等。诗人将象征性与哲理性相结合，既抒发激情、评说历史、畅述心志，又用富于启示性的形象拓展了读者的思维空间；既避免了纯象征性、暗示性的晦涩，又防止了纯说理性的枯燥。他的诗，在抒情中增加了思辨的力量，在形象里闪烁着哲理的光芒。先看《鱼化石》，诗人首先用朴实的语言，生动地描绘了鱼化石"依然栩栩如生"，却"绝对的静止，/对外界毫无反应"的鲜明逼真的形象，然后，在炽烈如火的诗情中引出一条令人深思的客观规律："离开了运动，/就没有生命。//活着就要斗争，/在斗争中前进，/即使死亡，/能量也要发挥干净。"[1]这种生命不息、奋斗不止的精神，是诗人自己，是归来派诗人的传神写照，因此能激励人，感染人。这首小诗一经发表，就引起很大反响，很多读者噙着眼泪给艾青写信，不少朋友与他唱和。再看《虎斑贝》，这首诗前两段，写虎斑贝的"外形与本质"的特点，虎斑贝身上有美丽的闪光发亮的虎斑纹，其细腻之美胜过"最好的瓷器"，其纯洁坚硬胜过"洁白的宝石"，其"椭圆滑润"有如鹅蛋，"找不到针尖大的伤痕"，这是虎斑贝的外形，也是虎斑贝的本质。第三段，写虎斑贝在"海底"的不凡经历：于"绝望"中"在万顷波涛"中"打滚"，用"玉石"般的"盔甲"，"保护着最易受伤的生命"，表现出在恶劣环境中拼命奋斗、拼搏的高贵品格[2]。第四段，用第一人称的口吻写虎斑贝看到"美好的阳光"的喜悦与高兴的心境。如果说《鱼化石》是写一种博大的心胸、矢志不渝的意志，那么《虎斑贝》则是写一种追求光明的崇高品德，两者都是先将两种事物的特点细腻地描绘出来，然后妙笔点化出它们深刻的内蕴。前者比较直接、明朗，后者比较曲折、含蓄，但都形象、精练，有情有韵，引人深思。其他如《酒》《花样滑冰》《东山魁夷》《天涯海角》《蛇》《关于笔》《关于眼睛》《关于爱情》等诗都有这样的特点。还有《关于笔》也是如此。其一，诗人写了笔在农民、农民出身的老干部、大学教授等不同人手中不同的分量。其二，写笔的质地："毛笔的笔头/是狼身上的毛做的/它可以像匕首/直捣敌人的心窝//钢笔的笔头/是用合金做的/它

---

[1] 艾青：《艾青诗选》，北京：中国友谊出版公司，2018年，第203-204页。

[2] 艾青：《艾青全集·第二卷》，石家庄：花山文艺出版社，1991年，第657页。

可以像绣花针/绣出彩蝶踩着颤抖的花瓣。"诗的最后两节才画龙点睛,乃诗中之眼:"我终于发现它/本身不值分文//既无意志,也无感情/就看它落在谁的手心。"①如果说,这首诗前面都是对具体形象的描绘,那么,这最后两节则是具有抒情性的启示警语,令人深思回味。

最后,是在江河浩荡的诗情中蕴含着闪光的哲理、广泛的联想和奔放的气势,令人心潮起伏、思绪联翩,给人以深刻的启示和鼓舞。这些特点在艾青"归来"之后的一些诗歌,如《在浪尖上》《听,有一个声音……》《迎接一个迷人的春天》《古罗马的大斗技场》《光的赞歌》《每个人都要从自己开始》《清明时节雨纷纷》《大上海》《面向海洋》等中特别明显。

《光的赞歌》描述了人生与光的关系,通过一系列鲜明的意象,把"不是固体、不是液体、不是气体/来无踪、去无影、浩渺无边"的"光"化为"山野的篝火""港湾的灯塔""夏夜的繁星""庆祝胜利的焰火""比风更轻的舞蹈""珍珠般圆润的歌声","只是因为有了光/我们的大千世界/才显得绚丽多彩/人间也显得可爱","光给我们以智慧/光给我们以想象/光给我们以热情/创造出不朽的形象";把"光"比喻为"有力量而不剑拔弩张","因富足而能慷慨/胸怀坦荡、性格开朗/只知放射、不求报偿/大公无私、照耀四方"②的伟大人格、崇高理想,比喻为理想、民主、科学;然后,展开丰富的想象,回溯人类历史的长河,以自然界和人类社会中光明与黑暗的斗争的场景与规律,给人类以警示:"我们从千万次的蒙蔽中觉醒/我们从千万种的愚弄中学得了聪明/统一中有矛盾、前进中有逆转/运动中有阻力、革命中有背叛//甚至光中也有暗/甚至暗中也有光/不少丑恶与无耻/隐蔽在光的下面/毒蛇、老鼠、臭虫、蝎子/和许多种类的粉蝶——/她们都是孵化害虫的母亲/我们生活着随时都要警惕/看不见的敌人在窥伺着我们//然而我们的信念/像光一样坚强……穿过了漫长的黑夜/人类的前途无限光明、永远光明"③;接着,在热情澎湃的诗句中,以哲理性的语言激励人们为追求理想而献身,"即使我们只是一根火柴/也要在关键时刻有一次闪耀/即使我们死后尸骨都腐烂了/也要变成磷火在荒野中燃烧"④。长诗最后一部分,是融

① 艾青:《艾青全集·第二卷》,石家庄:花山文艺出版社,1991年,第702-703页。

② 艾青:《艾青诗选》,北京:中国友谊出版公司,2018年,第205-208页。

③ 艾青:《艾青诗选》,北京:中国友谊出版公司,2018年,第214页。

④ 艾青:《艾青诗选》,北京:中国友谊出版公司,2018年,第215-216页。

时代"大我"与诗人"小我"于一体的，充满激情、充满智慧、充满理想的抒情。"我"作为一个光的追求者，从闭塞的乡村走向外界，由南方走向北方，由国内走向国外，一直迎着"太阳"，举着"火把"，唱着人民的歌，唱着光明的歌，"我歌唱抗争，歌唱革命/在黑夜把希望寄托给黎明/在胜利的欢欣中歌唱太阳"①，在这里，黎明、太阳、光明都是属于人民的，"和光在一起前进"，就是和人民在一起前进、一起胜利，因为"和人民在一起所向无敌"②。这些诗句熔铸了历史唯物主义的观点、马克思主义的群众观点，然而它是诗的，是艺术的。结尾部分，继往开来，召唤我们的人民在光的鼓舞下，以"新的长征"的雄健步伐，"让我们的每个日子/都像飞轮似地旋转起来/让我们的生命发出最大的能量"，"像从地核里释放出来似的/极大地撑开光的翅膀"③，从地球出发，飞向宇宙，飞向太阳。全诗讴歌光明、讴歌理想，展示了诗人对古往今来的人类历史、对浩瀚无边的茫茫宇宙、对无以穷极的客观真理、对短暂而漫长的人生道路、对诗学与美学热烈探求的丰富的精神世界。这些都是建立在深厚的哲学基础之上的。比如，"光荣属于奋不顾身的人/光荣属于前赴后继的人"，属于人生哲理；"暴风雨中的雷声特别响/乌云深处的闪电特别亮/只有通过漫长的黑夜/才能喷涌出火红的太阳"④，属于事理规律性哲理；"愚昧就是黑暗/智慧就是光明"⑤，属于社会隐喻性哲理；"实践是认识的阶梯/科学沿着实践前进/在前进的道路上/要砸开一层层的封锁/要挣断一条条的铁链/真理只能从实践中得以永生"⑥，这是关于实践与认识的哲理。这些哲理性的诗句，有的通过鲜明的意象，有的通过饱满的激情，闪耀着诗的光芒、艺术的光芒，把诗人的睿智、诗人的卓识淋漓尽致地阐发出来，使诗与哲学得到了完美的结合。因此被人们赞誉为艾青的诗体哲学或哲学的诗，是他创作道路上的又一座里程碑。

如果说，《光的赞歌》是通过讴歌光明，抒发了诗人讴歌科学、民主，讴歌

① 艾青：《艾青诗选》，北京：中国友谊出版公司，2018年，第216页。
② 艾青：《艾青诗选》，北京：中国友谊出版公司，2018年，第217页。
③ 艾青：《艾青诗选》，北京：中国友谊出版公司，2018年，第218-219页。
④ 艾青：《艾青诗选》，北京：中国友谊出版公司，2018年，第210-211页。
⑤ 艾青：《艾青诗选》，北京：中国友谊出版公司，2018年，第211页。
⑥ 艾青：《艾青诗选》，北京：中国友谊出版公司，2018年，第213页。

探索、追求的精神，那么，《面向海洋》则是以描绘海洋为依托，展现了人类认识海洋、改造海洋的曲折而艰难的历史。诗人在充满民族自信心与自豪感的诗情之中，表现了强烈而鲜明的人文主义思想："或许有那么一天/不受贫困的威胁/没有杀戮的恐惧/大家都过得富足"，"消除了种族歧视/消除了宗教隔阂/礼节不用蒙面纱/冷藏箱没有谎言"，"肤色、服装、制度不同/和平共处、互相尊重"，"海洋成为共同的湖泊/共同的财富，共同的能源/谁也不想争取霸权/一切产品都属于人民"①。在思潮如波涛的诗句中，闪耀着真理的光芒，"海洋是不平静的/整天在奔腾喧闹/即使风平浪静的时刻/也掩盖着激烈的战争"②，这就是哲学中的运动与静止的辩证统一与运动是绝对的规律的诗化。开放是绝对的，只有开放、交流，人类社会才能不断发展前进。

再如，《清明时节雨纷纷》是悼念、歌颂周总理的长诗，全诗没有平铺直叙周总理光辉灿烂的一生，而是从"我"与总理第一次见面写起，通过一些极其平凡的事例来展现总理光辉的品格，而且有许多事例、段落、诗句都是通过对立统一的辩证关系来写总理的伟大与不凡的，比如，"我一生中/在关键时刻/得到他的帮助/在他可能是/多得像麦粒似的/在我可是/粒粒都像珍珠"③，这里是通过多与少、平凡与珍贵的辩证关系，歌颂周总理救助人之多、之频繁，但对于被救助者来说则特别难得、珍贵："谁都把对他的记忆/放在最宝贵的地方。"④又如，如写周总理"射出黎明的光""使我摆脱了/浓雾的包围""小毛驴/拉的小轿车/一路上经过四十七次检查/大模大样地到了延安"⑤等的诗句中，"黎明"与"浓雾"，"小"与"大"的对比转换包含着辩证的思考。再如，"钢铁般坚硬/杨柳般柔软/胸中岩浆沸腾/外表温和平静//极大的魅力/不可思议的磁性/危险中泰然自若/围困中安详镇定"⑥，"你像钻石/经得起时间的磨损/你像流水/驯服得顺流而下/顽强得凿穿巉岩//你像荷花/出污泥而不染/远处闻到清香/你像光/大公无私/只要有你在/黑暗迅速逃遁//你对同志是鸽/你对敌人是鹰//你死了/像活着时一样

---

① 艾青：《艾青全集·第二卷》，石家庄：花山文艺出版社，1991年，第804-806页。
② 艾青：《艾青全集·第二卷》，石家庄：花山文艺出版社，1991年，第802页。
③ 艾青：《艾青全集·第二卷》，石家庄：花山文艺出版社，1991年，第815页。
④ 艾青：《艾青全集·第二卷》，石家庄：花山文艺出版社，1991年，第814页。
⑤ 艾青：《艾青全集·第二卷》，石家庄：花山文艺出版社，1991年，第816页。
⑥ 艾青：《艾青全集·第二卷》，石家庄：花山文艺出版社，1991年，第818页。

纯洁……"^①这里通过"坚硬"与"柔软","沸腾"与"平静","危险"中"泰然自若"与"围困"中"安详镇定","钻石"与"流水","荷花"与"污泥","光"与"黑暗","鸽"与"鹰","死"与"活"等一系列对立统一的事物或概念的并置、转化，多方面表现了周总理平凡中见伟大的性格与危难中显智谋的才能。总之，在这些诗歌中，诗人因善于运用虚实、隐显、情理、意象的转换而使一些看似平凡的事物蕴含着深刻的真理，使哲理的光芒在鲜明的形象与饱满的情绪之中闪耀，使诗情与理趣妙笔天成，给人以长久的沉思和默想，给人以巨大的启示与深刻的教益。

第四，艾青仍然是时代诗坛上辛勤耕耘、创作精品的艺术巨匠。

艾青的创作生涯中出现了两次创作高潮，第一次在抗日战争时期，当时创作的《马赛》《巴黎》《大堰河——我的保姆》《哀巴黎》《我爱这土地》《向太阳》《吹号者》《火把》《旷野》《黎明的通知》《野火》等诗，曾因以恢宏的艺术魄力概括中外社会风貌与历史进程而获得盛誉。"文化大革命"以后出现了第二次创作高潮，不论是评判历史，赞美科学、民主、光明，抨击封建、愚昧、奴役的《光的赞歌》《古罗马的大斗技场》《面向海洋》《清明时节雨纷纷》，还是概括现代世界大都会风貌的《洛杉矶》《巴黎》《罗马在沉思》《维也纳》《旧金山》《纽约》《芝加哥》《大上海》等诗，都以其夺目的艺术光彩展示了诗人艺术上持续地创造、革新与追求，可以同《马赛》《巴黎》《向太阳》等诗相媲美，并且显示了诗人对真、善、美感情的新的拓展和超越。把宏观的俯视同微观的描绘相结合，用相当圆熟的诗笔来囊括古今纷繁的历史进程，是这些诗作的显著特点。比如，《光的赞歌》这首诗以交响乐式的篇章纵情歌唱光明，歌唱科学和民主，把火热的感情灌注在哲理化的表达之中，让人们看见了诗人火热的诗情和对我们国家、我们民族以至整个人类光辉前景的坚定不移的信念。全诗在浩荡的诗情中蕴含着丰富的联想和磅礴的气势，深刻的哲理寓于灿若繁星的意象之中，给人深刻的思想启迪和美的享受。与他在 20 世纪三四十年代讴歌科学、民主、光明的《太阳》《向太阳》《火把》等诗相比，《光的赞歌》的思想更为犀利、深邃，境界更为宏阔，技巧更为圆熟。再如，《面向海洋》以海洋为中介，展现了人类前仆后继不断开辟生存空间、改造自然、创造历史的业绩。既

---

① 艾青：《艾青全集·第二卷》，石家庄：花山文艺出版社，1991 年，第 833-834 页。

有对创业者、开拓者的讴歌，也有对掠夺者、侵略者的诅咒；既具有强烈的、开放的海洋意识，也有鲜明的、浓郁的人文思想。这是诗人俯瞰人类社会，总结中国历史而写的一篇具有前瞻意识的优秀诗篇，它是可以和《光的赞歌》《古罗马的大斗技场》等相提并论的，堪称这一时期的艺术精品。《清明时节雨纷纷》以极其朴素的语言，通过一些典型的细节与诗人亲身感受，深沉地赞颂了周总理与人民群众血肉相连的情谊，真实而令人信服地表现了周总理既是人民爱戴的"领袖"，更是人民贴心的"公仆"的高尚品德，人民将永远怀念他，他将永远活在人民心中："你无所不在/有空气的地方/都可以找到你/有鲜花的地方/都可以闻到你的芳香。"①正如有的评论所说："这是一篇于颂赞中见真诚、痛悼中寓灼见的作品。"②"这一沉思之作，没有表现哀恸时呻吟低唱的流弊，而是一个清醒的总结和一个真理的发现，把读者引向追求一种高尚的精神境界。"③

艾青"归来"的诗作既保留了他在 20 世纪 50 年代诗作中的单纯、明朗、朴素的特点，又汲取、提炼了他 20 世纪 30 年代用得较多的现代派艺术手法中充满生命力的部分，在新的时代光照之下，熔铸成了新奇的、独特的诗歌艺术，形成了机智精巧和朴素自然相交融的艺术风格。

首先，凭借敏捷的艺术感受力，捕捉诗的意象，抒情言志。他善于把一些抽象的概念化为可见、可感、可触的具体形象。如在《致亡友丹娜之灵》里，诗人用"像火灾后留下的照片，/像地震后拣起的瓷碗，/像沉船露出海面的桅杆，/一场浩劫之后的一丝苦涩的微笑，/永远无法完成的充满遗憾的诗篇……"④的诗句，把他同捷克斯洛伐克汉学家丹娜之间可贵的友情具体化，变成了一连串生动而丰富的意象组合，表达了诗人动人肺腑的深情与牵肠挂肚的感叹。其次，他善于运用现代化的意象来表现现代生活，使其诗具有浓郁的现代色彩。比如，用"欢乐象（像）啤酒泡沫，/要从杯子里满出来了"（《重访维也纳》）⑤来表现奥地利人民摆脱四国军事占领之后的欢乐；再如，用"要是说/巴黎有一

① 艾青：《艾青全集·第二卷》，石家庄：花山文艺出版社，1991年，第834页。

② 杨匡汉、杨匡满：《艾青传论》，上海：上海文艺出版社，1984年，第256页。

③ 杨匡汉、杨匡满：《艾青传论》，上海：上海文艺出版社，1984年，第258页。

④ 艾青：《艾青全集·第二卷》，石家庄：花山文艺出版社，1991年，第479页。

⑤ 艾青：《归来的歌》，成都：四川人民出版社，1980年，第136页。

个跪在圣母院/祈祷宽恕的白天/它同样也有一个/不穿紧身衣的夜晚"（《红色磨坊》）①来揭示巴黎社会禁锢与开放的两重性，这些意象是用现代物质生活和精神生活中常见的事物来创造的，显得既平易朴实，又新奇有趣。最后，他善于抓住事物的特点，创造拟喻型的意象，赋予描写对象以生命和性格。比如，《维也纳》和《慕尼黑》就别开生面地创造了两个形神兼备的拟人化的女性形象：一个是美丽、温柔、酷爱和平的公主，一个是健康而有风韵却同魔鬼交过朋友的主妇。前者抒发了诗人对欧洲动荡不安局势的密切关注，后者概括了第二次世界大战的起因、经过、教训，以及诗人对德意志民族的殷切希望。拟喻型意象的运用，使艾青的诗缩虚入实，以"形"写"神"，生动鲜明而内蕴深厚。

艾青作为五四以来的优秀诗人，不仅有诗人的激情、画家的眼睛，而且有哲学家的头脑。他善于透过事物的表象看见事物的丰厚底蕴，看见事物内在的变化规律。他的不少诗篇就是他关于时代、社会、人生的真知灼见，具有深邃的哲理性和巨大的启示作用。在艾青的诗篇中，真理的光芒是随着时代的变化和诗人生活阅历的逐渐丰富而日益灿烂的。艾青早年的哲理诗代表作有《桥》《鞍鞯店》等，之后他对社会、对人生的认识更为深邃、透彻，因而其诗作的哲理性更为明显、丰富。正如他自己所说："近年来的诗，同我们这个思考的时代一样，已在向哲理深化。"②艾青在新时期创作的不少诗作就是"在向哲理深化"的优秀诗作。在《归来的歌》《彩色的诗》《雪莲》等诗集中，那些闪耀着哲理光彩的诗作，有的是撼人心灵的警句，有的是催人征战的鼓角，有的是令人深省的箴言，有的是教人为人处世的座右铭。它们是诗人长期观察、思考人生的结晶；它们具有艺术的哲理品格，即将形象性、抒情性与哲理性融为一体；它们以艺术之光与哲理之光昭示着艾青在 20 世纪 30 年代末期向诗人们，也是向他自己提出的呼号："诗人啊，假如你们能想起：无论如何你们都是一切时代的智慧之最高的标志……/假如你们能想起：那些人类最辉煌的时代如没有你们，将是何等黯然无光……"③

---

① 艾青：《域外集》，石家庄：花山文艺出版社，1983 年，第 251 页。

② 艾青：《〈管桦诗画集〉序》，见《艾青谈诗》，广州：花城出版社，1982 年，第 157 页。

③ 艾青：《诗论》，北京：生活·读书·新知三联书店，2012 年，第 154 页。

第四节　"靠泪水活命"的"鱼"：绿原①

在七月派诗人中，绿原是一位成绩卓著的诗人。有人说，在《七月》和《希望》上发表诗歌的作者中，绿原的诗歌艺术仅次于艾青和田间。这是有一定道理的。

抗日战争"向全国的诗人们发出了不可抗拒的律令：为祖国而歌"②。绿原从武汉流亡到重庆，"开始学着写诗"，开始在"坚持""抗战以来直接从生活出发"的"新诗风"的《诗垦地》发表诗作③。不过他的第一首新诗《送报者》却是发表在 1941 年重庆的《新华日报》副刊上的，是为纪念勇敢的《新华日报》的报童们而写的。④

绿原于 1941 年开始发表诗作，新中国成立前出版了第一本诗集《童话》，以童话般的意境，表现了他对美好理想的追求和憧憬，虽然有些天真、朦胧，但因其感情的纯真、想象的新奇，不失为"新诗园地上的一簇美丽的小花"。⑤他的第二本诗集《又是一个起点》，收录了他创作于抗日战争胜利前后的 7 首政治抒情诗。诗人以激昂的调子、恢宏的气势、饱满的情绪，揭露了反动派的罪恶和

---

① 绿原（1922—2009），又名刘半九，湖北武汉黄陂人。1942—1944 年在从上海迁到重庆的复旦大学外国文学系学习，因受国民党特务迫害离校。1948 年底参加革命工作，同年加入中国共产党。1942 年胡风为他出版了第一本诗集《童话》，他后来在胡风主编刊物《希望》上发表长短诗作，1947—1948 年胡风为他出版政治抒情诗集《又是一个起点》和短诗集《集合》。1949—1953 年任中南局长江日报社文艺组副组长，1953—1955 年任中共中央宣传部国际宣传处组长。1962 年恢复工作后，在人民文学出版社历任编辑、编审、编辑室副主任、副总编辑等，主持外国文学的编辑出版工作，1987 年离休。曾任中国作家协会全国委员会名誉委员、中国诗歌学会副会长、中国外国文学学会常务理事兼副秘书长、国际笔会中国中心会员、国际歌德学会会员。1980 年后，出版了诗集《人之诗》《人之诗续集》《另一支歌》《我们走向海》《绿原自选诗》、诗论集《葱与蜜》《非花非雾集》、散文集《离魂草》、译诗集《请向内心走去》《拆散的笔记簿》《邻笛集》《请向内心走去——德语国家现代诗选》、译文集《现代美学析疑》《德国的浪漫派》《浮士德》等。有《绿原文集》（六卷本）面世。其诗作、译著在国内外多次获奖。

② 绿原：《葱与蜜》，北京：生活·读书·新知三联书店，1985 年，第 75 页。

③ 绿原：《葱与蜜》，北京：生活·读书·新知三联书店，1985 年，第 76 页。

④ 绿原：《葱与蜜》，北京：生活·读书·新知三联书店，1985 年，第 76 页。

⑤ 曾卓：《诗人的两翼》，北京：生活·读书·新知三联书店，1987 年，第 48 页。

人民的苦难，是"当时历史和人民情绪的真实记录，也是我国新诗的战绩"。①
他的第三本诗集《集合》以平易质朴的语言，曲折而含蓄地表露了他对人民的希望和对胜利的信心："人活着/像航海/你的恨，你的风暴/你的爱，你的云彩。"
（《航海》）②

总的来说，新中国成立前绿原的诗作"基调是沉郁悲怆的，但也透出几分亮色，好象（像）从浓黑的天宇透出的熹微的曙光"③。

新中国成立初期，绿原出版了他的第四本诗集《从一九四九年算起》，这本诗集以直抒胸臆的抒情方式，表现了诗人对新中国、新生活的歌颂和献身新的事业的决心："烧吧，火焰，快乐的火焰，/我们把心投给你，/我们把血浇给你，/让我们成为你的一部分吧。"（《快乐的火焰》）④这时，绿原仍以战士和诗人的姿态出现在诗坛上。当然，这本诗集没有达到前几本诗集的水平，用他自己的话说，没有一首是他"自己满意的"。他沉寂了 20 多年，"读了一些书，想了一些问题"⑤，他更深沉，更成熟了。他对党、对人民的拳拳之枕是怎么也磨灭不了的，他在探索和拼搏中艰难地前进着，在布满荆棘的道路上，用血液艰难地书写着诗篇。

"文化大革命"结束以后，他参加了中国文学艺术工作者第四次代表大会，陆续出版了诗集《人之诗》《人之诗续集》《另一只歌》和诗论集《葱与蜜》。《人之诗》《人之诗续集》中的诗，除选自《童话》《又是一个起点》《集合》《从一九四九年算起》外，其他都是他于 1955 年至新时期所写的从未发表的作品，这些作品和《另一只歌》《我们走向海洋》等诗集清晰地展示了绿原在人生和艺术道路上艰难探索的轨迹。

同所有归来派诗人一样，歌咏对理想、对信念矢志不渝的追求，是绿原诗作的第一个显著特色。绿原长期从事外国文学的翻译和研究，他借咏域外开拓者、探索者之名，行自况自喻、抒情言志之实，这是他与其他归来派诗人的显著区别。

---

① 牛汉：《牛汉人生漫笔》，北京：同心出版社，2007 年，第 239 页。

② 洪子诚、程光炜主编，孙晓娅本卷主编：《中国新诗百年大典·第七卷》，武汉：长江文艺出版社，2013 年，第 253 页。

③ 张如法编：《绿原研究资料》，北京：知识产权出版社，2009 年，第 291 页。

④ 张如法编：《绿原研究资料》，北京：知识产权出版社，2009 年，第 292-293 页。

⑤ 绿原：《葱与蜜》，北京：生活·读书·新知三联书店，1985 年，第 81 页。

10 多年间，绿原把精力投入到外国文学的翻译和研究之中，只写了一首《又一名哥伦布》。这是一首具有强烈自我抒情色彩的诗作，诗人指出哥伦布对前途、对理想信念是矢志不渝的，他充满了信心、充满了希望："他凭着爱因斯坦的常识/坚信前面就是'印度'——/即使终于到达不了印度/他也一定会发现一个新大陆。"①诗人以哥伦布自况，这是深深的思索和执着的追求凝聚而成的诗篇，亦是诗人顽强奋斗、忠贞不屈的精神支柱。他坚信："明天照样出太阳/田野里照样有花香。"（《但切不要悲伤》）②并且明确表示，"我始终信奉无神论/对我开恩的上帝——只能是人民"（《重读〈圣经〉》）③，他复出后的第一声呼唤就是"诗人的座（坐）标是人民的喜怒哀乐""人民的代言人才是诗的顶峰"（《听诗人钱学森讲演》）④。即使他远涉重洋在异国访问，他也时时刻刻眷念着自己的祖国和人民，在"轻风，细雨，微波/教堂，古堡，村落"的"彩缎似"的莱茵河上"荡漾"时，他望着，听着不禁"神越魂飞"，望见的是"他的巫山，他的神女"，"降服苍龙的葛洲坝"，"滚滚长江不尽的波"，听见祖国的"呼吸"和祖国的"歌"（《过罗雷莱》）⑤。

绿原在回顾自己一生断断续续、磕磕碰碰、坎坎坷坷写诗的过程时说，"写作决（绝）不是个人的什么'名山事业'，不过是为人民服务的一种方式；任何一点成绩都只是人民的乳汁和眼泪的结晶"⑥。几十年来，他始终坚持着这一准则为人民、为祖国、为革命或痛苦或欢悦地歌唱着。不论是对党的歌颂（《献给我的保护人》），还是与过去沉痛的诀别（《给你——》《燕归来》），不论是对北京"30 年风风雨雨"辛酸的回顾，还是对莱茵河畔异国风光的描绘（组诗《西德拾穗录》），都始终表现出诗人热爱祖国、热爱人民、热爱光明、痛恶黑暗的情怀。

将诗情与理性有机地融为一体，是绿原诗作的第二个特色。由于长期从事外

---

① 洪子诚、程光炜主编，孙晓娅本卷主编：《中国新诗百年大典·第七卷》，武汉：长江文艺出版社，2013 年，第 257-258 页。

② 洪子诚、程光炜主编，孙晓娅本卷主编：《中国新诗百年大典·第七卷》，武汉：长江文艺出版社，2013 年，第 260 页。

③ 中国作家协会诗刊社编：《中国新诗百年志·作品卷·上》，北京：中国工人出版社，2017 年，第 272 页。

④ 张如法：《绿原研究资料》，北京：知识产权出版社，2009 年，第 289 页。

⑤ 绿原：《另一只歌》，成都：四川文艺出版社，1985 年，第 34-36 页。

⑥ 绿原：《葱与蜜》，北京：生活·读书·新知三联书店，1985 年，第 71-72 页。

国（尤其是德国）文艺理论的翻译工作，由于他以往诗作中固有的冷峻的思辨色彩，由于他执着追求"用诗找寻理性的光"（《诗与真》）[①]，因而他的诗作中具有浓郁的理性成分。然而，绿原是一位感情极其丰富的诗人，他感情的高温可熔化理性的岩石，因此，他的诗既具有鲜明的理性，又具有强烈的感性，是理与情的有机结合。绿原的诗是充满智慧的诗，它不仅有充沛、真挚、丰富的感情，而且有新鲜、明晰、深刻的思想。它不仅能动人以情，而且能晓人以理，具有强烈的启迪作用。《听诗人钱学森讲演》《哥德二三事》《读桑戈尔》《读聂鲁达》《读里尔克》《读惠特曼》《读波特莱尔》等诗作，以对现实和历史上杰出人物的歌吟，抒发了个人的情怀，表达了诗人对人生思考的理趣和对文艺的美学追求。《读桑戈尔》深切表现了诗人甘愿同世界上最穷最苦的人民相依为命、同甘共苦改变命运的真切愿望和人道主义精神。《读聂鲁达》表现了诗人对人民诗人聂鲁达由衷的敬意；《读里尔克》诉说着诗人与自然和谐相处、共存共荣的艺术追求；《读惠特曼》写出了惠特曼如何以哲人的眼睛发现"渺小的善趋于不朽/而庞大的所谓恶正逐渐消亡"的真理，并以诗的语言告知人类"和每个人称兄道弟"[②]，彰显了人道主义精神；《读波特莱尔》描绘出现代派艺术鼻祖波特莱尔的创新精神以及他对资产阶级的厌恶，并分析了其杰作《恶之花》。这些诗语言清新，构思新颖，以平实而富于形象的诗意语言，以极其简练的笔墨，别具一格地勾勒出各位诗人的特点，艺术地表达了绿原的诗歌美学追求。

绿原后期的诗作哲理性明显增强，这同他经历坎坷、日近暮年固然有关，但与他接触、翻译德国哲学和文学作品也有很大的关系。由于绿原长期从事德国文艺理论、哲学和文学（主要是诗歌）的翻译工作，再加上他以往诗作中固有的冷峻的思辨色彩，以及执着追求"用诗找寻理性的光"，因而他诗作中浓郁的理性的审美感性和哲学意味就特别强烈。组诗《酸葡萄集》完全是一组理性较强的关于诗的诗，由于诗人力求以凝练的感情去浸润他要表达的思想，从独特的角度去表现他从生活中得到的独特感受，因此，这组诗不是给人以枯燥、艰涩的感觉，而是于矛盾中给人以和谐，于平凡中给人以警示，于风趣中给人以教益和启迪。

---

① 张如法编：《绿原研究资料》，北京：知识产权出版社，2009 年，第 338 页。

② 绿原：《另一只歌》，成都：四川文艺出版社，1985 年，第 58 页。

同七月派的大多数诗人一样，绿原是自由体诗执着的追求者。用朴素、自然、明朗、真诚的声音，艺术地、机智地为人民歌唱，是绿原一贯追求的，也是绿原诗作的第三个特色。他一步入诗歌的殿堂就追求博采众家，学习古今中外诗人之长来丰富自己。他酷爱外国文学、外国诗歌，但他也爱本民族的诗歌，对于那些始终坚持为人民而歌唱的诗人如艾青、田间、胡风等一直怀有深深的敬意，后期运用外国诗歌的技巧进行创作显得更为圆熟，达到了游刃有余的程度。他的诗中，有的把对生活的敏锐感受力和活跃的思想化为神奇的充满活力与奇特想象力的艺术品，令人惊叹不已，如《兵马俑在耳语》《半坡村的下午》；有的以丰富的，甚至是奇特的想象引起人们丰富的联想，如《日耳曼古森林的怪石群》《过罗雷莱》等；有的以真挚的感情和深沉的思考给平凡的事物笼罩一层浓厚的"人性"的情愫，如《威利巴德埃森，一座少女的雕像》《戈廷根的鹅姑娘》；有的以丰富的知识、广博的学识引人作幽远的遐想，如《重读〈圣经〉》《歌德二三事》等；有的"异想天开、匪夷所思，理性思考与灿烂想象达到异常完美的结合"[1]，如《仰望瀑布》；有的"用现实主义与魔幻主义相结合的方法，把真实的细节与虚幻的情景巧妙地糅合在一起"，而"贯穿全篇"的是"哲理性语言"思维[2]，如《高速夜行车》等。

绿原的诗，诗句明朗，诗味隽永。他力求用现代口语和内在韵律，以平凡而大众化的语言，表现深刻而丰富的思想，反映时代脉搏和人民的喜怒哀乐。绿原在后期的诗艺探索中，为了表现强烈的哲理、奇特的思辨，试着用了一些绕口令式的语言，让人觉得艰深、费解，看来不顺眼，读来不顺口，听来也不顺耳，近乎文字游戏，这是诗人在探索过程中应当注意的。总的说来，绿原的诗正如他在《波恩，访贝多芬故居》一诗中歌咏天才音乐家贝多芬的作品的巨大力量时所说的那样：它"饱含着热泪/……变成一个个音符，一阕阕乐章/冲出了窗口，向四方飞翔：/飞到花园，教玫瑰低头，/飞到街头，教马车停步，/飞到维也纳，教绅士淑女惑惶，/飞到世界的各个角落/教一切受难的心得到抚慰……"[3]

① 袁忠岳：《诗的言说》，济南：山东人民出版社，2014 年，第 210 页。

② 袁忠岳：《诗的言说》，济南：山东人民出版社，2014 年，第 212 页。

③ 绿原：《另一只歌》，成都：四川文艺出版社，1985 年，第 25-26 页。

第五节　"悬崖边的树"：曾卓①

在七月派诗人中，曾卓是"没有在胡风编的刊物上发表过东西"的诗人，但从"诗的战斗方向""诗的总的风格"②上说，曾卓是受过胡风文艺思想影响的诗人，七月派的诗人大都是曾卓的朋友。曾卓说，"我乐于和他们站在一起"③。

曾卓 1939 年开始发表诗作，新中国成立前出版了诗集《门》，发表了长诗《母亲》。这些诗真实地记录了抗日战争时期大后方知识青年追求光明的艰辛经历和"血渍装饰"的青春。收录在诗集《悬崖边的树》中的《母亲》真实地抒发了一个追求真理的游子对自己母亲的苦难命运的悲叹和善良品德的深深眷念。《门》和《铁栏与火》是当时少有的两篇佳作，前者是对叛逆者义正词严的斥责，后者是对革命者凛然正气的热情歌颂，这两首诗感情凝练而鲜明，有着浓郁的时代特征。1944 年以后的 10 年，曾卓很少写诗。据他自己说，是因为他"对过去自己写的那些诗，除少数几首外，大都有一种厌恶情绪，又无力写出更好的诗"④。这 10 年他主要写散文、小说、短论、杂文。当面对最严峻的考验时，他又决定重新写诗，开辟新的道路，"为人民做点事情"。当时，他感情的波涛汹涌澎湃，"心中的歌声永远嘹亮"（《我有两支歌》）⑤。

曾卓诗的最大特点是，真挚展示自己的情感和灵魂，即使是感情上的弱点，

---

① 曾卓（1922—2002），原名曾庆冠，湖北武汉人。1939 年开始在重庆、桂林的报刊上发表作品，主要是诗，也写一些散文。1946 年，出版诗集《门》。此后从事多方面写作，有小说、剧本及文学评论等。出版了《白色花》（多人诗集）、《美的寻求者》（散文集）、《悬崖边的树》（诗集）、《听笛人手记》（散文集）、《诗人的两翼》（诗论集）、《老水手的歌》（诗集）、《曾卓抒情诗选》、《给少年们的诗》（诗集）等。1941 年，在重庆参与《诗垦地》丛刊的编辑工作。新中国成立前主编武汉《大刚报》文艺副刊《大江》。新中国成立后，任武汉市文学艺术界联合会副主席。"文化大革命"结束后为武汉市文学艺术界联合会专业作家、中国作家协会理事。

② 曾卓：《在大江上》，长沙：湖南文艺出版社，1992 年，第 130 页。

③ 曾卓：《在大江上》，长沙：湖南文艺出版社，1992 年，第 130 页。

④ 钱志富：《诗心与现实的强力结合：七月诗派研究》，北京：作家出版社，2006 年，第 354 页。

⑤ 曾卓：《悬崖边的树》，成都：四川人民出版社，1981 年，第 17 页。

也袒露无遗地展示在读者面前。曾卓曾说："真情实感是诗的生命，是真诗和非诗的分界线，也是诗的美学的基础。"①他还说过："感情的真挚是诗的第一要素，最重要的要素。"②他的诗都带有自白或自传的色彩，体现了从他坚强又充满青春活力的"骚动的灵魂"里喷涌出来的、凝聚着血泪的爱与恨。读他的 20世纪五六十年代的诗，可以看到他始终坚守对党和人民的信念、对理想的追求，他没有怨天尤人、悲观失望，他用"严肃而又明澈的心情"拷问着自己的一生，对未来充满了无限的希望，他"张开双臂迎接生命中的又一个黎明"（《醒来》）③。苛刻的自责和近乎固执的忠诚，尽管显得幼稚，甚至有些迂拙和愚钝，然而却真实地再现了 1977 年以前的若干岁月里我国热爱人民和共产党的一些知识分子（如艾青、丁玲、冯雪峰、姚雪垠、陈涌、周良沛、梁南、刘绍棠、公刘等）的感情历程，他们对生活、对信仰、对人民"虽九死其犹未悔"，仍然怀着深深的依恋，始终如一地坚守和追求。

诗为心声。曾卓是一位性格开朗、乐观，具有坚忍不拔的斗争精神与昂然向上的革命追求的不屈的战士，这也是曾卓诗歌一以贯之的自我抒情形象。在黑暗的 20世纪40 年代，在他"怀念一个被国民党逮捕的友人"的诗作《铁栏与火》中，那被囚禁于铁栏中的"虎"的形象，实际就是他自己不羁灵魂的真实写照。

在曾卓的诗里，有不少是歌颂爱情的。《雪》《有赠》《两只小船》《我能给你的》《感激》《无言的歌》等是其中影响较大的作品。这些诗所表现的是诗人得到爱人的温暖、体贴、爱抚、鼓励时在内心翻腾起的一种微妙而真实的情感波澜。既有期待的痛苦，也有重逢的喜悦；既有默默无言的感激，也有刻骨铭心的誓言。这是诗人献给他妻子的一首首情深意笃的心曲，也是对那些忠贞的妻子们由衷的赞美，她们不是爱丈夫的名誉、地位，而是爱丈夫的人品、人格，爱丈夫对人民、对祖国坚贞不渝的心，因此无论遇到怎样的艰难挫折，她们的爱都是始终如一的。这种爱，显得特别珍贵而神圣；这种情，显得特别真挚而崇高。

曾卓的诗论集《诗人的两翼》中有一篇短文《一与一千》，其文章援引法国

---

① 曾卓：《诗人的两翼》，北京：生活·读书·新知三联书店，1987 年，第 25 页。
② 曾卓：《诗人的两翼》，北京：生活·读书·新知三联书店，1987 年，第 13 页。
③ 曾卓：《悬崖边的树》，成都：四川人民出版社，1981 年，第 7-8 页。

诗人缪塞说过的一句话："我宁可只写一首诗让人读一千遍，不愿写一千首诗让人只读一遍。"随后，他接着说道："只有真正的诗才能进入读者的心灵，才能丰富和提高读者的感情。而不好的诗、拙劣的诗、虚情假意的诗，却只能败坏读者的审美意识，败坏诗的声誉。当然，也败坏诗人自己的形象。因而，要尊重诗，也要尊重自己。"①

在新时期众多有影响的老诗人之中，曾卓就是一位不以高产著称，却能写出让人百读不厌的优质诗篇的诗人。

曾卓新时期在诗歌方面的建树是多方面的，笔者以为其对现实主义诗歌传统的捍卫与张扬，是其在诗歌创作与诗歌理论方面的一个重要贡献。

我们知道，现实主义是中国诗歌的优秀传统之一，五四以来的新诗继承和发扬了现实主义的战斗传统，为中国的革命事业作出了重大贡献。但是，现实主义与反现实主义的斗争是长期存在的。一段时期内，诗歌的现实主义传统曾遭到不同程度的破坏，有些诗歌成了空话、废话、假话的传声筒，个别的诗歌甚至异化为瞒与骗的谎言。一些图解概念、莫名孤独、无病呻吟、玩弄形式游戏的"作品"和一些让人百思不得其解的无逻辑、无语法、无思想的"咒语诗""谜语诗"开始在诗坛泛滥，一些有远见卓识的诗人和诗评家们，大胆地、敏捷地与之进行了针锋相对的斗争。艾青率先提出了"诗人必须说真话"的著名论断，接着，诗人们用自己的诗歌创作和诗歌理论维护了诗歌的现实主义传统，推动了诗歌现实主义的向前发展，曾卓就是其中成绩卓著的佼佼者。

曾卓是深受鲁迅现实主义创作熏陶和臧克家、艾青等现实主义诗歌创作启发而走上诗坛的，他认为"诗人必须在生活的洪流中去沐浴自己的灵魂。必须心中有光，才能在生活中看到诗，才能在诗中照亮他所歌唱的生活"②。在艺术上他追求朴素、凝练的诗风。他说：

> 我希望朴实地唱出心中的歌：没有喧哗，没有装腔作势，没有矫揉造作。不是仅仅用华丽的语言将诗装饰起来；不是仅仅用智慧的语言将诗点缀起来。

---

① 曾卓：《一与一千》，见《笛之韵》，武汉：武汉出版社，2000年，第261页。
② 曾卓：《老水手的歌》，哈尔滨：黑龙江人民出版社，1983年，第1-2页。

我知道，诗神是不能欺骗的，她要求的首先是感情上的忠实。

我知道，读者是不容欺骗的。他们首先区分真诗和非诗，然后才区分好诗和不好的诗。[①]

曾卓的这些观点与现代文学史上大师们的观点是一脉相承的。鲁迅在《南腔北调集·作文秘诀》中曾指出，作文的重要秘诀是："有真意，去粉饰，少做作，勿卖弄。"这不但是作诗作文的"文风"，而且也是为人处世的"作风"。曾卓就是以此作文为人的，因而他的作品具有巨大的艺术魅力，而且是永恒的。

第六节　"梦游症患者"：牛汉[②]

在归来派诗人中，绿原以智慧著称，曾卓以情真动人，牛汉则以巨大的冲动征服读者。

通过异化地抒发"自我"来抒情言志，是牛汉同其他一些成熟诗人在艺术上相区别的一个显著标志。牛汉采用托物言志、借物抒情的方式来表现其对美丑善恶的扬抑褒贬，对社会人生的批评与追求。他在 1974 年前后的诗作几乎全部是歌咏鸟兽、着墨山水、描写草木的。然而这些诗里的动物、矿物和植物的形象却映照着诗人坚强的性格、火热的感情、鲜明的爱憎、不屈的灵魂，是诗人"自我"的物化、异化。

---

① 曾卓：《老水手的歌》，哈尔滨：黑龙江人民出版社，1983 年，第 1 页。

② 牛汉（1923—2013），本名史成汉，笔名谷风。蒙古族人，山西定襄人。大革命时期，父亲史步蟾在北京大学旁听过两年，带回来鲁迅、周作人等人的作品和《新青年》《语丝》《新月》《沉钟》《北新》等刊物，还订阅过《文学》《中流》等刊物，牛汉上初中时按期阅读它们。1937 年 10 月，他随父亲流亡到西安，曾师从艾青学过两个月漫画。1938 年徒步到天水，仍执着地学画。1940 年开始发表诗作，加入社址在成都的海星诗社并在该社主办的《诗星》上发表了诗剧《智慧的悲哀》。之前还在西安《匆匆》诗刊发表长诗《草原牧歌》。1941 年在重庆出版的《诗垦地》刊出组诗《高原的音息》。1942 年在桂林《诗创作》发表《鄂尔多斯草原》。1943 年考入西北大学外文系，攻读俄文专业。1944 年赴西安，在中共西安办事处的领导下负责编辑文学杂志《流火》。1948 年夏进入华北解放区，进入华北前，将手头的大部分诗稿（其中多为未发表过的未定手稿）托上海的朋友转给其多年来崇敬的诗人胡风。胡风认真地整理修改了这些诗稿，并从中选了部分诗作，编成一本诗集，也就是列入《七月诗丛》第二辑的《彩色的生活》。新中国成立初期，先后在大学和部队工作过。20 世纪 80 年代出版了诗集《温泉》《蚯蚓和羽毛》《牛汉抒情诗选》等和诗论集《学诗手记》等。

　　《铁的山脉》和《丰碑》是诗人写于党的十一届三中全会以后的两篇有代表性的作品。《铁的山脉》描绘了"乌黑乌黑"的铁山虽遭"暴风""雷雨""电火"的"袭击""冲刷""噬咬"，却"一直坚忍地等待着，/等待着献身的时刻，/等待着粉身碎骨的幸福"①，热情地歌颂了那种饱经忧患而报效祖国之志始终不渝的崇高精神，呼喊出为振兴中华甘愿粉身碎骨的民族心声和时代强音，因此深深地震撼着人们的心灵，引起了广泛的共鸣。《丰碑》描写了天安门前和人民英雄纪念碑周围无名的粗糙的花岗石和朴素的水泥砖，静静地铺成宽阔的路和神圣的广场，不需"装饰，拜谒，悼念"，等待"虔诚而坚定的脚步/从它的身上心上踏过"②的非凡气度，赞扬了那种置个人荣辱于度外，甘愿为了伟大的事业在平凡的工作岗位上默默献身的高贵品质。这首诗以特有的启示性和思辨性艺术地表现了于平凡中见伟大、于细微处显崇高的真理，为铺路的砖石唱了一曲深情的赞歌："祖国啊/你多难，你坚强，你淳厚，你伟大/你有灵敏的感觉/你的每条路，每个广场/都是浸透血泪的丰碑/花岗石的/水泥砖的/青石条的/棕色泥土的/它们沉重地、亲密地贴着你的心胸。"③《铁的山脉》和《丰碑》都是歌颂一种崇高的献身精神，它们是我们摆脱贫困、建国强国急需的一种精神力量。只有有了这种精神，我们的社会主义建设事业才能兴旺发达，我们的祖国才能繁荣富强。

　　50多年来，牛汉一直执着于写自由体诗，从平凡的生活经历中努力捕捉与他的个性、与时代精神相辉映的鲜活的意象，用朴素的现代口语自然地表现出真挚而深隽的感情。这种形式、韵律与内在感情协调一致的境界不易达到，但诗人始终在追求着、探索着，后期有意识地运用魔幻现实主义的手法扩大诗的艺术深度和广度，追求诗的表现形式的多样性，而且取得了可喜的收获。他的这种探求，不仅是创作上的探求，也是对现实生活的不断探求、不断剖析。因此，他的诗不以静观默思的精致的画卷见长，而是以强烈的时代精神和他的生活经历深深地打动读者的心。但是，他的有些诗作在对现实的认识上有偏颇和不够全面的地方，有些诗过分强调自我对社会的贡献，漠视祖国、社会、集体对自己的关爱；有些诗存在题材上重复和形式上缺乏凝练的缺点。

---

① 牛汉：《牛汉抒情诗选》，西宁：青海人民出版社，1989年，第109页。

② 朱汉：《温泉》，上海：上海文艺出版社，1984年，第87页。

③ 朱汉：《温泉》，上海：上海文艺出版社，1984年，第86-87页。

第七节　大山的歌者：昌耀①

昌耀同公刘、周良沛、白桦、高平、胡昭等诗人一样，都是新中国成立初期涌现出来的热血青年、新中国的保卫者、解放军战士。他们是在新中国阳光雨露下成长起来的军旅派诗人。昌耀曾赴朝鲜用生命和鲜血捍卫新生的社会主义祖国。

同许多归来派诗人一样，昌耀的诗具有浓郁的自叙传的特点。他曾经是新生活的热情追求者与创造者，1950 年即弃学从军，随军北上，1951 年春赴朝鲜参加抗美援朝战争，1955 年响应"开发大西北"的号召，到青海省文学艺术界联合会任创作员。昌耀曾自称是"一株/化归于北土的金橘"（《南曲》）②，"是北部古老森林的义子"（《家族》）③。他是一位忠于革命事业的坚强战士。

纵观昌耀所有的诗作，他是用自己的生命在真心实意地歌唱并满怀虔诚地感恩那些平凡的劳力者。他坚信只要诗人将自己的命运与他们赖以生存的土地、山岳、河流紧紧相连，就可经万劫而不灭，历万难而不摧，而且可以在拼搏进击中变得无比强大，充满活力和智慧。在"归来"之后，面对新时期的大好时光，昌耀以勇往直前的信念和百折不挠的毅力，始终同人民在一起，歌唱"习习夜风中商界林立的旗帜潇洒地飘展了，/喷泉广场的金属旗柱以峻急的嗡鸣竞相呼应"（《头戴便帽从城市到城市的造访》）④，歌唱人民心底的善良，并以前所未有的

---

① 昌耀（1936—2000），原名王昌耀，湖南桃源人。1950 年参军，随军北上，1951 年春赴朝鲜作战，曾两度回国参加文化培训，1953 年《关于朝鲜军事停战的协定》签字前十余日，在元山附近身负重伤归国，之后到河北省荣军中学学习，毕业后即报名参加开发大西北。曾任青海省作家协会副主席。出版诗集有《昌耀抒情诗集》《昌耀的诗》等。

② 昌耀、燎原编：《我从白头的巴颜喀拉走下：昌耀诗文选》，桂林：广西师范大学出版社，2019 年，第109 页。

③ 昌耀、燎原编：《我从白头的巴颜喀拉走下：昌耀诗文选》，桂林：广西师范大学出版社，2019 年，第35 页。

④ 昌耀、燎原编：《我从白头的巴颜喀拉走下：昌耀诗文选》，桂林：广西师范大学出版社，2019 年，第408 页。

热情与生命力奔向他理想的"公正、平等、文明富裕的乌托邦"[①]，明知"在这日趋缩小的星球，/不会有另一条坦途"，但他"仍在韧性地划""拼力地划"，他坚信"在大海的尽头/会有我们的/笑"（《划呀，划呀，父亲们！》）[②]。

同所有大西北边塞诗派的诗人一样，昌耀的诗，同苍凉悲壮、旷达高远的西部边陲融为一体，铸造出了如山岳般高大而忧郁不屈的诗魂、诗心。他的诗将青藏高原严峻、冷酷、壮丽、雄伟的山川、大漠、草甸作为抒情客体，赞扬了人民代代相传的开拓精神和豪迈心胸。他诗中的景物，不论是激流峡谷、大漠风月、荒原绿洲，还是悲凉的瀚海、吉庆的火堆、豪饮的金盏，都已与他的心灵、他的生命、他的语言融为一体，都灌注着他的情感、他的血液、他的思想。组诗《青藏高原的形体》就将历史、现实、神话、传说、民情融为一体，显示着民族精神的磅礴、高昂与博大："是的，我从白头的巴颜喀拉走下。我是滋润的河床。/我是枯干的河床。我是浩荡的河床。/我的令名如雷贯耳。/我坚实宽厚、壮阔。我是发育完备的雄性美。/我创造。我须臾不停地/向东方大海排泻（泄）我那不竭的精力。/我刺肤文身，让精心显示的那些图形可被仰观而不可近狎。/我喜欢向霜风透露我体魄之多毛。/我让万山洞开，好叫钟情的众水投入我博爱的襟怀。"（《河床》）[③]这首诗既是描写黄河、长江之源的形神，又是诗人灵魂的物化。即使对于大西北"烧黑的砾石""败北的河流""大山的粉屑""烤红的河床""无人区""峥嵘不测之深渊"，他仍充满了钟爱，热情地赞美它们是"有待收获的沃土。/是倔强的精灵"（《旷原之野》）[④]。

在昌耀的诗中，生活在大西北的人民无论是牧民、鼓手、筏子客、水手长、屠户、涉水者、背水女、拓殖者、举旗者、流浪汉、淘金者，还是诗中的抒情主体"我"，都刻印着大西北风沙的残酷、冰雪的严峻、草原的宽厚，都闪烁着雪莲的高洁、山花的浪漫、高原蓝天白云的奇美……他们既是现实的，也是历史

[①] 昌耀、燎原编：《我从白头的巴颜喀拉走下：昌耀诗文选》，桂林：广西师范大学出版社，2019 年，第696 页。

[②] 昌耀、燎原编：《我从白头的巴颜喀拉走下：昌耀诗文选》，桂林：广西师范大学出版社，2019 年，第137 页、141-142 页。

[③] 昌耀、燎原编：《我从白头的巴颜喀拉走下：昌耀诗文选》，桂林：广西师范大学出版社，2019 年，第212-213 页。

[④] 昌耀、燎原编：《我从白头的巴颜喀拉走下：昌耀诗文选》，桂林：广西师范大学出版社，2019 年，第205 页。

的，他们永远是大西北的开垦者，"永远是新垦地的一个磨镰人"，他们"创造了这些被膜拜的饕餮兽、凤鸟、夔龙……"，他们"不断在历史中校准历史"，"在历史中不断变作历史"，"得以领略其全部悲壮的使命感"（《巨灵》）①。比如，《背水女》就描写了一幅既历史又现实的"自古就是如此"的画面："从黝黑的堤岸，/直达炊火流动的高路，/背水女们的长队列高路一样崎岖"，背水女的"木驮桶，作黝黑的偶像，/高踞在少壮女子微微撅起的腰臀，/且以金泉水撩拨她们金子的心怀。/——自古就是如此啊！//不错，为雪山神女座所护卫的草原/是宽厚的。背水女的心怀是宽厚的"。诗人由衷地赞美她们为"雪山神女"，她们"以母亲和妻女之爱/负重而来"，从古至今，成为"雄强丈夫们""肃然地鹄望着"的"崇拜者"②，这首短诗既写出了劳动者的艰辛，也写出了劳动者的伟大，更写出了诗人对劳动者发自心底的尊崇。当然，历史的崎岖与负重一定要得以改善，要把她们从负重的劳动中解放出来，这正是开发大西北的目标之一。然而，她们"宽厚"的"心怀"，却是中华民族亘古不变的美德，是我们创造新生活时所应该发扬光大的。

昌耀以其"归来者"的心灵历程与西部悠久的历史文化和艰难而多彩的现实生活的碰撞所产生的巨大的诗的火花，照亮了当代诗坛。他曾是普希金、莱蒙托夫、勃洛克、马雅可夫斯基的崇拜者，又深受惠特曼、聂鲁达、希克梅特、洛尔伽、桑德堡等诗人的影响；他更敬重屈原、李白、白居易、艾青、阿垅等诗人的诗品与人品。他容纳古今诗艺之长，博采中外诗艺之美，自成一家。他是一位勇于创新、善于标新立异的诗人，他曾说"诗美流布天下随物赋形不可伪造"③。对诗情、诗质等诗的内在美，他要求绝对真实，而对诗形等外在美则随心所欲、花样翻新。不论其诗的想象、意境、意象、比喻、象征等，还是诗的形式、语言甚至标题、标点都不拘一格，给人以新鲜感、新奇感、陌生感。他的诗既以沉郁、苍劲、真实著称，又以高致、精微、丰富见长；他的诗既以现实主义为主体，又有现代主义之长；既有真实的品格，又有

---

① 昌耀、燎原编：《我从白头的巴颜喀拉走下：昌耀诗文选》，桂林：广西师范大学出版社，2019 年，第230-231 页。

② 昌耀、燎原编：《我从白头的巴颜喀拉走下：昌耀诗文选》，桂林：广西师范大学出版社，2019 年，第189 页。

③ 昌耀：《昌耀的诗》，北京：人民文学出版社，1998 年，第 423 页。

浪漫的情调，还有理智的烛照；颇多现代意象与情韵，兼具黑色幽默，有些诗还有浓厚的宗教神秘色彩。他的诗的语言是充分"散文化"的，但内在韵律与节奏却很强，具有自然洒脱的散文美；他喜欢用奇崛的语汇，其诗作雅俗兼备，既有古典的儒雅之风，又有当代的世俗气息，文白杂糅，具有一种新鲜、奇特、刚健的艺术感染力。诗人罗洛评述昌耀的《大山的囚徒》和《山旅》及其他一些短诗时，曾说：昌耀的诗的特色是"险拔峻峭，质而无华。他所追求和探索的诗的风格，是像高原群山那样块垒峥嵘，像飞瀑急湍那样奔放不羁，正如他最热爱的歌声是昂扬激奋的雄鹰的鸣叫，刚健苍劲的战马的长嘶。在他的诗里，没有整齐的格律和华美的词藻，诗的节奏跌顿短促，旋律质朴自然，语言凝练遒劲，意境雄奇开阔"①。

昌耀曾自称"是一个'大诗歌观'的主张者和实行者"②。他曾说："我并不强调诗的分行……也不认为诗定要分行，没有诗性的文字即便分行也终难称作诗。相反，某些有意味的文字即便不分行也未尝不配称作诗。诗之与否，我以心性去体味而不以貌取。"③他还说过"我并不贬斥分行，只是想留予分行以更多珍惜与真实感。就是说，务使压缩的文字更具情韵与诗的张力"④。可见"诗性""意味""真实感"是诗的本质特征，分行与不分行则是诗的外部特征。新时期以来，他写了不少"不分行"的诗，这些"诗"并非诗人"诗性"的淡化、"意味"的贫乏、"真实感"的减弱，恰恰相反，"随着岁月递增"，诗人"对世事的洞明、了悟，激情""呈沉潜趋势"而"选择"了一种"更为方便、乐意"的诗体形式，这些"诗""永不衰竭的激情"，其"色彩、线条、旋律与主动投入"，其"精力、活力、青春健美的象征"有增无减，是诗人"了悟""洞明""世事"的"智性成熟的果实"⑤。比如，《悲怆》《齿贝》《处子》《图像仪式》《工厂：梦眼与现实》《俯首苍茫》《傍晚·篁与我》《一天》《一种噪叫》《勿与诗人接触》《复仇》《生命的渴意》《近在天堂的入口处》《灵

---

① 罗洛：《险拔峻峭·质而无华——谈昌耀的诗》，见《诗的随想录》，北京：生活·读书·新知三联书店，1985年，第67页。

② 昌耀：《昌耀的诗》，北京：人民文学出版社，1998年，第423页。

③ 昌耀：《昌耀的诗》，北京：人民文学出版社，1998年，第423页。

④ 昌耀：《昌耀的诗》，北京：人民文学出版社，1998年，第423页。

⑤ 昌耀：《昌耀的诗》，北京：人民文学出版社，1998年，第423页。

语》《火柴的多米诺骨牌游戏》《地底如歌如哦三圣者》《混血之历史》《迷津的意味》《语言》《权且作为悼辞的遗闻录》《海牛捕杀者》《音乐路》《一个中国诗人在俄罗斯》……这些"散文式"的作品大都直达诗人灵魂的深处，倾吐着诗人的感觉、情绪、心理、意识。它们或叙事，或咏物，或写景，或抒情，或议论；或比喻，或象征，或变形，或怪诞；或写实，或寓言，或幻想，或浪漫，或意识流，或对话，或独语，或梦呓。它们把人生的坎坷、社会的变迁，把生命哲学、政治学、经济学、宗教学、社会学、伦理学、诗学融为一体。诗人上天入地，上下求索，既是对某种生存困境的阐释与选择，对生死的演绎，对宇宙人生的思考，对理想世界的追寻，也是诗人对自我行踪的总结，对自我灵魂的拷问，对诗艺诗美的探求。这些作品受鲁迅思想的影响，有如鲁迅的《野草》，它们美丽而深奥、朴实而深刻、精细而宏大、灵巧而厚重，有奇幻的场景、怪诞的情节、丰富的想象、模糊的意念、难测的呓语、深刻的哲理、警世的格言……

昌耀"散文式"的诗，是有待人们开发的变幻莫测、神奇富饶的处女地，有如变幻莫测、神奇富饶的大西北一样。

第八节　跋涉的"骆驼"：公刘[①]

公刘是一位怀着赤子之心，迎接新中国的成立，放声歌唱新中国春天的军旅派诗人；沉默了 20 多年，在"文化大革命"之后"归来"，重新歌唱，这是他创作历程中的又一个旺盛期。公刘的创作历程同大多数归来派诗人一样明

---

① 公刘（1927—2003），原名刘耿直，江西南昌人。1946 年参加学生运动。1948 年在地下全国学联宣传部工作，并加入了当时的中华全国文艺界协会。1949 年参加人民解放军，进军大西南。1954 年加入中国作家协会，翌年调到中国人民解放军总政治部文化部。1957 年及以前，出版了诗集《边地短歌》《神圣的岗位》《黎明的城》《在北方》等，短篇小说集《国境一条街》，长诗《阿诗玛》（与黄铁、杨知勇、刘绮合作整理）、《望夫云》，电影剧本《阿诗玛》等。1958 年被迫离开部队。"文化大革命"结束后，重返文坛，相继出版了诗集《尹灵芝》《白花·红花》《仙人掌》《离离原上草》《母亲——长江》《大上海》和诗论集《诗路跋涉》《诗与诚实》《谁是二十一世纪的大师》等。诗集《仙人掌》获中国作家协会第一届全国优秀新诗（诗集）奖，诗作《沉思》获 1979—1980 全国中青年诗人优秀新诗奖。曾任中国作家协会第四届理事、安徽文学院负责人。

显地分为两个时期——新中国成立初期和"文化大革命"后。两个时期有联系又有区别，有同又有异，前者是后者的基础、发端，后者是前者的发展、深化。公刘在他的诗论集《诗与诚实》的自序中曾说，假如有人问他什么是幸福，他会毫不迟疑地回答："跋涉就是幸福，工作就是幸福。"[①]他的另一本诗论集干脆就取名为《诗路跋涉》。公刘如骆驼一般在人生和诗歌的道路上不断跋涉、追寻、探求，尽管受了伤，仍跋涉不止，奋斗不止，并且以此为荣，以此为乐。

公刘 1949 年参加中国人民解放军，随军到了云南，诗集《边地短歌》《黎明的城》《神圣的岗位》，就是他在西南边疆的解放军战士生活的真实写照。这些诗蕴含着纯真朴实的赤子之情，有着浓郁的生活的彩釉和泥土的本色。在诗人的眼里，一切都是美好的，充满了诗意。战士的目光在诗人看来，是那么深邃，既像"泉水温柔地淌着，/灌溉祖国的大地"，"也能化为火焰，/把敌人烧成死灰"（《兵士的面容》）[②]。阿佤山区峰高路险，在诗人眼里却有着"无与匹敌的雄伟"，"像一只攥紧的拳头，/像一顶发亮的绿色的钢盔，/像一曲唱不完的战歌，/像一座矗立云霄的丰碑"（《礼赞阿佤山》）[③]。是战士的英姿，使祖国的山河增辉；是英雄的意志，"为阿佤山安上一副铁骨，浇上一层钢皮，/把它变得这样威震四方，不可摧毁！"[④]这种强烈的革命英雄主义精神和爱国主义感情在《守望在祖国的边疆》《兵士醒着》《祝福边疆战士》《第一个傣族士兵》《岩可和岩角的舞蹈》《这是个美丽的地方……》《阵地上的向日葵》《母亲的心》等诗里都有鲜明的表现。诗人热爱战斗的生活，热爱祖国的每一座山脉、每一片土地。因此，战士的日常生活、一棵向日葵、一株剑麻、一条山间小路、边疆的一个早晨，都能触发诗人的"灵感"，引起诗人的歌吟："一条小路在山间蜿蜒，/每天我沿着它爬上山巅；/这座山是边防阵地的制高点，/而我的刺刀则是真正的山尖。//这条小路我走了三年，/对于我它不复是崎岖难行；/因为我心上有一条平坦大道，/时刻都滚过祖国前进的车轮……"（《山间小路》）[⑤]崎岖

---

① 公刘、刘粹编：《公刘文存·序跋评论卷·一》，合肥：安徽文艺出版社，2018 年，第 284 页。

② 公刘：《在北方》，北京：作家出版社，1957 年，第 38 页。

③ 公刘、刘粹编：《公刘文存·诗歌卷·一》，合肥：安徽文艺出版社，2018 年，第 152 页。

④ 公刘、刘粹编：《公刘文存·诗歌卷·一》，合肥：安徽文艺出版社，2018 年，第 153 页。

⑤ 公刘、刘粹编：《公刘文存·诗歌卷·一》，合肥：安徽文艺出版社，2018 年，第 162 页。

的山间小道，蜿蜒通向高耸入云的山巅，这是云南边境常见的景象。诗人把艰苦的自然环境、战士的英雄性格和豪迈的情怀融为一体，铸成了敌人不可逾越的峰峦，抒发了强烈的爱国主义和乐观主义豪情，勾勒出边防战士的巍峨雄姿。正如老诗人艾青所评价的："公刘的诗，就是长期生活在战士中间的、感染了我国部队的高贵素质的、通身都是健康的一种新的歌唱。"①公刘的成名作《西盟的早晨》就真实地描述了新中国成立初期，"我们的战士不但要守卫祖国的神圣领土，还要以自己的模范行动，启发、帮助、带领佤族人民，实现历史的大飞跃——从原始公社直接跨入社会主义"②的情景："我推开窗子，/一朵云飞进来——/带着深谷底层的寒气，/带着难以捉摸的旭日的光彩。//在哨兵的枪刺上/凝结着昨夜的白霜，/军号以激昂的高音，/指挥着群山每天最初的合唱……//早安，边疆！早安，西盟！/带枪的人都站立在岗位上，/迎接美好生活中的又一个早晨……"（《西盟的早晨》）③这首诗没有写当时在阿佤山发生的"许许多多悲壮的故事"，而是重在"反映"当时人民解放军在阿佤山"以自己的模范行动，启发、帮助、带领佤族人民，实现历史的大飞跃"的"慷慨的情绪"。④全诗清新、乐观、明朗，抒发了诗人对祖国的边疆、对新的生活充满热爱和希望的感情。诗人歌唱祖国，歌唱和平，歌唱在西南边疆的解放军战士的生活，歌唱佤族、傣族、哈尼族人民的翻身解放和他们同解放军的深厚情谊。

如果说，在《边地短歌》《神圣的岗位》中，有些诗作还显得不够精练含蓄，个别诗作还缺乏思想深度，那么，《黎明的城》就基本上克服了这些缺点，而 1957 年出版的诗集《在北方》则标志着公刘的诗歌创作进入了成熟阶段。正如他在《在北方》的"代序"中所说的那样，他"失落了叶笛"，得到了"唢呐"⑤。我们说，这时，他的诗既有着唢呐雄浑、粗犷的音调，也依然保持着叶笛清新细腻的韵律；既流淌着广袤北方"乳的香味"，又蕴含着南方泉水般的

---

① 艾青：《公刘的诗》，《文艺报》，1955 年第 13 期。

② 丁慨然主编：《中国新诗人成名作选》，北京：中国国际广播出版社，1992 年，第 100 页。

③ 公刘、刘粹编：《公刘文存·诗歌卷·一》，合肥：安徽文艺出版社，2018 年，第 165 页。

④ 丁慨然主编：《中国新诗人成名作选》，北京：中国国际广播出版社，1992 年，第 100 页。

⑤ 公刘：《在北方》，北京：作家出版社，1957 年，第 1 页。

"梦幻和情思"①。他不满足于一般性的咏物抒情，而是着意透过生活的表象观察生活的底蕴，用富有哲理意味的诗句开启读者的心扉。比如，《五月一日的夜晚》没有停留在描写五一劳动节天安门之夜"空中是朵朵云烟，地上是人海灯山，/数不尽的衣衫发辫，/被歌声吹得团团旋转"②的狂欢画面上，而是把人们的视野引向生活的广度和深度，使人们从天安门想到全中国、全世界，想到我们前仆后继的英勇奋斗的历史："整个世界站在阳台上观看，/中国在笑！中国在舞！中国在狂欢！羡慕吧，生活多么好，多么令人爱恋，/为了享受这一夜，我们战斗了一生！"③最后一句概括力极强，具有鲜明的时代色彩和丰富的历史内涵。《致黄浦江》以充满激情的诗句写下了旧中国的苦难与屈辱："海盗们的舰队横冲直闯，/黑色的炮口瞄准了中国的门窗。//数不清的'总督'和'帮办'，把秦砖汉瓦黄金白银一齐搬进船舱，/烂醉如泥的外国水兵，用猥亵的目光打量着你洁白的胸膛……"诗中既写了祖国的屈辱与诗人的忧伤，更表达了"为自由而战的兵士"与诗人的"骄傲"④。如果诗人没有以沸腾的感情拥抱沸腾生活的激情，没有对革命斗争的艰苦与欢乐的深刻体验，没有强烈的爱国主义精神，他是很难写出这样引起人们强烈共鸣的诗句的。再如，在《上海夜歌（一）》里，诗人别具匠心地给读者描绘了上海之夜的瑰丽景色："上海关。钟楼。时针和分针/像一把巨剪，/一圈，又一圈，/铰碎了白天。//夜色从二十四层高楼上挂下来，/如同一幅垂帘；/上海立刻打开她的百宝箱，/到处珠光闪闪。//灯的峡谷，灯的河流，灯的山，/六百万人民写下了壮丽的诗篇；/纵横的街道是诗行，/灯是标点。"⑤这里，诗人把上海比喻为"壮丽的诗篇"，把六百万上海人民比喻为诗篇的作者，以巧妙的构思歌颂了新时代劳动人民的无穷智慧和巨大创造力，使这一被人们多次表现的题材闪耀出奇异的光彩。其他，如写沙漠上的骆驼时，不写骆驼负重，而是通过写骆驼背上的杨柳，为人们展现了一幅"柳絮杨花"的明媚春光图（《运杨柳的骆驼》）。写肥皂时，他自豪地宣称，为了"洗尽世上的污秽"，"让生活更纯净"，"让生活更美丽"，"我

---

① 公刘：《在北方》，北京：作家出版社，1957年，第2页。

② 公刘：《在北方》，北京：作家出版社，1957年，第8页。

③ 公刘：《在北方》，北京：作家出版社，1957年，第8页。

④ 公刘、刘粹编：《公刘文存·诗歌卷·一》，合肥：安徽文艺出版社，2018年，第277页。

⑤ 公刘、刘粹编：《公刘文存·诗歌卷·一》，合肥：安徽文艺出版社，2018年，第274页。

们是擦洗世界的肥皂"①，赋予这种极平常的生活用品以新的生命（《我们是擦洗世界的肥皂》）。这些诗大都想象丰富，构思新颖，具有深远的意境，显示出鲜明的特色。

同所有归来派诗人一样，公刘复出后的第一声呐喊，便是呼唤真实。说真话，是公刘新时期诗歌的灵魂。

公刘曾说："诚实无罪，诚实长寿"，"诚实必定胜利，因为人民喜欢听真话"②。他认为，诚实、说真话，就是发扬党的实事求是的作风，就是恢复和发扬诗歌的现实主义传统，就是医治诗歌"信用危机"的最好药方。诗人的勇气来自诚实，来自说真话。比如，坚守信仰、抨击现代迷信的《十二月二十六日》，呼唤民主和法制的《献给宪法第十四条的恋歌》，纪念周总理、批判封建专制的《爆竹》，都因为诗人以诚实的心为人民说了真话，以真实的诗的形象反映了真实的社会生活，因而反响强烈，为人们所喜爱。在《车过山海关》《塔尔寺酥油花》《大金瓦寺所见》《假如这些秦俑突然活过来》等诗中，诗人提出了民主与法治、诗歌与政治、历史与现实等一系列亟待解决的问题。他善于把对历史的审视、对现实的忧患与对未来的警示交融起来，提升了诗的内涵与深度。

由于生活的磨炼，诗人已再不是过去那个"太年轻，太爱夸张"的天真形象了，而是一位变得日趋成熟、诗思敏捷而深沉的歌者。他的诗思辨色彩强、哲理深厚。他的诗显得深沉、雄浑、有力，往往能把握时代的风云和历史的趋向，给人以深刻的启示和有力的警策。比如，在《关于〈摩西十戒〉》《十二月二十六日》等诗里，诗人就深刻地揭示了领袖和人民的正确关系，既深刻地批判了某些野心家、阴谋家大肆鼓吹的个人迷信和造神运动对人民的愚弄，以及给党和国家带来的危害，又赞颂了毛泽东与人民血肉相连的高贵品质。"无可置疑，他是一面大旗，/旗的概念是什么？是飘扬，是进击，/旗应该永远是风的战友，/风，就是人民的呼吸。//……他睡着了，然而党的大脑空前活跃，/毛泽东思想是一定要发展的——/长江既不会断流，/河堤也不会溃决！//这就是对一位伟人生日的纪念，/须知这一天关系到半个世纪和整个中国。/请后来的领袖们记住这一点吧，/

---

① 公刘、刘粹编：《公刘文存·诗歌卷·一》，合肥：安徽文艺出版社，2018年，第284页。

② 公刘：《诗与诚实》，见《诗与诚实》，广州：花城出版社，1983年，第21页。

将您的和全体人民的生日绾一个亲密的结！"（《十二月二十六日》）①诗人既划清了敬爱和迷信、天真和愚蠢、信仰和宗教、信徒和人民的关系，又形象地描述了人民领袖和人民群众同生死共命运的血肉联系，更高瞻远瞩地指出：毛泽东思想的长江大河"不会断流""不会溃决"。

《星》《为灵魂辩护》《沉思》《读罗中立的油画〈父亲〉》《献给宪法第十四条的恋歌》等都是这一时期影响较大的作品，这些诗生动地表现了人民的喜怒哀乐和愿望，也袒露了诗人忧国忧民、为国为民、甘愿献身光明的伟大抱负："我的骨骼就储存着磷——/大约能蘸八千根火柴棍；/哎，果真能八千次爆发希望的火花，/我倒甘愿在光明中化为灰烬。"（《为灵魂辩护》）②《读罗中立的油画〈父亲〉》，名为读画品画，实则从某一个侧面评述了新中国农民走过的艰辛而曲折的历程以及他们"硬把漫坡地撕成大寨田"，用他们的血汗"浇灌了多少个好年景"，创造"背后一片黄金"③的伟大而坚忍的奋斗精神，这就是中华民族的精神。这首诗既回首了艰辛的过去，又展现了美好的现在和诗人对父亲，也即对人民的祈祷和祝福："黄金理当属于你！你是主人！/主人！明白吗？主人！/父亲啊，我的父亲！/我在为你祈祷，为你祈祷，/再也不能变幻莫测了，/我的老天！我的天上的风云！"④人民，只有人民，才是创造世界历史的真正动力。公刘的诗就深刻地阐释了这一历史唯物主义观点。在《乾陵秋风歌》中，诗人对历史人物武则天的是非功过的褒贬抑扬也是完全符合历史唯物主义观点的。历史教会公刘思考和探索，思考和探索使公刘的诗更贴近人民，更富于哲理，更具有生命的活力。

公刘是一位胸怀坦荡、才思敏锐的诗人，他的诗是植根于人民生活土壤的花朵，是战士心中的誓言，是在人生和诗路上不断跋涉的歌者发出的悲壮而激昂的歌声。他善于从历史和现实的生活中发现诗意，发现哲理，寓理于形象，言志于托物，具有很强的震慑力。他的诗内涵丰富，气势宏大，想象奇特，语言精练、泼辣、冷峻、浑厚，蕴含着清新的生活气息和对时代的忧患与对人民、对党的挚情，是形成了独特的艺术风格的人民诗人。

---

① 公刘、刘粹编：《公刘文存·诗歌卷·二》，合肥：安徽文艺出版社，2018年，第250页、252页。

② 公刘、刘粹编：《公刘文存·诗歌卷·二》，合肥：安徽文艺出版社，2018年，第81页。

③ 公刘、刘粹编：《公刘文存·诗歌卷·二》，合肥：安徽文艺出版社，2018年，第321页。

④ 公刘、刘粹编：《公刘文存·诗歌卷·二》，合肥：安徽文艺出版社，2018年，第321-322页。

第九节 "随风飘摇"的"小草"：白桦①

新中国成立初期，白桦、公刘、周良沛是在云南边防部队中涌现的三位充满希望、充满活力的军旅派诗人，他们以描绘云南的云、云南边境的群山峻岭，歌颂少数民族的新生活和解放军战士卫国卫民的自豪感而享誉新中国的诗坛。白桦在 1957 年以前，出版了诗集《金沙江的怀念》《热芭人的歌》和长诗《鹰群》《孔雀》，这些诗中燃烧着一个青年诗人的爱国主义激情和对年轻的新中国由衷的礼赞和歌颂。它们好像是"从地层下喷射出来的、浑浊的原油，没有加工炼制就燃烧起来了"②。白桦依据诗集《金沙江的怀念》而创作的叙事长诗《鹰群》，是用"心底里的兴奋、辛酸和欣慰写下"的"一部诗体故事"③，是表现藏族人民在党领导下逐步觉醒，组织起来开展武装斗争并取得胜利的作品，故事曲折生动，矛盾冲突错综复杂，人物性格鲜明，叙事和抒情得以较好地结合，具有浓郁的地方特色和民族特色，是一部成功的叙事诗。另外，根据傣族民间故事创作的长篇叙事诗《孔雀》以优美的语言、动人的情节、鲜活的人物故事表现了美与丑、善与恶、真与假曲折的斗争及最后的胜利，显示了白桦运用语言的天赋与描写人物心理的独特才华。

白桦在新中国成立初期的诗歌情感真挚深沉，常常因题材和描写对象不同而呈现不同的色彩，有的豪放雄奇，有的轻盈柔美，有的是两者的自然结合，是诗人的亲身感受。比如，写于 1956 年 8 月的《轻！重！》就有这些特点，诗人写

---

① 白桦（1930—2019），原名陈佑华，河南信阳人。1946 年开始发表作品。1947 年加入中国人民解放军，历任宣传员、宣传教育干事、俱乐部主任、昆明军区创作员。1951 年开始从事小说、散文、戏剧、电影文学的创作活动。1955 年调到中国人民解放军总政治部创作室成为创作员，1961—1964 年在上海海燕电影制片厂做编剧，1964 年调到武汉军区话剧团任编剧。曾任上海作家协会副主席。他出版的诗集有《金沙江的怀念》《热芭人的歌》《情思》《白桦的诗》《我在爱和被爱时的歌》《白桦十四行抒情诗》，长诗有《鹰群》《孔雀》，话剧剧本有《白桦剧作选》，电影文学剧本有《孪生兄弟电影剧本选》《山间铃响马帮来》《今夜星光灿烂》《苦恋》《孔雀公主》，散文集有《我想问那月亮》《悲情之旅》，小说有《妈妈呀，妈妈！》《爱，凝固在心里》《远方有个女儿国》《溪水，泪水》《每一颗星都照亮过黑夜》等。他的《春潮在望》获 1979—1980 年全国中青年诗人优秀新诗奖。

② 白桦：《白桦的诗》，北京：人民文学出版社，1982 年，第 1 页。

③ 白桦：《鹰群》，北京：中国青年出版社，1956 年，第 270 页。

的是其巡逻戍边的真切感受，既优美动人，又威严雄伟："隐入绿色的边境森林，/谁能比边防军士兵更轻？/萤火虫飞过去也要闪亮一星星火光，/蝴蝶翩翩起舞也要扬起霏细的花粉；/我们活跃在深深的林海里，/就像是一群无声又无息的黑影。//迎着黑色的骤雨狂风，/谁能比边防军士兵更重？/千年不化的冰川也会在雷电中崩裂，/万年凝固的雪山也会在暴风雨里震动；/我们站立在神圣的国境线上，/每一个哨岗都是一座不移的山峰！"①

1957 年后，白桦一直在上海海燕电影制片厂和武汉军区胜利文工团从事电影文学剧本和话剧、歌剧的创作工作，"归来"之后，他的诗作主要有如下特点。

第一，关注现实，反思历史，歌颂老一辈无产阶级革命家，呼唤改革开放。《风暴般的悲歌》《群山耸立盼贺龙》以真挚的情感，把历史与现实、战争岁月和社会主义建设时代结合起来，歌颂了周总理和贺龙等老一辈革命家的优秀品质和人民对他们的深深怀念，是当时颇有影响的作品。《春潮在望》是改革开放初期有较大影响的作品，它起到了推动改革开放"春潮"的作用。白桦在《珍珠》一诗里说新中国成立前 30 年都是愚昧的、不觉悟的、贫穷的、黑暗的，诗中说："真理往往象（像）珍珠那样，/是精神和血肉之躯在长期痛苦中的结晶；/三十年凝结了一颗巨大的珍珠，/它的名字叫做：觉醒。"②这是不符合事实的，肯定、欢呼新时期是无可厚非的，是可以理解的，但弱化帝国主义国家对我国的经济封锁、军事围堵，忽视第三世界国家与我国建交的日益频繁，全盘否定新中国成立前 30 年是不符合实际的，也是绝对错误的。

第二，热情歌颂祖国，歌颂人民。这是白桦一贯的信仰，也是其一贯的创作主题。《眼睛》《小草》等诗就表现了这种主题。比如，《眼睛》把人民比喻为"眼睛"，说："中国的上空没有上帝，/只有八亿双睁着的眼睛；/它们没有上帝那样的威严，/却远远比上帝精明。"③说人民的力量是无穷的："亿万双眼睛是非常可爱的，/如果你没有辜负人民的信任；/亿万双眼睛也是非常可怕的，/如果你欺骗了人民。"④在《小草》中诗人以物喻人，名为写草，实则写人，写小

① 闻一多等：《我爱的中国：献礼新中国成立 70 周年诗歌精选》，沈阳：春风文艺出版社，2019 年，第 210 页。

② 白崇义编：《当代百家诗》，北京：宝文堂书店，1987 年，第 439 页。

③ 张俊山主编：《河南新文学大系·诗歌卷》，开封：河南大学出版社，1996 年，第 272 页。

④ 张俊山主编：《河南新文学大系·诗歌卷》，开封：河南大学出版社，1996 年，第 273 页。

草"要求""微小", "只要有一滴露珠、一线阳光, /它们就会快乐得（地）歌唱、舞蹈", 它们"容易被人忽略", "因为它们实在太矮小", 它们"容易被人忘怀", "因为它们只给予而不求答报", 这是写小草的特点, 写人民的品格。小草"容易被愚弄""容易被人践踏", 因为它们"柔弱得只能随风飘摇""谦卑得见人就弯腰"①, 这是写小草的不足, 也是写广大人民由于长期受封建主义、帝国主义、官僚资本主义压迫而缺少文化的缺点。接下来两节写小草"依恋着泥土""虔诚地礼拜"光明, 彼此"相依为命", 团结友爱, "给大地以芬芳""使山河无限美好"。最后, 写小草"也会出人意外""当饥渴逼得它们形容枯槁", 它们将"化为烈火""在天地间疯狂地燃烧"②, 这里把"哪里有压迫, 哪里就有反抗"的道理形象而深刻地展现在人们面前, 刻进人们的心中。这是白桦历史唯物主义理论的艺术化、诗化、形象化。

白桦在 20 世纪 50—60 年代创作的诗以颂歌为主, 其基调是欢乐的, 多呈现清新、明丽、愉悦的色彩。"归来"之后的诗更为关注现实, 但不少诗作带有浓厚的政治色彩, 有跟风的嫌疑, 不少诗作缺乏客观的、冷静的思索, 存在片面性与绝对化的毛病。他的诗作语言明快, 形象生动, 韵律和谐, 有动人的激情, 有启人心扉的哲理。但有的诗作如他本人一样, 像"飘摇"的"小草", 既让人喜爱, 有时也让人无奈。

第十节 "不忘初心"的"珍珠": 周良沛③

周良沛被人们称为"奇人"④。一者, 周良沛作为解放军战士, 在新中国成

---

① 张俊山主编:《河南新文学大系·诗歌卷》, 开封: 河南大学出版社, 1996 年, 第 275 页。

② 张俊山主编:《河南新文学大系·诗歌卷》, 开封: 河南大学出版社, 1996 年, 第 276 页。

③ 周良沛（1933—）, 江西井冈山永新人。诗人, 作家, 评论家。抗日战争时期为难童, 流亡四方, 后寄寓于教堂孤儿群中。1949 年参加中国人民解放军。19 岁开始发表作品。曾主编十集本《中国新诗库》、多卷本《中国百年新诗选》, 编选五四后作家和诗人的诗集、选集 100 多部。著有《流浪者》《雪兆集》《硝烟中的长春藤》《拼命迪斯科》《灵感的流云》《神鬼之间》《诗歌之敌》《人在天涯》《丁玲传》《冯至评传》等诗集、诗话、长篇传记多部。现为国际笔会中国中心成员、中国作家协会会员、世界华文文学联理事、《诗刊》编委、《海岸线》执行编委。

④ 周良沛编:《中国百年新诗选·从伟大的节日到相信未来》, 武汉: 崇文书局, 2017 年, 第 896 页。

立初期创作的诗篇，是典型的军旅诗歌，他属军旅派诗人；复出后，写了不少反映当时生活的作品，是典型的归来派诗人，当社会上刮起一股反党、反社会主义的复辟资本主义的狂风时，他勇敢地站出来，勇敢地捍卫无产阶级革命事业，写了不少与他志同道合的诗人作家的传记，显示了他坚贞不渝的革命精神，以及不忘理想、不忘初心、任劳任怨的巨大勇气和忍辱负重的责任担当。二者，他是集诗人、作家、学者、编辑于一身的具有多方面才华的文学大家。特别是复出之后编著了《中国新诗库》《中国现代新诗序集》，整理出版了近 200 位五四后新文学名家的选集或文集，还出版了自己创作的诗集、诗论、诗选、长篇传记、散文集、杂文集等 30 多部，是当代文坛当之无愧的多产高产的"劳动英雄"，是当代文坛坚持马列主义文艺观的佼佼者。贺敬之曾热情地赞美这位"奇人"："你的文章、你的诗和你拄着拐杖的身影，使我感到了力量！"①周良沛曾在长诗《击鼓》中，自嘲为"人面兽身的牛"，牛具有吃苦耐劳、坚守信仰、奋力向前的特征，这个比喻是非常贴切的、生动的、形象的。周良沛的文学生涯大致可以分为三个时期。

　　第一个时期，即军旅派诗人时期。诗人以纯真、单纯、朴素的贫苦流浪儿与解放军战士的经历和心境真情地揭示旧中国的苦难，歌颂新中国的欢乐，展示人民当家作主的自豪感。《老牛》与《女邻》可作为该时期诗作的代表。这两首诗都是写旧社会劳苦人民苦难的。前者以老牛的悲惨遭遇象征旧中国劳苦大众的苦难，后者写女邻佃户的女儿秀珍的悲苦命运。秀珍本来和"我"心心相印，可万恶的地主却强逼她给少爷"作添房"，做"第五个女人"，"少爷"因鸦片烈酒"伤命"，她被骂为"白虎星"，遭到地主家百般折磨和蹂躏。秀珍万般无奈，愤起反抗，同"我""逃跑"私奔……如果说，前者是以老牛之死，象征性地写阶级对立，预示着长工们的初步觉醒；那么，后者通过"我"与秀珍的爱情，深刻揭示了旧中国妇女深受"政权、夫权、神权、族权""四权"压迫的情形。前者形象、具体、生动，后者曲折、鲜明、深刻。这两首诗都是诗人入伍之后在"诉苦运动"中所写的，其中有诗人的血泪。这一时期，诗人大量的作品是军旅题材，基调是乐观的，充满了昂然奋发的革命乐观主义精神。在诗人眼中，解放

---

① 贺敬之：《贺敬之文集·6·散文·书信·答问·年表卷》，北京：作家出版社，2005 年，第 129 页。

军像"大江东去，百折不回，/犹如我们大进军"（《沿着怒江》）[1]；军民亲如一家人，鱼水情深，如行军道上"山里人连夜持着火把，/迎接自己的子弟兵"（《云雾中行进》）[2]，又如在军民联欢晚会上"笑声随灯影从拥军晚会抛来，/恍惚星星在江上熠熠滚落，/水清，灯烁，多少诗篇，多少欢乐，/水花象（像）珍珠在翡翠盘上滚着……"（《不夜的江》）[3]。其中，《致战友》与《活着的鬼》是比较精彩的诗篇。前者通过写"我"与"战友"心的"交流"，歌颂了守卫着阿佤山的战斗集体的艰苦卓绝的英雄事迹，充满集体主义精神；后者，以战士枇斯"白毛女"式的苦难一生凸显少数民族战士的忠心赤胆、报国情怀。枇斯因生下的是"双胞"，被"老叭"（土司、头人）说是"鬼胎"，说要"驱妖"，便"敲锣聚众，烧楼烧人"，"阿爸上前讲理，反给推死在沟箐"[4]，后来，枇斯逃进深山，躲进岩洞，"穿树皮，采野果芭蕉"为生，是共产党解救了她，她"扛枪参军"，由"鬼变人"，在戍边御敌、扑灭"山火"的斗争中，她英勇无畏，视死如归，再现了"我们战士，/决心捣尽世上魔巢，/山定能一肩挑，/江定能一瓢舀"[5]的英雄形象。其他如《鼓手》《孔雀舞》《牧笛》等，或以鼓手击鼓的雄姿展示阿佤人"跟着大军"剿匪的无坚不摧的气势（《鼓手》）；或赞美"孔雀的故乡，傣家的青春"（《孔雀舞》）[6]；或写傣族妇女解放、移风易俗的故事（《虹》）；或写新中国成立后，草原仍有尖锐的阶级斗争："大军来了，我们合计翻身大事，/领主则咬牙切齿，窥测方向，/表面顺从，背地作恶，/把我们都记入他的变天账。"（《牧笛》）[7]《祝福》和《雪松——致前哨》是颇有特色的作品。《祝福》较长，直抒胸臆，歌颂筑路战士和民工改造江河山岳的英雄壮举。他们过去是受苦受难的卑微的奴隶，今日成了新时代的主人。其中，有司机，有炊事员，有秘书，有工程师，有指挥员，有诗人，有作家……他们相互间是平等的、友爱的，都为着共同的目标而艰苦地劳动

---

① 周良沛：《饮马集》，昆明：云南人民出版社，1980年，第109页。

② 周良沛：《饮马集》，昆明：云南人民出版社，1980年，第120页。

③ 周良沛：《饮马集》，昆明：云南人民出版社，1980年，第94页。

④ 周良沛：《饮马集》，昆明：云南人民出版社，1980年，第91页。

⑤ 周良沛：《饮马集》，昆明：云南人民出版社，1980年，第93页。

⑥ 周良沛：《饮马集》，昆明：云南人民出版社，1980年，第75页。

⑦ 周良沛：《饮马集》，昆明：云南人民出版社，1980年，第146页。

着。《雪松——致前哨》较短，以物喻人，盛赞"前哨"战士们于"山倾顶塌，冰崖飞迸"之时仍"警惕"着，"在岩顶昂然不动"①……总之，周良沛的军旅诗都洋溢着爱祖国、爱人民、爱党的真挚情感，充满了昂然奋发、积极进取的革命乐观主义精神。

第二个时期的诗作一是写诗人坚贞不屈的品格。如《刑后》《酒后》《为什么，为什么！》《珍珠》《在鲁迅墓前》等，表现了一个共产主义战士坚强的意志、不屈的灵魂："为了良心的安稳，/只得让皮肉受苦！"（《刑后》）②"人民在，公理在，/人世，人民主沉浮，/石在，火种不绝，/为祭公理，无非抛头颅！"（《酒后》）③"即使脖子套上绞索，/还是为民而活着，/即使入土、成灰，/还是一团活的火！"（《为什么，为什么！》）④二是写给自己妻子的爱情诗，如《要求》《有赠》。这两首诗，特别是后一首，同诗人曾卓的《有赠》是同题诗。周良沛的《有赠》是写梦境；曾卓的《有赠》是写实境。周诗通过"我"的想象、"我"的梦境为爱人担忧；曾诗是写两人见面时的惶恐、不安的情景，写彼此的深爱。曾诗将彼此的见面写得像梦一样美；周诗将彼此的情爱写得比实境还深、还真："你呀，你呀，你呀你，/在天涯，在海角，你在哪里？/你呀，你呀，你呀你，/偏偏就在我心里！"⑤这种刻骨铭心的真爱，体现了对理想、对爱情的无比自信。

第三个时期是周良沛创作评论的黄金期。这一时期，诗人创作了"归来"的作品，主要是创作诗歌和传记文学，出版的诗集有《雪兆集》《流浪者》《拼命迪斯科》《硝烟中的长春藤》、传记文学有《丁玲传》《冯至评传》等，还创作了诗论集《灵感的流云》《神鬼之间》《诗歌之敌》、散文集《人在天涯》等。他的归来诗作中最为典型的是《在鲁迅墓前》和《珍珠》。"石在，火种不绝"（《在鲁迅墓前》）⑥，凸显了无产阶级革命战士昂然的人格自信、理想自信、铮铮铁骨。《珍珠》这首诗是 1979 年 3 月诗人复出后参观访问海南陵水新村珍

---

① 周良沛：《饮马集》，昆明：云南人民出版社，1980 年，第 161 页。
② 周良沛：《挑灯集》，成都：四川人民出版社，1983 年，第 9 页。
③ 周良沛：《挑灯集》，成都：四川人民出版社，1983 年，第 7 页。
④ 周良沛：《挑灯集》，成都：四川人民出版社，1983 年，第 91 页。
⑤ 周良沛：《挑灯集》，成都：四川人民出版社，1983 年，第 14 页。
⑥ 周良沛：《挑灯集》，成都：四川人民出版社，1983 年，第 26 页。

珠养殖场时所写,融入了诗人的人生经历、理想追求、性格品质。这首诗借物言志,歌颂了一位坚守信仰,不忘初心,虽经磨难,仍坚贞不屈的无产阶级革命战士的高贵品格。珍珠光华坚硬,历经磨难,愈磨愈坚,愈磨愈光彩夺目。这首诗既是诗人的人品、人格的自喻,也是如丁玲一样的一批坚定的无产阶级革命战士的真实写照。这首诗同艾青的《鱼化石》、曾卓的《悬崖边的树》、梁南的《归来》、孔孚的《母与子》一样,都是归来派诗歌的经典。在周良沛的归来作品中必须要谈长诗《击鼓》。如果说,他的《珍珠》是以物喻人,借物言志,那么《击鼓》则是长篇抒情,直抒胸臆,其中虚幻与现实、抒情与叙事结合,文化、艺术、哲理融为一体,多侧面地展示了一个无产阶级革命战士愈挫愈勇、矢志不渝的坚定信念,以及坚信正义必战胜邪恶的革命乐观主义精神。诗人用梦境,用浪漫主义手法写"我"由山野到城市,由无垠的草原到城镇宽敞的"柏油路",由荒野的山坡到城镇的红楼绿窗,由山野的篝火到城镇高楼的盆景,由山间小路到城市狭窄的胡同,诗人展开想象的翅膀在祖国的山野、乡村、厂矿,寻找自己的亲人、战友,他们是山野的牧人、昔日战场上出生入死的战友和首长、他"病弱的媳妇",他们一起谈贝多芬、莎士比亚,谈唐诗、宋词,谈傅立叶、欧文,谈雷锋,谈战斗,谈爱情,谈信仰,谈革命……这首诗受到了但丁《神曲》的影响,更多有艾青 20 世纪 30 年代的经典诗作《向太阳》的烙印。在当代诗歌史上,特别是 20 世纪 70 年代之后的诗坛,《击鼓》是可以同艾青的《光的赞歌》,同贺敬之的古体新诗《游石林》相媲美的。除了《击鼓》与《珍珠》之外,周良沛的其他写"归来"的作品也各有特点。《拼命迪斯科》是诗人和老山前线的战士们"一同在战地写的",是战士们的"参战纪念品",是诗人军旅诗创作的高峰。诗人这一时期还写了不少与他一样的坚定的无产阶级革命战士如丁玲,或是与他同道的诗人学者如冯至等的传记。这些传记凸显了无产阶级革命战士一切为了人民的革命情感和以人民为主体的文艺观,他们捍卫着党的尊严、人民的尊严,倾诉着对祖国、对人民、对党的深深的爱恋。在这些传记中,诗人把大量的历史资料、文件、传主的作品、讲话记录、亲友的回忆等巧妙地组合起来,夹叙夹议,传中有评,评中有传,颇受学界好评。诗人这一时期还编著出版了十集本的《中国新诗库》和多卷本的《中国百年新诗选》[含《从女神到向太阳》(上下集)、《从伟大的节日到相信未来》(上下集)等多卷],编选了五四后作家和诗人的全集、选集 100 多部。这些作品是诗人对中国百年诗歌文化的重大学术贡献和史料贡献。这些作品有如下特点：一是资料丰富，二是观点鲜明，三是客观公正，四是尊重历史，五是文论优美。现以《中国新诗库》为例，分析其特点。首先，规模大、诗人多、作品全。全书分十集，每集分十余卷，共103位诗人，有4000多首诗作。其次，尊重历史、还原历史，按中国现代新诗发展的情况编选作品。这主要表现在：一是科学地给诗人排位。出版发行前《郭沫若卷》是列为第一集第一卷的。从肯定郭沫若在中国新诗史上的丰功伟绩和卓越贡献上看，这无疑是正确的。因为郭沫若的《女神》确实是五四时期新思想伟力与艺术创新的真正体现，代表了新诗初期的最高成就，是我国新诗发展史上的第一座丰碑。然而，在新文化运动中第一个发表新诗的是胡适，从理论上、创作上倡导新诗的也是胡适，最早出版新诗集的还是胡适，胡适1920年出版的《尝试集》是我国新诗史上的第一部白话诗集，开白话创作新诗之先河。胡适在中国新诗史上具有开山之功、奠基之绩。现在把胡适列在郭沫若之前，为第一集第一卷就体现了周良沛尊重新诗历史、还原新诗历史的科学态度。对其他诗人的先后排列、定位，都是采取这种科学的方法。二是把新中国成立以来，只要在中国新诗发展史上产生过影响的诗人诗作，都尽量编入诗库，恢复了新诗的全貌。三是展现了中国新诗流派的全貌和诗人创作全貌。比如，周良沛编选新月派的诗作时，不仅选了主帅徐志摩的诗，而且还为一些鲜为人知的新月派诗人如朱湘、林徽因、孙大雨、陈梦家、邵洵美等分别出了专辑；编选象征派的诗作时，除李金发外，还编选了冯乃超、王独清、胡也频、穆木天等的诗作；编选现代派的诗作时，除戴望舒外，还选了卞之琳、李广田、废名、徐迟、金克木、施蛰存、曹葆华等诗人的作品，这样就恢复了中国新诗流派的全貌。特别值得称道的是恢复了诗人创作全貌，突出了诗人的特点。比如，《郭沫若卷》既选了郭沫若高潮期、爆发期、黄金期的作品，也选了他别的时期的作品。再如，《徐志摩卷》既选了徐志摩唯美主义的诗作如《快乐的雪花》《沙扬娜拉》《别拧我，疼》等，也选了他关心民间疾苦的诗作如《叫化活该》《大帅》《人变兽》等。在每卷的卷首语中，周良沛都用史家的眼光对每位诗人的诗品、人品给予了客观公正的评价，这是难能可贵的，也是《中国新诗库》的又一大特色。比如，评价新月派的林徽因时，周良沛既抓住她艺术上"认真、精致"的特点论述其新月时期的作品，又强调她在新中国成立后虽没有诗作，但她参与设计了中华人民共和国国徽，这是一首彩色的诗、固体的诗、永恒的诗、不朽的诗。《中国新诗库》除具有科学性、逻辑性外，还很有趣味性、可读性。总之，这部诗库对中国新诗的发展进步必将起到很大的推进作用，必将在中国新诗发展史上写下重重的一笔。

第十一节　"续起的琴弦"：胡昭①

　　胡昭是新中国成立前就参加中国人民解放军的青年诗人，他的处女作《放哨的儿童》以及描写土地改革、支援前线、争当生产模范的诗篇，都凸显了他对党、对革命事业的热爱之情和赤诚之心。新中国成立初期在中央文学研究所学习期间曾奔赴朝鲜战场，后去广西农村参加土地改革运动。胡昭在 20 世纪 50 年代的诗作描绘了新中国成立初期东北地区社会主义建设事业的勃勃生机。这些诗犹如山间小泉，叮咚作响，清澈照人，"带着大地的凉爽，松子的清香"（《山间小泉》）。尽管有些诗深度和力度不够，但大多数诗对党、对人民、对祖国的感情是真挚的，是发自内心的颂歌。其中有影响的诗作是描写朝鲜战争、歌颂中朝友谊的《水》《军帽底下的眼睛》《罗盛教河》《金达莱花》《给朝鲜》等，这些作品饱含了诗人对朝鲜人民和志愿军战士真挚的爱。"透过炮火，透过烟雾"而抢救伤员的志愿军女护士（《军帽底下的眼睛》），为抢救落水朝鲜儿童而英勇牺牲的罗盛教烈士（《罗盛教河》），为着祖国和人民的自由而英勇战斗的朝鲜英雄（《金达莱花》）都给人留下了深刻的印象。《军帽底下的眼睛》是当时影响较大的一首短诗。诗人透过女护士"军帽底下/闪动着一对眼睛"，歌颂了志愿军女护士救死扶伤的高贵品质，表现了志愿军战士保卫祖国的坚定信念："我想起妹妹的眼睛/那么天真而明净，/我想起妈妈的眼睛/那么温暖那么深……/深深地望了她一眼，/我回身又扑向敌人。""我要保卫那对眼睛——/妹妹的眼

---

① 胡昭（1933—2004），满族正白旗人，曾用笔名冯浪声、关文修，吉林省舒兰县（现舒兰市）人。1947 年参军，后调到县委宣传部任干事，又调到吉林日报社任副刊编辑，并开始发表诗作。新中国成立初期在中央文学研究所（现鲁迅文学院）学习。1953 年秋回吉林，在吉林省文学艺术界联合会从事专业创作，曾任《长春》月刊编委、副主编。1979 年后担任《作家》杂志主编、吉林省作家协会副主席。1993 年离休。出版的诗集有《光荣的星云》《草原夜景》《小白桦树》《响铃公主》《山的恋歌》《从早霞到晚霞》《瀑布与虹》《人生之旅》《生命行旅》，长诗有《杨靖宇》，儿童诗选集有《雁哨》等，文艺评论集有《关于学习写作》，散文集有《珍珠集》《绿的记忆》，散文诗集有《冰雪小札》《沉思的面影》。其中《山的恋歌》获中国作家协会第一届全国优秀新诗（诗集）奖二等奖，《瀑布与虹》获首届中国满族文学奖一等奖。

睛，妈妈的眼睛，/我亲爱的祖国的眼睛！"①

从 1957 年开始，胡昭过了 20 多年颠沛流离的生活。他在极其艰难的环境下，仍具有顽强的毅力，为搜集民间传说、编写民间故事、研究民间文学而奔走于边远的林海雪原和劳动人民之中，从民间和民心中获得了爱和追求光明的勇气。他没有放下手中的笔，仍根据民间传说故事创作了总题为《长白冰雪歌》的小叙事诗，热情歌颂了杨靖宇将军领导的"抗联"在冰天雪地英勇抗日的事迹，以清新明朗的民歌格调抒发了他对人民深沉的爱和对革命事业的坚定信念。

"文化大革命"结束以后，诗人以"归来者"的幸福和激情为新的时代歌唱，出版了诗集《山的恋歌》《从早霞到晚霞》《人生之旅》《瀑布与虹》、长诗《杨靖宇》、儿童诗选集《雁哨》、散文诗集《冰雪小札》、散文集《珍珠集》等。他这一时期的诗同 20 世纪 50 年代的诗相比，尽管仍以东北地区丰富多彩的生活作为诗歌的主要内容，但涉及的生活面要广阔得多、丰富得多，内容显得更扎实、深广，在保持早年真挚清新风格的同时，又增加了深沉的特点，显得较为成熟。他曾说，"'写人心'应该是诗人的中心任务。只有写出自己的心灵在时代中最真切的感受，才能打动读者的心"②。因此，坚持从生活出发，写"真实"，写"人生"，写"心灵"，是胡昭诗的一个显著特点。《水滴歌唱大海》中，诗人以水滴自喻，将大海比作党和祖国，透过有生命、有思想、有感情的小小的"水滴"，把自己的坎坷遭遇、百折不回的意志、矢志不渝的赤子之心真实而亲切地展现在读者面前。朴素生动的形象印着诗人人生履历的鲜明痕迹，响着诗人心灵颤动的旋律，让人们在反复吟诵中体会出诗中的真谛，感受到诗人跳动的脉搏，听到了诗人对党和祖国的衷心歌唱："我在伟大的集体中前进/前进并纵情歌唱/当它在低潮中积蓄着动力/我由衷地赞美它的坚韧/当它雄伟的浪峰高高崛起/使宇宙为之震惊/我自豪——/为它光辉的历史，历史性的胜利。"③《山恋》是一首影响较大的小叙事诗，全诗以女主人公充满血泪的语言描写了一对林学家的爱情悲剧。故事从年轻而有才华的老师"木"在黑板上画出第一棵美人松，纯洁的女学生"林"萌发爱慕之情开始，中间几经风雨，悲欢离合，最后以林区坟前

① 胡昭：《光荣的星云》，北京：作家出版社，1955 年，第 12-13 页。

② 胡昭：《写内心最真切的感受》，《长春》，1983 年第 6 期，第 58 页。

③ 胡昭：《人生之旅》，上海：上海文艺出版社，1985 年，第 61 页。

默立的美人松结尾，象征爱情的万古长青。胡昭的诗因坚持写"真实"，而获得了生命；因坚持写"人生"、写"心灵"而具有鲜明的时代色彩和个性特征。

"你秀美中蕴藏着犷野/你平静里蓄存着力量……"（《镜泊湖》）①用胡昭描写镜泊湖的这两句诗来概括他的艺术风格或许是恰当的。

精粹、精致、精巧，于质朴中见柔美，于平淡中见警奇，是胡昭诗歌艺术的主要特色。他的抒情诗作，大多短小精悍，写的或为一山一水、一草一木，或为天上的云彩、海边的珠贝，或思友，或悼亡，看似平淡，实则平中见奇，简洁生动的形象里寄寓丰富的生活内容，常见的事物之中蕴含鲜明的时代感，非仔细品尝而不可得其甘美。胡昭的诗无说教而让形象说话，少激言而使人惊心动魄。一些写爱情与友谊的诗如《水与火》《祝福》《我们多像星星》《零星小雪》《云和瀑布》《相遇》等，都写得情韵丰厚，朴素自然，于平淡浅显的诗行中蕴含着真挚而深厚的情愫。《竹马》可以说是胡昭表现爱情和友谊的代表作，它以明净甜美而略带一点苦涩的歌声唱出了童年的幻想、欢悦和暮年壮心不已的情怀，表现了人所共有的"童真""惆怅"与对未来的向往，既让人感到人生的美好、人世的艰辛，又让人感到友谊的可贵、奋斗的快乐。这里，诗人把纯净而丰富的感情用天真而直率的诗句表现了出来，正如诗人周良沛所说："诗的天真，也是诗人的天真；诗与诗人，都美在天真。"②

胡昭的诗富有时代精神，是他心灵深处感情的天真、直率的流露，具有较为强烈的艺术感染力，想象丰富，语言精致，给人以纯净、朴素的美感。

第十二节　同祖国一样"青春"：邵燕祥③

邵燕祥在新中国成立前就是北平学生运动的积极分子，在那闯过黑暗、追求

---

① 胡昭：《胡昭文集·诗歌选》，长春：吉林人民出版社，2001 年，第 65 页。

② 周良沛：《诗，就是诗》，见胡昭：《瀑布与虹》，北京：人民文学出版社，1984 年，第 1 页。

③ 邵燕祥（1933—2020），祖籍浙江省萧山县（现杭州市萧山区），生于北京。新中国成立后，先后在中央人民广播电台和《诗刊》从事编辑工作。1949 年开始在报刊发表散文、诗歌。新中国成立后，以写诗为主。20 世纪 50 年代出版的诗集有《歌唱北京城》《到远方去》《给同志们》，20 世纪 80 年代出版的诗集有《献给历史的情歌》《含笑向七十年代告别》《在远方》《为青春作证》《如花怒放》《迟开的花》《邵燕祥抒情长诗集》等。诗集《在远方》获中国作家协会第一届全国优秀新诗（诗集）奖一等奖。曾任《诗刊》社副主编、中国作家协会第四届理事和主席团委员。

光明的一浪又一浪的颠簸中，在中国人民解放军的胜利呼号中，满怀希望地歌唱
"壮丽的江山红旗招展""北京城十月满城春风"（《歌唱北京城》）①。他于
1951 年出版的诗集《歌唱北京城》，就是他献给新生祖国的第一支充满青春激
情的热情颂歌。

20 世纪 50 年代初期，社会主义建设在祖国大地全面开展，新兴工业基地逐
步建立。当时年仅十七八岁的邵燕祥，作为中央人民广播电台的记者，经常深入
一些工厂、矿山和建设工地采访，沸腾的社会主义建设热潮和工人们忘我劳动的
热情深深感染着他，成为他诗歌创作的源泉。他认为"能在自己的诗里表现同代
先进人们的思想感情"，"反映我们建设者怎样为社会主义工业化而劳动，并且
在劳动中提高自己的精神品质"，是"最大的光荣"②。诗集《到远方去》《给
同志们》就是诗人为新中国青年建设者谱写的赞歌。在这些诗作中，诗人真实地
再现了 20 世纪 50 年代工业建设的壮丽图景，抒写了青年建设者的壮志豪情：
"在我们每一步脚印上，/请你看社会主义的诞生！"（《我们架设了这条超高压
送电线》）③翻看诗集，年轻的共产党员、共青团员、边疆建设者、钢铁工人、
建桥工人、煤矿工人、战士、农民和其他平凡工作岗位上的青年人的形象竞相涌
现，他们自信、乐观，有远大理想和踏实作风，有战胜困难、创造新生活的勇
气。他们豪迈地歌唱："——我们的心只象（像）平常的煤块，/要末（么）沉
默，要末（么）燃烧得通红。/大地母亲对我们十分宠爱，/但是并没有惯坏我
们；/她考验我们，以岩石的坚硬，/以水和火，以瓦斯的无情。/我们为什么下到
了百丈深底？/正为了地上的温暖与光明，/为了城市和乡村的万家灯火，/为了交
通线上的车水马龙，/为了伟大的祖国的社会主义建设，/机声隆隆，热气腾
腾……"（《姑娘们，爱矿工吧》）④这是煤矿工人心灵的真实写照，是对我国
年轻一代献身祖国的崇高精神的艺术概括，也是时代精神的集中反映。

《到远方去》是当时一篇颇有影响的诗作，通过描写一对恋人在天安门广
场告别的动人情景，表现出年轻一代对社会主义建设事业的坚定信心和对美好
理想的追求。即使他们"将去的铁路线上，/还没有铁路的影子"，即使他们

---

① 邵燕祥：《到远方去》，北京：作家出版社，1956 年，第 14-15 页。

② 邵燕祥：《做好写诗的准备》，《文艺学习》，1955 年第 8 期。

③ 邵燕祥：《为青春作证》，昆明：云南人民出版社，1982 年，第 17 页。

④ 张永健：《当代诗坛掠影》，武汉：华中理工大学出版社，1988 年，第 109 页。

"将去的矿井，/还只是一片荒凉"，但他们深信："没有的都将会有，/美好的希望都不会落空。"①他们继承的是刘胡兰等革命先烈的遗志，"要唱她没唱完的歌"，"要走她没走完的路程"②，建设祖国的崇高理想激励着他们奔赴"遥远的荒山僻壤"③，他们的爱情之花将在建设祖国的"长征"中绚丽开放。这首诗表现了青年建设者的远大理想和不怕一切困难的革命热情，是新中国成立初期年轻一代心中的青春之歌。其他如《在夜晚的公路上》《五月的夜》《北京湾》《十二个姑娘》《我们的钻探船轰隆轰隆响》《我们爱我们的土地》等诗，多方面讴歌了青年建设者置身于火热的斗争之中克服困难的顽强意志，让人们感受到新中国年轻一代的一颗颗燃烧着青春烈焰的火热的心，激起人们热爱土地、热爱生活、热爱劳动的热情。贯穿在邵燕祥当时诗中的共同主题是：

> 我们
> 　　青春的
> 　　　　火，
> 　　要把
> 　　一切垃圾
> 　　　燃烧干净！
> 青春属于我们
> 　　胜利属于青春！
> 　　　　——《青春进行曲》④

邵燕祥将火热的青春化为祖国的颂歌、青春的赞歌，化为人民的呼声、时代的呼声，也化为烧毁"旧社会残余"的烈焰。

1956 年 10 月 11 日《黑龙江日报》刊登了一篇关于佳木斯园艺示范农场优秀青年女工贾桂香被主观主义者、官僚主义者迫害致死的调查报告，诗人读后，"心怦怦然"，怒不可遏，立即写了《贾桂香》一诗。他愤怒地责问："告诉

---

① 邵燕祥：《到远方去》，上海：新文艺出版社，1955 年，第 9 页。

② 邵燕祥：《到远方去》，上海：新文艺出版社，1955 年，第 10 页。

③ 邵燕祥：《到远方去》，上海：新文艺出版社，1955 年，第 9 页。

④ 邵燕祥：《给同志们》，北京：作家出版社，1956 年，第 49 页。

我，回答我：是怎样的，/怎样的手，扼杀了贾桂香！？"①这首诗虽然因为写得匆忙还顾不上修饰，但主题鲜明尖锐，这是从诗人心中喷出的革命烈火和激情呐喊。

"文化大革命"以后，诗人青春的火焰又重新升腾起来，并且经过风雨的考验，燃烧得更鲜红、更旺盛了。这一时期出版了《含笑向七十年代告别》《在远方》《为青春作证》《迟开的花》等诗集。这些诗集里仍沸腾着诗人滚滚的热血，回荡着诗人青春的歌声："我们歌唱着，我们奔波着/太阳辉耀着我们的胸襟；/纵然在蓝天下白发垂肩/可骄傲的是我们不老的青春！"(《与瀑布对话》)②

如果说，诗人在 20 世纪 50 年代唱出的青春之歌，带有天真烂漫的色彩，对生活还缺乏深刻的认识，那么"文化大革命"以后的诗作，对生活的认识更具有理性的深度和思辨的色彩，显得深沉、激越、悲壮。比如，在《假如生活重新开头》里，他站在过去与未来的联结点上，一方面果断地同过去告别；另一方面勇敢地奔向未来。一方面看到了前进的道路"依然是一条风雨的长途"，生活中不仅有甜酒还有苦酒；另一方面他又坚信"阳光下毕竟是白昼"，"明天比昨天更长久"，他号召人们，要"不知疲倦地奔走"③。再如，《中国的汽车呼唤着高速公路》是与他 20 世纪 50 年代创作的《中国的道路呼唤着汽车》相呼应的一首诗。过去，他以火热的激情呼唤"汽车"，"要让中国用自己的汽车走路"，"要把中国架上汽车，/开足马力，掌稳方向盘，/一日千里、一日千里地飞奔……"④；然而现在，当祖国走过了"泥泞的""崎岖的"坎坷之路后，他认识到，"再不能只是夸耀方向盘，/而安于老牛破车的速度"，现在刻不容缓的是"高速度！/高速度！/这就是国家的安全，/民族的富强，/人民的幸福！"⑤要用我们的血肉化为高速公路。他大声疾呼："空话不能起动汽车，/豪言壮语也不能铺路。/但我们难道还不能铺一条/高速公路——/有这么多的痛苦，/有这么

---

① 谢冕编选：《中国百年诗歌选》，济南：山东文艺出版社，2022 年，第 705 页。

② 邵燕祥：《明天比昨天长久》，长春：吉林人民出版社，1996 年，第 19 页。

③ 邵燕祥：《邵燕祥自选新诗稿·上》，上海：上海图书馆中国文化名人手稿馆，2015 年，第 99-100 页。

④ 邵燕祥：《到远方去》，北京：作家出版社，1956 年，第 114 页。

⑤ 王庆生、王又平主编：《中国当代文学作品选（三）（1976—1999，下）》，武汉：华中师范大学出版社，2011 年，第 5 页。

多的愤怒，/甚至有这么多的血肉/化为我们特有的混凝土！"①在这两首诗里，诗人关注现实、与时俱进，喊出了时代的呼声、祖国的希望。诗人为国捐躯、为人民献身的精神是始终如一的，但《中国的汽车呼唤着高速公路》却充满了对生活严肃的思考和深沉的思索。

《我是谁》《长城》《不要废墟》《走遍大地》《北京与历史》《中国，怎样面对挑战？》等诗是邵燕祥新时期的力作。在这些诗里，诗人站在历史和现实的高度，思考着我们民族文化的灿烂篇章与其不足之处，展现了一代人的命运、经历、思想、情绪，喊出了由思考而觉醒的民族的心声。邵燕祥在早期写过杂文，他后期的诗作中有较多的杂文成分，这主要表现在有浓烈的思辨色彩，有外冷内热的幽默与风趣，如《关于犹大》《我的乐观主义》等即是如此。然而歌唱集体、歌唱青春却自始至终是他诗作的主旋律，《竹林》这首小诗就歌咏着我们民族团结奋斗的不朽青春："风吹过时一起低吟，/雨洒过时一起滋润。∥争相拔尖又一起成长，/如此坚韧又如此虚心。∥你几曾见过一根的孤竹？/我生来名字叫竹林。"②

总之，在邵燕祥的诗里，人们看到的是一位肩负着民族希望的热情的歌者的形象，听到的是一位追求历史真理的睿智的思想者的声音，触到的是一颗同祖国一样青春永存的年轻奋进的心。

① 王庆生、王又平主编：《中国当代文学作品选（三）（1976—1999，下）》，武汉：华中师范大学出版社，2011年，第6页。

② 邵燕祥：《孤独不是生活：邵燕祥自选抒情诗》，北京：语文出版社，2018年，第35页。

第五章

乡土派诗歌

第一节　概述：生生不息的青草

乡土诗歌作为乡土文学的一部分在中国文学史上一直居于重要地位。我国最早的诗歌总集《诗经》中的"国风"即民歌，就是最早的乡土诗歌。《诗经》是我国乡土诗歌的最早源头。

乡土诗歌从古至今源远流长、内容丰富，诗人诗作多如繁星、美如皓月。但仔细地梳理分析，大体可将其分为两大类：一是田园牧歌式的乡土诗，多写民俗的淳朴，民情的友善，民风的亲和，劳动的伟大，自然风光的美丽，人与人、人与自然的和谐一致，如《关雎》《采薇》；二是忧患悲愤式的乡土诗，揭示压迫者与被压迫者的对立，战争的残酷，如《硕鼠》《伐檀》。前者颇具浪漫主义理想色彩，后者多具现实真实的内涵。它们都具有乡土气息、民族风格和时代色彩，是我们宝贵的精神财富和文化遗产。

乡土文学在中国文学史上一直居于重要的地位。"鲁迅就是一位最早的乡土文学家"[1]，他的《故乡》《祝福》《阿Q正传》《风波》《社戏》等可谓现代

---

[1] 蹇先艾：《我所理解的"乡土文学"》，《文艺报》，1984年第1期，第296页。

乡土文学的经典；继后有以赵树理为代表的"山药蛋派"，以孙犁为代表的"荷花淀派"，以周立波为代表的"茶子花派"，以及新时期涌现出的以刘绍棠、汪曾祺等为代表的乡土文学家。在中国新诗史上，有不少诗人就是以写乡土诗而登上诗坛的。五四时期刘大白、刘半农等就曾以民歌体的白话诗来表现五四启蒙者们对乡土的爱与忧，对农民命运的关注。在 20 世纪 30 年代初期，臧克家、艾青、田间这三位著名的左翼诗人，就是以写乡土诗而登上诗坛的。比如臧克家，他的第一部诗集《烙印》就以朴素的诗句写出了其故乡农民的苦难生活，为当时沉闷的诗坛带来了一阵春风，为新诗反映农村生活开拓了崭新的天地；又如艾青的《大堰河——我的保姆》，以沉郁的笔调写出了其故乡浙东乡间劳动妇女勤劳、朴实的品质，抒发了诗人对黑暗社会的不满与批判，成为 20 世纪 30 年代轰动诗坛的名篇；再如，田间一步入诗坛，就把他的目光放在其家乡荒芜的乡村和贫苦的农民身上，他在 20 岁以前就出版了 3 本诗集，成为左翼诗坛上最年轻的歌手。延安文艺座谈会后，出现了贺敬之的《乡村之夜》，李季的《王贵与李香香》，阮章竞的《漳河水》，张志民的《王九诉苦》《死不着》等叙事诗，这几位诗人，有的虽不是写的本乡本土，但他们已把他们描写的地域视为自己的第二故乡了。如李季虽出生在河南省唐河县，但是三边人民在最艰苦的年代里用小米加酸菜哺养了他，用淳朴的民歌陶冶着他，他是"在三边获得最初的温暖"而走上诗坛的。

新中国成立以来，以写农村生活或对本乡本土思恋之情而登上诗坛的不乏其人，也出现了一些优秀的具有浓郁乡土特色的优秀诗篇，如严阵的《江南曲》、张志民的《公社一家人》《西行剪影》等。从 20 世纪 50 年代至今一直坚持在乡土诗歌的园地耕耘，始终坚持以描写本乡本土为乐，以歌唱乡民乡音为荣，以抒发乡情乡恋为本的诗人，是大有人在的。他们中成绩显著的有田间、苗得雨、刘章、管用和、刘不朽、王洪涛、尧山壁、戴砚田等。当然，新时期涌现出了一批写乡土诗的年轻歌手，如丁庆友、刘小放、梅绍静、刘益善、饶庆年、张中海、何香久、姚振涵、陈所巨、田禾、唐得亮、王新民、阎志、梁必文、刘小平等。他们是新中国成立以来影响较大的几位乡土派诗人。除老诗人田间外，苗得雨写诗的历史要早一些，他在 1944 年就开始了创作，一直生活在沂蒙山区，始终坚持在乡土诗歌的园地耕耘。

如果说 20 世纪二三十年代的作者，尤其是北京的青年们，多数是在鲁迅的支持下或者受了他的小说的熏陶才从事写作的，那么，新中国成立后以及"文化大革命"后的一段时间里，在孙犁的影响下，河北、天津出现了刘绍棠、李满天、徐光耀、浩然、杨润身、韩映山等"荷花淀派"的乡土小说作家。在诗歌方面，在田间的影响下，出现了刘章、韦野、何理、石祥、尧山壁、申身、浪波、王洪涛、戴砚田、叶蓬、峭岩等冀中诗人群体。这些诗人中有的成了著名的军旅派诗人如石祥、峭岩等，大多数则为乡土派诗人或以写乡土诗走上诗坛，有一些进入文化宣传部门或者成了省市文化方面的领导者如浪波、尧山壁等。这一诗歌群体大都是在田间的言传身教下成长起来的。刘章、申身、何理、尧山壁、王洪涛等人的成就最大，特别是刘章，新时期以来，他和山东的苗得雨已成为人们公认的乡土诗歌的领军人物，这是有目共睹的事实。刘章在《在诗歌研讨会上的致谢辞》中就颇有感触地说道："我的好多朋友都来了，此时此刻，我想起第一个把我引上诗途的田间老师，我深深地怀念他……"[①]是的，田间的诗歌和田间的诗歌精神曾影响了几代人。新中国成立后田间长期在河北工作，河北成了他的第二故乡，他长期担任河北省文学艺术界联合会主席，又是《蜜蜂》和《河北文学》的主编。他关心、支持、帮助青年人，为他们修改诗稿、选编诗集、书写评论与序言、推荐作品，甚至千里跋涉专门到穷乡僻壤与青年文学爱好者谈诗、改诗。因此，在田间的周围形成了一个诗歌群体，这一诗歌群体大体有如下共同特点，这些特点既是河北乡土派的特点，也可以说是全国乡土派的特点。

第一，这些诗人和田间一样长期生活在农村，与农民甘苦与共，都以是农民的代言人而自豪且努力要求自己。有的本身就是地道的农民和农村干部。比如，陕西诗人王老九（原名王建禄，排行第九，人称老九）就是临潼农民，16 岁读过一年私塾，当过学徒，逃过荒，讨过饭，18 岁做农活，32 岁开始写快板诗。他是地道的农民，他的诗作就真实地表现了翻身农民对共产党和毛主席的感激之情。他的代表作《歌颂毛主席》就是新中国成立初期获得土地的农民的真情实感的流露，具有强烈的时代色彩："梦中想起毛主席，/半夜三更太阳起。//作活想起毛主席，/周身上下增力气。//……//中国有了毛主席/老牛要换新机器。"[②]这首诗既表现了农民翻身做主人的喜悦、自豪，以及对自己领袖的热爱，又表现了当时农民的理想追求，具有生活气息和民族风貌。

---

① 刘章：《在诗歌研讨会上的致谢辞》，《演讲与口才》，1992 年第 5 期。

② 解放军文艺社编：《百期诗歌选》，北京：解放军文艺社，1960 年，第 3-4 页。

第二，这些诗人政治热情都很高，他们用手中的笔，及时地、迅速地表现农民的希望与生活状况，他们的作品具有强烈的、鲜明的政治倾向性和时代色彩。比如，贵州诗人吴琪拉达的诗作《布谷鸟叫了》，描写了布谷鸟在两个不同时代的叫声所呼唤出的"新旧两重天"的生活景色，将"换了人间"的主题表现得生动、新奇，显示了鲜明的时代色彩和政治倾向性："我站在小坡上，/山下的村庄披着一片霞光，/牧童在山腰上扬起鞭子，/解放了的奴隶走向田间。/等我回头的时候，/山也青了，/地也青了/田野笼罩着金色的光芒。……"[①]再如，农民诗人王老九的《歌唱三户贫农》的诗作，虽只短短四句，却表现了很高的政治热情："这个社好比灵芝草，/出头露面苗苗小；/毛主席担水及时浇，/一夜长得比山高。"[②]这首诗歌颂了"河北省安平县南王庄村"，"三户贫农不怕困难，坚持办社，结果增产了，社扩大了"，"毛主席说这三户贫农走的道路，是全国五亿农民的方向"[③]的优秀事迹。这首诗在当时影响很大。

第三，这些诗人都力求使自己的作品让农民喜闻乐见，便于农民理解，便于农民接受，因此诗中丰富的想象和比喻都来自农民生活，用的是农民所熟悉的意象。比如，钟长弓的《领袖和人民》是写领袖毛泽东和人民情投意合、鱼水情深的："一张四方桌上，/摆上一碗粗茶，/一条长长的木凳，/紧挨坐两人，/一位是共和国领袖，/一位是打着赤脚的农民。//毛泽东跟乡亲说些什么，/画面上无法知晓，/只看到，/烟头对着烟头，/笑容对着笑容。"[④]诗中的"方桌""木凳""赤脚"都是农民所熟悉的，特别是"烟头对着烟头""笑容对着笑容"的逼真场景、典型细节，展示了领袖和人民的血肉情感，给人以此时无声胜有声的美感。再如，河北诗人刘小放的《庄稼院里的女王》是歌颂农村种田妻子，赞美农村劳动女性的，诗中提到的花花草草都来自农村，为农民所喜闻乐见。

第四，这些诗人大都采用农民熟悉的语言写诗，口语入诗，力求通俗易懂，明白晓畅，力避晦涩难懂的字词。比如，湖北诗人朱贤成的《呀吷咿嗬》，这首诗全是口语、大白话，但有声有色更有情，令人禁不住跟着歌唱起来。又如，湖北诗人饶庆年的乡土诗，读之，如品深山农家的陈年老窖，诗的语言是火辣辣

---

① 吴琪拉达：《奴隶解放之歌》，北京：作家出版社，1959年，第59页。

② 王老九：《东方飞起一巨龙》，西安：东风文艺出版社，1958年，第31页。

③ 王老九：《东方飞起一巨龙》，西安：东风文艺出版社，1958年，第31页。

④ 钟长弓主编：《走进韶山》，北京：中国文学出版社，2007年，第37-38页。

的，但隽美、深厚，令人经久难忘。

第五，这些诗人走向诗坛时大都采用民歌和古典诗词的格式（当然有变化）来反映生活，抒发感情，其诗作都讲究格律、押韵，好诵、好背。与此相适应，其诗作大都短小精悍，句式短，篇幅小，以小见大，以少胜多。比如，张志民早期的《王九诉苦》《野女儿》基本上是以陕北民歌"信天游"的句式为主，后期的《西行剪影》，则在"信天游"的基础上融入了中国古典诗词（特别是小令）的特点。刘章的诗则在河北民歌的基础上融入了更多古代律诗（特别是七律）的特点。

这里要着重论述乡土派诗人与中国乡土诗人协会的问题。

最早提出要成立中国乡土诗人协会的是黑龙江省绥化市群众艺术馆青年诗人张洪明，这个提议得到了著名乡土派诗人苗得雨、刘章和老诗人臧克家、贺敬之、张志民、刘绍棠等的热烈支持。1986 年 3 月 15 日中国乡土诗人协会在青岛海军招待所成立，参加成立会的诗人有山东的苗得雨，河北的刘章，黑龙江的张洪明，天津的柴德森，湖北的刘不朽，陕西的曹谷溪，安徽的梁如云，山东的张志鹏等。会上，确定苗得雨、刘章、张洪明为会长，山东省文学艺术界联合会秘书长夏雨常为秘书长，"定了几位常务会长：张永健、刘不朽、董耀章、柴德森、寒星、田永昌、张克等，定了几位副会长"[①]。会后，苗得雨以"河海"的笔名写了《我国诗坛大趋势，将有乡土诗的崛起和繁荣——记部分乡土诗人聚谈》，又摘出其中的理论部分，取名为《乡土诗与诗的民族化》《漫谈乡土诗》，分别发表在《文汇报》《诗刊》上，提出了"民族化，现代化，群众化"的办会、办刊宗旨，在诗坛产生了一定影响。同年 11 月在中国新文学学会第六届年会上，苗得雨提出了中国乡土诗人协会集体加入中国新文学学会，成为中国新文学学会团体会员的申请，并得到批准。中国乡土诗人协会办了内部刊物《乡土诗人》，在湖北的九宫山，山东的济南，辽宁的丹东，湖南的韶山、益阳，河北的承德、西柏坡，湖北的宜昌、钟祥、京山、恩施，广东的清远，福建的福鼎等地举办了十多次大型年会或学术研讨会。直至 2014 年，中国新文学学会接到了《民政部关于贯彻落实国务院取消全国性社会团体分支机构、代表机构登记行政审批项目的决定有关问题的通知》（民发〔2014〕38 号），同时，也接到民

---

① 苗得雨：《起步登程的岁月》，见张永健、熊德彪主编：《与时代同行：中国新文学学会建会 30 年文选》，沈阳：白山出版社，2013 年，第 339 页。

政部的有关电话，该会随即按照有关规定向民政部提交了《关于落实民政部 2014 年 38 号文件进行整改和规范的汇报》材料。根据民政部有关文件规定，将"中国乡土诗人协会"的名称规范为中国新文学学会乡土诗人分会，在中国新文学学会授权的范围内开展活动。《乡土诗人》原是中国乡土诗人协会没有刊号的内部期刊，分别在湖北、四川、安徽、山东、黑龙江、辽宁等地出版过期刊型或报纸型两种，1995 年 3 月《乡土诗人》落户辽宁，主编是张洪明，实则由著名乡土派诗人宋海泉负责筹集经费，担任组稿、编稿等工作。从 2003 年开始，《乡土诗人》由中国新文学学会主办，并由中国新文学学会出资以香港炎黄文化出版社的书号出版，为会员内部交流刊物。由诗评家张永健担任主编，实际工作仍由宋海泉负责。辽宁葫芦岛市委党校常务副校长、诗人杨铁光，葫芦岛市华美彩色印刷有限公司总经理、女诗人吴春玲，诗人、画家黄秋声，葫芦岛市委、市教育局的刘世耕、袁洪安、马长富、王维龙等参与工作，自此，《乡土诗人》才算真正在葫芦岛市安家落户。2014 年 6 月中旬，"中国新文学学会乡土诗人分会"和武汉《心潮诗词》杂志等联合举办"《佑生诗词百首》研讨会"，会议决定把《乡土诗人》由内刊改为正式公开出版刊物，在武汉市由武汉出版社正式出版，改刊名为《中国乡土诗人》，苗得雨和刘章任该刊的顾问，张永健任主编，刊名由著名诗人、中宣部时任副部长、文化部时任代部长贺敬之题写。主办单位是中国新文学学会，以书代刊。乡土派诗人的刊物与分会始终坚持"文艺为人民服务，为社会主义服务"的方向，宣传社会主义正能量，宣传、介绍、培养了一大批诗歌爱好者和杰出的诗人和诗评家，如臧克家、田间、艾青、贺敬之、苗得雨、张永枚、李瑛、丁国成、刘章、石祥、张永权、管用和、张永健、刘益善、唐德亮、刘佑生、王耀东、姚振涵、陈有才、宋海泉、田禾、何联华、杨铁光、麦芒、宁明、孙朝成、朱贤成、钟长弓、张浩、沈云、熊德彪、刘安海、刘新正、李同振、叶春秀、吴春玲、赵国泰、祝相宽、张进财、李汉超、孙宜新、张芳彦、曾新友、曾纪勇、方建华、盖湘涛、曾凡浩、路志宽、纪剑宪、陈涛、郭书云、别蓉、邹家勤等，这些诗人和诗评家写出了许多歌颂党、歌颂人民、歌颂领袖、歌颂社会主义美好事物以及痛批腐朽落后思想的优秀诗篇和评论，在社会上产生了一定的影响，对于中国乡土诗歌的发展繁荣起到了积极的促进作用。诗评家张永健曾用《民歌》一诗对乡土诗歌作了较为形象的描述：

民歌/是一尾长不大的鱼/游啊游啊/游了几千年/还是那么活泼/还是那么轻盈/人们爱它/人们唱它/唱着唱着/唱民歌的人慢慢地唱老了/但民歌/却永远是年轻的

民歌/是一轮常变的月亮/变啊变啊/变了几千年/还是那样圆了又缺/还是那样缺了又圆/人们爱它/人们唱它/唱着唱着/唱明月的人慢慢地唱老了/但民歌/却永远是圆圆的

民歌/是一片长不高的野草/长啊长啊/长了几千年/还是那么高/还是那么绿/人们爱它/人们唱它/唱着唱着/唱小草的人慢慢地唱老了/但民歌/却永远是青青的[①]

现在，《中国乡土诗人》更名为《神州乡土诗人》，由中国文学艺术界联合会主办，著名诗人张浩任主编，按中国文学艺术界联合会和神州杂志的宗旨，继续坚持"文艺为人民服务，为社会主义服务"的方向，坚持"人民是文艺的主角，是创造历史的真正动力，是历史的主人"，宣传社会主义正能量，为发展繁荣社会主义的乡土诗歌而辛勤地工作着。

第二节 杰出的乡土派诗人：田间[②]

田间自 20 世纪 30 年代初期登上中国诗坛之后，创作了许多脍炙人口、光耀

---

① 张永健、熊德彪主编：《与时代同行：中国新文学学会建会 30 年文选》，沈阳：白山出版社，2013年，第 343 页。

② 田间（1916—1985），原名童天鉴，安徽无为（现无为市）人。1934 年加入中国左翼作家联盟，参加过《新诗歌》和《文学丛报》的编辑工作。他的诗集《未明集》《中国牧歌》和长诗《中国农村的故事》曾使人耳目一新。抗日战争爆发后，在武汉发表的表现中国人民抗日御侮的著名诗篇《给战斗者》和《呈在大风砂里奔走的岗卫们》，赢得了广泛的声誉，被闻一多誉为"时代的鼓手"。1938 年到延安，发起并组织了紧密配合抗日战争的街头诗运动，写了《假使我们不去打仗》《义勇军》等短小精悍的街头诗。还写了诗集《誓词》、叙事长诗《戎冠秀》《赶车传》和中篇小说《拍碗图》（后改为《宋村纪事》）等。新中国成立以来，曾任中国作家协会创作部副部长、中国作家协会文学讲习所主任、河北省文学艺术界联合会主席、《河北文学》主编等，曾两次被选为全国人民代表大会代表。新中国成立后出版的短诗集有《短歌》《汽笛》《马头琴歌集》《非洲游记》《田间诗抄》《芒市见闻》《火颂》《清明》《田间诗选》《离宫及其它》《青春中国》等；长诗有《英雄战歌》、《长诗三首》、《赶车传》的续篇——《兰妮》《石不烂》《毛主席》《金娃》《金不换》《乐园歌》，以及《云南行》等；散文集有《火花集》等；游记有《欧游札记》；诗论集有《海燕颂》《新国风赞》等；有《田间诗文集》行世。

诗史的不朽篇章。多位著名画家、音乐家为田间的作品作过画、谱过曲,他的作品获得了许多著名诗人、诗评家的高度重视和评价,也获得了许许多多的艺术桂冠,如"田野底(的)孩子""农民底(的)孩子""战斗的小伙伴""创造自由体诗最勇敢的一人""牧歌诗人""少年诗人""海的儿子""擂鼓诗人""战争诗人""民众诗人""时代的鼓手""人民的鼓手""街头诗人""青春老者"等等。诗人贺敬之对田间在 20 世纪中国诗坛上的跋涉与贡献、艰辛与收获、探索与创新、成就与不足,作了最为科学的评价。他说:

> 对田间诗歌的喜爱,决(绝)不仅仅是我个人的偏爱。从田间登上诗坛之初到半个多世纪以后的今天,他一直拥有广大读者。不论在过去或今天的诗歌界、诗评家以及读者中间曾有过怎样不同的评价,对他的创作在几个不同的历史时期都曾发生过重要影响,这一点恐怕是谁也无法否认的。我个人从来认为:田间是继他的前辈诗人们之后的又一位大诗人,他在我国"五四"以来的新诗发展史上占有特殊的重要地位。这些特殊之点在于:他不仅继承了郭沫若《女神》时代的战斗传统,冲破在这之后诗坛出现的脱离时代和人民的个人主义和形式主义思潮的束缚;而且还在于他的那些抒写着对民族及社会的深沉忧思并憧憬着未来的诗章,响亮地为新时代的战斗者们擂起了诗的战鼓。大诗人闻一多正是从这一点上发现并肯定了田间作为时代鼓手的特殊意义。此外,田间的特殊点还在于:在投身到战斗者行列并在战斗者的先锋部队的直接率领下进行战斗的许多诗人之中,他是时间最长地和人民群众生活在一起的诗人之一,是用大量诗篇表现了人民群众的思想感情和众多人物形象的诗人,是写出了具有宏大历史规模的最长的叙事诗的诗人。与此同时,田间为了适应诗歌内容的变化,在表现形式和表现方法上,他先是做出了充分解放艺术个性的大胆突破;随后,在诗歌走向群众并把诗人的自我同时代、同人民大众更紧密结合的自觉要求下,从另一种意义上进行了又一次新的突破,为诗歌的革命化、群众化和民族化做出了坚持不懈的努力和有价值的探索。
>
> 新时代的擂鼓者,新世界的战斗者,新诗歌艺术的探索者——正是从以上这几方面,田间的诗歌在我国新诗的发展上有着不容轻视的革新

意义和特殊意义。这就是我所认识的田间，是我过去曾经这样、今天更加这样认识的田间。[①]

贺敬之把田间放在 20 世纪最有影响的诸多诗人之中，综合众多诗人、诗评家的评价，紧紧抓住诗人与时代、诗人与人民、诗人与诗的关系，科学地指出了田间在我国五四以来的新诗发展史上特殊的重要地位：新时代的播鼓者、新世界的战斗者、新诗歌艺术的探索者。如果从田间和农民、田间和乡土、田间和田园、田间和民歌的关系来看，田间便是 20 世纪中国最杰出的乡土派诗人。

田间一踏上诗坛就和中国的农民，和中国的乡村，和"黑色的大地""蓝色的森林""甜蜜的玉蜀黍""青青的油菜"等紧紧地结合在一起了，他在漫漫的乡村之路、艰苦的革命之路上跋涉着、创作着，他长期扎根在晋察冀边区广阔的土地上，同晋察冀边区的广大工农兵群众（主要是农民群众）紧紧拥抱在一起，从事着艰苦卓绝的抗日战争和解放战争，写出了许许多多反映晋察冀农民如何在中国共产党领导下组织起来英勇抗击日寇、参与解放战争的优秀诗篇，如《义勇军》《给饲养员》《呵，游击司令》《多一些！》《鞋子》《坚壁》《"烧掉旧的，盖新的"》《选举》《一百多个》《我的田园》《我的枪》《换天录》《翻身歌》，以及叙事诗《亲爱的土地》《铁的子弟兵》《山鹰》《村中纪事》《戎冠秀》《赶车传》等，还有反映土地改革的中篇小说《拍碗图》。新中国成立后，田间曾一度在中国作家协会工作，创作了一些歌颂新中国的诗；曾两次去战火纷飞的朝鲜战场，写下了不少反映中朝并肩抗击美国侵略者的诗篇。他虽身在北京，仍心系农村，心系乡土，心系根据地广大农民乡亲，创作了长诗《一杆红旗》和《天安门》，前者是写根据地农民出身的八路军战士与当地土豪劣绅和日本侵略者斗争的故事，后者是歌颂根据地拥军模范戎冠秀的叙事诗《戎冠秀》的续篇，包括《指路灯》《进京》《赞歌》三章。写完这两首长诗之后，他立即奔赴内蒙古的千里草原和黄河两岸，创作了著名的诗集《马头琴歌集》，同年底，他去云南人理等少数民族地区采风，写下了《芒市见闻》和《长诗三首》，他始终关注着边远乡村的农民、牧民的命运。

1957 年以后，他到河北工作，回到他昔日战斗的革命根据地，他一头扎进

---

① 贺敬之：《贺敬之文集·4·文论卷·下》，北京：作家出版社，2004 年，第 269-270 页。

生活的土壤与农民长期生活在一起，创作了《东风歌》。1958 年底深入福建前线与当地的解放军和渔民一起生活，创作了渴求骨肉团聚、祖国统一的诗集《英雄歌》和长篇叙事诗《英雄战歌》。1959 年访问甘肃玉门、敦煌等地，随后完成了长篇叙事诗《赶车传》（上下卷），共包括七大部：第一部《赶车传》、第二部《兰妮》、第三部《石不烂》、第四部《毛主席》、第五部《金娃》、第六部《金不换》、第七部《乐园歌》，这是 20 世纪反映中国农民翻身解放的最长的乡土叙事诗。1962 年秋曾赴新疆访问，两个月时间，走遍了新疆大部分地区，写下了表现"西域的风土人情、风光景物"①的著名诗集《天山诗草》。1975 年复出之后，出版了诗集《清明》《离宫及其它》《青春中国》等。

纵观田间漫长的创作生涯，从 1932 年正式发表处女作《滴港》直至 1985 年病逝，他半个多世纪始终同中国人民，特别是农民（包括牧民、渔民及少数民族的劳动者）生活在一起，战斗在一起，同生死，共患难。在 20 世纪的中国诗坛上出现过许多表现农民苦难，描写农民命运，歌颂农民斗争及美好品德的优秀诗人，如刘大白、刘半农、康白情、沈玄庐、徐玉诺、何植三、艾青、臧克家、蒲风、穆旦、贺敬之、力扬、李季、阮章竞、张志民、闻捷、李冰、严阵、苗得雨、乔林、王老九、韩起祥、王致远、霍满生、陆棨、忆明珠、丁力、刘章、管用和、刘不朽、刘益善、叶延宾、饶庆年、刘小放、陈显荣、梅绍静、王耀东、田禾等，然而，同农民生活时间最长，生活或走访地区最广，创作以农民、乡村、土地为主题作品最多的当属田间。因此，我们说田间是 20 世纪中国最杰出的乡土派诗人，此其理由之一。

理由之二是，田间的诗作不仅表现了乡俗民情，而且反映了 20 世纪中国农民的反抗斗争，表现了中国农村翻天覆地的巨大变化。

首先，展现了从 20 世纪 30 年代至 80 年代，中国农村的实际情况和特有的风土人情。既有 20 世纪 30 年代初期，江南农村黑色的大地上破败、悲凉、死寂的乡村景色："荒芜惨淡的村野"（《我厌恶这春天》）②，"乡里看不见一只鸡，一条饿狗，/茅屋塌坍（坍塌）地乱剥着骨架，/路旁晒在太阳下的，/

---

① 田间：《田间诗文集·第二卷》，石家庄：花山文艺出版社，1989 年，第 219 页。

② 田间：《田间诗文集·第一卷》，石家庄：花山文艺出版社，1989 年，第 8 页。

那没有埋葬的尸骸"（《故乡》）①，"血腥的春天愁着眼"（《春荒》）②，
"在黑色的扬子江上张望"（《静静的扬子江》）③，以及生活在那里的农民、
酒徒、午夜工、逃荒者、织机女、囚徒、石工的痛苦生活。又有从江南至华中，
从晋东南到陕北的军民团结、艰苦卓绝、如火如荼的抗日战争和解放战争的场
景。还有新中国成立以后广泛开展的土地改革、农业合作化运动，改天换地建设
社会主义新农村的社会变化，内蒙古草原少数民族的翻身解放和民俗风情，云南
少数民族的爱情生活、传奇故事、风俗民情，天南海北的社会变革，新疆南北的
奇丽风光、民俗风情……

可以说，在 20 世纪的中国诗人中，描写中国农村地域最广、时间最长、风
俗民情最丰富的诗人，田间是数一数二的，有很多诗作是令人耳目一新的，能引
起人们的"惊异"，具有开创意义。诗人钱丹辉对田间长篇叙事诗《亲爱的土
地》的评价，可以看作是对田间描写抗日战争时期晋察冀地区广大乡村斗争生活
的乡土诗歌的最好的评价："作者以对这土地和对土地上的人民极亲切的感情
（这是使读者极容易感觉到的惊人的特点），大胆地冲破了枯燥的文字的封锁，
用了活的，具备着生命力的，甚至还带着地方色彩的大众的语言，不仅是写了在
使晋察冀边区以外的人们看来是一个极新鲜有味的奇丽的故事，（实际，这在晋
察冀边区，作者所写的是一些平常的事），而且相当完整相当典型地表现了这新
的土地，具备着新的思想、新的感情的、站在现代中国辉煌的斗争历史前头的新
的人物的伟大的姿态和斗争的生活。"④

其次，田间众多表现农村生活的诗歌，歌颂了从江南到冀中，从华北平原到
云南高原，从福建沿海到天山南北的广大农民的反抗斗争。既有抒情诗与小叙事
诗中的众多的、平凡的庄稼汉、山里人、义勇军、游击战士、拥军模范、饲养
员、哨兵、女区长、敢死队员，如骡夫李刚（《骡夫》）、英雄战士张义（《一
杆枪和一个张义》）、护送公粮失足殒身的李和老汉（《下盘》）、生产模范刘
万诚（《贺刘万诚》）、打钟老人李存山（《打钟老人》）、战斗英雄兼生产模

① 田间：《田间诗文集·第一卷》，石家庄：花山文艺出版社，1989年，第31页。

② 田间：《田间诗文集·第一卷》，石家庄：花山文艺出版社，1989年，第46页。

③ 田间：《田间诗文集·第一卷》，石家庄：花山文艺出版社，1989年，第50页。

④ 钱丹辉：《我们为什么出版〈亲爱的土地〉》，见田间：《田间诗文集·第四卷》，石家庄：花山文艺
出版社，1991年，第3页。

范康元（《康元》）、由二流子变成模范医生的段连胜（《好医生》）、浸种模范袁德润（《浸种模范》）、模范工农通讯员梁文耀（《梁文耀》）、领导群众生产致富的周二（《写周二》）等等。还有通过长篇叙事诗精心塑造的许多可歌可泣的"对于命运挣扎"的翻身求解放、英勇无畏、艰苦奋斗的英雄典型，如叙事诗《她也要杀人》中遭日寇蹂躏后奋起反抗，挥舞武器抗击侵略者的农村少妇白娘；叙事诗《亲爱的土地》中英勇顽强抗击日寇的晋察冀边区一对年轻的农民夫妇——刘大发和王桃，正如有的评论家所说，王桃的形象也许是当时文艺创作中独一无二的农村革命妇女的典型形象；叙事诗《铁的子弟兵》塑造了在抗日的军队里变成"铁"，变成"钢"，同敌人拼搏，英勇牺牲的自觉的革命农民典型——邓兴化；在叙事诗《戎冠秀》中，诗人以诗报告的形式真实地再现了解放区拥军模范、子弟兵母亲戎冠秀的英雄事迹，戎冠秀是解放区先进农民的代表，新中国成立后被选为全国人民代表大会代表，多次与田间一起出席全国人民代表大会并一起合影；在长篇叙事诗《赶车传》里，诗人通过贫民石不烂寻找和建设"乐园"的斗争道路，描绘了从 20 世纪 30 年代至 50 年代我国农民在中国共产党领导下进行革命斗争的艰苦历程，塑造了一系列闪闪发光的英雄形象——石不烂、金不换、史明伟、兰妮、金娃等等，他们既是地地道道的普通农民，又是农民英雄；《一杆红旗》里的佃户赵狗狗（栓有）觉醒投奔解放军，表现了受蒙蔽农民的觉醒；《英雄战歌》生动描写了海岛渔女何雪花和她的哥哥何大龙寻找隔海相望的父亲老渔民何天发的英雄故事；即使是歌颂少数民族的长诗《丽江行》《阿佤人》《龙门》等也通过民间传说、神话故事、风俗民情表现了主人公"与命运挣扎"的不屈精神与坚强意志。

可见在 20 世纪的诗人之中，描写农村、乡土、农民的诗篇之多和在诗中塑造"与命运挣扎"的艺术形象之丰富，田间是数一数二的。

在中国 20 世纪诗歌史上，田间无疑是一位卓有成就的影响深远而不可替代的杰出诗人，许多文学大家对此已有过定评。特别是对于田间 20 世纪 30—40 年代的诗作，文学大家几乎是众口一词给予了高度的评价。胡风和闻一多的评论可以作为各方面的代表。新中国成立初期，对诗人较为苛求的牛汉在其诗集《爱与歌》的《出发》一诗中，描写了一位即将跨过鸭绿江奔赴朝鲜抗美援朝的战士"出发"前的喜悦而激动的心情，曾把田间的诗集《给战斗者》同鲁迅的《杂感集》相提并论，现把《出发》全诗引录于此：

一个同志，
一整夜也没有睡觉，
他一支接一支地唱着歌。
因为明天一清早要过鸭绿江去了。

在灯下，他整理着行装，
轻轻地，小心地
用一块新手巾打包着几本书。
就像一个民兵，
用红绸子包裹着心爱的左轮。

他告诉我说：
"这是四本心爱的书：
《西班牙人民军战歌》、《铁流》，
田间同志底《给战斗者》，
还有一本鲁迅的《杂感集》。"

我问他："带去干啥？"
他说"带去作战呀。"

带上自动步枪去作战，
带上鲁迅的匕首去作战，
带上战歌去作战，
带上真实的诗去作战。[①]

　　由此可见，田间在抗日战争时期的诗歌在当时青年诗人心目中的地位是非常高的。牛汉认为，田间的诗是"真实的诗"，同鲁迅的杂文一样，是投向敌人的匕首、投枪，是"作战"的"心爱"的武器。

---

① 子张：《一些书　一些人》，上海：上海辞书出版社，2014年，第194-195页。

　　田间是一位热情澎湃的歌者，是一位不倦地进行诗歌艺术探索和辛勤革新的诗人。在《给战斗者》等一批杰作取得成功之后，诗人便尝试在诗的艺术上寻求突破。新中国成立以后，他改变了那使他取得成功的鼓点似的"长短句"的诗体形式和表现手法，而采取民歌的诗体形式和表现手法，几乎都是采用句式较整齐的格律体和半格律体的民歌形式，活用了古典诗词的特点，讲求格律又自然流畅，诗歌的语言大都是来自民间、来自乡土。田间在向民歌学习时，觉得投身到生活中去学习更好。民歌对他的创作有很大影响。他尽力学习过去土地改革中的民歌。也到过内蒙古、云南、福建和新疆等地，去的目的之一，就是学习民歌。《长诗三首》是学习云南民歌而作，《马头琴歌集》是学习内蒙古民歌而作，《赶车传》是吸收了各民族的创造，以及受到其他方面的影响而写成的。[1] 可见，田间对民歌是情有独钟的。他在学习民歌、吸收外国诗歌的特点和继承古典诗词的优良传统的道路上不断探索，不断突破自己，追求一种农民喜闻乐见的诗体形式和诗歌语言。他那些反映内蒙古草原、云贵边陲少数民族新生活的诗篇取得了成功。《少女颂》《鹿》《嘎拉玛朝》《喷泉》《芒市》《芭蕉和甘蔗》《自由》《孔雀从四方飞来》《写在马头琴上》以及长诗《龙门》《丽江行》《阿佤人》等，都不再只是高亢激昂的战鼓，而是优美轻快的民乐。诗人用诗情画意的场面和具有生活气息的细节，塑造了优美动人的艺术形象。歌颂内蒙古草原和云贵边陲少数民族的新生活的作品，成为田间诗歌中，以及新中国成立初期诗坛上的艺术珍品，是田间学习民歌，运用比较整齐而又富于变化的多民族的民歌创作的充满生活气息的、新鲜的、田园牧歌式的乡土诗，这些诗具有浓郁的地方色彩、民族风格和乡土韵味。被人们誉为史诗性的长篇叙事诗《赶车传》是诗人吸收了各民族的创造，以及受到其他方面的影响而有目的的自觉的艺术探索[2]，显示了不拘一格的多方面的艺术追求和不可替代的艺术风格。长诗主题重大，人物众多，规模宏大，结构庞大，表现了诗人追求史诗特色的努力。诗中塑造了石不烂这个作为中国农民代表的英雄形象，金不换、史明伟、兰妮、金娃等英雄人物也各有其特色。长诗的结构基本上是每一部都

---

　　① 田间：《路——答〈民间文学〉编辑部提出的几个问题》，见《田间诗文集·第六卷》，石家庄：花山文艺出版社，1997 年，第 183 页。

　　② 田间：《路——答〈民间文学〉编辑部提出的几个问题》，见《田间诗文集·第六卷》，石家庄：花山文艺出版社，1997 年，第 183 页。

以一个人物为中心，具有相对独立性，但又依照革命历史的进程，以石不烂寻找和建设"乐园"为主要线索，把各部贯穿起来，自由灵活却又衔接紧密，相对独立却又统一成篇。长诗注重叙事和抒情的结合，如同何其芳所说："不是在讲说一个故事，而是在歌唱一个故事。"[①]长诗的语言明快有力，大体整齐而又有变化，采取多种章法格式，注重押韵，不呆滞，多民歌风味。例如："你姓朱我姓石，/本不是一条路；/生来就是冤家，/死了还是对头。"[②]运用了群众化的口语，朴实、生动，饱含着诗人的热情，又浸润着人物的个性色彩。同李季、阮章竞、闻捷、乔林、王致远等人同时期的和后来的有影响的表现农民斗争生活的长篇叙事诗相比，田间的《赶车传》是有其独特的不可替代的艺术风格和历史价值的。诗中大量运用比喻、象征，扩大了形象的生活容量和思想容量，但一些比喻的重复和雷同，又削弱了诗歌的艺术感染力。这些不足是诗人探索过程中出现的不可避免的失误，但其探索精神与创作成就却是不容轻易否定的。

对田间的诗作，特别是新中国成立以来的诗作，有三种不同的评判价值取向：一种是全部肯定；一种是既热情肯定，又热情指出其不足；还有一种是以偏概全，以个别替代全部，进行全面否定。笔者以为还是贺敬之的论述更妥当。

第三节　沂蒙山区的巨树：苗得雨[③]

苗得雨是从沂蒙山区出来的革命诗人，他成名时年龄小，但影响大，他

---

① 何其芳：《谈写诗》，见《何其芳文集（第四卷）》，北京：人民文学出版社，1983 年，第 60 页。

② 王庆生主编：《中国当代文学·上卷》，武汉：华中师范大学出版社，1999 年，第 262 页。

③ 苗得雨（1932—2017），山东沂南人，原名苗德生，当革命的雨露洒进他家乡的大地时，他自己改名为苗得雨。1944 年任儿童团团长，同时开始文学创作。1946 年 8 月任山东沂南县东平区通讯站副站长，参加革命工作。1949 年 7 月起在《鲁中南报》《农村大众报》任编辑、记者。1951 年转入文艺界。1980 年 6 月起任山东省文学艺术界联合会副主席、山东省作家协会副主席、山东省文学艺术界联合会党组副书记并驻会主持工作。1988 年 3 月起继续任山东省文学艺术界联合会副主席，驻会主持工作。1994 年任山东省文学艺术界联合会特邀顾问。2009 年任山东省文学艺术界联合会名誉主席。他于 1945 年开始发表作品，70 多年来共发表诗作 4000 多首，其他文学作品、文章共 400 余万字，出版各种专集 40 余种，主要有《早苗得雨》《沂蒙春》《苗得雨诗选》《文谈诗话》《苗得雨散文集》等。

1946 年夏天创作发表的《我送哥哥上战场》就是颇有名气的作品，诗作通过一个农村小伙欢送自己的亲哥哥参军"放下锄头杀老蒋"的动人情景，表现了沂蒙山区人民高度的革命觉悟，以及解放军来自老百姓、保卫老百姓的性质。诗中通过对哥哥穿的新衣、新鞋，用的毛巾、饭勺、菜缸、日记本、铅笔、小刀、大长枪、小包袱等的描写，写出小弟弟对哥哥参军的兴奋和自豪感；写嫂嫂抱着宝宝欢送，满场人群闹嚷嚷的场景，真实地表现了军民的鱼水情深。这首诗当时在沂蒙山区影响较大，他也因此被称为解放区的"孩子诗人"。他当时出版的第一本诗集名叫《旱苗得雨》，既富有诗意，又具有鲜明的时代特色，他以禾苗自比，表明他永远植根在乡村的泥土之中，永远为生育他、养育他的故土和广大农民的命运而歌唱："好雨啊，好雨，/好雨落在我身上。/我也好似喜逢甘雨的青苗，/觉得一下子长高了半尺……"①苗得雨的诗和他的人一样，是从肥沃的沂蒙山的土地上生长起来的壮苗，他的诗产生于火热的斗争中，又服务于火热的斗争，并且有自己鲜明的艺术特色，深受广大群众（尤其是农民群众）的欢迎。

1953 年夏天，苗得雨到中国作家协会文学讲习所学习。著名诗人田间曾对他说："你的诗歌，最大的特点是群众化，能够为群众喜爱和接受。诗的感情比较健康和亲切，诗的语言是从群众中来的，诗的形式也是采取了民间的。"②田间的话极为准确地概括了苗得雨诗歌创作的主要特色，尽管后来苗得雨的诗歌有较大的发展变化，但其基本特色始终没有改变。后来，人们称苗得雨为乡土派诗人是颇有道理的，因为他的诗始终饱含了对故乡沂蒙山区深厚的依恋之情，表现了沂蒙山区的山光水色、习俗风情，蕴藏着沂蒙山区人民纯朴而热烈的情感，散发着沂蒙山区醉人的乡土气息。正如他自己所歌吟的那样，他的诗和沂蒙山区的玉米、高粱、苹果、花生一样，"在泥土中生长，和泥土同呼吸"③。

首先，苗得雨的诗反映了沂蒙山区人民由黑暗到光明、由贫困到富裕、由苦难到幸福的艰辛历程。不论是他站在家乡的"庄稼地里唱"的，被他称作"庄稼歌"的诗集《旱苗得雨》《苗得雨诗选》《庄稼歌》，还是他离乡进城之后创作

---

① 苗得雨：《衔着春光飞来》，天津：百花文艺出版社，1982 年，第 27 页。

② 苗得雨：《苗得雨诗选》，上海：新文艺出版社，1956 年，第 147 页。

③ 苗得雨：《衔着春光飞来》，天津：百花文艺出版社，1982 年，第 15 页。

的诗集《从荆河到沂河》《沂蒙春》《衔着春光飞来》，抑或是诗集《第一支歌》《青春辞》，都浸透着他对家乡、对故土、对亲人深深热爱、眷恋的感情。他早期那些揭露日本鬼子罪恶和地主凶残，表现减租减息、土地改革，支援解放战争、节约救灾，歌唱互助合作与新人新风尚的诗篇，尽管其中有些还停留在就事论事的水准上，显得比较单纯幼稚，但诗中表现的感情是质朴的、真实的，他与家乡人民的仇恨和欢乐是息息相通的。正如他自己所说的那样，这些诗歌"有一种新生的向上的情感"①。这种感情不只局限于沂蒙山区，还具有更为广泛的代表性。这种军民一家、鱼水情深的感情始终贯穿在他的作品之中。不论是他进城初期写的有代表性的诗作，如《忆母亲》《一件心事》《枣熟了》，还是"文化大革命"前后写的诗作，都仿佛是一位赤子在抒发对故土的怀念，对亲人的挚情，对往昔军民团结、党群亲密无间情景的深情回忆。沂蒙山革命根据地对中国革命作出过巨大贡献："多少人喝过它的清泉水，/多少人吃过它出产的米粮，/多少人经过革命熔炉的冶炼，/成为坚定、有力的革命的钢。"（《沂蒙山颂》）②诗人是喝沂蒙的水、吃沂蒙的粮而成长起来的人民诗人，随着岁月的流逝，他离开家乡的时间越久，对家乡认识得越深，怀念家乡之情便越浓，"家乡的山"和"井冈山、宝塔山、太行山、大别山"一起在他的心中日渐"升高"。诗人歌唱家乡的山水，不像先前那样局限于某一点，而是以广阔的视野和纵深的历史感来描写家乡的景色。

　　沂蒙山区是诗人成长的摇篮、生根的故土。诗人对每座山的历史都很熟悉，因此，他写它们的时候，很自然地将它们的现在与过去联系起来，让人们抚今追昔，更加珍视家乡的历史，更加热爱家乡的现在。《写在岱崮山》由岱崮山今日民兵的"操练"，追溯到抗日战争和解放战争时期沂蒙山区军民并肩战斗、痛歼顽敌的战斗岁月，写出了沂蒙山区人民的豪气、正气、勇气："两座岱崮山，/好比两支大铁柱，/曾把日寇手脚牢牢拴，/又把蒋匪鼻子紧紧牵。"③诗人在《多彩的山崮》里，以饱蘸诗情的笔墨描绘了沂蒙山崮的"奇观"。沂蒙山崮是"奇丽"的："有的象（像）把锥，/有的象（像）柄剑，/有的象（像）个锤，/

---

① 苗得雨：《苗得雨诗选》，上海：新文艺出版社，1956年，第149页。

② 苗得雨：《沂蒙春》，济南：山东人民出版社，1979年，第23页。

③ 苗得雨：《沂蒙春》，济南：山东人民出版社，1979年，第26-27页。

有的象（像）只拳，/有的象（像）一排战士山头站，/有的象（像）烈马昂首待出战。"①沂蒙山崮是英雄的："当年这里阵地红，/处处是前线。/刺刀闪闪亮，/红缨枪上拴，/铁雷、铁拳头，/兵器十八般，/把鬼子的铁蹄炸，/把蒋匪的魔爪砍。"②沂蒙山崮是无敌的："锥子崮，尖又尖，/好似刺刀插云端。/马头崮，孟良崮战役截蒋匪，/打得蒋匪叫连天；/岱崮山，好似两只大铁拳，/打的（得）敌人来无还；/红石崮，似血染，/如一片红旗在飘展……"③往昔峥嵘的岁月、战斗的年代、光辉的史实，被诗人化为雄奇而多彩的山崮。今日"豪情如火镐飞舞，壮志如山歌声欢"④的建设情景被诗人描绘得龙腾虎跃、气象万千。这里，诗人是在写景，亦是在写人，更是在抒情，是在抒发他对神奇的家乡、英雄的亲人由衷的敬仰、赞美并引以为豪的感情。

其次，苗得雨的诗中有不少是写沂蒙山区人民的，如《忆母亲》《铁肩》《革命者的特色》《山乡亲人歌》《"铁脚板"赞》《搬石"铁人"的大手》《"粗拉"人》《妮儿，不小啦》《柳哨》《沂山云海抒怀》等，有的再现了沂蒙山区人民在战争年代的不屈的意志，有的表现了社会主义建设时期沂蒙山区人民坚强的性格，具有一定的感染力。《柳哨》写乡村孩子"巧手制造"的"柳哨"发出的"美妙"的柳哨声"把小燕儿吹来了，/把田野吹绿了，/把春意吹浓了"，"把童年的记忆吹醒了，/……都与春天一起醒来了……"⑤这展现了山乡自由祥和、绿野春浓的美好情景。《沂山云海抒怀》既写了诗人登山的过程、感受，又写了太阳照耀下"云海"的美景：雪浪排排"一会儿象（像）千群绵羊走过，/一会儿象（像）万匹白马跑赛"，"细看又象（像）棉絮翻滚，/还象（像）大江大河正化冰块……"面对此景诗人"醉意融融"，"不愿离开"，甚至"真想一步跳上云海，/戏白色浪花游个爽快"⑥，最后，诗人画龙点睛写出了自己的心境："我也愿它真是白马，牵下山来，/把我们前进的车辆拉快，/我也

---

① 苗得雨：《沂蒙春》，济南：山东人民出版社，1979 年，第 28 页。

② 苗得雨：《沂蒙春》，济南：山东人民出版社，1979 年，第 29 页。

③ 苗得雨：《沂蒙春》，济南：山东人民出版社，1979 年，第 29 页。

④ 苗得雨：《沂蒙春》，济南：山东人民出版社，1979 年，第 30 页。

⑤ 苗得雨：《衔着春光飞来》，天津：百花文艺出版社，1982 年，第 7-8 页。

⑥ 苗得雨：《山川情》，青岛：青岛出版社，1989 年，第 187-188 页。

愿它真是棉絮，兜下山来，/暖透有些人至今仍是冰冷的心怀……"①这首诗将叙事、写景、抒情融为一体，联想丰富、贴切，意境开阔，展现了诗人关注时代、关注社会、关注人民疾苦的胸怀。诗人一些表现青年男女爱情的诗篇如《一件心事》《为啥？》《姑娘的名字》《晚归》《梨行》《香艾谣》《瓜园曲》等也都写得别有情趣。比如《为啥？》写一个小伙子初恋时，急切盼望见到他心爱的姑娘的矛盾心情：不见她，盼见她，见了她，"心啊，又为什么咚咚跳达？" "脸啊！又为什么火辣辣？"小伙子朝思暮想，姑娘的身影进入了他的梦乡："当我在夜里睡下，/常常梦见她，/她抿着嘴儿不说话，/坐在那里理头发。/心想天明见了她，/一定拉拉手儿说说话！/可天明真的见了她，/那手啊！刚刚伸出又拳回来啦！"②山乡姑娘羞涩、小伙子胆怯的初恋图被诗人用平易亲切的笔调烘托得神情毕现，极有生活的色彩。如果诗人没有对乡村生活的切实感受，是断乎写不出如此生动的场景的。

再次，苗得雨大都用山乡常见的家具农具、花草树木来写诗，而且用三言两语便描绘出其"形态神采"，揭示出耐人寻味的真谛，有的是山乡人民精神的象征，有的凝聚着诗人思乡的感情。比如，豆油灯是平凡的，也是古老的，但在诗人的心目中，它却是"美丽"的，永远像"家乡一般年轻"，因为豆油灯是历史的见证，是黑暗年代光明的象征。由此，诗人想到了"革命年代家乡的夜景"："大街上，欢送青年出征，/村头上，打发民工登程；/灯光前，多少威武身影闪过，/灯光中，枪上如火的红缨在抖动。//提着它，引战士蹚河涉水，/端着它，领支前车辆翻山越岭。/挂在野外高处啊，/挥舞起长鞭，把田地深耕……"（《豆油灯的思念》）③如今，现代化的电灯已照遍了山乡，代替了古老的豆油灯，然而豆油灯在诗人的心中永远"光亮"，"与太阳相映，万年通明"④。再如，家乡的石磨也同豆油灯一样古老，如今电磨代替了石磨，然而，人们不会忘记石磨，因为石磨上有山乡父老的血泪，也有山乡父老的欢欣，更有山乡父老"推米磨面为前线"的光荣记录："磨呀磨，不停闲，/米成川，面如山，/磨不

---

① 苗得雨：《山川情》，青岛：青岛出版社，1989年，第188页。

② 苗得雨：《衔着春光飞来》，天津：百花文艺出版社，1982年，第38-39页。

③ 苗得雨：《沂蒙春》，济南：山东人民出版社，1979年，第32-33页。

④ 苗得雨：《沂蒙春》，济南：山东人民出版社，1979年，第34页。

尽的米，磨不尽的面，/磨尽了，蒋家匪兵八百万……"（《石磨的歌》）①苗得雨诗中描绘了沂蒙山区，让人们透过沂蒙山区的"小世界""小天地"，窥见了中国人民前仆后继战胜国内外敌人、建设新生活的壮丽的历史画卷，听见了一位热爱祖国、热爱人民的人民诗人在不同历史时期所倾吐出来的乡音、乡情。

最后，苗得雨诗的风格形式是发展变化的，经过了由幼稚、粗糙到逐渐成熟、精巧的发展过程。如果说，他早期的诗集如《苗得雨诗选》等显得比较直白，缺乏艺术锤炼，那么，他1982年出版的诗集《衔着春光飞来》则是他的诗风成熟、精巧的标志。他的诗受民间说唱文艺影响较大，常常用农民熟悉的比喻铸成生动具体的形象来抒情言志，诗的语言朴实平易，多用叠字、叠句、排比，且有幽默感，生活气息浓烈，为群众（特别是农民）所喜闻乐见。他还写了一些很有韵味的短小的哲理诗和咏物诗。当然，有些诗作显得比较浅露，不够深刻，正如他自己所说："我有'一直二实'的特点，这一特点的好处是写东西容易真，我比较敢于在作品中袒露自己的内心，我写的和我想的是一致的，我写的喜爱的是我喜爱的，我写的不喜爱的是我不喜爱的。在我的作品中，找不到对华而不实的赞美，所有的是像石夯那样，'它表里都一样……举得起，放得下，落地有声响'"②。他同时还说："一直二实，也是我的一个很大的弱点。由于这一弱点，使我的诗一直不能很好地'飞'起来。"③诗人对自己艺术成败得失的分析是比较准确的，但不能说他的诗"一直"未能很好地"飞"起来，其实，他的诗集《衔着春光飞来》和之后的很多诗作都很好地"飞"起来了。比如，《燕》就是一首"飞"起来了的、精美而隽永的小诗，虽只四句，却耐人寻味："不要学花儿，/只把春天等待。/要学小燕儿，/衔着春光飞来。"④从他的作品中，我们既可以看到诗人对生活素材的积累，又可以看到诗人对艺术经验的积累；既有诗人对四季景物的感触，又有诗人平日饱谙经史的研读；既有诗人对认知内容的搜集，又有诗人对主体性的陶冶。因此，他在乡土诗意境营造时更加自觉。

---

① 苗得雨：《沂蒙春》，济南：山东人民出版社，1979年，第35-36页。

② 苗得雨：《风格及其他》，见《文谈诗话（增订本）》，济南：山东人民出版社，1981年，第234页。

③ 苗得雨：《风格及其他》，见《文谈诗话（增订本）》，济南：山东人民出版社，1981年，第237页。

④ 苗得雨：《衔着春光飞来》，天津：百花文艺出版社，1982年，第95页。

第四节　忠于生活的诗人：张志民①

张志民是从解放区走向新中国的诗人。他曾经说过："倘若排座次，我认为，生活，应该是'老大'，该坐在首位。""若有志于投入诗的怀抱，首先要投入生活的怀抱！"②同赵树理一样，张志民是一位忠于生活、忠于真理的人民诗人。

张志民是学习民歌，以民歌体诗歌反映人民（主要是农民）生活的一位歌者。1947 年在河北参加土地改革运动，写了长诗《王九诉苦》和《死不着》。这两首诗同他翌年写作的反映土地改革的诗作《野女儿》《欢喜》等一同被编成了诗集《天晴了》。这些诗以强烈的感情，控诉了旧社会的罪恶，唱出了翻身农民的喜悦，在群众中产生了较为广泛的影响。这些诗歌深受"信天游"等民歌的影响，也可以说，是学习、模仿"信天游"等民歌的诗体形式而创作的，当然，诗人有新的创造、新的突破。这些诗全为二行一节，句式比较整齐，音韵和谐，便于群众口唱心记。新中国成立后，张志民曾奔赴战火弥漫的朝鲜战场，深入农业合作化运动高潮时期的家乡，访问秀美如画的江浙沿海、漫游辽阔壮丽的西北边疆，写下了《将军和他的战马》《金玉记》《社里的人物》《村风》《西行剪影》《红旗颂》等诗集，还创作出版了中短篇小说、散文和报告文学。"文化大革命"之后，他的诗情有如满江春水奔泻而出，写下了一曲曲呼应着战火纷飞的岁月和新时期的沸腾生活的诗篇，他的创作进入了丰收的季节，出版了诗集《边区的山》《我们的宝剑》《江南草》《祖国，我对你说》

---

① 张志民（1926—1998），河北宛平（现属北京）人。1938 年参加革命，长期在部队做政治工作。1942 年开始写作。1947 年写了长诗《王九诉苦》《死不着》，翌年写了《野女儿》《欢喜》。新中国成立后，他出版的诗集有《死不着》《金玉记》《将军和他的战马》《家乡的春天》《村风》《西行剪影》《边区的山》《张志民诗选》《祖国，我对你说》《江南草》《七月走关东》《自赏诗》《梦的自白》《大海·苍天·人世》《今情·往情》等，小说、散文集有《婚事》《有我无敌》《飞云港》《梅河散记》《张志民小说选》《故人入我梦》等，文论集有《诗说》《文学笔记》等。曾担任《北京文艺》主编、北京作家协会副主席、《诗刊》主编、中国作家协会全国委员会名誉委员、中国诗歌学会副会长、中国歌谣学会会长等。

② 张志民：《战斗的年代》，见中央人民广播电台文艺部编：《诗人谈诗》，北京：广播出版社，1983年，第 20-21 页。

《七月走关东》《今情·往情》《"死不着"的后代们》《张志民诗选》等，其中《祖国，我对你说》《今情·往情》获得中国作家协会第一届和第二届全国优秀新诗（诗集）奖。

张志民出生在农村，对农民一贯怀有特殊的感情，他是以歌唱农民命运而登上诗坛的。新中国成立后，他写了许多歌唱农民新生活、新命运的诗歌。这些诗大都通过一个侧影或一个生活片段来表现农民在社会变革中思想道德的变化，抒发诗人对新生活热爱的感情，富有生活情趣。比如，《倔老婆子》写一位老大娘受封建思想的影响，反对女儿自由恋爱，后来随着社会风气的变化，老大娘的思想也有了转变。诗人用白描手法，十分简洁地勾画出这位老大娘对女儿婚事前后判若两人的不同态度：大闺女谈恋爱时，"她拿棍子赶着小伙子走，/背过脸，/骂着她家大丫头：/'哪有女娃招后生？/十七大八不知羞……'"；三闺女谈恋爱时，"她拿筷子戳着三闺女的头，/嘱咐着：/'抹抹嘴儿还不赶快走！/省得他/在咱家门口儿干咳嗽……'"①。用带有戏剧性的细节和个性化的语言，描绘出老大娘的音容笑貌，从一个侧面表现了农村生活前进的步伐。《老拐爷》描写了一位在旧社会为求雨祈神抬"龙王"泥塑游乡而摔折了腰的老农民，在新修水库放水时的特殊表情，揭示人物内心卷起的波澜，表现了老农民对新社会的热爱，诗人没有采取直抒胸臆的手法来抒发对新生活的激情，而是把叙事、抒情和写人巧妙地交织在一起，形象鲜明而富有感情色彩。组诗《一家人》是描写社会主义新农村的一组有代表性的作品，诗人既从年龄、性别、经历上写了喜春一家五口的差异，又从对集体生产的态度上揭示了他们的共性，展现了新中国农民热爱集体事业的精神面貌。

党的十一届三中全会以后，农村经济改革使农民生活和心理发生了巨大变化，诗人新时期的不少诗篇就反映了这种变化。其中有名的是《"死不着"的后代们》，这首诗成功地描写了"死不着"曲折而辛酸的人生道路，以及他的后代们在新时期的崭新生活，从而形象地揭示了农民走过的曲折道路，诗人用"信天游"的形式塑造了"新一代"的农民群像，具有时代感。组诗《瓜棚短笛》，通过一些日常小事，反映新时期农民"新"的生活、"新"的风尚和心理状态，也颇具特色。比如短诗《李老汉的烟锅子》，是写李老汉在集体经济时代"会上说

---

① 罗振亚、杨丽霞编：《百年新诗·乡情卷》，天津：百花文艺出版社，2013年，第140页。

话/没力气"，但"磕起烟锅子来"却"少说也听五里地"；农村实行家庭联产承包责任制以后，他买了新烟锅，"从此手下无声息"，为什么呢？他说："是咱舍不得力，/那工夫米比力气贵，/如今的力气，/贵过米……"①由李老汉磕烟锅声音大小的变化，揭示出了农民对自身劳动价值的新认识，形象地表现了新的经济政策促进了农民的觉醒和他们对创建新生活的急切追求，具有耐人寻味的诗意。

张志民 1962 年访问祖国的大西北，边疆的山水草木引起了他深深的爱恋。他爱恋边疆的山光水色、牧草牛羊，爱恋边疆勤劳勇敢的人民。诗集《西行剪影》便是他对于西北边疆和少数民族人民生活的热情颂歌。他以浸润着强烈感情色彩的诗句为我们描绘了赶"巴扎"的姑娘们的欢乐情绪，"歌儿更比葡萄甜，/心开沙枣花"，"一片笑语入闹市，/鲜花满街洒……"（《赶"巴扎"》）②；表现了到北京过节的小伙子的喜悦，"一路歌声不离口，/见人总是笑眯眯"（《戴花帽的小伙子》）；展现了牧马姑娘的情影，"牧马姑娘草原飞，/轻似花飘美如雁"，"有她更显牧草绿，/有她天更蓝……"（《牧马姑娘》）③；展示了哈萨克族少女的英姿："起舞，/柔如柳，/跨马，/鹰难比"，"就那双/弹琴的手呵！/猎马/却有千斤力！"（《哈萨克少女》）④这些诗写得情致含蓄、意境优美，在诗句的锤炼、情感的抒发和意境的创造等方面有许多特点，有许多突破，是新中国歌吟少数民族新生活的优秀的乡土诗篇。

首先，这些诗构思巧妙，在平易自然的语句中创造出了蕴含深远的意境，能给人以丰富的启迪和美的感受。比如，诗人通过优美的琴声，描绘了一幅幅令人心旷神怡的草原美景图：嫩绿的草原、清澈的湖水、飘香的奶茶、蹦跳的马驹、肥美的羊羔，以及南行的鸿雁因迷恋草原而不愿南飞了，过路的行人也在草原流连忘返。这里，诗人采用以虚写实的手法来描绘草原的美，显得别出心裁、另有情致。又如，诗人通过描绘一位老牧人极为平凡的脸，展现出牧民生活的变化。过去，"老牧人的脸，/象（像）铁铸，/如刀削。/是牧主的鞭影呵，/刻下那满

---

① 中国社会科学院文学研究所当代文学研究室编：《1985·中国新诗年编》，广州：花城出版社，1986 年，第 193 页。

② 张永健编：《中国当代短诗萃》，武汉：长江文艺出版社，1983 年，第 191 页。

③ 柯岩、胡笳主编：《与史同在：当代中国新诗选·上卷》，北京：作家出版社，2005 年，第 231 页。

④ 柯岩、胡笳主编：《与史同在：当代中国新诗选·上卷》，北京：作家出版社，2005 年，第 232-233 页。

脸纹条。//血千条，/泪千条，/天多高呵债多高。/熬过多少风雪夜呵，/才走完那条血泪道……"现在，"老牧人的脸，/象（像）霞红，如星笑。/是党的阳光呵，/照出他满面英豪。//扬鞭八千里，/张弓猎双雕。/有这张脸守卫在草原，/世上还有什么/能撼动这块土地的风暴……"（《老牧人的脸》）①诗人以比喻、借代和对比的手法，通过写老牧民脸的变化，展示了他由奴隶成为草原主人的经历，也是对千百万翻身农民走过的道路的高度艺术概括，使诗歌的主旨显得集中凝练而又鲜明强烈。再如，诗人通过咏叹一条残断的锁链，让人们望见了昨天血泪斑斑的草原，望见了"新疆的昨天"和"胜利的艰辛"，从而缅怀先烈，让人们永远记住过去血泪的历史、斗争的历史，让人们思索怎样保卫"我们的/每一株牧草，/每一片花瓣"②。全诗由近及远，由小及大，把现实和历史、欢乐和苦难、斗争和胜利交错展现在读者面前。诗的主题随感情的波澜而逐渐深化，深沉浓厚，引人思索，催人奋进。

其次，这些诗在学习民歌的基础上更多地汲取了古典诗词的营养，因而，既有民歌的韵味，又具有古典诗词长短句简洁明快的特点。比如，用"十里蛙声唱流水，/一曲莺声入枣林"（《南疆路》）③来写南疆路的春色，用"亭亭座座珍珠塔，/层层叠叠翡翠楼"（《秋到葡萄沟》）④来写葡萄沟的丰收，用"长瓣花间舞，/红裙湖底闪"（《牧马姑娘》）⑤来写牧马姑娘的健美，这些词句对仗工整，给人以匀称和谐的美感，显然是受到律诗的影响；用"彩阳红纱帐，/林荫绿围屏，/街头流水花铺路，/门前苹果枝头红，/雾重重，/花重重，/多彩雨呀多彩的风"（《伊宁街》）⑥来写伊宁的多彩多姿，用"群山收夜帐，/戈壁挂晨纱，/大道上——/南去的骆驼/北去的马……/闪闪金银带，/条条五彩霞……"

① 杨匡汉：《诗美的奥秘》，天津：百花文艺出版社，1985年，第151-152页。

② 杨匡汉：《诗美的奥秘》，天津：百花文艺出版社，1985年，第148页。

③ 中国作家协会新疆维吾尔自治区分会、新疆人民出版社编：《光辉的年代（诗歌）》，乌鲁木齐：新疆人民出版社，1965年，第66页。

④ 中国作家协会诗刊社编：《中国新诗百年志·作品卷·上》，北京：中国工人出版社，2017年，第332页。

⑤ 柯岩、胡笳主编：《与史同在：当代中国新诗选·上卷》，北京：作家出版社，2005年，第231页。

⑥ 中国作家协会新疆维吾尔自治区分会、新疆人民出版社编：《光辉的年代（诗歌）》，乌鲁木齐：新疆人民出版社，1965年，第65页。

（《边疆大道》）①来写边疆大道的早晨，这些诗句句法参差，节奏明快，跌宕起伏，活泼自由，颇有古代词曲的特色。《西行剪影》的语言朴素清新而又优美动人，形如流水，色若朝霞。

如果说，张志民在"文化大革命"以前描写农村生活的诗作以质朴见长，给人以质胜于文的感觉，那么，《西行剪影》则于朴素自然之中呈现出流利清新的文采，别有特色。

"文化大革命"之后，作为一位忠于生活的人民诗人，他于缅怀中沉思，于回忆中反省，于歌吟中惊警，诗的深度和力度都有了大幅度的加强。诗人满怀激情写了一大批悼念诗，既写了悼念毛泽东、周恩来、朱德、刘少奇、彭德怀、陈毅、贺龙、陶铸、罗瑞卿等功勋的诗，也写了怀念李大钊、瞿秋白等革命先烈的诗，这些诗不仅通过特定的情节片段，再现了他们的伟大形象和高贵品格，而且沉思和总结了我们民族、我们党的历史，发出了"创建这笔巨大的功勋，/不是哪一杆红缨，/也不只是——/哪一位英杰"（《祖国，我对你说》）②的感叹，写下了闪耀着历史唯物主义光芒的诗句。诗集《边区的山》和一大批凭吊古人古迹的诗，或回忆往昔革命战争的峥嵘岁月，或歌唱光荣的革命传统与同志间真诚友爱的革命情谊。这些诗对弘扬党的光荣传统和民族正气、振兴中华，都是很有裨益的。

政治抒情诗《祖国，我对你说》，以炽烈如火的情思向祖国倾吐着"一片忠言"。这首诗和《那一天》《诗魂·血滴》《假如鲁迅还活着》《法庭随笔》《二十世纪的〈死魂灵〉》《梦的自白》等诗作喊出了广大人民迫切希望科学、民主，希望祖国繁荣富强的心声。当然，因历史的局限，诗中的矛头所向未必全然正确，对历史真伪的判断未必全然符合历史的真实。

张志民曾说："真正的诗歌，应该是人民的心声，劳动的歌唱，战斗的号角，不该是客厅里的小摆设。"③张志民是一位对祖国、对人民充满火热激情的诗人。他将深厚的感情化为朴素而优美的诗篇。他的诗实践了他的创作思想。他

---

① 雷茂奎、刘维钧、常征编：《边塞新诗选》，乌鲁木齐：新疆人民出版社，1983年，第78页。

② 二十所高等院校《中国当代文学作品选评》编委会编：《中国当代文学作品选评·上》，石家庄：河北人民出版社，1984年，第235页。

③ 张志民：《战斗的年代》，见中央人民广播电台文艺部编：《诗人谈诗》，北京：广播出版社，1983年，第21页。

从民歌、古典诗词和外国诗歌中汲取精华，融会贯通，自成一格，他的诗生活气息浓厚，既具有朴实、自然、清新的韵味，又具有含蓄、隽永的特色，形式整齐而又活泼自如，语言通俗风趣而又有文采，节奏鲜明，韵律和谐，音乐感强，形成了俗中寓雅、平中见奇的艺术风格。

第五节　江南水乡的画师：严阵[①]

20 世纪 50 年代末至 60 年代初，严阵深入祖国的江南农村，为美丽的江南春色所激荡，以"喜悦的激情"谱写出了山花一样美丽繁多的诗作，这些诗作组成了后来驰誉诗坛的诗集《江南曲》。

我们知道，严阵也是一位以歌唱农民的命运而步入诗坛的歌手。他的成名作《老张的手》，就因为表现了农民在新中国成立前的苦难和新中国成立后的欢乐，而受到读者的好评。此后，陆续出版了《淮河上的姑娘》《乡村之歌》《草原颂》《春啊，春啊，播种的时候》等诗集，这些诗主要是反映农民翻身后的喜悦和他们在农业合作化运动中的心理变化的。比如，通过农民老张的手来展现新旧生活的鲜明对比（《老张的手》）；通过歌颂像凤凰一样美丽的女共青团员，赞美集体主义的新风尚（《金色的凤凰》）；通过淮河姑娘劈风斩浪、顶风斗雨的英姿，歌颂集体的力量（《淮河上的姑娘》）。这些诗作，大多充满了对新生活的爱，有着浓厚的乡土气息和民歌色彩。

如果说，严阵以往表现农村的诗作叙事多于抒情，尚缺乏艺术提炼，那么，《江南曲》则克服了上述的缺点，标志着他在艺术上进入了一个新的天地。

---

① 严阵（1930—），山东莱阳人。1946 年在山东胶东解放区参加革命，1950 年南下，先后在胶东日报社、安徽省委宣传部、《安徽文学》等单位工作。1954 年发表处女作《老张的手》，1956 年加入中国作家协会。出版的短诗集有《淮河上的姑娘》《乡村之歌》《草原颂》《长江在我窗前流过》《喜歌》《春啊，春啊，播种的时候》《江南曲》《琴泉》《竹矛》《樱花集》《旗海》《花海》《鸽子与郁金香》《严阵抒情诗选》《严阵爱情诗》等，长诗集有《渔女》《红石》《淮河要唱一支歌》《降龙记》《红色牧歌》，诗体长篇小说有《山盟》（上下），长篇小说有《荒漠奇踪》，散文集有《牡丹园记》，长篇报告文学有《告诉你一个真澳洲》等。曾任《安徽文学》主编、《清明》副主编、《诗歌报》主编、安徽省作家协会主席、安徽省文学艺术界联合会副主席、中国作家协会理事、中国作家协会全国委员会名誉委员等。

淮河流域，在新中国成立前由于天灾人祸，是"十年倒有九年荒"的地方。新中国成立后，春回大地，山河重光，人们过上了崭新的生活。诗人以有声、有色、有情的笔，细腻地写出了美丽的江南景色，绘出了诱人的江南风光："十里桃花，/十里杨柳，/十里红旗风里抖，/江南春，/浓似酒。//坡上挂翠，/田里流油，/喜报贴在大路口，/山歌儿，/悠悠、悠悠。//十七八九，/二十五六，/青年小伙比劲头，/犁儿催浪飞，/担儿带云走。//阵阵笑声似江流，/妇女出村口，/幼儿园前招招手，/齐手巧把春田绣，/山花插满头。//敬老院里提出要求，/口口声声：/闲得不好受，/看着柳芽满枝抽，/急得干搓手。"（《江南春歌》）①这首诗以清新的语言描绘了江南农村春浓似酒的景色。用桃花、杨柳、红旗和妇女的满头山花，把春色写得绚丽多彩；用悠悠山歌、阵阵笑声和老人们的"口口声声"的要求，把春声写得悠扬悦耳、声情并茂；用青年小伙、妇女和老人们的劳动神态，写出了新时代农民热爱劳动、热爱生活的美好心灵。这首诗写得活泼、明朗，把春色、春声、春情融为一体，确实令人陶醉。

《江南曲》写的都是江南常见的景物，单纯、明了，但是，诗人在那风光绮丽的背景下，着意描写了人们美好的生活和欢愉的劳动，因而闪耀着新生活的光辉，荡漾着新时代的气息。比如："红色的菱盆悠悠地荡，/姑娘的双手就是船桨，/欢乐的眼睛里映进了碧清的水，/江南采菱的季节呵实在是美。//……菱盆儿分开，菱盆儿靠拢，/采菱的歌曲儿忽西忽东，/那歌声好象（像）对全世界说：/羡不羡慕我们这诗一样的生活？"（《采菱歌》）②诗人为我们描绘了江南水乡菱熟稻黄的秋收景色，采菱姑娘边歌边采优美动人的图画显得生动逼真，自然而不平庸，秀丽而不雕琢，使人们在情景交融的画面中，感受到新生活的美好和劳动的欢乐。

再如，《红雨》写江南二月常见的春雨："二月的雨：红雨，/无声地，洒遍了江南，/一颗雨点染红一个骨朵，/一颗雨点染红一张笑脸。"春雨催开田野的百花，春雨也浇开人们心头的春花，看："孩子们赤着脚跑，/仰起头，笑着去迎雨点"；年轻人"争着去开第一犁，/蓑衣都不穿"；拖拉机手"把机子试

---

① 严阵：《江南曲》，上海：上海文艺出版社，1961 年，第 35-36 页。

② 严阵：《严阵抒情诗选》，合肥：安徽文艺出版社，1986 年，第 55 页。

了一遍又一遍，/望着不停的雨，/在窗前不停地转圈⋯⋯"①。春色美，人们的心灵更美。诗人把对春雨中春景的描绘与春雨中人们神情的描写结合起来，于画意中托诗情，于诗情中显画意，因而诗情不空泛，画意有寄托，给人以实感，能引起读者的共鸣。其他如《杨柳岸》《梅信》《桃花汛》《夜读》《杨柳渡夜歌》《桃花渡》《采莲曲》等诗也都写得精致、轻盈、柔美，洋溢着诗情画意。正如老诗人臧克家所称道的那样："这些诗，色彩、音响、情调都是惹人喜爱的。它们像朝霞在天，它们像花苞初放，它们像泉水涓涓，它们像月笼平沙。⋯⋯这些诗篇，像一幅一幅情意真切、生动新颖的淡墨画，呈现在我们的眼前。"②

总之，《江南曲》构思巧、情感新、诗意浓、语言美，是因为诗人熟悉热爱江南农村的生活，从生活中获得了灵感，同时和诗人学习古典诗词和江南民歌也是分不开的。比如："五月江南碧苍苍，/蚕老枇杷黄"（《耕田曲》）③；"肩上一片月，/两袖稻花香"（《丰收序曲》）④；"千山雪，一夜化尽。/一江水，也绿了几分"（《梅信》）⑤；"姑娘们笑着把莲蓬采折，/惊动了水底的一朵红莲，/波纹里象（像）有一块红色的宝石，/闪烁在一大堆翡翠中间"（《采莲曲》）⑥。这些诗句，既有古典诗词字句精练、音韵铿锵、对仗工整的优点，又有江南民歌明丽轻快的特色。

诗集《江南曲》不能说已代表了严阵诗歌创作的最高水平，但是，它是严阵诗作中较有特色的作品之一，也是20世纪60年代不可多得的优秀诗作。它向人们说明了一个问题：有对生活的实感，学习民歌和古典诗词的长处也是可以写出好作品来的。在民歌和古典诗词基础上写新诗，这不失为中国新诗发展的一条途径。这一途径无论在实践上，还是在理论上，都不是走不通的道路。当然，不能是唯一的道路。

---

① 严阵：《严阵抒情诗选》，合肥：安徽文艺出版社，1986年，第34页。

② 李庚主编：《中国新文艺大系（1949—1966）评论集》，北京：中国文联出版公司，1994年，第582页。

③ 严阵：《江南曲》，上海：上海文艺出版社，1961年，第55页。

④ 严阵：《江南曲》，上海：上海文艺出版社，1961年，第58页。

⑤ 严阵：《严阵抒情诗选》，合肥：安徽文艺出版社，1986年，第33页。

⑥ 严阵：《江南曲》，上海：上海文艺出版社，1961年，第77页。

第六节　扎根燕山的诗人：刘章①

著名诗人田间 1959 年给刘章的诗集《燕山歌》写了一篇序言，名为《〈燕山歌〉小引》。他热情称赞刘章是长在"人民英雄洒遍了血汗"的"崇山峻岭"中的一棵"年青（轻）的树"，一棵"能歌唱的树"，他希望刘章"和群众一起，和新的生活一起，继续攀山越岭"②，向新的艺术境界进军。

刘章没有辜负老诗人的希望，他努力"攀"生活之"山"，"越"艺术之"岭"，以辛勤的劳动和开拓精神，陆续出版了《葵花集》《映山红》《枫林曲》《长相思》《刘章乡情诗选》《刘章评论》等诗文集 30 多部，有新旧体诗，有散文，有评论，有歌词，有随笔。他深深地扎根在燕山之中，扎根在乡民们的心灵之中，经受时代风雪的考验和雨露的滋润，已经长成一棵根深叶茂、硕果累累的大树，在当代诗歌园林中闪耀着独特的诗艺之美，诗人贺敬之曾热情赞誉他为"新中国培养的来自农村的人民诗人，是有民族特色的社会主义诗歌承前启后的代表者之一"③。刘章的诗有如下特点。

第一，刘章的诗"来自家乡山水间"，以浓郁的乡情描绘了故乡山水的壮美与乡音的纯朴，始终"乡音不改""诗情不衰"④，"不失泥土味，不丢山石音"⑤。在诗人的心目中，故乡永远是美丽妖娆的，乡亲永远是可敬可爱的："我思念你，家乡的大山/恨不能化只鸟儿飞回你怀。//四年了，你四次花山花海，/花开时，我思念山里的女孩，/高山出俊鸟，一个个苗条、秀气，/野花天然

---

① 刘章（1939—2020），原名刘玺，河北兴隆人。出版的诗集有《长相思》《燕山歌》《葵花集》《映山红》《燕山春》《南国行》《中华风景》《枫林曲》《北山恋》《刘章乡情诗选》《刘章诗选》等，散文集有《虞美人》（与燕迅合著）、《刘章散文选》、《锄光笔影》、《情韵集》等。组诗《北山恋》获 1979—1980年全国中青年诗人优秀新诗奖。曾任兴隆县文化馆副馆长、河北歌舞团创作员、石家庄市文学与艺术界联合会副主席、石家庄市作家协会主席、《女子文学》主编等。

② 田间：《〈燕山歌〉小引》，见《新国风赞》，天津：百花文艺出版社，1959 年，第 113 页、116 页。

③ 贺敬之：《致刘章》，见《贺敬之文集·6·散文·书信·答问·年表卷》，北京：作家出版社，2005年，第 295 页。

④ 刘章：《刘章集·新诗卷二》，北京：线装书局，2014 年，第 103 页。

⑤ 刘章：《北山恋》，成都：四川文艺出版社，1986 年，第 6 页。

美，一个个粉面桃腮；/真山真水，哺育了真情实感，/无甜言蜜语，有火热的情爱。//四年了，你四次绿浪接天，/树绿时，我思念小伙们气概。/身强体壮，似青松蓬蓬勃勃，/襟怀坦白，如山岩实实在在；/山道崎岖，却从不东倒西歪，/低头行路，坚定地向着未来。//……我思念你，家乡的大山，/何时归去，和你相亲相爱？/我将拥抱你，摇动你，/摇得你鸟飞花动，喷红吐彩。/将我的脚印深深地印到地上，/将我的影子牢牢地嵌入山崖。"（《写给家乡的大山》）①这是诗人离开家乡四年后写下的一首怀念故土的诗篇。在人生的长途中，四年的时间不是很长，但是诗人的思恋之情却如此浓烈。诗人通过对家乡大山春夏秋冬的景象以及家乡亲人的精神风貌的真情描述，真切地抒发了离乡的大山之子的思乡之情。离乡的时间愈久，这种情感便愈浓酽、愈悠远。再如，在《北山恋·故乡》中，诗人以更为精练、更为深情的语言吟唱着："巍峨群山，百花烂漫；/小溪流水，弯弯，闪闪；/林中鸟儿，喧喧，翩翩；/朴实的乡亲，憨厚的笑靥，/当日英雄两鬓斑，/还有虎羔似的青少年……"②诗人爱故乡，恋故乡，离开故乡，时时想故乡："难忘家乡恋，/泥土香，野花鲜，山水甜，/月也分外圆！"（《汲水词》）③他认为"最美的花朵，是故乡的山花，/最美的女子，是故乡的村姑。/故乡的人，水做的灵魂，透明，洁净，/泥做的骨肉，健康、纯朴"（《乡声》）④。他认为最美最新的是乡音："男带泥土味，/女有山石音。/小伙说笑水出山，姑娘唱歌鸟在林。"甚至连"大娘的唠嗑，婶子的哄孙，/声声也带好音韵！"（《乡音》）⑤这些诗句素朴自然，生动形象，是优美的田园诗，也是山乡风俗画，显示了劳动和生活之美。

第二，以多彩的笔墨描绘了燕山山区众多的人物形象，这些人物是诗人熟悉、敬仰的父老乡亲，也是新中国广大农民的缩影。比如，《父亲》就是对中国农民，特别是中国农村共产党员的歌颂。诗的副标题是"一个共产党员的价值"。诗人的创作目的是明确的，他写的绝对不仅仅是自己的父亲——"是时候了，我来写父亲，/不是为炫耀自己的家史，/写一个山民的人生道路，/写一个党

---

① 刘章：《刘章集·新诗卷二》，北京：线装书局，2014年，第104-105页。

② 刘章：《刘章诗选》，石家庄：花山文艺出版社，1990年，第4页。

③ 刘章：《北山恋》，成都：四川文艺出版社，1986年，第17页。

④ 刘章：《刘章集·新诗卷二》，北京：线装书局，2014年，第145-146页。

⑤ 刘章：《北山恋》，成都：四川文艺出版社，1986年，第4页。

员的人生价值。"①在诗句中，诗人简单回顾了父亲的一生：幼时因为特别贫困，差点被家庭遗弃；后来，成为村里第一个共产党员，在关键时刻举起抗日救亡的旗帜；新中国成立后，他自觉地成为一名泥瓦匠，为了将家乡带向富裕之路，进山找矿，不幸被压在巨石之下，"就这样，我年迈的父亲，/不带任何身价告别人世"。这是一个极其平凡的人物，但正是这样，却留给我们"关于理想，关于党性，/关于光荣"②的思考。诗人落笔在自己的父亲上，但立意却在他的故乡乃至全国农村中的"父亲"上，在千千万万像"父亲"这样的先辈上。在刘章描写的山乡故人的人物形象中，有两类人物形象特别突出。一是诗中的抒情主体"我"，这是一个生于山乡，长于山乡，热爱山乡，在新中国成长起来的长期和山乡农民生活在一起的正直的知识分子，诗人通过写"我"独特的人生道路，显示了新中国所经过的曲折历史。二是诗人在《山桃花》《山葡萄》《长相思》《致四婶子》《写在母亲的坟前》《今昔曲》等很多诗篇中多次歌唱的他的"妻子"和其他家乡女性所组成的山区女性系列形象。这里有初恋的少女，有美丽的村姑，有失去青春年华的山妹子，有思念亲人的山姑，有重归故土的四婶子，有慈爱的母亲，有与诗人休戚与共、风雨同舟的"妻子"，她们都是燕山山区的女性，尽管她们年龄不同、个性不同、命运有别，但她们有着共同的特点：柔美坚强，勤劳朴实，深明大义，关心他人，热爱山乡，以顽强的毅力追求美好的生活和希望。她们具有东方劳动女性的传统美德，有的也不无现代色彩。尽管基于历史和地域的原因，她们缺乏文化，或视野不够开阔，但她们却有亮晶晶的善良的心。比如，《收下吧，妹妹》是写给妻子的妹妹的，几十年来，她"为吃操劳为穿愁，/灰尘擦面露洗头。/纵有穿衣镜，/难得多停留"，而如今经济条件改善了，她"围起长围巾"，穿上"猪皮鞋"，但是当姐姐送她珍珠霜的时候，她却"迟迟不伸手"，内心深处是非常疑惑的，可能是认为自己已经过了青春期，或者是认为自己是农村妇女，不能有太多享受；接着，诗人又满怀信心地说："往事莫再回首，/三十七八权当它十七八九……"③一盒珍珠霜便把农村女性特有的心灵美显示了出来。她们像燕山的溪水一样透明，像燕山的松

---

① 刘章：《刘章集·新诗卷三》，北京：线装书局，2014 年，第 48 页。
② 刘章：《刘章集·新诗卷三》，北京：线装书局，2014 年，第 51 页。
③ 刘章：《北山恋》，成都：四川文艺出版社，1986 年，第 51 页。

柏一样常绿，像燕山的山花一样芳香，像燕山的雪花一样纯洁。她们是燕山山区的星星和月亮。燕山因为她们才显得这样美，这样富于诗意，这样充满了活力。这些女性系列形象的创造，是刘章对当代乡土诗乃至整个诗坛创作的一大贡献。

第三，把思乡恋土的情怀与田园牧歌的风格和讽喻针砭的笔调结合起来，有美有刺，有褒有贬，有扬有抑。既展示了燕山山区独有的风俗美、民情美、乡音美，又揭示了社会的不足，让人们心灵更真诚、更善良，社会更美好。刘章在《写在白居易墓前》中曾说："我爱诗圣，也爱诗仙，/更爱你的诗通俗、明朗，/欲闻于上，欲达于下，/一生为时、为事而歌唱。"[①]欲闻于上，欲达于下，为时为事而歌，这是我国古代现实主义诗歌的优良传统，也是一些伟大诗人历史使命感的集中表现。刘章继承了这种优良的文化传统，并将其发扬光大。在《问君能有几多愁》和《家家扶得醉人归》等诗中，对"阴阳错位"的畸形婚姻、铺张浪费的恶习陋俗进行了尖锐的批判；在《花褪残红青杏小》里写了农村老妇的孤独感。

第四，刘章是以写民歌体的诗歌而走上诗坛的。他既喜爱民间歌谣，又酷爱古代诗词，同时还努力从现当代一些著名诗人如田间、艾青、贺敬之、张志民、郭小川、严阵等的诗作中汲取营养。刘章是师其神而自创其意、自铸其词，貌相似而神有别，形成了自己独特的风格：将古典诗词的意境、声律和民歌的简洁、平易结合起来，以不拘一格的艺术形式，来表现生活的真实和诗人的真诚。比如："黄金山下白银河，/运粮小船似飞梭，/流水如琴船似键，/声声尽是丰收歌。/山录音，/风广播。"（《运粮图》）[②]"花半山，/草半山，/白云半山羊半山，/挤得鸟儿飞上天"（《牧场上》）[③]，"牛一拨，/草一坡，/银色草帽金色蓑；/薄雾轻纱遮。//……石当椅，/膝为桌，/两个牧人南北坡，/古今慢慢说……"（《牧牛歌》）[④]这些诗既具有古代诗词的神韵和民歌民谣的风采，又采用了口语的形式，具有和谐的内在韵律，读起来顺口，听起来悦耳，语音朴实而又余味无穷。后期他写了不少脍炙人口的古体诗词，他自称为"白话格律

---

① 刘章：《刘章诗选》，石家庄：花山文艺出版社，1990年，第250页。

② 刘章：《刘章集·新诗卷一》，北京：线装书局，2014年，第27页。

③ 刘章：《刘章自选诗》，北京：中国摄影出版社，2001年，第8页。

④ 刘章：《刘章诗选》，石家庄：花山文艺出版社，1990年，第55页。

诗"，在诗坛影响很大。其中有些是人们特别喜爱的。比如"如痴如醉步流连，万态千姿欲赋难。/安得清风明月夜，伴荷吟咏伴荷眠"（《宿愿》）①；"微风袅袅送莲香，半似仙乡半梦乡。/千顷荷花争俏丽，惊呼秋色胜春光"（《惊艳》）②；"秋日寻诗去，/山深石径斜。/独行无向导，/一路问黄花"（《山行》）③。这些诗格律严谨，对仗工整，音韵和谐，讲究炼字炼句，不仅在中老年人中影响很大，青年们也很喜爱。

第七节 "说实话"的诗人：刘益善④

刘益善是"文化大革命"之后荆楚大地涌现出来的具有多方面建树的乡土派诗人。他的小说、散文、纪实文学、评论都有较大的社会影响。但影响最大的是他的乡土诗。他因为出身农民，与农民的那种情感和血肉相依，以及那种刻骨铭心的联结是与生俱存的。他写了许多农民与农村题材的诗，在 20 世纪 80 年代，他是湖北乃至全国的乡土派诗人之一。⑤

的确，研究新中国的乡土诗，特别是"文化大革命"之后的乡土诗，如果不研究刘益善的乡土诗将是不完整的。纵观刘益善的乡土诗，大体可以分为三个部分：一是对童年生活的回忆；二是对乡村、乡土、乡情的思念；三是对农村、农民命运的忧思。诗人在 1989 年春所写的组诗《乡村的忧思》的"作者自白"中曾说："我说的是白话我说的是实话，你说不是诗就不是诗，我原来就不想写

---

① 刘章：《刘章集·诗词卷二》，北京：线装书局，2014 年，第 170 页。

② 刘章：《刘章集·诗词卷二》，北京：线装书局，2014 年，第 169 页。

③ 刘章：《刘章诗选》，石家庄：花山文艺出版社，1990 年，第 164 页。

④ 刘益善（1950—），湖北武昌（现湖北武汉市江夏区）人。1973 年毕业于华中师范大学中文系，被分配至《长江文艺》做编辑，后为《长江文艺》杂志社主编、社长、编审，湖北省作家协会副主席。出版诗集、散文集、小说集、长篇纪实文学等专集 30 余部。诗作及散文曾被译介海外，或被收入中小学课本。组诗《我忆念的山村》获 1981—1982 年《诗刊》优秀作品奖，长诗《向警予之歌》获第六届中国长诗奖，长诗《中国，一个老兵的故事》获方志敏文学奖诗歌奖。出席过中国作家协会第五、第六、第七、第八次全国代表大会。曾获湖北出版名人奖和湖北省优秀编辑称号。

⑤ 刘益善：《刘益善自选集》，武汉：长江文艺出版社，2010 年，第 2 页。

诗。"①因此，我们称他为"说实话"的诗人。

刘益善的童年是在农村度过的。刘益善在对童年生活的回忆和对乡村、乡土、乡情的思念的诗作中展现在人们面前的长江中下游江湖平原的风景是和美的、迷人的："水像绿色的缎子"，"吹过一阵绿色的风"，"落下了绿色的雨丝"（《绿色》）②。这些诗句描述的是绿色的原野、绿色的湖乡。虽然当时的农村生产力还很低下，农民生活还不太富裕，但生活是安定的、和美的。《清凌凌渠水绕着村庄》描写得更为充分、更为生动、更为形象："漂着绿树轻掩白墙/白墙折射耀眼的晨光"③，一开始就把清澈的渠水绕着村庄、树"掩"白墙、白墙"折射"晨光的湖乡景色呈现在读者面前，接着由"浣衣女"的"歌声"写到她的"明眸"，由"汉子肩犁牵牛"写到"母牛召唤调皮的牛犊"，由"赶早集"买回"一挂肉、两瓶酒"的"二爹"写到那边屋里"喊睡懒觉的孩子起床"的"嗓尖"的"大嫂"④。把湖乡清晨祥和、充满生气、人欢牛忙的景象生动地表现了出来。如果说，上一段较多地写湖乡清晨的自然景观，那么，下一段则展示湖乡清晨"田野的笑涡在渠面徜徉"的原因："抽水机一头扎进水底/一头把大田的庄稼眺望/村边新仓库正在动工/等待着一个丰收上场/啊，清凌凌渠水绕着村庄/绕着村庄哟，心灵的舒畅/日子的甜蜜，我的农家哟/被渠水映照出的丰满/青春，泛着红晕的面庞/如那渠畔红艳艳的野花/在春天里悄然开放！"⑤。

刘益善回忆儿时湖乡生活的诗作大多天真、浪漫、活泼、可亲、可爱，充满了乡土气息、泥土风味，如《船》《采藕》《老石桥》就是比较精彩的篇章。《牛犊》是一首咏物诗，实则是诗人童年生活的写照："哞哞地几声叫/嗅嗅花，舐舐草/温煦的阳光下/伸伸懒腰/走走，瞧瞧/妈妈哪里去了/路太长了点/山又显得太高//彩色的蝴蝶/逗得小鼻子直翘/透亮的脊背/停住一只翠鸟//啊，可爱的牛犊/惹起我一阵心跳/童年，乡里/我也这般小……"⑥这首诗中小牛犊的形神活

① 刘益善：《刘益善文集·1·诗歌卷》，武汉：武汉大学出版社，2016年，第304页。

② 刘益善：《刘益善文集·1·诗歌卷》，武汉：武汉大学出版社，2016年，第43页。

③ 刘益善：《刘益善文集·1·诗歌卷》，武汉：武汉大学出版社，2016年，第178页。

④ 刘益善：《刘益善文集·1·诗歌卷》，武汉：武汉大学出版社，2016年，第178页。

⑤ 刘益善：《刘益善文集·1·诗歌卷》，武汉：武汉大学出版社，2016年，第179页。

⑥ 刘益善：《我忆念的山村》，武汉：长江文艺出版社，1984年，第69-70页。

现，十分可爱。小牛犊生活的环境，有花，有草，有阳光，有路，有山，有蝴蝶，是一个温馨、美丽的家园。小牛犊健康、自由自在地生活着，诗人的童年恰如小牛犊一般，由小牛犊我们会自然地想到《童年的梦》《船》《采藕》《草地，我的摇篮》等诗篇中出现的儿童形象——聪慧、勇敢、调皮、热爱劳动，十分可爱。此外，诗人还写了湖乡中与他最密切的父亲、母亲、外婆、小学老师、二妹、三婶、船娘、数星星的"阿妹"、敲冰锣的"小伙伴"、小舅舅、小姨妈、采莲女、二蛋、牛牛等人物形象，他们有如"崖畔小花"，"只有米粒大的一点，/一簇簇，一串串，/偏把纤细的根，/倔强地扎在崖缝间"①，他们反对黑暗，喜爱光明，乐于奉献。其中最让人敬重，描写得最丰富、最生动的形象是"我"的"父亲"和"母亲"。除《父亲》是专门写父亲的外，《一抹白墙》《故乡的河》《啊，田野》《草地，我的摇篮》等诗中也写了父亲。"父亲"是一个"老实厚道"的农民，是中国农民的典型。《父亲》一诗较为全面地展现了中国湖乡农民的命运、性格和品德。父亲"十二岁开始，就用稚嫩的双手侍弄土地/种籽、稻秧、谷粒"，"循环往返，年年重复"，他成天劳作，没日没夜，"太阳从他背后上升"，"太阳在他前方沉落"，"他用自己的手掩埋痛苦/他用自己的手创造衣食"，无论是土地改革前，种"别人的"地，土地改革后种"自己的"地，农业合作化运动后种"集体的"地，还是改革开放后种"承包的"地，他都"在劳动""在流汗"，他是用"他的忠厚和勤劳/他的坚韧和毅力""默忍着"人生"曲折的"路②。他像鲁迅笔下的"闰土"那样"如土地一样朴实""如土地一样温暖""如土地一样博大""如土地一样没话语"③。他在农业合作化运动时期和"文化大革命"时期，都教育孩子要好好为集体劳动，他是以劳动为本、以种田为业、以种田为荣的，当"土地的道路走到承包"，他"拒绝了别人邀你做生意"，"拒绝了与别人合伙养鸭养鱼"，他"要了十亩责任地/从此，他如鱼得水/从此，他有了傍依"④。可见，无论是农业合作化运动，还是家庭联产承包责任制，他都是拥护的，但他有理想，有追求，他寄希望于他的子女们，希望他们读书，成为有文化的人，过着有别于他的另一种

① 刘益善：《刘益善文集·1·诗歌卷》，武汉：武汉大学出版社，2016年，第58页。

② 刘益善：《刘益善文集·1·诗歌卷》，武汉：武汉大学出版社，2016年，第267页。

③ 刘益善：《刘益善文集·1·诗歌卷》，武汉：武汉大学出版社，2016年，第268页。

④ 刘益善：《刘益善文集·1·诗歌卷》，武汉：武汉大学出版社，2016年，第268页。

生活,因此,当农忙时,"儿女们要回来帮他劳动/他发怒,他痛骂/直到儿女背着书包走回学校/他才消了满腔的怒气"(《父亲》)①。"父亲"是新中国农村中极其普通的农民典型。他不是梁生宝、高大泉那样的农民英雄典型。他质朴、平凡、勤劳、坚韧、真实。我国农村社会的进步、生产力的发展除依靠梁生宝、高大泉那样的先进农民引领以外,还要靠"父亲"这样的农民进行生产劳动。刘益善还塑造了勤谨、善良、慈祥、坚韧、对未来充满希望的可爱可亲可敬的母亲形象,他笔下的"母亲"同"父亲"一样,是千千万万普通农村妇女的典型。

我们从刘益善描写童年和思念故乡的诗作中,看见的是一个中国乡村祥和、温暖、充满亲情的美好时代,尽管生活并不富裕,但人们生活是安定的,人与人的关系是和睦友好的,诗人笔下的故乡是他眼中"儿时的乐园",出生在乐园中的"我"有着"美好的童年"。那个"趴在母亲的后颈上/把咸涩的汗粒舔吮"的幼童(《啊,田野》)②,那个"趴在地下睡得正香""鼻涕糊满了小脸/泥巴涂遍了粗布衣裳"啃食"芋母"的孩子(《长江边的小村》)③,那个"光脊梁"骑着大水牛游湖的牧童,那个扎"猛子"采藕的"小哥哥"(《采藕》),"摸泥鳅"的小跳皮(《老石桥》),同小阿妹在草地上数星星的小阿哥(《我们在草地上数星星》),跟着妈妈一起在地里种蚕豆,在稻田里"捋稗粒"的少年(《蚕豆花开了》《思念》),都给人们留下了鲜活的印象。

如果说,刘益善描写童年的乡土诗,主要是颂歌,是对美好童年生活的甜蜜回忆,那么,他的《我忆念的山村》《没有万元户的村庄》《乡村的忧思》则是新时期影响较大的讽喻性的乡土诗作。《我忆念的山村》写于 1980 年,写了"我"对曾经"呆(待)了一年"的"山村"的"熟识的乡亲"的"深深地怀念"④,"怀念"我的"房东",怀念"大妮",怀念被"派饭"的农户,也写了"我"对自己所做工作的深深反思。我的"房东"的生活是艰辛的,"山岩般的脸膛/刻满岩缝般的皱纹","几口之家的衣食/老婆长年久病/一切,他默默担承/冬天,一件空套棉袄/腰间系根麻绳",家里"几只山羊","几棵枣树"。

---

① 刘益善:《刘益善文集·1·诗歌卷》,武汉:武汉大学出版社,2016 年,第 267-268 页。

② 刘益善:《刘益善文集·1·诗歌卷》,武汉:武汉大学出版社,2016 年,第 67 页。

③ 刘益善:《刘益善文集·1·诗歌卷》,武汉:武汉大学出版社,2016 年,第 95 页。

④ 刘益善:《我忆念的山村》,武汉:长江文艺出版社,1984 年,第 89 页。

尽管"他的日子太多了艰辛"，但他对党的感情是始终如一的。这主要表现在他对工作队员"我"的态度上。首先，欢迎工作队员"我"进驻他家，他脸上"盛满纯朴的笑"，"抓起我的行李/领我走进茅棚"。在"我""唇干舌焦"地讲话时，"他蹲在墙角/一声不吭/尺把长的烟杆/冒出烟雾腾腾"，可见，他对"我"的讲话至少是不感兴趣，"提不起""精神"的，然而"深夜"仍"伴我回家/他提着马灯"，回家后"却硬给穿大衣的我/端来一个火盆"。当"我和他谈话/他脸色难看/也不作声"，当"我说他和党不一条心/他陡地站起来，走了"，诗人在这里特别加了括注："我伤了他的心。""我"确实伤了他的心，但他对党的感情却是始终不变的，这仍可从他对"工作队员""我"的态度上看出。"我"伤害了他，但"他"对"我"却一如既往，真诚相待，当我病了，发高烧，说胡话，"他守我几个日夜"，当我醒来"他满是血丝的眼/竟也有了光明"，并且给我送蛋汤，擦泪水。当我要离开山寨，他连夜赶制苕粉，一夜未睡，第二天，"提一袋苕粉/瞪着红红的眼睛/送我起程/车开了好远好远/他还站在路边/直到溶（融）进了重重山影"。这就是中国的农民，任何时候都听党的话，愿意跟党走，与党保持一条心。诗人赞美他不仅有"山岩般的脸/山岩般的手脚/山岩般的人"，而且，"在我的心灵深处"，"他是我慈祥的父亲/他是勤朴、淳厚/中国农民的缩影"①。这是诗人对中国农民真诚的歌颂。同样，《派饭》《大妮子》也是诗人的自省、反思诗作，同时也写出了当时的干部是严格要求自己的："放下半斤粮票/一毛二分钱/主人执意不收/拉扯了半天"②，也说明农民即使自己不吃，也要保证工作队的人吃好，他们是真心实意地爱护工作队的"同志"的。

刘益善写童年生活的诗清纯、优美、亲切、平易，让人入诗入画，引人遐想；写在农村做"工作队员"的诗，即后来被称为"忧思"的诗，则深沉、凝重、激越。他的乡土诗的主要特征是绘真景，抒真情，说真话，始终怀着中国农民之子的朴实、真诚的爱国、爱民、求真、求实之心。这是极其难能可贵的。

---

① 刘益善：《我忆念的山村》，武汉：长江文艺出版社，1984 年，第 94-98 页。
② 刘益善：《刘益善文集·1·诗歌卷》，武汉：武汉大学出版社，2016 年，第 53 页。

第八节 "种植在田野"的诗人：陈有才①

陈有才是 20 世纪 60 年代从中州大地涌现出来的乡土派诗人，是以创作民间"五句子"山歌而出名的"山歌大王"。他出生在农村，家乡的田野、山川、树木、瓜果、稻谷等已融入他的"血脉"，家乡的故土、故人、故事是他歌唱的生活源泉。他的乡土诗不仅内涵丰富，而且善于用农民喜闻乐见的民间艺术形式为农民歌唱。他是一位"种植在田野"的常绿常新的乡土派诗人。在全国众多的乡土派诗人中，他是创作较多，艺术个性极其鲜明，且成绩突出的佼佼者。他的诗具有如下特点。

第一个特点是饱含深深的乡土情。陈有才是一位重感情、重乡情、重亲情的歌者，他的诗中浸透着一种对农村、对农田、对农民、对父老乡亲"剪不断，理还乱"的真情和深情。这主要表现在他对长辈的虔诚赞美和对同辈的真诚歌吟中。《拥抱父亲》《父亲，我给你踩坟头来了》《父亲 父亲 父亲》《父亲的烟锅》等诗就抒发了诗人对父亲的爱和敬。父亲生前挑着生活的重担，在秋雨中上山打柴的艰苦劳作的身影，使诗人刻骨铭心，诗人再也不惧怕重担。父亲死后，其精神仍在诗人心中时隐时现，为诗人壮胆。父亲生前教诗人不要惧怕重担，死后教诗人不要惧怕鬼魂，父与子合而为一，写出了中华民族，特别是中国农民父为子率，子承父业，勇挑"重担"，不惧"鬼魂"的精神。《父亲，我给你踩坟头来了》写了我给父亲"踩坟头"的民俗，诉说着旧时代农民被剥削的痛苦，新时代的农民作了国家的主人，"我"年年给父亲"踩坟头"，父亲的坟头就高大起来了；同时，"我"仿佛看到死去的父亲站在坟山之上，好像挺直了一辈子没有挺直的腰板，注视着"我"昂首挺胸向前。《母亲用庄稼量我身高》《老娘

---

① 陈有才（1942—2023），河南固始人。1963 年肄业于合肥师范学院中文系，1963 年开始发表作品，1990 年加入中国作家协会。当过杨山矿团委副书记、信阳市文学艺术界联合会干部、信阳市作家协会主席。出版的诗集有《情歌书画三绝》《感觉再生》《林海·山海·星海》《乡土·乡音·乡情》《野山·野味·野情》《山魈与水妖》《擦根火柴就燃烧》《蜕皮的蛇》《我是首都农民工》《厚土家园》《老娘土》等，散文集有《望贤居随笔》《老灯台》等，论著有《诗艺与杂文》等。作品多次获奖，有《陈有才诗文集》（五卷本）行世。

土》等抒发了诗人对母亲深深的爱，在诗人眼中，母亲、妻子、故乡三位一体，她们博大、宽厚、仁慈，给人以温暖，给人以慰藉。

在表现乡情的诗中，《清明夜》别具一格。写了诗人清明夜给父母上完坟回到老屋，熄灯后站在木格子窗前，看到对面山坡的点点"鬼火"时的所思所感。这首诗写奇思，发异想，写"亲情""乡情"超越了生与死、阴与阳，打破了人与鬼的界限，"细雨中""舞蹈"着的"鬼火"，在诗人的眼中变为死去的乡亲们给诗人举办的欢迎晚会。这首诗不长，但情意长，想象奇幻，富于浪漫色彩，奇思寄深情，令人回味、深思。这些诗句有浓郁而清新的乡土气息，有令人神往而沉迷的乡音乡情，如果没有真切的乡村生活体验和深厚的乡土情结，是断乎写不出让人身临其境的诗句的。

《心灯》是一曲对故乡民间艺人——盲艺人的热情颂歌。盲艺人，是一个特殊的人群，他们虽然双目失明，但是酷爱艺术，珍藏民间文艺。这些盲艺人失明之目仍"闪闪发光"，他们将遗失的民间长诗珍藏在心中，他们相互切磋，相互琢磨，互相激励，虽相隔甚远，却心有灵犀，他们的心美如玉，节亮似金，是人们应该尊敬的人。因为诗人酷爱民间文艺，因而对这群珍藏民间长诗的盲艺人充满感恩之情、赞美之情。全诗写得声情并茂，感人至深。

《二姐子》及其续篇也写得颇有情趣。正篇连用 25 个"子"字，把一个热情、质朴、可爱的农家"小妮子"的形象呈现无余；续篇连用 30 个"子"字描写 40 年后成了"老婆子"的二姐子的神采举止及山村的巨大变化。语言风趣，音韵和谐，形象生动，神情活现，更像一段令人捧腹大笑的单口相声。诗人熟悉民间艺术、驾驭民间语言的能力，由此可见一斑。

第二个特点是蕴含浓浓的乡土风。所谓乡土风，即乡土风俗、乡土风情、乡土风气。由于诗人生于农村，长于农村，对农村的风俗、民情都非常熟悉，因而其诗作具有较为浓烈的民风民俗的文化底蕴与内涵。他的诗写了许多民风民俗，如踩坟头、抓石子、贴门神、摔泥巴碗、烧荒、瞎子拉琴说书、点喇叭灯、喝老娘土、迎亲吹唢呐、闹新房听窗根等等。有的民俗民风是劳动人民生活经验的结晶，是正确的，是积极的，是有进步意义的；有的是封建迷信，是糟粕，是应该扬弃的。诗人用生动的艺术形象抒发了自己鲜明的感情。比如，《关于栽种的传说》就赞扬了一位敢于破除种植迷信的老农。农谚说："栽种柿子树/必须要戴草帽"，否则，柿子树长到碗口粗时，栽种树的人就要死亡；种玉米时，"窝窝都放两颗种"，如果只放一颗种，就会遭灾祸。可二大爷就不信这个邪，而且他种的玉米很健康。农民有许多农谚，诗人极善于用这些谚语来丰富自己的艺术想象，强化自己的审美爱憎。比如，《吃鹌鹑的季节》便是将谚语演绎成二大爷与"我"和老小逮鹌鹑、烧鹌鹑、吃鹌鹑的故事，活用谚语，写得传神可爱，散发着浓烈的乡土气息。《鸟窝》便是用谚语写成的一首充满童趣的诗，人物栩栩如生，声情并茂，令人赞赏。《叩叩虫》把谚语诗化，满含哲理，令人思忖。《逗逗逗逗飞——》用童语写童心童真，写母儿同乐、人鸟同乐，这样其乐融融的艺术境界，给人以美的陶冶。《洋辣罐子》写了农村孩子烧洋辣子吃的故事，赞扬了农村孩子的勇敢和聪明，充满了童趣、童乐与童智。《摔泥巴碗》用儿时摔泥巴碗的游戏，引申出了耐人寻味的企盼与求索不止的精神。这些诗民俗风味浓烈，有的乡土气息很重，有的童趣童真宜人，有的哲理意味深刻，都能引起人们的审美愉悦与感情共鸣。

第三个特点是充满了下里巴人的才气，所谓下里巴人的才气，即农民的聪明与智慧。诗人为人质朴、谦和，善言辞、多笑话，尤善民歌，其笑话民歌中的理趣往往令人捧腹，他的诗中也包含农民的才智、幽默和理趣。比如，诗人在《腰，凹下去》中，将犁地的牛与"腰，凹下去"的父亲看作力的象征，道出了诗人的本色和艺术追求。《第三只青蛙》更像是一个寓言：第一只青蛙掉进枯井之后，蹦了一千次也没有跳出枯井；第二只青蛙掉进枯井之后，也蹦了一千次，它听了第一只青蛙的规劝，跳到一千次便停止，它们甘愿永做井底之蛙；第三只青蛙掉进枯井之后，蹦到一千次时，前两只青蛙一齐劝它放弃，第三只青蛙却不听它们的规劝，奋力蹦了一千零一次，终于跳出了枯井。诗的结尾说："原来第三只青蛙，/是个聋子。"诗写到此，戛然而止。第三只青蛙是不是"聋子"呢？不得而知，即使是"聋子"，也是个敢破常规、勇于拼搏、努力奋进的"聋子"，是一个终于蹦出了枯井即死亡陷阱的"聋子"，这种"聋子"比困死枯井的非聋子强了何止百倍千倍？这首诗写得机智，很有才气，具有很强的象征意义，令人深思。《一出发生在农家小院的悲喜剧》写一农家小院两只公鸡为争夺"母鸡"的"专爱权"，厮杀得暗无天日，结果花公鸡惨败，红公鸡雄冠高扬，翅膀随时拍向那只母鸡，此时院主米花嫂看见了此景，用竹竿把红公鸡赶出了小院，花公鸡得宠了，但它连拍了几次翅膀后，脚却迈不到母鸡身上，米花嫂见此状，便宰了花公鸡。这首诗形象生动，寓意深刻，告诉人们一个道理：一个人，一个民族，一个国家，要自强不息，依靠别人是无济于事的，依靠外力、依靠强权最终可能成为"强权"的"俎上之肉"。其他如《你见过——》《警示》《结小鸟的树》《从二大娘想到的》《揭短》《提升》等诗，或说理，或言意，或影射，或规劝，都富于哲理，令人回味。比如在《从二大娘想到的》中，诗人有的放矢，对改革开放以来，一些借"戏说""大话"历代皇帝之名，行篡改历史、歪曲历史、颠倒历史之实的现象进行了尖锐的批评，真可谓入木三分。再如，《揭短》写一位"秃头"的党委书记在群众大会上，总是把帽子取下，向大家展示自己的"秃头"，并且给大家讲了一个"秃头"与"秃头"互相取帽"揭短"的笑话，揭示了一个朴实而深刻的道理：敢于揭自己短的人，才敢于揭别人的短。《喝喜酒夜归的男人》《纳凉的二哥》就有几分野气，前者逼真传神，写出了"男人"的醉态、醉意、醉神和喜色、喜情、喜声；后者自然白描，写出了二哥在池塘洗澡"纳凉"的惬意之神情和放浪不羁之形态。

陈有才的乡土诗泥土味很浓很重，诗人说自己的乡土诗是同"村头"的"荠菜花"一起"冒出"来的，具有"荠菜花"的品格，这道出了诗人的艺术追求和审美理想。荠菜花虽不如别的花朵硕大、鲜艳、芳香，但它却耐寒、耐贫、耐寂寞，永远紧贴着大地，默默地装饰着大地，自然、朴实、忠心耿耿……它具有永恒的生命力。

"种植在田野"的诗人是幸福的，他永远和孕育着万点春意的大地在一起，青春无限，常绿常新。正如有评论家所说，乡土是陈有才诗歌创作的根，也是放养他灵魂的辽阔土地，他深深地扎根在古典诗歌、现代诗歌和民歌土壤中，已经长成了一棵枝繁叶茂的乡土诗的大树。①

---

① 唐诗：《陈有才：中国当代乡土诗中的民歌之王》，见陈有才：《老娘土》，北京：中国文联出版社，2012年，第15页。

参考文献

艾青：《艾青论创作》，上海：上海文艺出版社，1985 年。

艾青：《艾青全集》，石家庄：花山文艺出版社，1991 年。

艾青：《艾青谈诗》，广州：花城出版社，1982 年。

艾青：《归来的歌》，成都：四川人民出版社，1980 年。

艾青：《诗论》，北京：人民文学出版社，1956 年。

白桦：《白桦的诗》，北京：人民文学出版社，1982 年。

别林斯基：《别林斯基论文学》，梁真译，上海：新文艺出版社，1958 年。

昌耀：《昌耀的诗》，北京：人民文学出版社，1998 年。

陈昌本、张锲编：《柯岩研究文集》，北京：中国文联出版公司，1998 年。

陈有才：《老娘土》，北京：中国文联出版社，2012 年。

丁国成主编：《中国新时期争鸣诗精选》，长春：时代文艺出版社，1996 年。

公刘：《跨越"代沟"——和青年朋友谈诗》，合肥：安徽文艺出版社，1988 年。

公刘：《诗路跋涉》，南昌：江西人民出版社，1983 年。

公刘：《诗与诚实》，广州：花城出版社，1983 年。

郭沫若：《郭沫若诗词选》，北京：人民文学出版社，1977 年。

郭小川：《郭小川诗选》，北京：人民文学出版社，1977 年。

郭小川：《郭小川诗选·续集》，石家庄：河北人民出版社，1980 年。

郭小川：《谈诗》，上海：上海文艺出版社，1978 年。

何其芳：《何其芳文集》，北京：人民文学出版社，1983 年。

何其芳：《诗歌欣赏》，北京：作家出版社，1962 年。

贺敬之：《贺敬之诗选》，济南：山东人民出版社，1979 年。

贺敬之：《贺敬之谈诗》，北京：人民文学出版社，2004 年。

贺敬之：《贺敬之文集》，北京：作家出版社，2005 年。

胡适：《胡适文集》，北京：人民文学出版社，1998 年。

胡世忠：《当代诗人剪影》，沈阳：春风文艺出版社，1985 年。

柯岩：《柯岩文集》，成都：四川文艺出版社，2009 年。

柯岩、胡笳主编：《与史同在：当代中国诗选》，北京：作家出版社，2005 年。

昆仑出版社编：《军事文学的新浪潮》，北京：昆仑出版社，1986 年。

李瑛：《李瑛抒情诗选》，北京：人民文学出版社，1983 年。

李瑛：《生命是一片叶子》，北京：解放军出版社，1995 年。

刘汉民编著：《毛泽东诗话词话书话集观》，武汉：长江文艺出版社，2002 年。

刘益善：《刘益善自选集》，武汉：长江文艺出版社，2010 年。

陆华编：《贺敬之研究文选》，北京：文化艺术出版社，2008 年。

罗洛：《诗的随想录》，北京：生活·读书·新知三联书店，1985 年。

绿原：《葱与蜜》，北京：生活·读书·新知三联书店，1985 年。

绿原：《绿原说诗》，北京：人民文学出版社，2006 年。

绿原：《绿原文集》，武汉：武汉出版社，2007 年。

毛泽东：《毛泽东选集》，北京：人民出版社，1977 年。

苗得雨：《苗得雨诗选》，上海：新文艺出版社，1956 年。

苗得雨：《文谈诗话（增订本）》，济南：山东人民出版社，1981 年。

牛汉：《学诗手记》，北京：生活·读书·新知三联书店，1986 年。

峭岩：《峭岩文集》，北京：解放军文艺出版社，2014 年。

山东师范学院中文系文艺理论教研室编：《中国现代作家谈创作经验》，济南：山东人民出
　　版社，1980 年。

盛巽昌编著：《毛泽东与民俗文化》，南宁：广西人民出版社，1998 年。

唐德亮：《惊蛰雷》，北京：中国戏剧出版社，2013 年。

唐金海、孔海珠、周春东等编：《茅盾专集》，福州：福建人民出版社，1983 年。

王怀让：《王怀让自选集》，北京：作家出版社，1997 年。

魏巍：《魏巍诗选》，北京：解放军文艺出版社，1985 年。

闻捷：《闻捷诗选》，北京：人民出版社，1979 年。

吴奔星、徐放鸣选编：《沫若诗话》，成都：四川人民出版社，1984 年。

吴奔星选编：《鲁迅诗话》，天津：天津人民出版社，1981 年。

吴欢章、徐如麒编：《中国诗人成名作选》，上海：上海文化出版社，1986 年。

吴嘉编：《克家论诗》，北京：文化艺术出版社，1985 年。

吴投文、钱志富主编：《王学忠诗歌现象评论集》，北京：北京艺术与科学电子出版社，
　　2006 年。

吴子敏、徐遒翔、马良春编：《鲁迅论文学与艺术》，北京：人民文学出版社，1980 年。

谢克强：《谢克强文集》，武汉：长江文艺出版社，2011 年。

杨匡汉、杨匡满：《战士与诗人郭小川》，上海：上海文艺出版社，1978 年。

臧克家：《放歌新岁月》，重庆：重庆出版社，1991 年。

臧克家：《臧克家文集》，济南：山东文艺出版社，1994 年。

曾卓：《笛之韵》，武汉：武汉出版社，2000 年。

曾卓：《诗人的两翼》，北京：生活·读书·新知三联书店，1987 年。

曾卓：《悬崖边的树》，成都：四川人民出版社，1981 年。

张永健：《当代诗坛掠影》，武汉：华中理工大学出版社，1988 年。

张永健：《高山仰止》，武汉：武汉出版社，2015 年。

张永健：《民族精神与现代诗学——张永健自选集》，武汉：华中师范大学出版社，2016 年。

张永枚：《海南西沙彩云》，北京：长征出版社，2008 年。

张永权：《张永权文集》，昆明：云南人民出版社，2015 年。

中央人民广播电台文艺部编：《诗人谈诗》，北京：广播出版社，1983 年。

周良沛：《人在天涯》，北京：生活书店出版有限公司，2019 年。

周良沛：《雪兆集》，北京：人民文学出版社，1982 年。

周良沛编：《中国百年新诗选·从女神到向太阳》，武汉：崇文书局，2017 年。

朱子奇：《心灵的回声》，北京：作家出版社，1998 年。

朱自清：《新诗杂话》，北京：生活·读书·新知三联书店，1984 年。

作家出版社编：《争取社会主义文学的更大繁荣》，北京：作家出版社，1960 年。